Thomas Regnery

DAS VERMÄCHTNIS DER EIFELKOMTESS   TEIL 3

Der Säbel vom Asenberg

ROMAN

Die Deutsche Nationalbibliothek verzeichnet diese Publikation in der Deutschen Nationalbibliografie. Detaillierte bibliografische Daten sind im Internet über http://dnb.dnb.de abrufbar

Umwelthinweis:
Dieses Buch wurde auf chlorfrei gebleichtem Papier gedruckt.

© 2016 by Thomas Regnery
Herstellung und Verlag:
BoD – Books on Demand, Norderstedt
Neuausgabe © 2024
Ergänzt und überarbeitet vom Autor
Covergestaltung: Thomas Regnery
Printed in Germany
ISBN: 978-3-758-37371-8

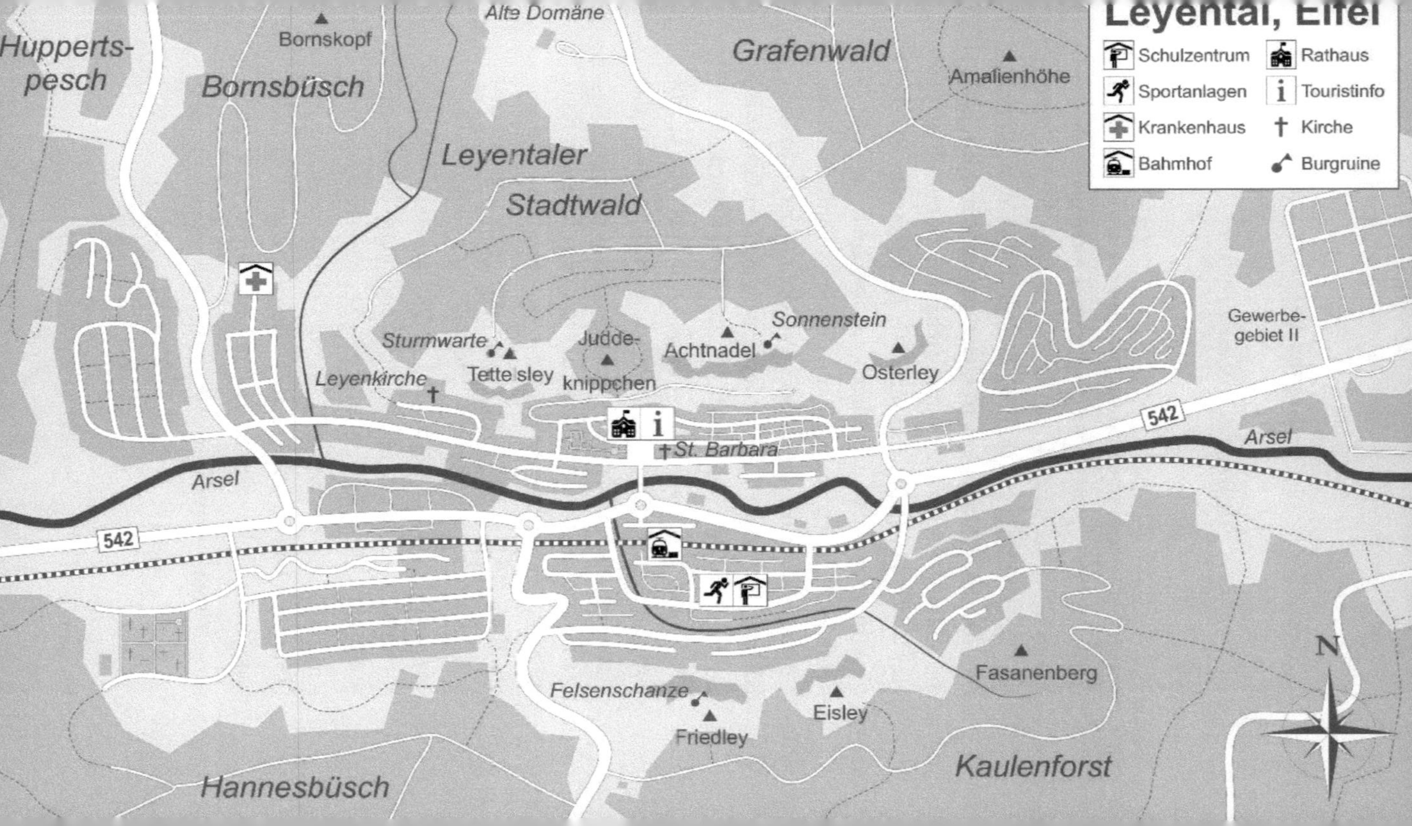

Leyental, Eifel
Schulzentrum
Sportanlagen
Krankenhaus
Bahmhof
Rathaus
Touristinfo
Kirche
Burgruine
Hupperts-pesch
Bornskopf
Alte Domäne
Bornsbüsch
Grafenwald
Amalienhöhe
Leyentaler
Stadtwald
Sonnenstein
Sturmwarte
Judde-knippchen
Achtnadel
Osterley
Leyenkirche
Tette sley
Gewerbe-gebiet II
542
Arsel
Arsel
St. Barbara
542
Fasanenberg
Felsenschanze
Eisley
Friedley
Kaulenforst
Hannesbüsch
N

Kapitel 1

Leyental, 07. November 2015

Ein Samstagmorgen Mitte November ist in der Eifel normalerweise grau, nass und kalt. Doch nicht dieser Morgen. An diesem 14. November begann der Tag sonnig, trocken und, zugegeben, saukalt. Der Himmel über Leyental erstrahlte in einem klaren, tiefen Azurblau, und die Strahlen der noch recht tief stehenden Sonne streiften von Osten her durch das schroffe Tal hindurch und die fünf Felsformationen entlang. Grobe, grauweiße Wolkenfetzen trieben am Himmel. Golden schimmerten die Umrisse der Burgruinen, die auf dreien der schmalen Klippen standen, zwischen denen sich glitzernd das Wasser der Arsel durch die Stadt wandte. Flankiert wurde der Fluss über weite Strecken von der Bundesstraße B 542 und der Eisenbahnlinie, die beinahe parallel durch das Herz der Stadt verliefen. Für einen Wanderer auf einer der Felsnadeln war durch die frostige Luft leise das Rauschen der Fahrzeuge auf der B 542 zu hören, ein flüsterndes Rauschen, in das sich in diesem Moment das Brummen eines zweimotorigen Propellerflugzeugs mischte, das soeben Kurs nahm, um Leyental aus nordöstlicher Richtung zu überfliegen. An Bord ein junger Mann beim Einweisungsflug auf zweimotorige Maschinen, sowie sein Einweiser, ein erfahrener Pilot um die 35 namens Rainer Hohn. Sie beide hatten dicke Lederjacken an. Die Jacke von Herrn Hohn war schwarz mit einem weißen Fellkragen. Sein gebräuntes Gesicht wurde von braunblondem, auf dem Scheitel schon recht schütterem Haar eingefasst. Tim trug seine braune, abgenutzte, dick gefütterte und außen mittlerweile speckige Bomberjacke, die er drei Jahre zuvor während seiner Tour gekauft hatte. Außerdem hatten die beiden Männer Intercom-Headsets auf ihren Ohren, über die sie sich in der brummenden Maschine unterhielten.

»Ist das nicht ein herrliches Bild, Herr Richthof?«, begeisterte sich Herr Hohn beim Überflug über die Stadt. Er saß entspannt vorne rechts auf dem Copilotensitz, während Tim das Flugzeug steuerte, und sah aus dem Cockpitfenster heraus.

»Sehen Sie nur, wie die Sonne gerade das Plateau der Eisley streift, und wie sie die Felsenschanze auf der Friedley anstrahlt. Ein wunderbarer Anblick, nicht wahr?«

»Absolut«, stimmte Tim ihm zu. »Aus der Perspektive hab ich die Dinger noch nie gesehen.«

»Die Dinger?«, wunderte sich Herr Hohn und blickte Tim entgeistert an. »Wie reden Sie über die touristischen Highlights Ihrer Heimatstadt? Diese Felsformationen sind Jahrmillionen alt, und jede andere Stadt würde was drum geben, obendrauf noch drei solch faszinierende, alte Burggemäuer vorweisen zu können.«

Tim kicherte kurz auf, dann meinte er ruhig: »Ich kenn die Felsen und die Ruinen halt schon von klein auf. Da verliert sich die Begeisterung irgendwann. In der Grundschule sind wir an Wandertagen oft da rauf, und dann sind meine Kumpels und ich immer zusammengeschissen worden, wenn wir Steine von den Klippen geworfen haben … Ach, gucken Sie mal, jetzt kann man auch mein Haus sehen!«

»Wo genau?«, erkundigte sich Herr Hohn interessiert.

»Also«, begann Tim zu beschreiben, »ganz da hinten, auf der südlichen Arsel-Seite, da ist die Friedley, mit der Felsenschanze oben drauf, und etwas näher zu uns die Eisley, die Sie eben auch schon genannt haben.«

»Richtig«, bestätigte Herr Hohn.

»So«, fuhr Tim fort, »und noch ein Stück davor ist der Fasanenberg. Sehen Sie?«

Herr Hohn musste sich nach vorne lehnen, um an Tim vorbei aus dem linken Cockpitfenster zu schauen.

»Sie meinen die Kuppe oberhalb von dem Villenviertel?«, beschrieb er.

»Korrekt«, sprach Tim weiter. »Von da aus weiträumig hinten um die Eisley rum, da ist eine Senke mit ’nem Fichtenwald. Das ist der Kaulenforst. Und da wo der aufhört, schon fast an der südlichen Ausfallstraße, wo der Waldweg einmündet, da steht ein kleines Holzhaus, können Sie’s sehen?«

»Ja, ich sehe es. Ein nettes Fleckchen. Schön abgelegen.«

»Danke. Klein aber mein, wie man so schön sagt.«

»Sie leben hier wirklich in einer sehr schönen Stadt«, lobte Herr Hohn weiter. »Schauen Sie sich nur dieses weiträumige Panorama auf der Nordseite der Arsel an. Ich möchte wissen, ob ich es noch zusammenbekomme: Also, ganz im Osten der Stadt ist die Osterley. Das kann man sich gut merken. Die in der Mitte ist die Achtnadel, die höchste der fünf Formationen. Und obendrauf Burg Sonnenstein.«

»Die ist übrigens von den drei Burgen am besten erhalten«, fügte Tim hinzu.

»Und dann, ganz im Westen«, fuhr Herr Hohn fort, »die Tettelsley. Wie heißt noch gleich die Burg auf der Tettelsley … Ach, es liegt mir auf der Zunge … Helfen Sie mir, Herr Richthof!«

»Fängt mit S an«, griff Tim ihm unter die Arme. Es wirkte. Herr Hohn tippte sich an die Stirn und lachte kopfschüttelnd auf.

»Sturmwarte!«, rief er gelöst aus. »Natürlich! Wie konnte ich das vergessen.«

Tim sah auf seine Instrumente.

»Kurs zwei sechs fünf, zwei vier sechs null Fuß«, kommentierte er nüchtern. »Irgendwelche Anweisungen?«

»Bis auf weiteres keine«, antwortete Herr Hohn genauso sachlich. Dann schaute er zu Tim rüber, der zart das Steuerhorn zwischen Daumen und zwei Fingern seiner rechten Hand hielt. »Ich frage mich sowieso, was wir hier machen, wenn ich ehrlich bin.«

»Wie meinen Sie das?«, fragte Tim verwundert.

»Ach, kommen Sie!«, lachte Herr Hohn. »Als ob Sie den Einweisungsflug nötig hätten. Sie sind eine Ausnahmeerscheinung eines Piloten.«

»Meinen Sie wirklich?«, hakte Tim geschmeichelt lächelnd nach.

»Hundertprozentig!«, bekräftigte Herr Hohn. »Ich habe selten neben jemandem gesessen, der solch ein Gespür für die Dinge hat, die um das Flugzeug herum passieren. Ich meine, Ruder und Klappen zu bedienen und Instrumente abzulesen, das kann man jedem Deppen beibringen. Aber Sie spüren jeden Wind auf den Flächen, sobald er über die Klappen strömt. Sie haben es im Gefühl. So was ist selten, glauben Sie mir.«

»Danke, Herr Hohn!«, freute sich Tim. »Das bedeutet mir total viel.«

»Nichts zu danken. Ich heiße übrigens Rainer.«

»Alles klar. Tim.«

»Du bist also in Leyental geboren, ja?«

»Ja. Vor etwas mehr als zwanzig Jahren.«

Rainer nickte im freundlich zu.

»Du kannst froh sein«, fuhr er fort. »Leyental ist eine von den wenigen Eifelstädten, denen es wirtschaftlich gut geht.«

»Darüber hab ich mir nie Gedanken gemacht, wenn ich ehrlich bin«, gab Tim zu.

»Es ist so!«, versicherte Rainer. »Ihr habt hier eine einmalige Lage, mit den Felsformationen und den Burgen. Das sind Touristenmagnete.«

»Na ja«, wandte Tim ein, »ganz so einmalig auch wieder nicht, schätz ich. Gerolstein hat doch auch so was in der Art zu bieten.«

»Schon«, meinte Rainer, »aber längst nicht in diesem Ausmaß. Und dann schau mal, was ihr hier sonst noch habt: Nimm zum Beispiel das Pitt-Kreuzberg-Gymnasium. Das ist eine ausgesprochen moderne und angesehene Schule.«

»War mir auch nie so bewusst«, gab Tim ein wenig verlegen zu.

»Da kannst du mal sehen!«, lachte Rainer. »Und was man ebenfalls nicht vergessen darf: In Leyental ist der Hauptsitz der EDA-Bank. Die dürftest du aber kennen, oder nicht?«

»Ja, stimmt«, grinste Tim, »von der hab ich schon mal gehört.«

»Na also!«, gab Rainer amüsiert zurück. »Ich würde sagen, wer die nicht kennt, lebt hinterm Mond. Ich hab den Chef von denen übrigens mal während eines Empfangs auf unserem Flugplatz getroffen, als unsere Flugschule eingeweiht wurde. Ich schätze ihn. Ein knallharter Bursche, aber absolut weltmännisch und immer ausgesprochen höflich.«

»Ich weiß«, nickte Tim lässig.

»Ach!«, staunte Rainer. »Du kennst ihn?«

»Ziemlich gut, ja.«

»Tatsächlich? Und wie gut?«

»Och«, meinte Tim mit einem leichten Schulterzucken, »so gut, wie man einen halt kennt, wenn man mit seiner Tochter geht.«

»Du machst Witze!«, entfuhr es Rainer lautstark. Er sah Tim an und bekam den Mund nicht mehr zu, als Tim versicherte: »Nein, ernsthaft. Seine Tochter ist meine Freundin.«

»Ich würde sagen«, verfiel Rainer in vergnügtes Lachen, »das erzählst du lieber nicht dem Fliegerarzt. Der entzieht dir sonst sofort dein Medical!«

»Ich mach keinen Scheiß, Rainer!«, hielt Tim dagegen. »Es stimmt wirklich.«

»Na, dann«, lenkte Rainer augenzwinkernd ein, »meinen Glückwunsch. Ich hoffe, sie ist hübsch.«

»Darauf kannst du einen lassen, Mann!«

Mit einem anerkennenden Lacher schlug Rainer Tim auf die Schulter und schaute dann heiter aus dem vorderen Cockpitfenster raus.

»Ich finde«, schlug er vor, »dass wir die Gelegenheit nutzen sollten und einen großen Rundumschlag um die

Eifel machen und anschließend zum Flugplatz zurückkehren. Was meinst du?«

»Klingt gut«, stimmte Tim zu. »Ich höre.«

»Dann mach jetzt einfach einen großen Bogen nach Norden, und dann fliegst du über Euskirchen nach Süden zurück, drehst über der Vulkaneifel ab und hältst dann auf die Heimat zu.«

»Geht klar«, bestätigte Tim und leitete einen sauberen, weiträumigen Kurvenflug ein. Die beiden Männer genossen den Flug und dehnten ihn sogar über die anfangs abgesprochene Zeit aus. Warum auch nicht? Wann gab es schon mal so spät im Jahr solch gutes Flugwetter? Das wollte ausgekostet werden.

Als das Flugzeug sich später der Vulkaneifel näherte, vergrößerten sich die Wolken merklich. Zwar bildeten sie noch lange keine geschlossene Wolkendecke, doch türmten sie sich zu großen Ballen auf. Tim steuerte ruhig zwischen ihnen durch.

»Ich geh runter auf drei fünf null null Fuß«, entschied er, »dann fliegen wir unter den Wolken zurück.«

»In Ordnung«, nickte Rainer, »das wäre auch mein Vorschlag gewesen.«

Die beiden Piloten schauten aufmerksam nach vorne. Es wurde Zeit, dass sie unter die Wolken sinken würden, denn sie konnten ja nicht sehen, was sich hinter den nahe gelegenen Wolken um sie herum sonst noch in der Luft befand. Da passierte es auch schon! Eine Formation Kraniche, die mit gemächlichen Flügelschlägen Richtung Südosteuropa zogen, tauchte plötzlich in einiger Entfernung hinter einer Wolke auf. Ihr Weg drohte den Kurs des Flugzeugs zu schneiden.

»Verdammt!«, presste Tim hervor. »Denen gehen wir besser aus den Füßen.«

»Da bin ich bei dir«, bestätigte Rainer. »Die sind auf dem Weg in ihr Wintergebiet. Zieh am besten nach links und geh wieder leicht auf Höhe, dann haben wir alle freie Bahn.«

Tim tat, was ihm der erfahrene Pilot riet. Vorsichtig gab er Querruder und zog sachte das Steuerhorn an sich heran. Da erschraken die Männer heftig!

»Scheiße!«, rief Tim aus. »Da ist noch ein Schwarm! Verdammt, die kommen direkt …«

Zum Aussprechen kam er nicht. Mit heftigen Schlägen knallten drei der großen Vögel gegen die Maschine. Zwei von ihnen wurden direkt von den beiden Propellern erfasst. Der linke Motor fiel sofort aus.

»Verdammter Mist!«, entfuhr es Tim. »Der Backbordmotor ist abgewürgt. Steuerbordmotor läuft heiß. Kannst du sehen, was mit ihm los ist?«

Rainer drehte den Kopf blitzschnell nach rechts zum Fenster.

»Die ganze Fläche ist rot!«, beschrieb er aufgeregt. »Und die Ansaugöffnungen sind völlig mit Vogelresten verstopft!«

»Hier dasselbe«, ergänzte Tim, der sich schnell wieder vom Seitenfenster nach vorne drehte. »Beide Lufteinlässe voll Hackfleisch. Propeller steht. Wie sieht's bei dir aus?«

»Der Motor fängt an zu rauchen!«, meldete Rainer. Bedenklich den Kopf schüttelnd las Tim seine Instrumente ab.

»Die Temperatur wird kritisch«, stellte er fest. »Der geht uns in Flammen auf. Ich muss ihn abschalten!«

»Position!«, verlangte Rainer zu wissen.

»Wir gleiten auf Demerath zu«, meldete Tim, »Kurs zwei sieben fünf.«

»Sind Flugplätze in der Nähe?«

»Daun Senheld auf zwei sechs null.«

»Senheld?«, rief Rainer aus. »Den können wir vergessen! Was ist mit Büchel in der Gegenrichtung?«

»Zu weit weg. Den erreichen wir nicht mehr. Was hast du gegen den Senheld?«

»Das ist nur ein Segelflugplatz. Die Bahn ist viel zu kurz für uns! Außerdem macht die einen Buckel, und sie ist bekannt für ihre Fallböen.«

»Das ist aber die einzige Bahn, die wir bei unserer momentanen Höhe gerade so im Gleitflug erreichen können«, beharrte Tim. »Ich versuche es. Wir haben keine Wahl … Mayday. Mayday. Mayday. Daun Info. Delta Golf Whiskey Sierra Tango.«

Der Kontrollturm des kleinen Sportflugplatzes Daun Senheld meldete sich umgehend auf Tims Notruf: *»Delta Golf Whiskey Sierra Tango. Daun Info.«*

»Sierra Tango. Vulcanair Papa Sechs Acht mit Vogelschlag. Motoren ausgefallen. Position Demerath drei sieben neun null Fuß. Zur Notlandung.«

»Sierra Tango. Landebahn auf eins sieben zwo zwo Fuß. Ihre Höhe ist kritisch. Sie schaffen es vielleicht nicht bis hierher!«

Tim blieb entschlossen: »Sierra Tango. Bestätigt. Haben Saufen von eins zu zehn. Ich schaff das. Wir kommen rein!«

Mit äußerster Anspannung verfolgten Tim und Rainer, die sich bereits im schnellen Sinkflug auf die Piste zu befanden, den Funkverkehr des Flugplatzes.

Tim pustete erleichtert durch die Wangen. Er lächelte befreit und antwortete trocken: »Sierra Tango. Danke für die Einladung. Ich verspreche, wir passen auch auf, dass wir euch das Laminat nicht verkratzen.«

Rainer, der sich angespannt auf eine unsanfte Landung vorbereitete, blickte Tim entgeistert an.

»Wie kannst du jetzt noch Witze machen? Bist du gar nicht nervös?«

»Nervös? Du meinst, nur weil ich zum ersten Mal 'ne Zweimots im Gleitflug auf 'ner Briefmarke lande, soll ich nervös sein? Sagen wir mal so, ich bin … konzentriert.«

»Na, wenigstens das.«

»Und ausdermaßen motiviert, diesen anspruchsvollen Landevorgang erfolgreich abzuschließen.«

»Wie wortgewandt! Wirklich sehr beruhigend.«

»Meine Freundin redet immer so. Verschärft, he?«

»Würdest du jetzt bitte einfach den Vogel runter bringen, ja?!«

»Sicher. Lass uns einfach cool bleiben.«

Wieder meldete sich der Kontrollturm.

»Sierra Tango. Positiv. Ich fahre das Fahrwerk im letzten Moment aus. Wir müssen so lange wie möglich Höhe schinden.«

Tim schaltete das Intercom aus. Jetzt war absolute Konzentration ohne jede Störung gefragt. Rainer wusste das und schwieg, während Tim mit dem zweimotorigen Flugzeug ohne Antrieb auf eine Landebahn zuschoss, auf der normalerweise nur kleinere, einmotorige Flugzeuge starteten und landeten.

»Das bekackte Totenmaar kann mich mal«, murmelte er. »Das kriegt uns heute nicht!«

Damit betätigte er den Schalter für das Fahrwerk und fuhr gleichzeitig entschlossen die Landeklappen aus. Er hatte bis zum Schluss damit gewartet, damit das Flugzeug durch den fehlenden Luftwiderstand von Fahrwerk und Klappen den Anfangspunkt der Landebahn überhaupt erreichen konnte. Der Wind pfiff und rauschte um das Flugzeug herum, begleitet vom eindringlichen Summen des herausklappenden Fahrgestells. Der Luftwiderstand, der eben noch ihr Feind war, musste nun dazu beitragen, genügend Schwung wegzunehmen, damit der Flieger rechtzeitig ausrollen würde. Kaum hörte das Summen des Fahrwerks auf, setzten die hinteren Räder mit lautem Quietschen auf der asphaltierten Landebahn auf. Tim senkte die Nase ab und trat mit aller Kraft in seine Fußpedale, um das Flugzeug abzubremsen. Es rumpelte und polterte, als die Maschine die Piste entlang zischte und Tim und Rainer das Ende der Bahn auf sich zukommen sahen. Dahinter gab es keine Auslaufzone. Nur eine Kante aus Lavastein, hinter der es einfach steil abwärts ging. Tim musste den Vogel unbedingt rechtzeitig zum Stillstand bringen!

Zusehends verringerte sich die Geschwindigkeit des Flugzeugs, doch das Ende der Landebahn näherte sich immer noch bedrohlich den beiden Insassen.

»Verdammte Axt!«, knirschte Tim angestrengt, während er weiter mit den Füßen die Pedale runterpresste. »Halt endlich an, du hässlicher Pisspott!«

Die Männer spürten förmlich, wie das Bugrad über das Ende der asphaltierten Bahn rollte und knirschend auf die Lavafläche überging. Schon folgte auch das Hauptfahrwerk. Mit gewaltigen Staubwolken schruppten die Räder auf die Kante des Abhangs zu.

Inzwischen waren es lediglich noch ein paar Meter bis zur Böschung und die zweimotorige Maschine bewegte sich nur noch langsam vorwärts. Trotzdem war die Lage ernst, denn dem Bugrad fehlten bloß noch wenige Meter bis zur Kante. Heftig quietschend, im Zeitlupentempo, während die Bremsen des Hauptfahrwerks kochten, rollte es sachte über die Böschungskante. Schon neigte sich die Nase leicht abwärts, und Tim und Rainer konnten erleben, wie sich ihnen die Wasseroberfläche des Totenmaars zuneigte. Der Lavasand knirschte, und mit einem kurzen Knarren hakte sich das Reifenprofil in den rutschigen Grund. Die beiden Männer wagten kaum zu atmen und lehnten sich weit in ihren Sitzen zurück.

»Jetzt … bloß nicht … nach vorne beugen«, flüsterte Rainer. »Schön gerade sitzen. Und vor allem: Keine hastigen Bewegungen machen!«

»Hab ich nicht vor«, sprach Tim regungslos. »Ich hoffe, denen fällt was ein, um uns schnell hier rauszuziehen.«

Er hatte kaum ausgesprochen, als das Flugzeug mit einem Ruck nach vorne sackte und mit dem Bugrad einen halben Meter hangabwärts rutschte. Gleichzeitig hörten sie aufgeregte Rufe hinter sich sowie ein metallisches Klickgeräusch direkt am Rumpf ihres Flugzeugs. Wieder knirschte es, doch diesmal hob sich die Nase der Maschine leicht nach oben. Kurz darauf dröhnte ein kraftvoller Motor auf, und die beiden Notgelandeten fanden sich im Rückwärtsgang wieder, weg von der Böschungskante. Rainer öffnete seine Tür und streckte neugierig die Nase heraus, um zu sehen, was vor sich ging.

»Und?«, fragte Tim. »Was machen sie?«

»Sie haben uns mit ihrer Morane in Schlepp genommen«, antwortete Rainer in großer Erleichterung. »Sie ziehen uns buchstäblich aus dem Dreck!«

Der kleine, weiße, einmotorige Tiefdecker mit den blau-gelben Zierstreifen brummte lautstark über das grasige Rollfeld und zog den zweimotorigen Hochdecker in eine notdürftige Parkposition neben der Landebahn. Schließlich sprangen Tim und Rainer begeistert von ihren Sitzen nach draußen und fielen sich vor dem Bug ihres Flugzeugs lachend in die Arme. Ihre ausgelassenen, dumpfen Schulterschläge, die sie sich dabei gegenseitig auf ihre dicken, derben Lederjacken gaben, übertönten sogar den Jubel der zur Rettung geeilten Sportflieger. Es waren etwa fünfzehn Leute, unter ihnen auch der Mann aus dem Kontrollturm, der kurz die Gelegenheit wahrgenommen hatte, sich in der Flugaufsicht vertreten zu lassen. Sie alle wollten den beiden Jungs, die so glimpflich einer Katastrophe entkommen waren, gratulieren und die Hände schütteln.

»Klasse gemacht, Tim!«, freute sich Rainer in dem Trubel. »Einfach nur phantastisch.«

»Danke«, erwiderte Tim. »War um Haaresbreite, schätz ich.«

Man merkte allen Beteiligten die große Erleichterung an, aber auch den Stolz, diese brenzlige Situation mit Bravour gemeistert zu haben.

»Und wer sind nun diese Komiker«, erkundigte sich der Mann aus dem Kontrollturm humorig, »die hier mit einer Gleitzahl von eins zu Pflasterstein runterkommen und uns das Laminat verkratzen?«

Tim und Rainer lachten befreit auf. Sie sahen den grauhaarigen Mittfünfziger mit seiner dunklen Sonnenbrille beschwingt auf sich zuschreiten und drehten sich zu ihm hin.

»Rainer Hohn«, stellte Rainer sich vor und streckte seine Hand zur Begrüßung aus, »Flugschule Eifelaar. Ich grüße Sie.«

»Erich Wagner. Freut mich sehr … Und Sie sind?«

»Tim Richthof. Hallo.«

Die Männer schüttelten sich zackig die Hände.

»Das heißt, Sie sind geflogen, Tim?«, fragte Erich.

»Ja. Zu blöd, dass mir das passiert ist. Das nervt mich übelst.«

»Dafür konntest du nichts, Tim«, warf Rainer ein und schlug ihm wohlmeinend auf die Schulter. »Die Viecher kamen aus dem Nichts. Die sind direkt über uns aufgetaucht. Ich hab sie auch nicht gesehen.«

»Ja«, bestätigte Erich, »das hätte uns genauso passieren können. Nehmen Sie's nicht so schwer. Den einen trifft es früher, den anderen später. Wichtig ist nur, wie Sie mit der Situation umgegangen sind, und das war absolut vorbildlich.«

»Danke«, nickte Tim lächelnd. »Trotzdem muss ich das nicht noch mal haben.«

»Das verstehe ich«, lachte Erich zurück. Rainer legte Tim abermals die Hand auf die Schulter und hielt ihn an seiner Jacke fest.

»So!«, sprach er dabei gespielt streng. »Das war erstmal genug gelobhudelt. Jetzt muss ich dir noch die Leviten lesen!«

»Warum?«, wollte Tim verwundert wissen.

»Was fällt dir eigentlich ein, unseren Flieger einen hässlichen Pisspott zu nennen, hm?«

»Na ja«, feixte Tim, »der schönste ist er nun wirklich nicht.«

Da lachte Rainer lauthals und beschloss: »Tja, mein Freund, dann werde ich mich jetzt direkt mal dafür rächen.«

Er wandte sich grinsend an die um sie herumstehenden Hobbypiloten, deutete auf Tim und rief: »Meine Damen und Herren! Dieser Mann hier hat heute seinen ersten Flug auf einer Zweimotorigen gemacht. Er war zwar nicht allein im Flieger, trotzdem war es sein erstes Mal. Also, Sie wissen, was die Tradition nun fordert!«

Begeistert reckten die Männer und Frauen die Fäuste in die Höhe und johlten: »Arsch versohlen!«, und schon im nächsten Moment liefen sie alle auf Tim zu, rangen ihn zu Boden und drehten ihn auf den Bauch. Und dann versohlten sie ihm gehörig das Hinterteil. Ausgelassen lachend lies Tim es über sich ergehen. Als man endlich von ihm abließ, trat Rainer an ihn heran und reichte ihm breit grinsend die Hand, um ihm aufzuhelfen. Tim schlug ein und stand vom Boden auf.

»Dann wollen wir mal an die Arbeit, was?«, meinte Tim und klopfte sich Gras und Erde von der Hose.

»Was meinst du?«, fragte Rainer nach.

»Den Flieger«, antwortete Tim. »Wir müssen die Motoren auseinander nehmen, schätz ich. Wird 'ne Sauarbeit, den Matsch wieder rauszukriegen.«

»Nein, lass mal«, lehnte Rainer freundlich ab. »Das machen wir schon. Du musst dich nicht darum kümmern.«

»Natürlich!«, erklärte Tim bestimmt. »Ich bin der Pilot. Ich bin für die Maschine verantwortlich!«

»Normal ja«, entgegnete Rainer, »aber es ist unser Flugzeug. Wir machen das schon. Ich ruf meine Jungs an, die sollen einen Flieger mit unseren Mechanikern schicken. Und dich fliegen wir dann sofort zurück zum Flugplatz, damit du nach Hause kannst.«

»Ist das wirklich okay?«, hakte Tim nach.

»Ganz sicher«, bekräftigte Rainer. »Meine Jungs kennen sich einwandfrei mit dem Vogel aus. Die schaffen das schneller, wenn sie wie gewohnt arbeiten können. Und außerdem wartet die Kleine vom Herrn zur Heyden bestimmt schon auf dich.«

»Das ist wahr«, nickte Tim und lächelte. »Sie wollte anschließend direkt zum Flugplatz kommen und mich da treffen.«

»Na, siehst du. Dann geh zu ihr.«

»Danke, Mann.«

»Kein Thema. Komm, wir trinken noch was, bis die Jungs hier sind.«

»Spitzenidee!«

Rainer und Tim setzten sich an einen der Cafétische des Besucherbereichs direkt vor dem kleinen Tower-Gebäude, während Rainer seinen Mitarbeitern telefonisch alles Notwendige mitteilte. Dann steckte er sein Handy zurück in die Tasche und meinte schmunzelnd zu Tim: »Eigentlich ist es ja kein Wunder, dass du so ein guter Pilot bist, nicht wahr? Wie sagt man so schön: Nomen est Omen.«

»Wovon redest du?«, wunderte sich Tim. »Was soll das heißen?«

»Dein Nachname!«, unterstrich Rainer seine Worte. »Richthof. Du hast doch garantiert schon mal vom ›Roten Baron‹ gehört. Manfred von Richthofen. Flieger-Ass aus dem Ersten Weltkrieg.«

»Ach so!«, rief Tim lachend aus. »Na ja, von dem bin ich aber noch meilenweit entfernt, schätz ich.«

»Vielleicht bist du ja über ein paar Ecken mit dem verwandt«, witzelte Rainer. »Das würde zumindest dein Talent erklären.«

Wieder lachte Tim. Er lehnte sich zufrieden in seinem Stuhl zurück und ließ sich die kalte Novemberluft um die Nase wehen. Er unterhielt sich noch eine Dreiviertelstunde angeregt mit Rainer. Dann landete vor seinen Augen der kleine, rot-weiße, einmotorige Viersitzer vom Typ Cessna 172. Rainers Team stieg aus und machte sich ohne Umschweife an die Arbeit. Tim stieg zu dem Piloten ins Flugzeug und trat seinen Heimweg an.

Kapitel 2

Das Fluggelände der Flugschule Eifelaar, das etwas mehr als zwanzig Kilometer östlich von Leyental lag, besaß zwei Start- und Landebahnen. Entsprechend größer war auch der Betrieb, da an diesem zwar kalten, doch immerhin recht sonnigen Tag viele Besucher die Gelegenheit für einen Rundflug wahrnahmen. Tim näherte sich entlang des Flugzeug-Hangars dem Kontrollturm, dem zu Füßen ein flaches Gebäude lag, in dem ein Café mit einer großzügigen Besucherterrasse eingerichtet war. Die Tische dieser Außenterrasse waren voll besetzt, was trotz des sonnigen Wetters erstaunlich war, denn normalerweise herrschte ein solcher Betrieb nur während der Sommerzeit. Tim schaute suchend über die Tische hinweg. Dann blickte er zum Terrassengeländer, an dem einige Leute standen und den Flugbetrieb beobachteten. Eine Person stand alleine. Nicht nur deshalb stach sie hervor. Sie war vor allem deswegen ein Blickfang, weil ihre zweifellos luxuriöse Bekleidung nicht dem entsprach, was hier üblicherweise getragen wurde. Und es war nicht zuletzt ihr äußerst langes, schwarzes Haar, mit dem sie immer wieder bewundernde Blicke auf sich zog.

Tim sah seine Freundin intensiv an, als er sich ihr näherte. Dort stand sie: Annabelle Patrizia Josephine zur Heyden. Diesen Namen auszusprechen, so scherzte er gerne, dauerte länger als die Schlacht von Minas Tirith im dritten Teil von »Der Herr der Ringe«. Und dann ihre Klamotten! Ihre elegante Haltung wusste sie auch heute, wie immer, modisch zu unterstreichen. Was ihr Burberry-

Twill-Minikleid gekostet hatte, wusste Tim nicht, doch er war dabei gewesen, als sie sich ihre 770-Euro-Tamara-Mellon-Velourleder-Highheels gekauft hatte. Ihr karierter Victoria-Beckham-Mantel war dagegen ein richtiges Schnäppchen! Zehn Prozent Nachlass hatte Nicole Eichendorf ihr auf das Bekleidungsstück gegeben, sodass Anna letzten Endes nur noch 2.695,50 Euro dafür hinblättern musste.

Und Tim? Eine alte Blue-Jeans mit Grasflecken und eine abgenutzte, speckglänzende Lederjacke waren die modischen Highlights seines Outfits. Doch um diese Dinge ging es nicht. Das wurde im nächsten Moment offensichtlich. Anna bemerkte Tim, als er nur noch ein paar Meter von ihr entfernt war. Sofort lag ein strahlendes Lächeln auf ihrem Gesicht. Es ist sicher für jeden Mann ein großes Glücksgefühl, von einem hübschen Mädchen so liebevoll angelächelt zu werden, doch für Tim steckte da noch eine Menge mehr drin. Solche Zuneigung gehörte vorher ganz und gar nicht zu den Erfahrungen in seinem Leben. Immer, wenn Anna ihn ihre Liebe spüren ließ, wurde ihm alles bewusst: All die Jahre seines Lebens, in denen er von der Mutter erniedrigt, vom Vater misshandelt und in der Schule geschmäht wurde. Selbst während seiner großen Tour musste er immer wieder um Anerkennung und teilweise auch um sein Überleben kämpfen. Vorher war alles so hart und schmerzvoll gewesen. Und jetzt? Jetzt war auf einmal alles anders. Jetzt sah er in das vor Wiedersehensfreude glücklich lächelnde Gesicht dieser unbeschreiblich schönen jungen Frau, die er seit Kurzem seine feste Freundin nennen durfte. Es war, als ob das Leben zu ihm sagen würde: »Scheiße, Alter, ich hab dich die ganze Zeit immer nur gefickt. Und das tut mir leid, Mann. Komm her, ich will's wieder gutmachen.« Natürlich sah er Anna nicht als bloße Wiedergutmachung des Schicksals für seine verkorkste Kindheit und Jugend an. Sie darauf zu reduzieren, verdiente sie nicht. Sie war für ihn bei weitem mehr als das. Dennoch, seine Beziehung zu Anna war ein bedeutender Wendepunkt in seinem Leben!

Die Leute auf der Besucherterrasse wussten all das nicht. Woher auch? Sie spöttelten und machten untereinander höhnische Bemerkungen, als sie sahen, wie Anna ihre Hände unter Tims Armen hindurchführte und von hinten an seine Schultern legte, wie sie ihn küsste und dann ihren Kopf mit geschlossenen Augen an ihn schmiegte, während Tim ihren Oberkörper zärtlich an sich drückte. Kleider machten nun mal Leute, und das in dieser Hinsicht äußerst ungleiche Paar schien die Besucher sehr zu amüsieren. Doch Tim und Anna achteten nicht darauf. Sie drehten sich seitlich zueinander, nahmen sich bei der Hand, lächelten sich noch einmal an und entfernten sich.

»Ist alles gut verlaufen?«, erkundigte sich Anna auf dem Weg zum Auto, dem alten, schwarzen Jeep Wrangler, den Tim am frühen Morgen auf dem Parkplatz des Flugplatzes abgestellt hatte.

»Im Großen und Ganzen schon«, antwortete Tim gelassen. »Wir hatten zwar einen kleinen Zwischenfall, aber am Ende ist alles gut gegangen.«

Anna machte ein besorgtes Gesicht und fragte: »Was denn für einen Zwischenfall? Im Zusammenhang mit dir in einem Flugzeug schätze ich das Wort so gar nicht.«

»Wir sind in einen Schwarm Vögel geraten«, erklärte Tim. »Zwei von denen sind direkt in die Propeller geflogen, und wir mussten notlanden.«

»Oh, du meine Güte!«, äußerte Anna erschrocken. »Wie fürchterlich! Ihr hättet abstürzen können!«

»So schnell stürzt man nicht ab«, beruhigte Tim sie. »Wir sind im Gleitflug zum nächsten Flugplatz und sind dort sicher gelandet. Alles kein Problem. Im Gegenteil, es war mal eine spannende Abwechslung.«

»Du und deine Gelassenheit«, bemerkte Anna liebevoll ironisch. »Am Ende hat es dir womöglich noch Spaß gemacht.«

»Ich geb zu«, gestand Tim lachend, »so im Nachhinein liegst du gar nicht mal so falsch.«

Am Jeep angekommen öffnete Tim seiner Freundin die Beifahrertür und ließ sie Platz nehmen. Dann stieg er selbst ein und startete den Motor. Zügig erreichten sie die Bundesstraße nach Leyental.

»Dann darf ich also annehmen«, nahm Anna das Thema wieder auf, »dass deine Einweisung geglückt ist?«

»Ja«, bestätigte Tim. »Rainer hat zwar jetzt keinen Papierkram mehr gemacht, aber er hat schon gesagt, dass die Sache klar geht. Ich darf jetzt zweimotorige Flugzeuge fliegen.«

»Meinen Glückwunsch!«, freute sich Anna. »Wie wundervoll für dich, wo du das Fliegen doch so sehr liebst.«

»Ja, gell?«, stimmte Tim glücklich zu. »Weißt du, wovon ich träume? Dass ich eines Tages meinen eigenen Flieger habe. Das wäre einfach zu geil.«

»Ist ein solches Flugzeug denn eine sehr kostspielige Anschaffung?« fragte Anna.

»Darauf kannst du wetten«, nickte Tim. »Die sind verdammt teuer. Da bist du ganz schnell hunderttausend Mäuse los. Finster, oder?«

»Oh«, hauchte Anna leise und zurückhaltend. Tim sah sie kurz an. Sie schaute wie beiläufig zum Seitenfenster hinaus. Er zog die Augenbrauen zusammen und fragte: »Wie, ›Oh?‹«

»Bitte?«, fragte Anna gelassen zurück.

»Du hast gerade so komisch ›Oh‹ gesagt«, beharrte Tim. »Heißt das, du denkst nicht, dass das megateuer ist?«

»Doch, durchaus«, beteuerte Anna mit ruhiger Stimme. »Es ist zweifellos ein recht hoher Betrag. Es sollte wohlüberlegt sein, ob man ihn investiert oder nicht.«

»Ob man ihn investiert?«, spöttelte Tim. »Soll das etwa bedeuten …? Ich meine, ich weiß ja, dass deine Familie total reich ist, aber ich kann mir nicht vorstellen, dass selbst du so viel Kohle einfach so auf den Tisch legen könntest.«

»Darüber möchte ich nicht gerne sprechen«, wandte Anna vorsichtig ein.

»Warum nicht? Du weißt doch, ich würde es niemals von dir annehmen. Ich frage aus reiner Neugier.«

»Ja, das weiß ich. Das ist nicht der Grund, weshalb ich Angst habe, es dir zu sagen.«

»Angst? Warum hast du Angst, es mir zu sagen?«

Anna atmete einmal tief ein und sah Tim besorgt an.

»Ach, Tim. Ich fühle mich immer so verunsichert, wenn es um dieses Thema geht. Immerzu habe ich das Gefühl, ich müsste mich dafür rechtfertigen oder gar entschuldigen, aus vermögenden Verhältnissen zu kommen.«

»Ernsthaft? Kommt es dir so vor?«

»Schon. Ich habe Sorge, dass dieser Umstand irgendwann einmal zwischen uns stehen könnte.«

Tim nahm Annas linke Hand und hielt sie, während er mit dem Daumen ihre Haut streichelte.

»Das musst du nicht«, sagte er sanft und lächelte sie an. »Wir haben uns beide unsere Herkunft nicht ausgesucht. Also gibt's nichts, wofür wir uns entschuldigen müssten. Keiner von uns.«

»Aber«, wandte Anna leise ein, »es kommt mir manchmal so vor, als würde es dich abschrecken.«

»Nein, es schreckt mich nicht ab. Es ist nur so, dass es mich auch ein wenig verunsichert. Ich will nichts geschenkt, Anna, das weißt du ja. Trotzdem weiß ich, dass du mir sofort aushelfen würdest, wenn ich dich nur darum bitten würde. Aber das kommt für mich nicht in Frage. Ich will nicht, dass mich jemand auffängt. Irgendwie bin ich wie ein Hochseilartist, der kein Sicherheitsnetz will. Trotzdem ist aber eins da. Verstehst du? Für mich gehört das Risiko einfach dazu. Was ist ein Erfolg wert, wenn es kein Risiko gibt? Wenn ich falle, will ich mir wehtun und wieder aufstehen, um es noch mal zu versuchen, und …«

»… und solange du mit mir zusammen bist«, schloss Anna leise, »kannst du das nicht.«

Sie schlug die Augen nieder.

»Und dann sagst du mir, ich müsse mich nicht sorgen.«

»Musst du auch nicht, Süße!«, bekräftigte Tim liebevoll. »Ich komm mit dieser Einschränkung zurecht, weil ich dich liebe. Ich möchte nur, dass du mir versprichst, mir niemals dein Geld anzubieten. In Ordnung?«

Anna nickte und lächelte: »Ja, in Ordnung. Ich verspreche es.«

»Klasse!«, rief Tim fröhlich aus und lachte. »Und jetzt würde ich wirklich gerne wissen, wie reich du bist. Da laufen ja schon Wetten im Haus.«

»Ich bitte um Verzeihung?«

»Nee, Quastch. Ich will's bloß wissen. Die Frage ist mir nämlich schon öfter durch den Kopf gegangen. Also, wie viel Kohle gehört dir? Dir allein?«

»Nun«, stellte Anna stolz und verschmitzt klar, »jedem anderen würde ich es niemals sagen. Über diese Dinge spricht eine Dame für gewöhnlich nicht, musst du wissen. Doch du als mein fester Freund darfst es erfahren, wenn du es denn gerne möchtest.«

»Dann lass mal hören!«, grinste Tim.

»Zunächst einmal habe ich ein Konto für die täglichen Belange«, erzählte Anna, »auf dem sich im Grunde durchweg ein Saldo von ungefähr 15.000 Euro befindet.«

»Hmm«, machte Tim erstaunt, »da hätte ich jetzt mit mehr gerechnet.«

»Weshalb?«

»Na ja, wenn ich so dran denke, wie viel du allein regelmäßig für Klamotten ausgibst ...«

»Aber nein. Das wird doch stets durch mein Taschengeld ausgeglichen.«

»Was du dein Taschengeld nennst, nennen andere wahrscheinlich ihr Monatsgehalt.«

»Oh«, fiel es Anna ein, »und Papa hat zu meiner Geburt eine Summe von einhunderttausend Euro für mich angelegt, die seitdem Dividenden ansammelt. Ich dürfte im Grunde seit meinem sechzehnten Geburtstag darauf zugreifen. Ich habe es aber bislang nicht in Anspruch genommen.«

»Dividenden, he?«, hakte Tim nach. »Dann ist es heute wesentlich mehr als hundert Riesen, schätz ich.«

»Nun ja«, gab Anna verlegen zu, »ein wenig mehr ist es schon. Ich sage es dir, wenn du mir versprichst, mich nicht für eine Angeberin zu halten!«

»Das würde ich niemals«, versicherte Tim. »Du kannst es mir ruhig sagen.«

Anna senkte den Blick und flüsterte leise: »Es sind inzwischen etwas mehr als 1,2 Millionen Euro.«

Als er das hörte, klappte Tim augenblicklich die Kinnlade nach unten, und er sah Anna verblüfft an.

»Und das nennst du ›ein wenig mehr‹, ja?«

Anna hob die Schultern und schaute Tim ganz verlegen an.

»Ich kann ja auch nichts dafür.«

Tim hauchte einen fassungslosen Lacher aus und blickte kopfschüttelnd nach vorne zur Windschutzscheibe raus.

»Meine Freundin ist 'ne Millionärin. Ich werd bekloppt.«

»Davon bist du doch gewiss zuvor schon ausgegangen«, wandte Anna ein.

»Ich sag mal so«, sagte Tim nachdenklich und kratzte sich leicht am Kinn, »dass deine Eltern so reich sind, das war mir klar, logisch. Aber du, du wirst in 'nem halben Jahr siebzehn. Du gehst noch zur Schule!«

»Ich verstehe, was du sagen möchtest«, erklärte Anna, »doch du musst bedenken, dass mein Vater Bankier ist. Selbstverständlich ergreift er die effektivsten Maßnahmen, um seine Tochter abzusichern. Das weiß ich, denn ich muss mich jede Woche eine Stunde lang mit ihm zusammensetzen, wobei er mir ausführlich erklärt, welche Veränderungen sich an den Börsenkursen und meinem Vermögen eingestellt haben.«

Anna hob schelmisch ihr Gesicht an und drehte sich zu Tim. Dann lächelte sie: »Das war übrigens die Bedingung dafür, dass ich bereits mit sechzehn Zugriff auf das Geld erhalte. Denn eigentlich schwebte ihm dazu mein achtzehnter Geburtstag vor.«

Tim sah sie mit einem frechen Grinsen an und lachte ironisch: »Na, da bin ich aber froh, dass er's dir nicht leicht macht, hm?«

»Ach, du!«, gab Anna gelöst zurück und schlug ihm zart auf den Oberarm.

Die Fahrt verging. Die beiden sprachen über dies und das, und schließlich waren sie nur noch ein paar Minuten von ihrer Heimatstadt entfernt. Plötzlich ertönten beinahe gleichzeitig zwei Signaltöne, einer auf Tims veralteten Smartphone, der andere auf Annas iPhone 6s. Da Tim das Auto steuerte und sein Handy in seiner Hosentasche steckte, war es Anna, die in ihre Handtasche griff und ihr Smartphone hervor nahm.

»Es ist eine Nachricht von Damian«, gab sie bekannt und begann zu lesen. Sofort entfuhr ihr ein hörbarer Seufzer, der zu erkennen gab, dass sie sich genau zwischen Belustigung und Empörung befand, und sie ließ ihr Handy kopfschüttelnd in den Schoß sinken.

»Was ist?«, erkundigte sich Tim grinsend. »Schreibt er was ›Farbenfrohes‹? Hat er sich ›unflätig‹ ausgedrückt? Hat er die ›Etikette misswürdigt‹?«

»Also«, suchte Anna nach Worten, »ich muss schon sagen, er ist von einer ganz außerordentlichen Unverfrorenheit!«

»Dann sag doch mal!«, lachte Tim. »Les mal vor!«

»Das werde ich unter keinen Umständen vorlesen!«, gab Anna entschieden zurück. »Du kannst es selbst lesen«, und sie hielt Tim das große Display ihres iPhones entgegen. Der brach in schallendes Gelächter aus, als er die WhatsApp-Nachricht las:

Na, ihr zwei? Morgenfick beendet?
Oder stellt Trip sich wieder blöd an?
🚲 Bis gleich im Mäckes!

»Das ist Motte live und in Farbe!«, gackerte er.

»Warum war mir nur klar, dass du darüber lachen würdest?«, spöttelte Anna und ging dann neugierig auf den Rest von Damians Mitteilung ein. »Was ist das ›Mäckes‹ Ist das ebenfalls ein solch geschmackvolles Lokal wie das ›Messing?‹«

»Geschmackvoll?«, erwiderte Tim amüsiert. »Na ja, weißt du, dem einen schmeckt's da mehr, dem anderen weniger.«

»Dann ist es also ein Restaurant?«, freute sich Anna. »Wie reizend! Welcher Art ist ihre Küche? Traditionell? Italienisch?«

»Amerikanisch«, antwortete Tom trocken und verschmitzt zugleich.

Schon kurz darauf fuhr Tim seinen Jeep in eine der Parklücken vor dem bekannten Fastfood-Restaurant mit dem goldenen Doppelbogen. Er hatte es sich inzwischen fest angewöhnt, als erster auszusteigen, vorne um das Auto herumzugehen und seiner Freundin die Beifahrertür zu öffnen. Dabei entging ihm nicht, wie Anna skeptisch zur Eingangstür des Hauses blickte und ihre Augenbrauen zusammenzog. Sie blieb neben dem Wagen stehen und verschränkte ihre Arme vor dem Bauch.

»Das also meint ihr mit ›Mäckes‹«, stellte sie nüchtern fest.

»Korrekt«, grinste Tim sie flapsig an. »Wie sieht's aus, Mylady, gesellt Ihr Euch zu uns Barbaren an den Tisch?«

Annas Gesichtszüge begannen sich langsam zu entspannen. Sie atmete einmal tief ein und lächelte: »Einmal musste es ja soweit sein, nicht wahr?«

»So ist es«, bestätigte Tim humorig, »und alle freuen sich schon wie Bolle, dich hier zu sehen.«

»Nun«, fasste Anna sich ein Herz, »dann möchte ich sie nicht enttäuschen.«

Als sie den ersten Schritt vorwärts tat, legte Tim ihr den Arm und die Taille und führte sie durch die verglaste Eingangstür in den kleinen Windfang, in dem ihnen auch schon ein Kunde mit mehreren, prall gefüllten Papiertüten und einem Vierer-Getränkehalter mit großen Softdrinks entgegen kam.

Der Restaurantbereich war ausgesprochen belebt. Klar, denn es war Mittagszeit, und viele Familien und Gruppen junger Leute bevölkerten nun die Tische und die Ausgabetheke. In ihr eintöniges Gemurmel mischte sich penetrant das Piepen der Friteusen. Mitten in dem ganzen Trubel saßen die Freunde des Paares an einem langen Tisch. Sie hatten sich noch nichts bestellt, da sie auf Tim und Anna warten wollten. Die beiden wurden freudig begrüßt.

»Hi, Leute!«, grüßte Tim, am Tisch angekommen. »Wie habt ihr es geschafft, alle einen Platz an dem großen Tisch zu kriegen?«

»Ganz einfach«, antwortete Alex, »immer, wenn was frei wurde, haben sich ein paar von uns dazugesetzt, bis wir am Ende den ganzen Tisch für uns hatten.«

»Anna!«, rief Isi lächelnd und tappte mit der Handfläche auf den Platz neben ihr auf der langen, roten Kunstlederbank. Erfreut lächelnd ging Anna zu ihr und folgte der Einladung. Rechts neben Isi saß Melli.

»Na, wie fühlst du dich?«, warf sie Anna zu.

»Recht gut, danke, Melli«, antwortete Anna höflich. »Es ist ein wenig … gewöhnungsbedürftig.«

»Okay, Leute, Futter!«, rief Michael in die Runde. »Ich schlage vor, Motte, Boggy und ich gehen bestellen. Sagt uns, was ihr haben wollt!«

Der kluge Plan stieß auf große Zustimmung. Einer nach dem anderen teilte den drei Jungs seine Wünsche mit.

»Was möchtest du gerne haben, Anna?«, erkundigte sich Julian schließlich.

»Ich bin nicht sicher«, antwortete Anna zurückhaltend und drehte kurz den Kopf zur Theke, um sich das Speisenangebot anzusehen. »Ich denke, ich werde wohl diese panierten Geflügelmedaillons versuchen.«

»Die was?«, rief Julian und stimmte in das fröhliche Gelächter ein, das sich daraufhin am Tisch erhob. Anna lächelte unsicher und deutete auf das große Schild über der Ausgabe.

»Ja«, bekräftigte sie, »diese Geflügelmedaillons dort. Ich denke, sechs Stück werden mir sicher genügen.«

»Ich wette, so hat das hier noch keiner genannt!«, wieherte Damian. »Das sind Chicken McNuggets, Anna!«

»Und wenn schon«, gab Anna zurück. »Die möchte ich jedenfalls gerne. Falls es keine Umstände macht.«

»Nein, kein Problem«, lachte Julian, »ich bring sie dir. Noch irgendwas dazu?«

»Ich möchte es eigentlich kaum aussprechen«, fuhr Anna fort, »aber sieht dieses Kunststoff-Näpfchen nicht aus wie ein grüner Salat?«

»Ja«, grinste Julian, »das ist einer. Möchtest du den auch, ja?«

»Bitte.«

»In Ordnung. Und was zu trinken?«

»Eine Apfelschorle, bitte.«

»Sollst du haben.«

»Danke, Julian.«

Damit entfernten sich die Jungs in Richtung Verkaufstheke. Kurz darauf kehrten sie mit sechs Tabletts zurück, auf denen sie haufenweise Burger und Pommes aufgestapelt hatten.

»Alter!«, empfing Alex sie überwältigt. »Haben wir das alles bestellt?«

»Ja klar!«, bestätigte Julian.

»Sicher?«, fragte Alex zweiflerisch. »Und wer soll das bitte alles essen?«

»Sieht schlimmer aus, als es ist«, warf Damian ein. »Immerhin ist ein Tablett komplett für Hawkens.«

Damit begannen er und Julian, den Inhalt der weniger beladenen Tabletts am Tisch zu verteilen. Michael stellte beim Hinsetzen tatsächlich das am schwersten bepackte Tablett vor sich ab.

»Hawkens! Alter Verwalter!«, raunte Tim ihm zu. »Und das ziehst du dir jetzt alles rein?«

»Natürlich!«, gab Michael lässig zurück. »Wieso wundert dich das? Du kennst mich doch.«

»Weil das selbst für dich 'ne ganz schön finstere Nummer ist«, wandte Tim ein. »Da sind immerhin zwei Zwanziger dabei!«

»Na und?«, trotzte Michael. »Lass mich!«

»Übrigens, Anna«, begann Melli ein neues Thema, »hast du schon mitgekriegt, dass die Zwölfer gerade 'ne Oberstufenparty planen?«

»Ja, das habe ich«, antwortete Anna, während sie mit der für sie typischen Ruhe und den elegant flüssigen Handbewegungen ihre Speisen auspackte und das schwarze Plastikbesteck für den Salat geräuschlos aus der Cellophanfolie zog.

»Und?«, fragte Melli weiter. »Hast du vor hinzugehen?«

»Möglicherweise«, sagte Anna. »Mit der richtigen Begleitung könnte es sicher nett werden.«

»Wollen wir drei zusammen gehen?«, warf Isi aufgeregt ein.

»Sehr gerne«, stimmte Anna lächelnd zu.

»Cool!«, freute sich Isi. »Sie haben übrigens schon durchsickern lassen, dass sie was echt Fettes draus machen wollen. So mit mehreren Räumen, verschiedenen Genre-Ecken und 'nem Haufen Leute.«

»Oh ja!«, fügte Melli hinzu. »Sie überlegen sogar, ob alle ihren Freund oder ihre Freundin mitbringen sollen, damit es auch richtig viele Leute werden.«

»Na, das wär doch was, Trip!«, lachte Isi Tim zu. »Dann würdest du auch endlich mal deinen alten Kumpel Philipp wiedersehen!«

»Darauf kann ich verzichten«, konterte Tim grinsend. »Ein Abend mit euch dreien ist bei weitem das bessere Argument. Also, solang ich nicht wieder 'nen Frack anziehen und mir 'nen Strick um den Hals binden muss, bin ich dabei.«

»Sauber!«, jubelte Melli. »Das wird megageil!«

»Übrigens!«, rief Damian. »Wo ihr gerade von Hinkheim redet: Der Typ hat sie nicht mehr alle, wisst ihr das?«

»Ach!«, höhnte Michael. »Auch schon gemerkt?«

»Nee, ohne Witz, Leute!«, erzählte Damian weiter. »Der hat seinen Audi TT jetzt rundum mit Schürzen aufgemotzt. Aber so extrem; wenn der jetzt über 'ne Briefmarke fährt, reißt der sich unten alles auf!«

Das Gelächter seiner Freunde hallte durch den Raum. Damian winkte ab und fuhr fort: »Und jetzt kommt's. Ich hab den neulich hinter mir gehabt. Ihr kennt doch die Stelle, wenn ihr auf der B 542 durchs Einkaufsgebiet fahrt. Zwischen Lidl und Norma, da wo die Insel für die Fußgänger ist.«

»Du meinst die Querungshilfe?«, hakte Alex nach.

»Ja«, nickte Damian, »kurz davor, wo die Straße ganz gerade ist. Ich kam aus Richtung Tankstelle. Da taucht der Typ mit seinem TT hinter mir auf und drängelt wie Sau. Leute, ungelogen, ich hatte fünfzig drauf, und der war keine zwei Meter hinter mir!«

»Der wollte dich bestimmt herausfordern«, meinte Julian grinsend, »mit deinem tiefergelegten Golf GTI.«

»Der kann mich mal, der Wichser!«, ereiferte sich Damian. »Das nächste Mal steig ich aus und polier ihm seine Hackfresse!«

»Keine gute Idee«, hielt Melli dagegen. »Sein Vater ist Anwalt. Da hast du keine Chance.«

»Können wir diesen Spacken nicht vergessen?«, fragte Isi genervt. »Ich würde viel lieber weiter über die Party reden. Trip, was hältst du davon, wenn wir … Mensch, Ditze! Was grinst du so dämlich?«

»Och, nur so«, meinte Alex, der wirklich albern grinste. Neben ihm saß Julian, der herzhaft in sich reinlachte, sodass sein Bauch zuckte.

»Boggy und ich haben hier voll die besten Plätze: Links gegenüber sitzt Hawkens, das Gebiss auf grob gestellt und die Soße von seinem Big Mac die Backen hoch geschmiert, und rechts Anna, kerzengerade, die ihre McNuggets ganz elegant mit Messer und Gabel isst.«

»Der Anblick ist einfach unbezahlbar!«, gackerte Julian vergnügt.

»Aber echt!«, stimmte Tim in das Gelächter der Jungs ein und scherzte: »Anna, ich liebe dich, aber so kann das nicht weitergehen.«

»Ach, findest du?«, neckte Anna spitzbübisch zurück. »Findet der Herr es nicht mehr faszinierend, wie seine Liebste zu Tisch sitzt?«

»Und ob!«, hielt Tim dagegen. »Aber jetzt sind wir bei Mäckes. Hier wird nicht zu Tisch gesessen, sondern reingehauen!«

»Ich verstehe«, schmunzelte Anna seelenruhig, während sie einen weiteren Streifen von einem Chicken-Nugget abschnitt und zart mit der Gabel aufspießte. »Dann nehme ich an, dass ich nun, ganz wie ihr tapferen Krieger, mein Tablett als Trog benutzen soll?«

»Hihi«, kicherte Melli in ihre vorgehaltene Hand, »richtig so, Anna. Gib's ihm!«

Tim lachte laut auf.

»Als Trog?«, antwortete er ebenso schelmisch. »Das wäre wohl ein bisschen zu viel verlangt. So weit bist du noch nicht. Mister Miyagi sagen: Du erst lernen laufen, dann lernen fliegen.«

»Du möchtest mich also herausfordern, Tim Richthof?«, hielt Anna unbeeindruckt dagegen. Tim sah ihr grinsend in die Augen und antwortete: »Du hast es erfasst.«

»Na schön«, lächelte Anna provokant, »ich bin einverstanden. Glaube nur nicht, dass ich ein Feigling bin.«

»Das werden wir sehen.«

»Nun, ich höre?«

»Als erstes musst du einen Schluck Cola trinken«, stellte Tim mit einem Pokerface klar.

»Cola Light?«, fragte Anna.

»Nein. Richtige«, gab Tim zurück und stellte ihr seinen großen Becher aufs Tablett. Anna zuckte mit den Schultern und entgegnete locker: »Wenn es weiter nichts ist.«

Schon griff sie selbstsicher schmunzelnd nach dem Getränk, doch Tim hielt sie zurück, indem er plötzlich den Finger hob.

»Äh!«, machte er kurz. »Hiermit!«

Damit präsentierte er Anna grinsend einen Strohhalm und steckte ihn ihr auch prompt in den Becher mit Cola.

»Nun, das ist immer noch leicht«, triumphierte Anna. »Es ist ein gängiger Irrglaube anzunehmen, es sei in jedem Fall unschicklich, aus einem Strohhalm zu trinken«, und sie hob den Becher, um im nächsten Moment einen Schluck durch den Trinkhalm zu nehmen.

»Voilá!«, kommentierte sie stolz und setzte den Becher wieder ab.

»Das hast du gut gemacht«, lobte Tim sie in einem besonders liebevollen Ton. »Jetzt bist du richtig vorbereitet.«

»Vorbereitet?«, wunderte sich Anna lachend. »Auf was denn, wenn ich fragen darf?«

»Auf die Herausforderung. Die Cola war nur der Anfang. Sie sollte dich geschmacklich auf das Kommende vorbereiten.«

Tim und Anna sahen sich in die Augen. Verliebtheit und gewitzte Frechheit zeigten sich zu gleichen Teilen in ihren Gesichtsausdrücken.

»Worauf wartest du?«, frotzelte Anna. »Ich bin bereit für deinen kleinen Test …«

Ohne zu blinzeln oder den Blick von Anna abzuwenden schob Tim ihr seinen einmal abgebissenen McRib samt Schachtel vor die Nase.

»Da musst du jetzt reinbeißen«, beschloss er, »und zwar ohne Besteck!«

»Ja, Anna!«, rief Alex ausgelassen. »Zeig uns mal, wie man richtig Mäckes-Fraß wegputzt!«

Anna sah unsicher lächelnd auf das Schweinehackbrötchen hinunter. Zähe, rotbraune Soße, von der das gesamte Innere der Pappschachtel sowie die Unterseite des Brötchens verschmiert war, quoll in Massen aus ihm heraus. Zuerst verzog sie ein wenig das Gesicht, dann schaute sie Tim an und hauchte reserviert: »Du erwartest doch nicht, dass ich dieses sonderbare, eklig anmutende Ding in die Hand nehme, geschweige denn in den Mund?«

Da lachte Damian dreckig.

»Tja, Trip!«, rief er. »Ich wette, den Spruch hast du schon öfter von ihr gehört!«

Augenblicklich erhob sich schallendes Gelächter am Tisch der acht Freunde. Mit humoriger Entrüstung atmete Anna einmal tief ein und entgegnete: »Damian! Dass du aber auch immer alles zweideutig auslegen musst!«

Als das Gelächter allmählich abklang, fügte Anna hinzu: »Ich muss doch sehr bitten. Ich spreche hier einzig und alleine von diesem schlaffen Fleischgebilde, das Tim mir hingereicht hat.«

Damit war es aus. Die Jungs hielten sich die Bäuche und grölten nur so vor Lachen. Auch die beiden Mädchen konnten nicht anders als herzhaft mitzulachen.

»Anna«, kicherte Melli, als sie wieder Luft bekam, »vielleicht solltest du die Dinge weniger umschreiben und einfach beim Namen nennen.«

»Is so«, gluckste Isi und legte Anna den Arm um die Schultern. Anna aber verschränkte lachend die Arme vor der Brust und trotzte heiter: »Pöh. Nehmt bitte zur Kenntnis, dass ich sehr beleidigt bin.«

»Ach, Süße«, feixte Tim und lächelte sie liebevoll an, »mit dir kann man so viel Spaß haben. Wenn du jetzt nur ein einziges Mal von dem McRib abbeißt, ist der Tag perfekt.«

»Also schön«, lenkte Anna vornehm ein, »wenn ihr es denn unbedingt so wollt …«, und sie griff langsam und vorsichtig von der Seite unter das Brötchen in der Schachtel. Sie versuchte nach Kräften, dazu so wenige Finger wie möglich zu benutzen und spreizte die Finger, die sie nicht brauchte, weit ab. Naserümpfend lächelnd nahm sie hin, dass ihre Fingerspitzen dabei unweigerlich von der Soße bekleckert wurden. Dann hob sie den weichen Burger nach oben und biss unter dem Jubel ihrer Freunde ein kleines Stückchen ab. Sie wollte ihn schon wieder ablegen, da wandte Alex ein: »Hmm, ich weiß nicht, Anna, das sah nicht wirklich nach abbeißen aus. Was sagst du dazu, Trip?«

Er und Tim lehnten sich seitlich aufeinander zu und diskutierten den Fall, während sie Anna angrinsten.

»Tja, Ditze, ich seh das auch so. Ich glaub nicht, dass da viel Fleisch zwischen war.«

»Sie hat nur am Brötchen geknabbert, würde ich sagen.«

»Ja, wie so 'n kleines Vögelchen. Und man isst einen McRib nicht wie ein Vögelchen, hab ich Recht?«

»Absolut! Ich meine, wo kämen wir hin, wenn jeder das machen würde?«

»Nicht auszudenken … Tja, Süße, ich fürchte, da musst du noch mal ran.«

»Ihr seid gemein!«, warf Isi kichernd dazwischen. »Anna hat abgebissen! Richtig viel sogar!«

»Hast du gehört, Trip?«, lästerte Alex lachend. »Da redet 'ne Blinde über Farben.«

»Aber wirklich!«, stimmte Tim ein. »Als ob die beurteilen könnte, wie man richtig Burger isst.«

»Du musst schon die Experten überzeugen, Anna. Und die sind noch längst nicht beeindruckt.«

»So ist es. Und wir zwei sind noch eine sehr gnädige Jury. Ich meine, wir könnten ja auch Hawkens als Sachverständigen hinzunehmen …«

»Nein, nein«, lenkte Anna kichernd ein, »das wird sicher nicht nötig sein. Ihr habt recht, ich kann das besser. Obschon ich sagen muss, dass dieses merkwürdige Fleischbrötchen recht absonderlich riecht.«

»Das kommt, weil Trip schon reingebissen hat«, feixte Alex.

»Stimmt«, blödelte Tim, »ich hätte vorhin das faule Ei nicht runterwürgen sollen. Wie sieht's aus, Anna, möchtest du lieber aufgeben?«

»Das könnte dir so passen, mein Lieber«, spöttelte Anna, hob abermals den vor Soße triefenden Burger an und biss nun wirklich deutlich hinein, aufmerksam verfolgt von Isi und Melli und von Tim und Alex, die sich weit nach vorne lehnten und Annas Biss kritisch beäugten.

»Das war jetzt wirklich voll viel!«, kommentierte Isi.

Mit ihrem verschmitzten Lächeln und gerümpfter Nase kaute Anna zart auf ihrem Stück, während sie das McRib-Brötchen in die Schachtel zurück legte und augenblicklich nach einer Serviette griff.

»Oh, mein Gott!«, hauchte sie lachend, als sie runtergeschluckt hatte. »Das ist ja über die Maßen scheußlich! Wie kannst du so etwas nur essen?«

Tim und Alex betrachteten sorgfältig Annas Lippen. Dann sahen sie sich staunend an.

»Sie hat ja überhaupt keine Soße am Mund!«, stieß Alex hervor, und wieder sahen die Jungs mit offenen Mündern zu Anna hin.

»Wie zum Geier machst du das?«, fragte Tim entgeistert. »Das gibt's doch nicht!«

»Tja, Jungs«, triumphierte Melli, während Anna sich elegant und mit einem stolzen Lächeln die Finger säuberte, »im Gegensatz zu euch kann sie essen. Gut gemacht, Anna!«

»Danke, Melli«, gab Anna in aller Ruhe zurück und lächelte Tim und Alex frech an. »Meine Herren?«

»Es ist noch nicht vorbei!«, scherzte Tim mit bestimmter Miene. »Irgendwann kriegen wir dich! Wir lassen uns was einfallen.«

Nach dem Essen verbrachten die Freunde noch gemeinsam Zeit im Haus der Jugend. Es war ein lockerer, angenehmer Samstag, an dem keiner Stress hatte. Zusammen sein und eine gute Zeit haben, das war es, was ihnen im Moment wichtig war.

Kapitel 3

So waren Tim und Anna bester Laune, als sie später am Tag in Annas Elternhaus eintrafen. Tim fand es immer noch höchst beeindruckend, die ausgedehnte Diele der Zur-Heyden-Villa zu betreten. Der weiße Marmorboden, auf dem Annas Schritte dahinhallten, glänzte so stark, dass sich die Füße der prachtvollen Möbel und die Fensterreihe, die der Eingangstür gegenüber lag, darin spiegelten. Da der Raum so hoch war, wirkte die breite, freitragende Marmortreppe, die ins obere Geschoss hinaufführte, doppelt imposant. Mitten in dieser Szenerie stand der riesenhafte Eichenholzschreibtisch von Wolfgang zur Heyden, Annas Vater. Tim folgte seiner Freundin in Richtung Treppe.

»Es ist niemand zu Hause«, kommentierte Anna die Stille. »Meine Eltern hatten während der Woche bereits angekündigt, dass sie wohl den Samstag über arbeiten würden.«

Damit legte sie ihre Hand zärtlich in Tims Armbeuge und begann mit ihm die Stufen ins obere Geschoss hinaufzusteigen. Der innenliegende und damit recht dunkle Flur, der am oberen Ende der Treppe begann, wurde mit der Ankunft des Paares automatisch erleuchtet. Kurz darauf betraten sie durch die große, massive Holztür Annas Zimmer.

»Licht einschalten!«, rief Tim erwartungsfroh und freute sich einen Ast, als die Zimmerbeleuchtung heraufdimmte.

»Ha!«, jubelte er. »Ich kann den Scheiß auch!«

»Sehr beeindruckend«, sagte Anna lächelnd und öffnete ihren Mantel, wobei sie sich mit dem Rücken ihrem Freund zudrehte. »Wärst du so liebenswürdig?«

»Klar«, antwortete Tim und half Anna aus dem Mantel. Sie nahm ihn sogleich entgegen, legte ihn zusammen und drapierte ihn über ihren Unterarm. Dann strich sie Tim lächelnd mit der Hand über die Wange und gab ihm einen Kuss.

»Danke«, flüsterte sie verliebt und verschwand in ihrem Ankleidezimmer, um ihr kostbares Gewand sorgsam auf einen Bügel zu hängen. Tim nutzte die Gelegenheit, sich in Annas Zimmer umzusehen. Auch sie hatte einen beeindruckend großen Schreibtisch in ihrem Zimmer stehen. Er war ebenfalls aus Massivholz geschreinert, doch hatte man ihn nicht naturbelassen, sondern – wie jedes Möbelstück in Annas Zimmer – cremefarben lackiert, wobei einige Kanten, insbesondere die Verzierungen und Griffe der Schubladen- und Türfronten, golden abgesetzt waren. Während Tim den noblen Tisch noch aufmerksam betrachtete, schritt Anna von hinten an ihn heran und legte sanft ihre Arme um seinen Bauch.

»Gestatten, mein Schreibtisch«, kicherte sie. »Ihr kennt euch noch nicht?«

Tim lachte kurz in sich hinein, dann drehte er sich Anna zu und sagte schelmisch: »Ich hab da mal 'ne Frage.«

»Bitte.«

»Was ich schon immer wissen wollte …«

»Ja? So sprich!«

»… was habt ihr reichen Leute eigentlich immer mit euren Riesenschreibtischen?«

»Wie bitte?«, lachte Anna äußerst belustigt.

»Ja!«, bekräftigte Tim. »Immer haben reiche Leute so riesige Schreibtische. Auch in Filmen. Da sitzen die großen Bosse auch immer an so monsterhaften Teilen.«

»Ich fürchte, das kann ich dir auch nicht sagen«, gluckste Anna.

»Komm, gib's zu!«, feixte Tim. »Du und dein Vater, ihr setzt euch jeden Tag an eure Schreibtische, legt eure Hände so mit den Fingerspitzen zusammen, und dann plant ihr mit einer irren Schurkenlache, die Weltherrschaft an euch zu reißen!«

»Tja, da bist du uns wohl auf die Schliche gekommen«, schmunzelte Anna. »Wir und unsere Schreibtische. Jetzt ist das Geheimnis gelüftet.«

»Aber ja!«, rief Tim freudig aus und schnippte mit den Fingern. »Das ist es!«

»Was heißt das nun wieder?«, lachte Anna.

»Eure Schreibtische!«, alberte Tim. »Sie sind die Zentren eurer Macht! Wie der Hauptreaktor des Todessterns. Wenn man eure Schreibtische zerstört, seid ihr erledigt!«

Anna drückte sich lächelnd an ihn heran und legte ihm die Arme um die Schultern.

»Jetzt, da du das Geheimnis gelüftet hast«, säuselte sie, »dürfte dir wohl klar sein, dass du hier nicht mehr lebend herauskommst.«

»Ich verstehe«, grinste Tim sie an und schlang seine Arme um Annas Taille, »du willst mich jetzt mit deinem McRib-Zwiebelatem ersticken, he?«

»Oh!«, entfuhr es Anna, wobei sie mit ihren Fäusten auf Tims Brust trommelte. »Du Fiesling, du! Das stimmt doch gar nicht!«

Lachend hielt Tim sie fest, hob sie hoch und setzte sie auf ihren Schreibtisch. Dann gab er ihr einen zärtlichen Kuss auf den Mund, den sie gefühlvoll erwiderte, wobei sie beide Hände an seine Wangen hielt. Schließlich setzte Tim sich auf Annas feinen Schreibtischstuhl. Er strich mit den Händen die verzierte Tischkante entlang und fasste anschließend an einen der goldenen Schubladengriffe.

»Darf ich?«, lächelte er Anna zu.

»Aber ja«, stimmte sie sanft zu.

Also zog Tim die Schublade auf. Obwohl sie aus schwerem Holz bestand, ließ sie sich leicht hervorziehen. Was Tim dort sah, ließ ihn staunen.

»Faber-Castell-Bleistifte?«, kommentierte er amüsiert. »Und hier: Läufer Kombi-Plast. Wie gewöhnlich. Gibt's denn keine Radiergummis von, keine Ahnung, Dönerteller Versace?«

Anna kicherte vergnügt: »Du meinst Donatella Versace. Nein, davon ist mir nichts bekannt.«

Da fiel Tim eine kleine, hölzerne Schatulle in der Schublade auf. Er kannte sie, denn er und Anna hatten darin vor ein paar Wochen etwas ganz Besonderes untergebracht. Er nahm sie hervor und stellte sie andächtig auf die Tischfläche. Er zupfte an dem Seilchen der Schreibtischlampe und schaltete sie damit ein. Dann öffnete er das kleine Kästchen und betrachtete intensiv die beiden goldenen Schmuckfragmente, die dort auf blauem Samt funkelten. Eins nahm er in die Hand und hielt es ans Licht.

»No es«, murmelte er nachdenklich. »Seit Wochen fragen wir uns, was das heißen könnte. Ich hab keinen

Dunst, wo ich ansetzen soll. Französisch, Spanisch, Latein – wir haben alles ausprobiert.«

»Und wenn es noch weitere Schmuckstücke mit einer Inschrift gibt?«, überlegte Anna. »Dann ergeben sie zusammen vielleicht einen vollständigen Spruch?«

»Vielleicht«, antwortete Tim, »aber die Legende spricht nur von einer Inschrift, und zwar von der auf Antoinettes Kette.«

»Und da ist noch etwas«, fügte Anna hinzu, während sie langsam in die Schatulle griff und das Kettenglied mit der Gravur herausnahm, »etwas, über das ich gerne mehr wissen möchte.«

Tim sah sie an und lächelte mild, als er sie dabei beobachtete, wie sie das Schmuckstück verträumt in den Fingern drehte. Er hatte sie vorhin ganz »undamenhaft« auf den Schreibtisch gesetzt, und doch machte sie das Beste aus dem Bild, das sie dabei abgab: Kerzengerade, mit übereinander geschlagenen Beinen, saß sie anmutig da und dachte nach. Dann blickte sie Tim an.

»Was ist?«, fragte sie liebevoll. »Warum lächelst du?«

»Einfach nur so«, gab Tim ihr zurück. »Über was würdest du gerne mehr wissen?«

»Ja«, nahm Anna den Faden wieder auf, »mich interessiert sehr, wie Oma Leni in den Besitz des Schmucks dieser Antoinette gelangt ist. Von wem hatte sie ihn übernommen? Und wusste sie wirklich um das Geheimnis mit der Inschrift? Und falls ja, was wollte sie mir darüber mitteilen? Oh, Liebster, mir gehen so viele Gedanken durch den Kopf!«

»Ich merk's«, sagte Tim und streichelte ihren Oberschenkel. »Und weißt du was? Wir denken jetzt noch mal ganz cool drüber nach. Wir finden als erstes raus, wer diese Antoinette genau war, und wo sie gelebt hat.«

»Das dürfte schwierig werden«, wandte Anna ein. »Sie war offenbar Französin, dem Namen nach zu schließen. Und Clément war Soldat in der Armee Napoleons, also offenbar ebenfalls Franzose. Das ist aber auch bereits alles, was wir wissen.«

»Ich denke, wir wissen noch viel mehr«, entgegnete Tim. »Wir wissen, dass Clément bei Waterloo gefallen ist, und wir wissen, wann die Schlacht stattfand. Das heißt, du weißt das, Geschi-LK.«

»1815«, nickte Anna, »aber inwieweit soll uns das helfen?«

»Na ja«, meinte Tim, »wenn die beiden wirklich gelebt haben, und davon dürfen wir fest ausgehen, dann gibt es Aufzeichnungen. Und die finden wir dann schon, das versprech ich dir. Selbst wenn ich dafür ganz Frankreich durchkämmen muss!«

Ganz gerührt sah Anna ihn an.

»Das ist so süß von dir«, wisperte sie und strich Tim durchs Haar, während er sich vorbeugte und ihr einen Kuss aufs Knie gab. »Danke schön.«

»Dafür doch nicht«, wehrte Tim sanft ab und lehnte sich weit auf Annas Stuhl nach hinten. Er legte die Hände hinter den Kopf und sah konzentriert an die Decke.

»Wie hießen die beiden noch mal komplett?«, fragte er nachdenklich.

»Antoinette de la Garrigue«, antwortete Anna, »und Clément Duvall Rocheux.«

»Klingt vornehm«, murmelte Tim. »Sie war wahrscheinlich auch adelig. Da ist es doch eigentlich gut möglich, dass deine Oma Kontakt zur Familie dieser Antoinette hatte, oder?«

»Das könnte schon sein«, stimmte Anna zu. »Der europäische Adel ist ja ohnehin zu allen Zeiten miteinander verbandelt gewesen. Jeder kennt jeden, so kann man gewiss sagen.«

»Was, wenn deine Oma die Nachfahren Antoinettes persönlich gekannt hat?«, fuhr Tim fort und richtete sich wieder auf. »Ja! Das ergibt sogar Sinn! Der Nachlass deiner Oma ist doch heute komplett bei deinem Onkel, richtig?«

»Ja, richtig!«, erkannte Anna begeistert. »Und wir haben das Portraitgemälde von Antoinette bei ihm gefunden, weißt du noch? Das muss ebenfalls zu Oma Lenis Nachlass gehören, denn Onkel Ansgar wusste nichts von der Legende, bis er ihre sämtliche Habe als Erbe erhielt!«

»Und wenn Oma Leni nicht nur den Schmuck, sondern auch das Gemälde besaß …«, begann Tim einen Gedanken zu formulieren.

»… dann besaß sie möglicherweise noch weitere Dinge, die vormals Antoinette gehört haben könnten!«, vollendete Anna den Satz. Tim lehnte sich zu ihr hin und nahm ihre Hand.

»Wir müssen noch mal in die Kammern von Burg Aarstein!«, stellte er bestimmt fest. »Ich hab nämlich so das Gefühl, dass dort einige Antworten auf uns warten.«

»Ja!«, bekräftigte Anna. »Ich werde Onkel Ansgar bitten, uns Zutritt zu den Kammern zu gewähren. Er muss zustimmen. Oma Leni hat mich aufgezogen. Sie war mein Ein und Alles. Er muss mich ihren Nachlass ansehen lassen!«

»Das wird er bestimmt machen. Wir waren ja schon mal drin. Ist doch nachvollziehbar, dass du jetzt den Rest sehen willst.«

»Ich hoffe, er sieht es ähnlich. Er hat es uns immer verboten, die Kammern zu betreten. Und das Malheur, das Vanessa mit der Kette passiert ist, so fürchte ich, wird seine Bedenken nicht gerade zerstreut haben.«

»Das hier ist was anderes«, widersprach Tim. »Du willst die Sachen deiner Oma durchsehen und keinen Schmuck anprobieren.«

Anna nickte dazu. Da klopfte es plötzlich an Annas Zimmertür. Sofort hüpfte Anna vom Tisch und stellte sich aufrecht hin.

»Annabelle?«, klang es durch die Tür ins Zimmer herein. »Darf ich eintreten?«

»Ja, bitte, Mama!«

Die Tür ging auf, und Vivienne zur Heyden trat ins Zimmer. Tim erhob sich höflich vom Stuhl und drehte sich zu Annas Mutter hin.

»Guten Abend, Frau zur Heyden.«

»Guten Abend, Tim«, antwortete Vivienne freundlich. »Ich muss sagen, ich freue mich, Sie gesund und unversehrt zu sehen.«

»Ach ja? Warum?«

»Nun, mein Mann und ich hörten eben im Wagen die Lokalnachrichten. Dort hieß es, dass ein Privatflugzeug wegen Motorausfalls in Daun notlanden musste. Wir befürchteten schon, es handelte sich dabei um Ihren Einweisungsflug.«

»Hey!«, entfuhr es Tim freudig. »Ich war in den Nachrichten? Wie cool ist das denn!«

»Dann lagen wir also doch richtig!«, staunte Vivienne. »Du meine Güte! Wie erfreulich, dass Sie dieser gefährlichen Situation entgangen sind.«

»Danke«, erwiderte Tim, »aber so gefährlich war das nun auch wieder nicht.«

»Aber im Rundfunk hieß es«, erzählte Vivienne, »dass ›nur durch das beherzte Handeln des Piloten eine Katastrophe verhindert werden konnte.‹«

»Die Leute übertreiben«, widersprach Tim lässig und winkte grinsend ab.

»Nun, wie auch immer«, lächelte Vivienne, »wir werden in Kürze zu Abend essen. Annabelle, wir würden uns freuen, wenn du und Tim uns Gesellschaft leistet. Vorausgesetzt, ihr habt keine anderen Pläne.«

»Danke, Mama«, antwortete Anna, »das machen wir gerne.«

»Wunderbar«, nickte ihre Mutter höflich. »Dann wäre es ganz reizend, Tim, wenn Sie bei Tisch die Aufregungen des Tages mit uns teilen würden. «

»Mach ich gern, Frau zur Heyden«, antwortete Tim ihr verschmitzt. »Da freu ich mich drauf. Was gibt's denn zu essen?«

»Es wird ein original französisches Geflügel-Fricassée aufgetragen«, gab Vivienne freundlich bekannt.

»Hmmm!«, machte Tim und grinste sich einen. »Dann werden Sie meine Geschichte lieben!«

»Davon bin ich überzeugt«, sprach Vivienne. »Wir sehen uns also in dreißig Minuten im Speisezimmer.«

Nachdem Vivienne die Tür von außen ins Schloss gezogen hatte, drehte Anna sich zu Tim hin. Ihr frech schmunzelndes Lächeln enthielt im hohen Maß auch eine mahnende Skepsis, als sie ihrem Freund die rechte Hand auf die Brust legte.

»Was ist?«, lachte Tim vergnügt.

Anna warf mit einer kurzen, sachten Kopfbewegung eine ihrer vorderen Haarsträhnen nach hinten und hob ihr Kinn kokett an. Tim sah in ihre lachenden Augen. Dann sprach sie ruhig, aber eindringlich: »Was die Umstände betrifft, die zum Ausfall der Motoren geführt haben …«

»Ja?«

»… darf ich doch davon ausgehen, dass du dich nicht in farbigen Details über den Aufprall der Vögel ergehen wirst.«

»Sondern?«

»Du wirst diese Stelle stattdessen mit einer charmanten Andeutung überspringen.«

»Okay?«

»Ebenso wenig wirst du dich zu Beschreibungen hinreißen lassen, die die anschließenden Verunreinigungen des Flugzeugs zum Thema haben. Hast du verstanden, Tim Richthof?«

»Süße«, gluckste Tim, »damit bindest du mir die Hände. Ich werde die Story dann nicht mehr retten können.«

Anna lachte, als sie ihm ihre Hände in den Nacken legte: »Ich bin sicher, es gibt noch genügend Stellen, die du ausschmücken kannst«, und sie kicherte, als Tim im zärtlichen Ton flüsterte: »Darauf kannst du einen lassen.«

»So etwas tue ich nicht«, gab sie augenzwinkernd im gleichen Tonfall zurück, schmiegte sich fest an ihn und begann ihm liebevoll den Unterkiefer zu küssen. Immerhin hatten sie noch 28 Minuten.

»Tja, so war das«, schloss Tim seine Erzählung an dem riesigen, dunkelbraunen Eichenholztisch im Speisezimmer der Familie zur Heyden. »Eigentlich wollte ich ja noch mithelfen, den Flieger wieder flott zu machen, aber die Jungs wollten das lieber selber hinbiegen.«

»Ein bemerkenswertes Erlebnis, Tim!«, nickte Wolfgang zur Heyden anerkennend. Tim fiel auf, dass er auch gerade jetzt wieder einen seiner Armani-Anzüge mit Hemd und Krawatte trug. Er hatte Annas Vater noch nie in legerer Kleidung gesehen und fragte sich insgeheim, ob dies je vorkommen würde.

»Und ich muss anerkennend sagen«, fuhr Wolfgang bestimmt fort, »dass ich es beeindruckend finde, dass ein junger Mann wie Sie die Nervenstärke besitzt, in einer solchen Situation einen klaren Kopf zu behalten. Haben Sie einmal daran gedacht, Berufspilot zu werden?«

»Mehr als einmal«, antwortete Tim »aber die Ausbildung kann ich mir im Augenblick nicht leisten. Und zu 'ner Airline will ich nicht. Hab nämlich keine Lust, mir bei jeder Landung das Klatschen von tomatensaftgedopten All-Inclusive-Touris anzuhören. Sie verstehen.«

Wolfgang lachte äußerst sympathisch.

»Ja, das verstehe ich gut. Immerhin liegt Ihnen mehr das Abenteuerliche. Sicher haben Sie in dieser Hinsicht auch bereits einiges erlebt?«

Tim erinnerte sich tatsächlich an einen ganz speziellen Fall.

»Ja«, lachte er, »da gab's mal 'ne Geschichte in Australien. Soll ich erzählen?«

»Wir bitten darum«, lächelte Vivienne. »Möchten Sie noch ein Glas Wein, Tim?«

»Sehr gerne, vielen Dank.«

»Ja, bitte erzähle es uns, Liebster!«, freute sich auch Anna. »Ich liebe es, wenn du von deinen Abenteuern erzählst.«

»Wir sind ganz Ohr«, schmunzelte Wolfgang.

»Okay«, begann Tim sein Erlebnis zu erzählen, »also, das war in Paddy's Hole, mitten im Outback im Northern Territory. Die haben da ja so einen Flugdienst, mit dem Ärzte raus in den Busch geflogen werden, damit die Einheimischen dort versorgt werden können.«

»Die so genannten ‚Flying Doctors‘«, nickte Wolfgang, »ja, davon habe ich gehört.«

»Genau«, fuhr Tim fort, »und einmal, da stand wieder ein Flug an, und alle suchten nach dem Piloten. Puppy Dog Wilson hieß der. Der hatte am Abend davor aber mit seinen Kumpeln Geburtstag gefeiert.«

Tim fing an zu lachen, als er weitererzählte: »Plötzlich kam er angetorkelt. Meinte, er wäre flugtauglich. Aber er war so blau, dass er sich nicht mal sein Pilotenhemd richtig anziehen konnte. Er hatte es linksrum an. Und die ganze Zeit war er am maulen, weil seine Schulterklappen ja jetzt innen saßen und ihm auf den Schultern gekratzt haben. Er hat's aber nicht gecheckt und stattdessen volles Programm auf seine Frau geschimpft, warum sie seine Hemden immer so doll stärken muss!«

Er blickte vergnügt in die erheiterten Gesichter seiner Zuhörer und kicherte ausgelassen in sich hinein.

»Und was geschah dann?« erkundigte sich Anna neugierig.

»Wir haben ihn mit fünf Leuten davon abgehalten, ins Flugzeug zu steigen. Und dann war natürlich Ärger angesagt, weil mit ihm ja der Pilot für den Einsatz ausgefallen war. Ich hab dann gesagt, dass ich fliegen kann. Und so kam's, dass ich für einen Tag Buschpilot in Australien war.«

»Wirklich bemerkenswert, was Sie schon alles erlebt haben«, sagte Wolfgang anerkennend. »Was halten Sie denn von der Möglichkeit, in den fliegerischen Dienst bei der Luftwaffe zu gehen.«

»Das wär schon eher was«, meinte Tim nachdenklich, »aber nicht als Kampfflieger. Denn erstens steh ich auf Propellerflugzeuge, und zweitens leben die Jungs im Einsatz ganz schön gefährlich. Mir gefällt die Aussicht nicht sonderlich, das Christkind täglich zu begrüßen.«

»Nun, ja«, pflichtete Wolfgang ihm bei, »das ist in der Tat ein stichhaltiger Punkt.«

»Apropos, Wolfgang!«, fiel es Vivienne plötzlich ein. »Ich bitte um Verzeihung, Tim, dass ich das Thema so abrupt wechsele, aber Wolfgang, wir dürfen nicht vergessen, uns nächste Woche mit dem Schmuck für den Weihnachtsbaum im Atrium der Bank zu befassen. Das ist ausgesprochen wichtig.«

»Aber, Schatz«, antwortete Wolfgang ihr, »um diese Dinge kümmert sich doch Frau Schumacher alljährlich.«

»Darum geht es ja!«, hielt Vivienne dagegen. »Kannst du dich erinnern, was sie im vergangenen Jahr fabriziert hat? Sie hat einen Satz neue Kugeln bestellt, die farblich ganz und gar nicht zu den vorhandenen Kugeln passten.«

»Es war aber dasselbe Blau«, wandte Wolfgang verwundert ein. »Gut, mit einer winzigen Nuance Unterschied, weil die Kugeln neu waren und aus einer anderen Charge stammten.«

»Wie auch immer«, bemerkte Vivienne energisch, »es sah ganz unmöglich aus. Ich möchte, dass wir uns in diesem Jahr persönlich darum kümmern.«

»Lass uns das lieber später diskutieren, Liebes«, beschwichtigte Wolfgang seine Frau. »Wir wollen Annabelle und Tim nicht damit behelligen.«

»Wie du meinst«, lenkte Vivienne ein, dann lächelte sie ein wenig reserviert und lenkte das Thema in eine neue Richtung.

»Wo wir gerade davon sprechen«, richtete sie das Wort höflich an Tim. »Wie werden Sie das Weihnachtsfest dieses Jahr verbringen, Tim? Sicherlich werden Sie Ihre Eltern besuchen?«

»Eher nicht«, entgegnete Tim nüchtern. »Ich halte das wie jedes Jahr: Ich bleib zu Hause und warte einfach ab, bis die zweieinhalb Tage vorbei sind.«

»Weshalb denn das?«, wollte Vivienne erstaunt wissen.

Tim zuckte mit den Schultern.

»Hab keinen Bezug dazu.«

»Wie kann man denn keinen Bezug zu Weihnachten haben?«, wunderte sich Vivienne. »Das verstehe ich nicht.«

»Mama!«, riet Anna ihrer Mutter freundlich, während sie Tims Hand nahm. »Lass uns vielleicht über etwas anderes sprechen.«

Tim nahm seine freie Hand und streichelte damit Annas Handrücken.

»Ist schon gut«, sagte er. »Deine Mutter möchte es wissen. Also sag ich es ihr. Passt schon.«

Vivienne und Wolfgang blickten Tim recht verwirrt an. Er stillte ihre Neugier, indem er zu erzählen begann:

»Weihnachten war nicht, als ich klein war. Wir hatten nie einen Baum oder einen Kranz, und auch sonst nichts von dem ganzen Kram. Meine Eltern haben sich eh immer nur gezofft, aber an Weihnachten war's besonders finster. Ich hab mich dann immer schön verkrochen oder lieber noch aus dem Haus geschlichen, weil, wenn mein Alter mich in die Finger gekriegt hat, dann gab's richtig Senge. Jap, das war meine Bescherung: Eine Tracht Prügel, einfach nur, weil man Alter besoffen und vom Streit mit meiner Mutter außer sich war.«

Vivienne hatte längst entsetzt ihre Hände vor den Mund gelegt, und Wolfgang sagte bestürzt: »Tim, das ist … furchtbar! Bitte entschuldigen Sie. Das haben wir nicht gewusst. Wenn es Ihnen lieber ist, werden wir das Thema nicht mehr anschneiden.«

»Na, das kommt ja gar nicht in Frage!«, äußerte Vivienne mit Bestimmtheit. »Ich werde doch nicht dabei zusehen, wie der Freund meiner Tochter sich über die Feiertage in Einsamkeit zurückzieht. Tim, Sie werden die Weihnachtstage hier mit uns verbringen! Und unterstehen Sie sich zu widersprechen!«

Staunend blickte Tim von einem zum anderen. Er suchte für einen Moment nach Worten, dann sagte er überwältigt: »Wow! Das … Das wär das erste Weihnachtsfest meines Lebens …«

Anna hakte sich lächelnd mit beiden Händen in seinen Arm und strahlte ihn an. Dann sah Tim Vivienne an und nickte freudig.

»In Ordnung. Wenn Sie drauf bestehen, Frau zur Heyden. Dann sag ich mal: Vielen Dank für die … Vorladung.«

Daraufhin lachten alle herzhaft. Anna beschloss, die gute Stimmung zu nutzen, um ihren Vater auf das Vorhaben anzusprechen, das sie und Tim nun angehen wollten.

»Papa?«

»Ja, Schätzchen?«

»Ich beabsichtige, Onkel Ansgar zu bitten, Tim und mir noch einmal Zutritt zu den Vorbereitungskammern von Burg Aarstein zu gewähren.«

»Aus welchem Grund?«, fragte Wolfgang skeptisch nach.

»Wir haben dort sehr viele Dinge gefunden, die Oma Leni gehörten«, antwortete Anna, »und ich möchte sie mir gerne genauer ansehen.«

»Kleines«, wandte Vivienne ein, »du weißt, das ist nicht so einfach. Er möchte aus nachvollziehbaren Gründen nicht, dass ihr Kinder dort herumstöbert.«

»Inzwischen bin ich aber kein Kind mehr«, hielt Anna ruhig dagegen, »und euch beiden muss ich nicht erklären, was Oma Leni mir bedeutet hat. Ich habe ein Recht, ihren Nachlass eingehend in Augenschein zu nehmen.«

»Wie du meinst, Kleines«, meinte Vivienne schulterzuckend, »aber diese Frage stellst du ihm in jedem Fall persönlich.«

»Das hatte ich ohnehin vor«, antwortete Anna stolz und nachdrücklich. Tim neben ihr runzelte plötzlich die Stirn und sah mit nachdenklichem Blick zu ihrem Vater hin.

»Was wissen Sie eigentlich darüber, Herr zur Heyden?«, fragte er.

»Bitte?«, fragte Wolfgang zurück. »Worüber?«

»Na ja«, fuhr Tim fort, »sie war Ihre Mutter. Wissen Sie denn nichts über die Dinge, die sich in ihrem Nachlass befinden?«

»Ihr Nachlass war ausschließlich materieller Art«, erklärte Wolfgang, »und der wurde ihrem Testament entsprechend unter uns Brüdern aufgeteilt. Wir waren uns sofort darüber einig, dass der Schmuck unserer Mutter am besten in den Kammern von Burg Aarstein aufgehoben ist. Abgesehen davon enthielt ihre Hinterlassenschaft lediglich ein paar Gemälde, Fotografien und ihre persönlichen Papiere. Alles in allem frage ich mich daher, was du dort in Augenschein nehmen möchtest, Annabelle.«

»Aber, Papa!«, wunderte sich Anna. »Es sind natürlich die alten Gemälde und Fotografien, die mich interessieren. Es geht mir um das Andenken an meine Großmutter.«

»Nun, wenn es so ist«, lenkte Wolfgang ein, »dann wird dein Onkel sicherlich nichts dagegen haben.«

Zuversichtlich und entschlossen nickte Anna einmal mit dem Kopf.

»Ich werde ihn gleich nach dem Essen anrufen«, entschied sie.

Kapitel 4

Am Sonntagvormittag brummte Tims Jeep durch das Dorf Hohenborn auf die Anhöhe zu, auf der von weitem sichtbar die Burg Aarstein thronte. Tim hatte Anna direkt nach dem Frühstück zu Hause abgeholt, damit sie frühzeitig loslegen konnten. Nun näherten sie sich dem großzügigen, zwischen hohen, alten Buchen eingebetteten Gebäudekomplex des Burghotels Aarstein. Während der Westflügel des Hotels mit der Eingangshalle und dem großen Festsaal immer größer vor ihnen auftauchte, verschwanden langsam, blass im Morgendunst liegend, die trotzigen Türme der Burg hinter den Dächern der Anlage.

»Wo treffen wir deinen Onkel eigentlich?«, erkundigte sich Tim. »Im Hotel?«

»Nein«, entgegnete Anna, »wir werden ihn in seinem Privathaus besuchen. Du fährst am besten geradeaus weiter den Weg entlang.«

Und so passierten sie den Gebäudekomplex des Burghotels, hinter dem nun die Mauern und Türme der Burg wieder hervortraten. Die Fahne auf dem mächtigen, zinnenbesetzten Bergfried hing schlaff herunter. Es war noch windstill an diesem dunstigen, kalten Morgen.

»Uuh, jetzt aber!«, staunte Tim humorig, als vor ihnen der Weg durch ein großes, schwarzes, eisernes Tor mit goldenen Spitzen an der Oberkante versperrt wurde, und er staunte Bauklötze, als Anna ihr iPhone herausnahm, eine App aufrief und einen sechsstelligen Code eingab, woraufhin das Schloss des Tores sich mit einem Klacken öffnete und die Torflügel in erhabener Gemächlichkeit aufschwangen.

»Alter!«, drückte Tim langsam hervor, während er den Vorgang beobachtete. Dann drehte er den Kopf zu Anna hin und fragte: »Hast du das jetzt gemacht?«

»Aber ja«, gab Anna fröhlich zurück. »Es ist ein modernes Sicherheitssystem, und jedes Mitglied der Familie zur Heyden verfügt über einen persönlichen Zugangscode. So weiß Onkel Ansgar auch gleich, wer ihm seine Aufwartung macht.«

Beeindruckt die Mundwinkel herunterziehend nickte Tim und trat sachte aufs Gaspedal, um durch das Tor zu fahren.

»Als du ›Alter!‹ gesagt hast«, schmunzelte Anna, »meintest du da womöglich mich?«

»Was?«, fragte Tim lachend zurück.

»Du weißt schon«, fuhr Anna fort. »Du hast vorhin gesagt: ›Alter! Hast du das jetzt gemacht?‹«

Tim musste nun herzhaft lachen.

»Nein!«, feixte er. »Das sagt man einfach nur, wenn man baff ist. So wie ›alter Verwalter!‹ und so. Ich würde dich doch nicht ›Alter‹ nennen.«

»Gut«, nickte Anna. »Es ergäbe auch nicht das geringste bisschen Sinn.«

»Is echt so, Alter!«, zog Tim sie grinsend auf. Es wirkte. Sie presste kurz die Lippen zusammen und kniff ihm neckisch in die Seite.

Gemächlich und auf dem weißen Marmorsplitt leise knirschend rollte der Jeep auf den kreisförmigen Vorplatz des rustikal-luxuriösen Anwesens zu. In seiner Mitte stand, ganz klassisch und klischeehaft, ein kleiner, steinerner Springbrunnen, der von Blumenbeeten, englischen Rasenflächen und Vogelbädern umgeben war. Nachdem Tim und Anna aus dem Auto gestiegen waren, folgten sie einem aus Natursteinplatten gepflasterten Weg, vorbei an einer beeindruckenden, um diese Jahreszeit jedoch leider blütenlosen Gartenlandschaft, hin zum Eingangsbereich. Sie waren kaum angekommen, da öffnete sich schon die Tür und eine freudig lächelnde, junge Frau lief ihnen beschwingt entgegen. Sie hatte eine elegante, moderne Blue Jeans an, dazu hellbraune, hochhackige Veloursleder-Pumps und einen ebenso hellbraunen Blazer offen über einer weißen, über die Jeans hängenden Bluse. Durch ihre Bewegung wehten ihre langen, goldblonden Haare leicht, als sie Anna herzlich umarmte.

»Hallo, Belle!«, strahlte sie. »Wie schön! Wir haben uns seit Anthons Tauffeier nicht gesehen.«

»Das stimmt«, lächelte Anna froh zurück und hielt ihre Cousine im Arm. »Hallo, Lena!«

Nach der Umarmung hielten sie sich noch eine Sekunde lang an den Händen und lächelten sich an. Dann wandte Marilena sich Tim zu und schmunzelte ihm freundschaftlich zu.

»Hallo, verwegener Abenteurer. Ich freu mich auch über deinen Besuch.«

»Hey, Marilena«, grüßte Tim lässig. »Schön, dich zu sehen.«

Schon im nächsten Augenblick wurden Tims Augen erneut zur Tür gelenkt, in der eine weitere junge Frau erschienen war. Marilena bemerkte es und schwenkte den Blick auch kurz zum Eingang ihres Elternhauses. Dann schmunzelte sie Tim abermals an und kommentierte: »Da ist noch jemand, die sich tierisch freut, dich wiederzusehen.«

Marilenas jüngere Schwester war etwas kleiner und recht hager. Über ihrer Jeans mit schlichten Sneakers flatterte ein weites, graues Hollister-T-Shirt. So gekleidet verbarg sie stets ihre fast nicht vorhandene Oberweite. Glatte, schulterlange, braune Haare mit einem strengen Seitenpony rahmten ihr schmales Gesicht ein, das im Grunde recht hübsch, doch auch heute wie zumeist ungeschminkt war und daher, besonders im Vergleich zu ihrer Schwester, etwas fahl wirkte. Verhalten lächelnd, die Handgelenke vor dem Bauch zusammenhaltend, schritt sie zunächst schüchtern auf Tim zu.

»Komm her, Nessi!«, rief Tim ihr freundlich zu und breitete die Arme aus. »Lass dich herzen!«

Vanessa legte ihre Hände seitlich an seine Schultern und legte ihren Kopf an seine Brust, das Gesicht nach außen gedreht, sodass sie in Richtung Anna blickte, die rechts von Tim stand.

»Hallo, Trip«, wisperte sie leise und löste die kurze, zaghafte Umarmung, um sogleich darauf ihre Arme in Richtung ihrer Cousine auszustrecken.

»Hallo, Annabelle.«

»Hallo, Vanessa.«

Vanessa umarmte Anna liebevoll, dann trat sie einen Schritt zurück neben Marilena und lächelte verlegen.

»Vanessa ist total in dich verknallt, Tim«, lachte Marilena. »Sie redet seit Wochen nur noch davon, wie dick ihr befreundet seid.«

»Marilena!«, protestierte Vanessa peinlich berührt und senkte den Blick zu Boden. »Manno!«

»Ist doch völlig okay, Vanessa!«, fuhr Marilena heiter fort und musterte Tim mit einem Augenaufschlag. »Ich geb ja auch zu, dass ich nicht verstehe, wie eine Frau vor ihm stehen kann, ohne Herzklopfen zu kriegen.«

»Tja, da muss ich jetzt wohl danke sagen«, erwiderte Tim locker und sah Anna an, die ihn ihrerseits verhalten anblickte. Er nahm ihre Hand und hielt sie fest, woraufhin sie wieder lächelte.

»Und?«, fragte Marilena forsch. »Jetzt erzählt mal! Was führt euch her?«

»Wir haben Onkel Ansgars Erlaubnis, uns ein weiteres Mal in den Kammern am Ende des Tunnels umzusehen«, erzählte Anna.

»Wie cool!«, freute sich Marilena. »Wird ja auch endlich mal Zeit. Ich meine, wir sind ja mittlerweile wohl alt genug, dass er uns vertrauen kann! Was wollt ihr euch denn ansehen?«

»Wir wollen nach Oma Lenis persönlichen Unterlagen suchen«, beschrieb Anna ihren Plan. »Wir hoffen, Hinweise über ihr Leben zu finden. Dinge aus ihrer Vergangenheit, wenn du verstehst.«

»Typisch Belle«, kicherte Marilena und strich Anna liebevoll über den Oberarm. »In der Vergangenheit herumzustöbern war immer dein Ding.«

»Scheint bei dir ganz anders zu sein, hm?«, vermutete Tim.

»Ja, total!«, lachte Marilena ihn an. »Ich bin da ganz anders gestrickt. Ich bin ein Mensch, der nur nach vorne blickt. In die Vergangenheit schaue ich noch nicht mal, um Anlauf für die Zukunft zu nehmen. Aber ich finde es toll, wie Belle sich dafür begeistern kann.«

»Dann möchtest du uns wahrscheinlich nicht begleiten?«, fragte Anna nach.

»Nein, sorry, Süße«, gab Marilena bedauernd zurück, »aber wenn ihr aus dem Staub der Jahrhunderte zurück seid, würde ich mich freuen, wenn wir uns noch ein bisschen zusammensetzen.«

»Das machen wir gewiss«, sicherte Anna ihr zu.

»Sehr schön«, freute sich Marilena, »dann sehen wir uns später.«

Damit kehrte sie sich um und strebte lässigen Schrittes ins Haus zurück.

»Und du, Nessi?«, richtete Tim das Wort an Marilenas jüngere Schwester. »Kommst du mit?«

Vanessa schüttelte sachte den Kopf und blickte zu Boden. Wieder griff sie mit der linken Hand an ihren rechten Unterarm und rieb mit ihr zwischen Handgelenk und Ellenbogen hin und her.

»Noch Schiss wegen den Spinnen?«, hakte Tim behutsam nach. Wieder schüttelte Vanessa mit niedergeschlagenen Augen den Kopf.

»Dein Vater?«, mutmaßte Anna behutsam. Da nickte Vanessa angedeutet und antwortete: »Ja. Er hat mir nahe gelegt, mich von den Kammern fernzuhalten.«

»Ich nehme an, er hat es nur dir nahe gelegt?«, erkundigte sich Anna, worauf ihre Cousine wieder kaum merklich nickte.

»Ja«, bestätigte Vanessa leise, »aber das ist ja auch nachvollziehbar. Marilena interessiert sich schon lange nicht mehr für die Kammern, und Gabriel begeistert sich für nichts außer seinen Computer und seine Gamer-Freunde.«

»Ich find's trotzdem nicht fair«, brummte Tim und sah entschlossen auf sein Handy. Dann wandte er sich seiner Freundin zu und stellte fest: »Noch fünf Minuten bis zum Treffen mit deinem Onkel. Was meinst du, Anna, wollen wir?«

»Ja«, stimmte Anna zu, »lass uns hinein gehen.«

Tim nahm Vanessa noch kurz in den Arm.

»Kopf hoch, Nessi!«, versuchte er sie aufzumuntern. »Wird schon alles gut werden.«

Anna nickte ihrer Cousine lächelnd zu, strich ihr über die Wange und machte sich dann mit Tim auf den Weg zum Arbeitszimmer ihres Onkels, welches tief in dem großen Haus am Ende eines breiten Flures lag. Die gesamte Bebauung, die das Wohnhaus ebenso wie die Hotelanlage betraf, war kurz nach dem zweiten Weltkrieg in einem historischen, zur Burg passenden Baustil entworfen worden. Dementsprechend massiv und prunkvoll wirkte sie auf Besucher. Anna klopfte an die schwere Eichenholztür.

»Ja, bitte!«, drang Ansgars tiefe Stimme kraftvoll nach außen. Anna drückte die große, derbe Klinke mit beiden Händen nach unten. Dann traten sie und Tim hinein und fanden sich sehr schnell, von Tim mit einem amüsierten Schmunzeln quittiert, vor einem extrem großen und schweren, eichenhölzernen Schreibtisch wieder, an dem sich Annas Onkel gerade erhob und seine Gäste mit einer einladenden Handbewegung aufforderte, sich ihm gegenüber auf die zwei großen Stühle zu setzen.

»Bitte sehr«, kommentierte er seine Geste höflich. »Ich freue mich über deinen Besuch, Annabelle. Herr Richthof.«

Damit reichte er Tim die Hand, dem sogleich auffiel, welches Ritual hier angestrebt wurde. Ansgar beugte sich dabei kaum nach vorne, sodass er Tim in die Position brachte, fast schon einen Diener machen zu müssen, wenn er die Etikette wahren und der Einladung zum Händedruck über die breite Tischplatte hinweg folgen wollte. Gleichzeitig hielt Ansgar seine Handfläche ein stückweit nach unten gedreht, sodass Tim zwangsläufig untertänig seine Hand unter die von Annas Onkel drehen müsste. Tim sah das gar nicht ein. Das großspurige Verhalten Ansgars erschien ihm unsympathisch. Hatte dieser erfolgreiche Geschäftsmann es tatsächlich nötig, Tim seine untergeordnete Stellung auch noch unter die Nase zu reiben? Oder dachte er daran, dass der Freund seiner Nichte von einem Selbstbewusstsein war, das ihm die Stirn zu bieten in der Lage war?

Tim tat das einzig Richtige. Er umging den »Diener«, indem er seinen rechten Arm zwar ausstreckte, seine linke Schulter jedoch nach hinten drehte und damit seinen Oberkörper nicht frontal, sondern seitlich zu Ansgar stellte. Gleichzeitig blickte er ihm forsch in die Augen. Zusätzlich griff er unter Ansgars Hand, umgriff dessen Handteller mit den Fingern und drehte sie mit leichtem, doch eindeutigem Druck in die Senkrechte, bevor er sie zackig schüttelte.

»Guten Tag, Herr zur Heyden«, antwortete er mit kräftiger Stimme und einem freundlichen, offenen Lächeln. »Vielen Dank, dass Sie Zeit für uns haben.«

»Gerne, Herr Richthof«, antwortete Ansgar ebenso betont und gleichermaßen freundlich. »Es ist mir ein Vergnügen Sie wiederzusehen. Bitte! Nehmen Sie Platz!«

Das war der Moment, in dem alle drei sich auf ihre Plätze setzten. Ein unbedeutender Vorgang, wie man meinen sollte, doch auch hier war zu bemerken, dass Ansgar sich auf Tim konzentrierte. Anna war hier so gut wie zu Hause und ihm daher natürlich äußerst vertraut. Tim jedoch hatte er bis zu diesem Zeitpunkt erst zweimal gesehen, und so hielt er ihn immer noch aufmerksam im Auge, um ihn mehr und mehr einzuschätzen. Es musste ja schließlich einen Grund geben, warum seine Nichte, die hinsichtlich Charme und Etikette selbst seinen eigenen Töchtern weit voraus war, solch eine tiefe Zuneigung diesem derben, jungen Mann gegenüber entwickelt hatte. Und so schwenkte er seinen Blick schließlich zu Anna hinüber.

»Annabelle«, sprach er sie freundlich an.

»Ja, Onkel Ansgar«, gab Anna lieblich lächelnd zurück.

»Du möchtest den Nachlass deiner Großmutter durchsehen. Kannst du mir sagen, was du dir von dieser Besichtigung versprichst?«

»Ich habe Grund zur Annahme, dass ich einige Dinge finden werde, die in erster Linie von persönlicher Bedeutung für mich selbst sind. Ich habe den größten Teil meiner Kindheit in ihrer Obhut zugebracht, und wir waren, wie du weißt, im besonderen Maße miteinander verbunden.«

»Was für persönliche Dinge sollen das sein?«, wollte Ansgar wissen.

»Das weiß ich ja eben nicht«, erklärte Anna. »Wir haben bislang ja nur einige Fotoalben und gerahmte Bilder von ihr zu Gesicht bekommen. Aber alleine schon diese Dinge liegen mir sehr am Herzen.«

»Na schön«, akzeptierte Ansgar. »Wie lange gedenkst du in den Kammern zu bleiben?«

»Auch das kann ich schwerlich abschätzen«, gab Anna ruhig zur Antwort. »Ich weiß ja zu diesem Zeitpunkt nicht einmal, auf was wir stoßen werden. Oder ob wir überhaupt fündig werden.«

»Nun«, entschied Ansgar, »ich räume dir fürs Erste zwei Stunden ein. Danach erwarte ich umgehend eine Stellungnahme. Hast du das verstanden, Annabelle?«

»Ja, Onkel Ansgar.«

»Gut. Gibt es noch etwas hinzuzufügen?«

Ansgar sah dabei sowohl Anna als auch Tim an.

»Eine Sache vielleicht«, meldete Tim sich zu Wort. »Wir könnten da unten sicher ein bisschen Hilfe gebrauchen. Wenn Sie nichts dagegen haben, würden wir Ihre Tochter Vanessa gerne fragen, ob sie Lust hat mitzukommen.«

Ansgar drehte sich auf seinem Stuhl frontal zu Tim hin und legte seine Hände in weitem Abstand auf die Tischkante vor ihm. Sein Blick war eindringlich und herausfordernd, als er sprach: »Herr Richthof. Mir ist durchaus klar, dass meine Tochter Ihnen mit hoher Wahrscheinlichkeit berichtet hat, dass ich ihren Zugang zu den Kammern eingeschränkt habe. Von daher darf ich davon ausgehen, dass Ihnen die Umstände bekannt sind. Sie werden also gewiss keinen weiteren Versuch unternehmen, a) meine Anordnungen zu umgehen und b) meine Autorität gegenüber meiner Tochter zu untergraben. In diesem Punkt herrschen zwischen uns sicherlich klare Verhältnisse. Nicht wahr, Herr Richthof?«

»Ja, sicher«, lenkte Tim nüchtern ein.

»Gut«, nickte Ansgar energisch. »Nun, meine Herrschaften, ich habe mich Geschäften zuzuwenden. Wir sehen uns in exakt 120 Minuten in diesem Raum.«

Das private Anwesen von Annas Verwandtschaft lag deutlich näher zur Burg als zum Hotelbereich, daher wäre es an dieser Stelle nicht vernünftig gewesen, zurück zum Hotel zu fahren und dort in den Keller zu laufen, um den alten Fluchttunnel zu erreichen. Stattdessen beschlossen Tim und Anna, auf direktem Wege den Aufgang zur Burg zu benutzen und den Tunnel aus der entgegengesetzten Richtung zu begehen.

»Alles klar«, kommentierte Tim seine Gedanken beim Betreten des großen Burghofs, »und wieder was Neues gesehen.«

»Hast du Burg Aarstein denn noch nie besichtigt?«, erkundigte sich Anna ein wenig ungläubig. Tim schüttelte den Kopf und zuckte mit den Schultern. Er hakte seine Daumen in die Taschen und sah in die Ferne.

»Einmal wär's fast so weit gewesen«, erzählte er, »da gab es eine Unterrichtsfahrt. In der vierten Klasse war das. Ungefähr 'ne Woche vorher hatte ich aber eine, na ja, Begegnung mit dem Rektor. Und da bekam ich Strafe und durfte nicht mitfahren.«

Anna, die seine Hand hielt, seufzte humorig und schüttelte den Kopf. Dann schaute sie Tim von der Seite an und stellte kichernd fest: »Natürlich. Du musstest dich gewiss wieder ungebührlich verhalten. Nun erzähle mir schon, was hattest du angestellt?«

»War 'ne blöde Geschichte«, bemerkte Tim grinsend.

»Ich möchte sie hören«, beharrte Anna vergnügt.

»Also gut«, lenkte Tim ein. »Es war Winter, und es lag Schnee. Motte und ich waren auf dem Weg zur Schule. Damals nannte ich ihn noch nicht Motte, aber egal. Wir haben ein bisschen getrödelt, weil jeder von uns sich einen fußballgroßen Schneeball gerollt hatte. Der Schnee war so schön pappig, da mussten wir einfach mit rumspielen, verstehst du?«

»Daran ist ja nichts verwerfliches«, kommentierte Anna, »aber noch ist der Herr Rektor nicht in deiner Geschichte aufgetaucht. Darf ich annehmen, dass es Herr Rektor Albermann war?«

»Richtig«, nickte Tim und lachte. »Dann weißt du ja, wie er aussah. Mit seinem Exhibitionistenmantel, den er im Winter immer anhatte.«

»Du bist unmöglich!«, lachte Anna. »Gewiss, dieser Mantel war bereits damals außerordentlich aus der Mode gekommen, aber er wirkte doch keineswegs dergestalt abnorm, dass solche Vergleiche hätten aufkommen können.«

»Jedenfalls«, erzählte Tim weiter, »haben wir uns noch ganz kleine Schneebälle gemacht und auf die großen gepappt. Als Nippel. Die sollten halt wie Möpse aussehen.«

»Oh, nein!«, entfuhr es Anna. »Typisch Jungs … Wir müssen dort in den Flügel mit der breiten Tür, über der die drei Wappen hängen … Und was geschah dann?«

Tim und Anna bogen ab und gingen auf die große, schwarzbraune Eichenholztür zu, die von einem massiven Steingesims eingefasst war. Direkt vor ihr führten vier grobe Steinstufen nach unten. Währenddessen sprach Tim: »Herr Albermann ging ja auch immer zu Fuß zur Schule, weißt du noch? Ich weiß bis heute nicht, ob er überhaupt ein Auto hat. Er hat uns an diesem Morgen überholt. Zuerst haben wir ihn ganz brav gegrüßt. Er hat zurückgegrüßt und schon ziemlich griesgrämig auf unsere Schneebälle geguckt. Du weißt, er hasste Schneeballschlachten. Und da hat Motte ganz frech gesagt: ›Gucken Sie mal, da kann man dran nuckeln.‹«

»Oh!«, hauchte Anna aus. »Wie respektlos von ihm! Das sieht ihm ja so ähnlich. Wie hat Herr Albermann reagiert?«

»Na ja«, fuhr Tim fort, »zuerst gar nicht. Aber nach der ersten Stunde wurden wir zusammen mit unserer Klassenlehrerin in sein Büro gerufen … Warte, ich mach das.«

Anna ließ den großen eisernen Knauf los, den sie beschwerlich zu drücken begonnen hatte. Tim griff nach dem massiven Teil und schob den schweren Türflügel auf.

»Danke.«

»Kein Ding, Süße … Verdammte Axt! Wo sind wir denn hier gelandet?«

»Sehr beeindruckend, nicht wahr? Dieser Flur verläuft um den gesamten Rittersaal herum. Die Ausstattung ist original sechzehntes Jahrhundert.«

»Ist ja finster! Du meinst, die ganzen Äxte und Schwerter und die Ritterrüstungen, die stehen noch original da, wo sie früher standen?«

»Ganz recht. Es gibt alte Holzstiche aus jener Zeit, die belegen, wie die Ausstaffierung des Saales und des Flures ausgesehen hat.«

»Echt cool, das muss ich schon sagen.«

Vom Eingang aus waren es noch gut zehn Meter bis zur Tür des innenliegenden Saales. Tims und Annas

Schritte hallten in den urigen Gemäuern, in denen um diese Zeit noch keine Touristen umherspazierten.

»Bitte erzähle nun weiter. Weshalb durftest du letztendlich an der Fahrt zu Burg Aarstein nicht teilnehmen? Wenn ich es richtig verstehe, war es doch Damian, der den Herrn Rektor brüskiert hatte.«

»Schon. Aber Motte hatte kurz davor mehrere andere Sachen vermasselt. Ich hab mir gedacht, wenn das jetzt auch noch dazukommt, dann kriegt er richtigen Ärger. Also hab ich behauptet, dass ich ihn zu dem Spruch mit dem Nuckeln angestiftet hätte, und dass das alles meine Schuld gewesen wäre.«

»Und das sollen sie dir einfach so geglaubt haben?«

»Haben sie. Ich hab ihnen erzählt, dass ich Motte erpresst und ihm gedroht hätte, seinen Eltern von dem Vorfall hinter dem Werkraum zu erzählen, wenn er das jetzt nicht zu dem Rektor sagen würde.«

»Ihr Jungs habt schon einen sonderbaren Ehrenkodex. Offenbar hattet ihr stets darauf geachtet, dass eure Missetaten schön gleichmäßig verteilt waren, sodass niemand von euch hervorstechen und von der Schule verwiesen würde.«

»Du hast es erfasst«, schmunzelte Tim, um kurz darauf wieder mit offenem Mund dazustehen und zu staunen. »Mensch, Anna, das ist echt gewaltig! So eine gut erhaltene Burg kenn ich bis jetzt nur aus England. Hast du mal Warwick Castle gesehen?«

»Ja, in der Tat«, nickte Anna, »und auch einige weitere Anwesen. Ich durfte Onkel Ansgar einige Male begleiten, wenn er sich mit den dortigen Eigentümern getroffen hat.«

»Er hat Kontakt zu englischen Burgbesitzern?«

»Aber ja. Es gibt einen internationalen Verband von Burgverwaltern. Die meisten Mitglieder stammen aus Deutschland, Frankreich und Großbritannien. Man trifft sich regelmäßig zum Erfahrungsaustausch, zur gegenseitigen Unterstützung und zur Planung von Ausstellungen und Instandhaltungsmaßnahmen.«

»So was gibt es?«, fragte Tim verblüfft und sah Anna mit großen Augen und offenem Mund an, worauf sie nickte.

»Ist ja krass … Und wo müssen wir jetzt hin?«

Anna lächelte, beinahe schön gerührt, beim Anblick von Tims staunendem Gesicht.

»Na, in den Rittersaal natürlich. Wie du siehst, hat er zwei Zugänge, jeweils einen in jeder Längswand … Mit Verlaub, einen Moment bitte …«

Anna ergriff ein Ende des dicken, roten Stricks, mit dem der Zugang zum Rittersaal locker versperrt war, und löste den Karabiner, der an dessen Messingkappe saß, aus einem der beiden hüfthohen Standpfosten, die neben den Türlaibungen standen. Dann ließ sie Tim den Vortritt in den Saal und klinkte den Strick hinter sich wieder zurück in die Öse des Pfostens.

»Hier dürfen Besucher also nicht rein?«, erkundigte sich Tim.

»Ganz recht«, bestätigte Anna. »Früher war es einmal erlaubt, doch als eine Reisegruppe plötzlich auf die große Tafel gestiegen und darauf auf und ab gesprungen war, hatte mein Onkel beschlossen, dass der Saal nur noch durch die offenen Türen hindurch zu betrachten sein sollte.«

»Irgendwie schade. Wär doch ’ne wilde Sache, wenn man an der riesigen Tafel so richtig mittelalterlich speisen könnte. So wie auf Burg Rittersdorf.«

»Onkel Ansgar und Tante Edeltraud halten nichts von solcherlei robusten Gelagen. Und, um der Wahrheit die Ehre zu geben, ich teile ihre Ansicht.«

Tim grinste: »Wieso wundert mich das jetzt nicht?«

Anna drehte sich zu ihm hin und strahlte ihn an.

»Nun, mein Liebster, dann darf ich dich jetzt einmal auffordern, dich umzusehen. Was siehst du?«

Tim folgte der Aufforderung seiner Freundin und blickte sich in alle Richtungen um.

»Der Saal ist ewig hoch«, beschrieb er, »mit riesenhaften Ölgemälden an den Längswänden. Ich seh Fackelhalter. In der einen von den kurzen Wänden ist ein gewaltiger, offener Kamin, und vor der anderen hängt ein … Wandteppich? Ist das ein Wandteppich?«

»Ja, es ist einer. Ein Gobelin.«

»Der sieht verschärft aus. Wie groß ist der? Der hat doch locker vier mal sechs Meter! Und was für Motive sind das? Soll das da rechts eine Luftansicht von Hohenborn sein? Mit dem Gelände von Burg Aarstein?«

»Richtig. Und was erkennst du in der linken Hälfte?«

»Das … Das ist Leyental! Man erkennt die drei Burgen auf den Felsen. Ist ja irre! Warum sind die beiden Orte zusammen auf den Teppich gewebt worden?«

»Dieser Gobelin stammt aus dem vierzehnten Jahrhundert. Er war ein Geschenk des Herrn von Sonnenstein zu Leyenthal an das Haus Aarstein, zur Bekräftigung der Allianz beider Häuser.«

Fasziniert zückte Tim sein Handy.

»Ist das okay, wenn ich ein Bild davon mache?«

»Aber ja. Bitte sehr.«

Das digitale Auslösegeräusch von Tims Handykamera klang mehrere Male durch die stille Halle.

»Die helleren Flecke sind anscheinend auch irgendwelche Gebäude«, überlegte Tim, als er abermals seinen Blick über den ausgedehnten Gobelin schweifen ließ.

»So ist es«, bestätigte Anna. »Die Technik ist außergewöhnlich und für ihre Zeit nicht sehr ausgereift, doch anhand dieser Arbeit kannst du im Grunde erkennen, welches die ältesten Gebäude Leyentals sind. Siehst du dort? Das sind die alten Gebäude im historischen Stadtkern. Und dort, weiter im Norden, kann man die Alte Domäne sehen. Die gibt es auch bereits seit wenigstens 700 Jahren.«

Anna lächelte Tim geheimnisvoll an, und dann flüsterte sie: »Und nun sieh dich bitte weiter um und errate, wo sich der Zugang zum Fluchttunnel befinden könnte.«

Tim drehte sich im Raum hin und her und betrachtete aufmerksam alle Details.

»Ich würde sagen«, bemerkte er schließlich, »der ist da hinten in der Rückwand des Kamins. Da würde ich ihn zumindest anlegen.«

»Da hast du nicht so ganz ins Schwarze getroffen«, kicherte Anna. »Dabei müsste es doch inzwischen ganz offensichtlich sein.«

Tim bückte sich und spähte nach etwas, das wie eine Falltür im Boden aussehen könnte, dann drehte er sich zurück zur zweiten Kopfwand und schaute an der Unterkante des Wandteppichs entlang, die etwa dreißig Zentimeter über dem Boden lag.

»Also«, begann er, »wenn er hier in diesem Raum sein soll, dann kann er ja nur hinter dem Puppelpapp sein, oder wie das heißt.«

»Du meinst den Gobelin.«

»Ja. Weil, im Boden ist nichts. Unter dem Gobeläng ist zwar auch keine Öffnung zu erkennen, aber die kann ja locker eine oder zwei Steinreihen über dem Boden anfangen.«

Anna entfernte sich nun ein paar Schritte von Tim in Richtung des rechten Randes des Wandteppichs.

»Mein Kompliment«, lobte sie.

»War ja jetzt nicht mehr schwer«, gab Tim lässig zurück. »Aber wenn man keine Ahnung hat, dass es hier einen geheimen Gang gibt, dann kommt man nicht auf die Idee.«

Anschließend beobachtete er, wie eine leichte, durch Annas Körper ausgelöste Wölbung hinter dem Teppich entlang glitt, während ihre Füße ruhig unterhalb des Wandbehangs vorwärts schritten, um dann plötzlich in der Mitte des Gobelins nach oben zu verschwinden. Tim schickte sich an, Anna zu folgen. Vorsichtig trat er hinter den alten, kostbaren Wandbehang in den knapp dreißig Zentimeter breiten Spalt, den dieser mit der Wand bildete. Tim drehte seinen Oberkörper zur Seite, um den Behang nicht zu sehr zu beanspruchen. Schließlich erreichte er eine neunzig Zentimeter breite Wandöffnung, die mannshoch war und, wie er zuvor richtig vermutet hatte, etwas weniger als einen halben Meter über dem Boden begann. Dort wartete Anna auf ihn.

»Hier oben gibt es leider kein Licht«, bemerkte sie. Tim konnte in der Tat nicht viel mehr erkennen als ihr

Gesicht, das schwach von der Innenbeleuchtung des Saales, die dumpf durch den Gobelin in die Wandnische drang, aufgehellt wurde. Anna griff in ihre Handtasche, aus der sie zwei äußerst kleine LED-Taschenlampen hervor nahm. Eine davon legte sie Tim zart in die Hand. Er knipste sie gleich an. Die groben Natursteinwände der engen Wandnische samt ihrer Spinnweben in den Ecken wurden erkennbar.

»Du musst jetzt sehr vorsichtig sein«, mahnte Anna ihn. »Der Abgang zum Tunnel ist recht eng. Du könntest dir deine Kleidung verunreinigen.«

Tim sah lachend an Anna hinab und wieder hinauf und feixte: »Du machst dir Sorgen, dass ich mir meine Kleider dreckig machen könnte? Is klar!«

»Nun«, antwortete Anna schmunzelnd, »ich werde die Wände ganz gewiss nicht berühren, doch du bist deutlich breiter als ich. Zweifellos wirst du ein ums andere Mal an ihnen entlang streifen.«

»Dann schauen wir mal«, grinste Tim und wies mit ausgestreckter Hand ins Dunkel der Nische. »Ich folge dir.«

»Danke«, erwiderte Anna und schritt voran. Tim folgte ihr zu einem äußerst schmalen Mauerspalt, durch den Anna lautlos hindurch huschte. Er selbst musste feststellen, dass er bereits hier genötigt war, sich zur Seite zu drehen und schmal zu machen, um ihr zu folgen. Innerhalb des gewundenen Spalts führten grobschlächtige Stufen nach unten.

Der enge Treppenabgang wendelte sich abwärts, so als ob man einen der Türme der Burg hinab steigen würde. Der Unterschied war nur, dass man sich hier immer tiefer in den Berg hinunter begab. Schließlich mündete der

Treppenlauf in eine Kammer von etwa zwei Quadratmetern Grundfläche. Anna blieb vor einem wuchtigen Eichenholz-Türflügel mit schmiedeeisernen Beschlägen stehen. Noch ehe Tim ihr zuvorkommen konnte, fasste sie die Klinke mit beiden Händen und stemmte sich mit aller Kraft dagegen, worauf die Tür sich langsam und ächzend öffnete. Kurz darauf griff sie hinter die Türnische. Es machte »Klack!«, und Tim erkannte den durch Glühlampen erhellten Fluchttunnel wieder, der von hier aus geradlinig zum Hotelkeller führte. Tim und Anna brauchten ihn diesmal nicht weit entlangzugehen, da ihr Ziel, die Vorbereitungskammern für die Ausstellungsstücke, viel näher zur Burg hin lag als zum Hotel. Nach wenigen Augenblicken bogen sie scharf nach rechts in eine der engen Vorkammern ab und betraten letzten Endes durch jene moderne Stahltür den klimakontrollierten Container, in dem sie vor mehreren Wochen die Gemälde und Fotoalben von Annas Großmutter entdeckt hatten. Hier blieben sie stehen und blickten sich um.

»So«, unterbrach Tim das Schweigen, »jetzt heißt es Augen auf und alles durchsuchen.«

Er deutete als erstes zu den Schubladen des großen, hüfthohen Metallschranks, auf dem die Gemälde standen. Dann zeigte er auf die weiteren Metallschränke.

»Das Gute ist, dass dein Onkel ziemlich sorgfältig ist, wenn er was anpackt. Auf allen Schubladen und Schranktüren hat er kleine Schildchen aufgeklebt, wo draufsteht, was drin ist.«

»Dann sollten wir diese gleich einmal aufmerksam überfliegen«, entschied Anna und trat an den großen Schrank heran.

Die Schilder waren recht nüchtern beschriftet. »Gemälde von Bedeutung«, »Gemälde zweiter Wahl«, »zur Ausstellung erwägbar«, »Mutters Fotografien« und so weiter. Tim und Anna lasen sie auf sämtlichen der metallenen Archivmöbeln durch. Schließlich stießen sie auf einen kleineren Schrank zwischen zwei hohen Wandschränken. Im Grunde war es eher eine Blechtruhe von der Größe eines kleinen Esstisches, nur etwas niedriger. Ihr Deckel ließ sich offenbar nach hinten in Richtung Wand aufklappen. Anna ging in die Hocke und betrachtete zunächst das Schild, das auf der Vorderseite angebracht war.

»Gegenstände aus Mutters Nachlass – ohne Wert«, las sie vor.

»Ich hab das Gefühl«, sinnierte Tim, der sich inzwischen neben sie gehockt hatte, »dass wir damit anfangen sollten.«

Anna nickte zart. Tim griff nach den zwei Kofferschlössern, die die Truhe verschlossen hielten und klappte sie auf. Dann hob er den etwas wabbeligen Blechdeckel nach oben und lehnte ihn gegen die Wand. Anna atmete überrascht ein, als sie den Gegenstand erkannte, der hier aufbewahrt wurde. In dem neumodischen Blechbehältnis stand eine alte, hölzerne, lederbesetzte Truhe, die so groß war, dass sie ringsum bis auf eine Handbreite an die Metallwände heranreichte.

»Ich kenne diese Truhe!«, flüsterte sie. »Sie stand immer in Oma Lenis Schlafgemach. Ich habe mich stets gefragt, was sie nur darin aufbewahrte.«

Sie strich mit der Hand sanft über den Deckel der Holztruhe.

»Und nun werde ich wohl erfahren, was sie birgt«, fügte sie leise hinzu.

Diesmal griff sie selbst nach den verschnörkelten Messingverschlüssen. Tim war ihr jedoch beim Hochklappen des Deckels behilflich, und das war gut so, denn als Anna den Inhalt der Truhe erblickte, ließ sie den Deckel los und schlug sich mit einem ganz leisen, spitzen Aufschrei beide Hände vor den Mund.

»Was zum Geier ist das denn?«, lachte Tim auf. Ganz oben auf dem Inhalt der Truhe lag ein brauner, zerzauster Teddybär mit auffallend großen Ohren. Anna nahm ihre Hände vom Mund, und sichtlich gerührt lächelnd griff sie nach dem Stofftier.

»Weißt du, wer das ist?«, kicherte sie mit glasigen Augen und hielt den Teddybär so, dass er Tim »anblickte«, »das ist mein Freund, der Mäuseonkel.«

»Der was?«, fragte Tim amüsiert nach. »Mäuseonkel?«

»Ja!«, bekräftigte Anna. »Wie du siehst, ist es im Grunde ein Teddybär. Doch da seine Ohren über die Maßen groß geraten sind, hat Oma Leni ihn immerzu Mäuseonkel genannt. Sie hat mich immer mit ihm getröstet, wenn ich während eines Gewitters Angst hatte. Sie hatte mir gesagt, dass er mir stets in allen Situationen helfen würde.«

Sie strahlte Tim an und drückte den Kopf des Plüschtiers neckisch an ihre Wange. Dann setzte sie es mit dem Rücken an die Blechtruhe auf den Boden.

»Nun ja«, kommentierte sie nachdenklich lächelnd, während sie dem Bären eine ordentliche Sitzhaltung verpasste, »wenn man klein ist, gelingt das noch. Wenn man aber zwischenzeitlich gelernt hat, wie Gewitter funktionieren, ist die Wirkung eines solchen Kuscheltierchens fraglich.«

»Hast du denn immer noch Angst vor Gewittern?«, hakte Tim behutsam nach, was Anna mit einem Kopfnicken beantwortete. Tim legte lächelnd den Arm um ihre Schultern und schmunzelte: »Keine Sorge. Der Mäuseonkel und ich, wir beschützen dich mit vereinten Kräften.«

Anna kicherte kurz auf und schmiegte sich an ihren Freund. Dann langte sie wieder in die Truhe ihrer Großmutter und nahm deren Inhalt in Augenschein. Sie fand darunter einige lederne Mappen, samt und sonders angefüllt mit reichlich Papieren, die in der Tat äußerst nichtssagend waren: Versicherungspolicen, Anträge, Bewilligungen, Bescheide … Bürokram eben. Eine weitere, lederne Mappe wollte Anna schon beiseite legen, als ihr auffiel, dass eine Art Pergamentpapier aus ihrer Seite herausragte. Kurz entschlossen legte sie die Mappe auf ihre Knie, löste die aus einem Lederbändchen bestehende Schleife, mit der sie verschlossen war, und klappte den Umschlag auf. Es verschlug ihr den Atem! Gleich auf dem ersten Blatt stand in einer sorgfältigen Handschrift:

Meiner geliebten Annabelle zugeeignet.

Annas Augen füllten sich augenblicklich mit Tränen. Sie klappte die Mappe wieder zusammen und presste eine Hand vor den Mund.

»Hast du das vorher schon mal gesehen?«, fragte Tim sanft und streichelte Annas Schulter. Sie schüttelte heftig den Kopf und kniff kurz die Augenlider zusammen. Sie nahm ihre Hand vom Mund und atmete einmal tief ein, um sich zu fassen. Dann schlug sie die Mappe wieder auf und hob das erste Blatt an, um zu sehen, was auf dem zweiten stand. Sie überflog die ersten Zeilen. Wieder klappte sie sichtlich berührt die Mappe zu und sagte mit zitternder Stimme: »Es sind offenbar Briefe an mich. Von meiner Oma. Oh, Tim! Und Onkel Ansgar schreibt darauf: ›Gegenstände ohne Wert!‹«

Tim nahm Anna in den Arm und stand mit ihr auf.

»Sicher, dass du das hier durchziehen willst?«, äußerte er mit besorgter Skepsis.

Anna legte die Hände auf ihre Brust und sah ihm mit ihren glasigen Augen ins Gesicht. Mit Bestimmtheit nickte sie.

»Ja! Unbedingt! Ich möchte wissen, was sie mir geschrieben hat, aber ich befürchte, dass ich es nicht zuwege bringe, es selbst zu lesen.«

»Soll ich es dir vorlesen?«

»Ja, bitte!«

Tim führte Anna zu einer anderen, niedrigen Metalltruhe und setzte sich mit ihr hin. Er nahm Anna die Mappe sanft aus den Händen und schlug sie auf.

»*Liebste Annabelle mein*«, begann er zu lesen, und er gluckste, »meine Fresse, die drückt ja noch mehr ab als du!«

»Selbstverständlich«, bestätigte Anna, »du musst wissen, sie war eine perfekte Dame. Wie ich sie heute noch bewundere!«

»Und heute bist du eine perfekte Dame«, fügte Tim hinzu, »so wie sie früher.«

»Ich?«, entgegnete Anna mit Bestimmtheit, »nein, ich reiche längst nicht an sie heran!«

»Echt jetzt? Du meinst, sie war noch vornehmer als du? Geht das überhaupt?«

»Aber ja. Du kannst es mir gewiss glauben. Wenn du sie nur erlebt hättest! Sie hatte eine unvergleichliche Ausstrahlung, und alles, was sie tat, vollbrachte sie mit Würde und Anmut. Sie ließ sich niemals so wie ich zu albernem Kichern hinreißen, oder zu Temperamentsausbrüchen, wie ich sie hin und wieder meiner Mutter gegenüber an den Tag lege.«

»Ich glaub, ich verstehe«, nickte Tim, und er fügte grinsend hinzu: »Wenn das so ist, muss ich sagen, bist du mir so, wie du jetzt bist, trotzdem lieber. So ‚albern‘ und so ‚frech.‘«

Anna lächelte und gab Tim einen Kuss.

»Du bist es, der immerzu frech ist. Bitte lies mir nun weiter Oma Lenis Brief vor, mein Liebster.«

Tim nickte und nahm die Lektüre wieder auf: »*Während ich dies schreibe, liegst du weich in dem alten Bettchen, in dem ich bereits deinen Vater mit Wonne betrachtete, wenn er seine Äuglein zum Mittagsschlaf schloss.* – He he, süß, irgendwie.«

Anna legte ihre Wange an Tims Schulter und schloss lächelnd die Augen.

»*Schon sehr bald wirst du zu groß für das kleine Bettchen sein. Wie gut, dass ich dir frühzeitig gezeigt habe, wie eine Dame ihr Haar für die Ruhe zusammenbindet, sonst könnte ich jetzt womöglich dein Gesichtchen nicht sehen.* – Ach, deswegen machst du das immer abends mit dem Band!«

»Ja. Es hat in der Tat seine Vorteile bei solch langem Haar.«

Anna setzte sich wieder aufrecht hin und hörte weiter zu, wie Tim vorlas.

»Du bist so ein gutes, gelehriges Kind, und ich fühle, dass ich dir mein Teuerstes anvertrauen kann. Ich hoffe sehr, dass Gott mir noch die nötigen Jahre schenkt, damit ich erleben kann, wie du zu der wunderschönen und vollkommenen Dame heranwächst, die ich bereits jetzt in dir sehe.«

Erneut rann eine Träne über Annas Wange. Sie nahm ein Taschentuch aus ihrer Handtasche hervor und tupfte sich das Gesicht ab. Anschließend nickte sie Tim zu, damit er fortfuhr.

»Ich werde alles tun, um dir dabei zu helfen, das verspreche ich dir. Ich weiß, du wirst diejenige sein, die es zur Vollendung bringt. Meine kleine Annabelle. Dort liegst du und ahnst nicht, wie viel Sonnenschein du in mein Leben gebracht hast. In inniger Zuneigung, Deine Oma Leni.«

Bei diesen Worten konnte Anna ihre Emotionen nicht zurückhalten. Sie legte abermals ihre Hand vor den Mund und weinte hörbar. Tim legte die Mappe zur Seite, nahm seine Freundin in den Arm und hielt sie fest.

»Bist du sicher, dass du das aushältst?«, fragte er vorsichtig, »ich meine, das Ganze scheint dich echt fertig zu machen.«

Für ein paar Sekunden sagte Anna nichts. Sie atmete tief ein. Dann suchte sie ein weiteres Taschentuch aus ihrer Handtasche hervor und trocknete ihre Augen und Wangen.

»Es ist so überwältigend«, sagte sie schließlich mit leiser, ein wenig zittriger Stimme, »mir war nichts über diese Dinge bekannt. Briefe, die sie mir geschrieben hat, während ich schlief. Ihre Worte sind so voller Liebe und Stolz. Ich höre sie wieder sprechen, Tim! Nach all den Jahren höre ich ihre Stimme wieder in meinem Kopf!«

Wieder musste Anna weinen. Tim drückte sie mit beiden Armen fest an sich und küsste ihre Stirn. Zärtlich strich er ihr über die Wange.

»Wie alt warst du, als sie gestorben ist?«, fragte er.

»Ich war elf Jahre alt«, gab Anna zur Antwort, »da erlitt sie plötzlich einen Schlaganfall. Nach zwei Tagen, die sie auf der Intensivstation liegend zubrachte, verstarb sie schließlich.«

»Du konntest nicht mehr mit ihr sprechen?«

»Nein.«

Annas Augen füllten sich erneut mit Tränen.

»Ich hatte mich zuvor von ihr verabschiedet. Wir hatten verabredet, am nächsten Tag zum Arselufer zu gehen und die Schwäne zu beobachten. Weißt du, wie es ist, jemanden, den du so geliebt hast, auf diese Weise zu verlieren?«

»Nein, das weiß ich wohl nicht.«

Tim hielt Anna immer noch im Arm. Sie schmiegte sich an ihn und trocknete abermals ihre Tränen. Langsam sammelte sie sich. Dann seufzte sie einmal auf und stellte fest: »Und jetzt erfahre ich, dass es Dinge gab, die sie mir noch sagen wollte. Wichtige Dinge, davon muss ich wohl ausgehen.«

»Jap«, bestätigte Tim ruhig, »sie wusste Bescheid über die Kette. Sie war selber an der Sache dran. Aber warum hat sie so ein Geheimnis darum gemacht?«

Ein Moment des Schweigens … Dan hob Anna plötzlich ruckartig den Kopf an.

»Weil sie nicht wollte, dass ihre Familie davon erfährt!«, entfuhr es ihr, als hätte sie einen Geistesblitz. »Ihr Adelsstand war ihr doch aberkannt worden. Sie war in

Ungnade gefallen. Hätte sich herausgestellt, dass ihr Besitz von höherem Wert war, hätte man ihn gewiss zurückgefordert. Deshalb wollte sie nicht, dass ihre Familie herausfindet, dass sie drauf und dran war, das Geheimnis der Kette zu lösen.«

»So muss es gewesen sein«, nickte Tim. »Wenn es ihr gelungen wäre, das Rätsel um Antoinette de la Genick zu lösen …«

Da musste Anna lachen. Sie sah Tim kopfschüttelnd an und lachte: »Garrigue! Es heißt Garrigue, mein Liebster! Warum in aller Welt kannst du dir diesen Namen nicht merken?«

»Keine Ahnung«, feixte Tim. »So ein komisches Wort. So heißt doch keiner!«

»Dieses komische Wort ist Französisch, und das ist eine sehr schöne, vornehme Sprache.«

»Wie du meinst, Süße. Jedenfalls schätz ich die Sache so ein, dass der Schmuck ihr bereits gehörte, als sie entadelt wurde. Sonst hätte sie ihn ja wohl kaum behalten dürfen. Aber ich wette, er befand sich vorher schon im Besitz deiner Familie, und noch jemand anderes von den hochwohlgeborenen zur Heydens war scharf drauf, der Legende auf den Grund zu gehen.«

»Wenn es so war«, wandte Anna nachdenklich ein, »warum schenkt sie mir dann die Halskette? Immerhin bin ich all die Jahre offenkundig damit umhergelaufen.«

»Weil niemand auf die Idee gekommen wäre, dass sie die Ketten vertauscht und dich mit der echten rumlaufen lässt.«

Anna machte ganz große Augen und sah Tim verblüfft an.

»Du meinst, sie hat das veranlasst?«

»Könnt ich mir vorstellen.«

»Es könnte ebenso gut Jahrzehnte zuvor jemand aus der Familie Antoinettes gewesen sein.«

»Vielleicht. Aber fest steht: Deine Oma hatte die Inschrift schon entdeckt. Aber sie konnte sie genauso wenig entziffern wie wir.«

Tim blätterte aufmerksam die verschiedenen Zettel in der ledernen Mappe von Annas Großmutter durch. Es waren äußerst unterschiedliche Dokumente, teils von Annas Großmutter handschriftlich verfasst, teils aber auch in Handschriften geschrieben, die eindeutig von anderen Personen stammten.

»Trotzdem war sie schon ein Stück weiter«, murmelte er. »Das hier sind anscheinend alles Notizen, die sie sich gemacht hat … Und hier sind noch andere, ziemlich alte Blätter, die jemand anderes geschrieben hat. Alles eine Handschrift. Das muss alles von ein und derselben Peson sein. … Ach, scheiß die Wand an!«

Mit erstauntem Gesicht entnahm Tim der Mappe ein Blatt, das ihm in diesem Moment aufgefallen war. Sorgsam präsentierte er es Anna.

»Sieh dir das hier an!«, stieß er hervor. »Ein Gedicht, schätz ich. Die Schrift ist schwer zu lesen. Aber den Namen der Autorin kann ich erahnen … Guck mal, wer es verfasst hat!«

»Das ist ja ganz erstaunlich!«, rief Anna aus, als sie das alte, knisternde Papier, das Tim ihr anreichte, entgegengenommen und angeschaut hatte. »Welch eine außergewöhnliche und bedeutende Entdeckung haben wir hier bloß gemacht?«

Dann las sie vor:

»Geborgen
Wo sie die Stirn bieten
Wohl allen Winden
Mein Liebster
Inmitten der Sonne
Soll man dich finden.
Antoinette de la Garrigue, 1817.«

Anna hielt das Blatt mit beiden Händen über ihrem Schoß schwebend und sah es mit großen Augen und geöffneten Lippen an. Dann schluckte sie rasch und blickte ihren Freund an.

»Weißt du, was das ist, Tim?«, flüsterte sie erregt. »Das ist ganz gewiss eine Beschreibung der Gedenkstätte von Clément Duvall Rocheux! Wenn dieses Dokument echt ist, und davon dürfen wir ausgehen, war Oma Leni bereits vor Jahren ein Durchbruch bei der Suche nach dem Griff des Säbels gelungen.«

»Ich sag ja, sie war uns voraus«, nickte Tim, und er blätterte weiter in der Mappe. »Aber jetzt, mit ihren Unterlagen, sind wir genau an dem Punkt, an dem sie angekommen war. Und wie es aussieht, war sie gut darin, Informationen und Hinweise zu sammeln. Aber lösen konnte sie selber noch keins von den ganzen Rätseln … Oh, guck mal, ist das von dir?«

Abermals nahm Tim ein Blatt aus den gesammelten Dokumenten hervor. Es war eine Seite aus einem Schulheft, mit Schreiblinien, wie sie üblicherweise in der zweiten Klasse verwendet werden. In den obersten drei Zeilen stand sauber und akkurat in sorgfältiger Schönschrift geschrieben:

*Dieses Heft gehört
Annabelle zur Heyden
Klasse 2a*

Grinsend reichte er Anna das Blatt hin, die es schmunzelnd entgegennahm. Sie kicherte: »Ja. Das ist die erste Seite aus einem meiner Schreibhefte. Oma Leni bestand stets darauf, dass ich meine Hefte auf der ersten Seite personalisiere. Und sieh nur, dies ist der Grund, weshalb sie es aufbewahrt hatte …«

Tim beugte sich zu Anna hinüber und betrachtete die untere Hälfte des Blattes. Dort befand sich eine recht kleine und einfach gehaltene Zeichnung eines stilisierten Bären mit Knopfaugen und übermäßig großen Ohren, unter dem in der Handschrift von Annas Großmutter stand:

*Der Mäuseonkel
Dein Beschützer und Berater.
Er weiß stets weiter.*

Ein äußerst herzliches Lächeln breitete sich auf Annas Gesicht aus.

»Da hatten wir viel Spaß«, erzählte sie. »Es war am Ende der Ferien zwischen der ersten und der zweiten Klasse. Wir bereiteten meine Hefte und Bücher für das neue Schuljahr vor. Plötzlich zeichnete sie mir vergnügt den Mäuseonkel in eines meiner Hefte und schrieb diese aufmunternden Zeilen hinzu. Ich weiß noch, dass ich bei aller Freude auch ein bisschen verwundert darüber war, denn so etwas sah ihr im Grunde gar nicht ähnlich.«

»Sie hat es aufbewahrt«, stellte Tim fest, »als Erinnerung für dich. So wie diese ganzen Wasserfarbbilder hier, die du anscheinend auch alle in der Grundschule gemalt hast.«

»In der Tat!«, bestätigte Anna »Sie hat so vieles aufbewahrt. Dass sie all die Dinge, die mich betreffen, in dieser Mappe zusammengetragen hat, überrascht mich letztlich nicht.«

»Mann, ist das ein Haufen Zeug!«, staunte Tim, der nicht aufhören konnte, in der sonderbaren Sammlung zu stöbern.

»Sag mal, Süße«, fügte er verlegen hinzu, »ist dir das überhaupt recht, dass ich das einfach so durchblätter? Ich meine, ist ja eigentlich alles an dich gerichtet.«

»Das ist schon in Ordnung«, lächelte Anna ihn an. »Es ist mir sogar sehr recht. Ich würde jetzt nicht gerne mit all dem alleine sein.«

»Gut«, nickte Tim und blätterte weiter. Wieder fiel ihm ein geheimnisvoll anmutendes Dokument auf. Kurzerhand zog er es heraus.

»Ist das auch von dir?«, wollte er wissen. »So ’ne Seite aus ’nem Schulbuch oder so?«

Anna legte ihre Hände auf Tims Schulter und lehnte sich zart mit ihrer Wange darauf.

»Wir haben dieses Thema einmal im Geschichtsunterricht behandelt«, kommentierte sie, »aber das war erst auf dem Gymnasium. Diese Seite ist daher auf keinen Fall meines. Ich nehme an, da ich mich bereits früh für diese

Dinge interessiert habe, hat Oma Leni es der Mappe beigefügt. Schau, es ist in Frakturschrift gedruckt. Es muss sich um ein recht altes Buch gehandelt haben.«

»Was stellt es dar?«

»Es ist eine frühe Form eines Alphabets, wie es vermutlich bereits weit vor dem Mittelalter verwendet wurde.«

Sie hob den Kopf an und deutete mit dem ausgestreckten Finger ihrer rechten Hand eine den fremdartigen Symbolen untergeordneten Zeile entlang.

»Hier kannst du sehen, welche Namen die Runen tragen und welchen Buchstaben unseres modernen Alphabets die Zeichen entsprechen.«

»Cool!«, freute sich Tim. »Da kannst du eine richtige Geheimschrift draus machen. Und nur, wer die Symbole kennt, kann den Text dann lesen.«

»Solange es kein Experte für Geschichte ist«, schmunzelte Anna, »könnte es sicherlich funktionieren.«

»Also bei fast jedem außer dir«, scherzte Tim. Dann legte er alle Blätter wieder sorgsam in die Mappe und klappte sie zusammen.

»Es ist Zeit«, stellte er fest. »Wir müssen langsam zu deinem Onkel zurück. Was sagen wir ihm? Was willst du jetzt mit der Mappe machen?«

»Ich nehme sie mit«, antwortete Anna entschlossen, während sie sich stolz und gerade aufsetzte, »und den Mäuseonkel gleichermaßen. Diese Dinge gehören mir. Ich werde diesen Anspruch Onkel Ansgar gegenüber geltend machen.«

Da grinste Tim Anna an, und schmunzelnd klappte er die Mappe lose zusammen. Anna bemerkte es und hakte leicht verwundert und unsicher lächelnd nach: »Was ist denn? Warum lächelst du jetzt?«

»Ich lächel halt einfach«, flachste Tim und stand auf. »Komm, gehen wir zu deinem Onkel. Ich will sehen, wie du ihn um den Finger wickelst, damit er dir die Sachen lässt.«

»Da schätzt du ihn falsch ein«, hielt Anna im Aufstehen dagegen. »Das gelingt mir vielleicht bei meinem Vater. Aber bei Onkel Ansgar würde es nichts nützen … Und ich würde es bei ihm auch nicht wollen.«

»Hört sich an, als wärst du bist nicht sonderlich warm mit ihm, kann das sein?«

»Du hast ja bemerkt, wie energisch er ist. Er verhält sich selbst Lena gegenüber recht herrisch. Und über Vanessas Verhältnis zu ihm muss ich dir nichts mehr erzählen.«

»Ja, stimmt«, nickte Tim. »Dann sehen wir mal, was er sagt.«

Er stand auf und nahm Annas Hand. Da erklang plötzlich ein raschelndes Geräusch auf dem Boden, direkt zwischen Tim und Anna. Gleichzeitig blickten sie hinab und bemerkten einen alten, annähernd quadratischen Zettel, der wie die Blätter in der Mappe handbeschriftet war.

»Mist«, kommentierte Tim und bückte sich, um den Zettel aufzunehmen.

»Das Blatt muss aus der Mappe heraus gefallen sein«, schloss Anna. »Es lag vermutlich daran, dass es kürzer ist als die übrigen Schriftstücke.«

»Hat ja einen total zerfledderten Rand«, beschrieb Tim das alte Dokument, wobei er es von allen Seiten betrachtete. »Sieht auch viel oller aus als die anderen Blätter.«

Er schlug die Mappe wieder auf, um das Blatt zurückzulegen.

»Hm«, überlegte Anna, »es weist auch einen sichtbar höheren Verblassungsgrad auf. Möglicherweise lag es längere Zeit offen. Außerhalb der Mappe. Lass uns einmal sehen, was auf ihm geschrieben steht.«

Sie studierten den Text auf dem Blatt. Es war ein achtzeiliges Gedicht mit zwei Strophen, die folgendermaßen lauteten:

Da, ach, mein Lieb mir ward genommen
Durch des Krieges blut'ge Taten
Ist so mein Herz mir nun beklommen
Kann keiner Seele es verraten.

Doch nicht auf ewig ist der Schmerz
Such heut schon einen Platz, mein Held
Damit, wenn nicht mehr schlägt mein Herz
Es wissen soll die ganze Welt.

»Das klingt schwerstens nach dieser Antoinette«, raunte Tim Anna zu. »Sie hat ihren Geliebten durch den Krieg verloren und sucht jetzt nach einer Stelle, wo sie den Säbelgriff vergräbt.«

»Das klingt stimmig«, grübelte Anna. »Nimm doch bitte einmal rasch das andere Gedicht hervor! Ich möchte etwas vergleichen.«

Tim blätterte zurück und gab Anna das Blatt mit dem Sechszeiler Antoinettes, den sie zuvor gelesen hatten. Gemeinsam betrachteten sie es.

»Es ist dieselbe Schrift«, stellte Tim fest, »siehst du?«

»Ja, eindeutig«, stimmte Anna zu. »Deutsche Kurrant in derselben Handschrift. Es stammt offenbar ebenfalls aus der Feder Antoinettes. Leider hat sie dieses Gedicht nicht signiert.«

Sie fasste mit Daumen und Zeigefinger an eine der Ecken des alten Papiers und betrachtete es sorgfältig von beiden Seiten.

»Es hat auch dieselbe Struktur wie das Blatt mit dem ersten Gedicht«, erkannte sie. »Dennoch ist es deutlicher verblasst, und seine Ränder sind stärker beschädigt.«

»Dann kann ich mir nur denken«, vermutete Tim, »dass es wirklich länger offen gelegen hat. Oma Leni hat es vielleicht viel später gefunden als das andere.«

»Das wäre möglich«, stimmte Anna zu. »Und wer weiß, wie beide Blätter zu Zeiten Antoinettes und im darauf folgenden Jahrhundert aufbewahrt wurden.«

»Auf jeden Fall lagen sie nicht immer beieinander«, schloss Tim, »soviel ist klar.«

Anna nickte. Sie nahm Tim die Mappe ab und legte das fragliche Blatt in sie hinein. Dann schloss sie die altehrwürdige Kladde und knüpfte das Bändchen, das sie zusammenhalten sollte, zu einer Schleife zusammen.

So machten sie sich auf den Rückweg.

Leyental, den 3. April 2003

Liebste Annabelle mein!

Während ich dies schreibe, liegst Du weich in dem alten Bettchen, in dem ich bereits Deinen Vater mit Wonne betrachtete, wenn er seine Äuglein zum Mittagsschlaf schloss.
Schon sehr bald wirst Du zu groß für das kleine Bettchen sein. Wie gut, dass ich Dir frühzeitig gezeigt habe, wie eine Dame ihr Haar für die Ruhe zusammenbindet, sonst könnte ich jetzt womöglich Dein Gesichtchen nicht sehen.
Du bist so ein gutes, gelehriges Kind, und ich fühle, dass ich Dir mein Teuerstes anvertrauen kann. Ich hoffe sehr, dass Gott mir noch die nötigen Jahre schenkt, damit ich erleben kann, wie Du zu der wunderschönen und vollkommenen Dame heranwächst, die ich bereits jetzt in Dir sehe.
Ich werde alles tun, um Dir dabei zu helfen, das verspreche ich Dir. Ich weiß, Du wirst diejenige sein, die es zur Vollendung bringt. Meine kleine Annabelle. Dort liegst Du und ahnst nicht, wie viel Sonnenschein Du in mein Leben gebracht hast.

In inniger Zuneigung
Deine Oma Leni.

Leyental, den 18. August 2005

Liebste Annabelle mein!

Heute blicke ich auf einen ausdermaßen wundervollen Tag mit Dir
zurück.
Ich muss lächeln, wenn ich daran denke, mit welcher Tiefsinnigkeit Du
mich heute nach den Ursprüngen der Schrift gefragt hast. Welches sechs=
jährige Mädchen vermag Fragen von derart philosophischer Qualität zu
stellen? Du bist ohne jeglichen Zweifel eine geborene Forscherin. Ich sehe
Deine berufliche Zukunft in einer solchen Tätigkeit.
Leider konnte ich Deine Frage nicht vollumfänglich beantworten, doch
bestärkte mich das heutige Erlebnis darin, Dir etwas anzuvertrauen. Sieh
es als das, zu dem es gedacht ist – als Geschenk aus Liebe. Allein, es ist
mehr als das. Ich warte auf den Tag, an dem Deine Reife ein Maß an
Vollendung erreicht hat, das es uns erlaubt, auf Augenhöhe miteinander
zu sprechen. Ich erwarte ihn voller Sehnsucht.

In inniger Zuneigung
Deine Oma Leni.

Leyental, den 5. April 2010

Liebste Annabelle mein!

Wie du inzwischen wissen wirst, erhältst Du auch diesen meinen Brief
nicht am heutigen Tage, sondern in ferner Zukunft. Wie gerne ich bei
Dir sein würde, um diesen Moment mitzuerleben. Die Möglichkeit besteht,
dass dem nicht so sein wird, darüber muss ich mir bewusst werden.
Ach, Annabelle, meine Jahre schreiten fort, und nicht allein ist diese
Entwicklung zu Gunsten. Mich suchen wiederkehrende Schwindelanfälle
heim, und ich bekomme nicht mehr so gut Atem wie ehedem. Gerade heute
machen mir erstmalig Beschwerden beim Herunterschlucken doch rechte
Sorgen.
Doch genug; eine Dame beklagt sich nicht über ihre Gebrechen. Jedoch geben
sie mir Anlass, einige Pläne zu überdenken. Ich gedenke nicht länger, bis
zu Deiner Volljährigkeit zu warten. Dein zwölfter Geburtstag soll es sein,
zumal mir der Stand Deiner Entwicklung in diesem Punkt Zuversicht
vermittelt.
Mit diesem Gedanken geht es mir gleich etwas besser. Damit, und mit der
Erinnerung an das wundervolle Osterfest, dass wir gestern und heute
zusammen begangen haben.

In inniger Zuneigung
Deine Oma Leni.

Dieses Heft gehört

Annabelle zur Heyden

Klasse 2a

Der Mäuseonkel.

Dein Beschützer und Berater.

Er weiß stets weiter.

Geborgen

Wo sie die Stern bieten
Wohl allen Winden
Mein Liebster
Inmitten der Sonne
Soll man dich finden.

Antoinette de la Garrigue, 1817

Da, ach, mein Lieb mir ward genommen
Durch des Krieges blut'ge Taten
Ist so mein Herz mir nun beklommen
Kann keiner Seele es verraten.

Doch nicht auf ewig ist der Schmerz
Hat heut schon einen Platz, mein Held
Damit, wenn nicht mehr schlägt mein Herz
Es wissen soll die ganze Welt.

5. Von den Schriftzeichen („Runen") der Alten

ᚠ	ᚢ	ᚦ	ᚨ	ᚱ	ᚲ
Fehu	Uruz	Thurisaz	Ansuz	Raidho	Kenaz
F	U	TH	A	R	K
ᚷ	ᚹ	ᚺ	ᚾ	ᛁ	ᛃ
Gebo	Wunjo	Hagalaz	Naudhiz	Isa	Jera
G	W	H	N	I	J
ᛈ	ᛇ	ᛉ	ᛊ	ᛏ	ᛒ
Perthro	Eihwaz	Algiz	Sowilo	Tiwaz	Berkana
P	X	Z	S	T	B
ᛖ	ᛗ	ᛚ	ᛜ	ᛞ	ᛟ
Ehwaz	Mannaz	Laguz	Ingwaz	Dagaz	Othala
E	M	L	NG	D	O

»Wie stellst du dir das vor, Annabelle?«, klang die Stimme Ansgars kräftig über den schweren Schreibtisch. Er saß zurückgelehnt in seinem ausladenden Lederstuhl, die Ellenbogen auf die Armlehnen gestützt und die Fingerkuppen wie die Kanzlerin Merkel aneinandergelegt, jedoch dabei die Hände aufwärts statt abwärts gerichtet. Eindringlich sah er seine Nichte an.

»Diese Dinge wurden mir und deinem Vater im Rahmen der Erbschaft persönlich übereignet. Es handelt sich um private Habseligkeiten unserer Mutter, und solange wir sie nicht eingehend gesichtet haben, werden wir wohl schwerlich Teile davon einfach so herausgeben wollen.«

Anna saß wieder rechts von Tim auf einem der schweren Beistellstühle vor dem Schreibtisch ihres Onkels. In ihrer aufrechten Sitzhaltung hielt sie die Mappe ihrer Großmutter auf dem Schoß liegend mit beiden Händen fest.

»Aber«, hielt sie entgegen, »offenbar habt ihr diese Mappe doch bereits untersucht. Immerhin hast du ihr nachweislich keinen Wert zugeschrieben.«

»Nun, Annabelle«, konterte Ansgar, »da liegst du nicht ganz richtig. Es ist ihr materieller Wert, den wir gering geschätzt haben. Ihr sentimentaler Wert ist uns dagegen noch nicht bekannt. Und von diesem möchte ich mich im Vorfeld eigenhändig und vor allem in Ruhe vergewissern. Ich möchte mich durch dein Interesse an ihr nicht zu einer Entscheidung drängen lassen.«

»Jetzt mit einem Mal?«, fragte Anna herausfordernd. »Du hattest fünf Jahre lang Zeit dazu. Nun habe ich sie gefunden und stelle fest, dass ihr Inhalt mir persönlich gewidmet ist.«

»Dir persönlich?«, rückversicherte Ansgar. Er beugte sich nach vorne und streckte mit einer fordernden Geste die Hand nach Anna aus. Mit seinen Fingern winkte er dabei mehrmals zu sich heran.

»Lass mich das bitte einmal überprüfen!«, befahl er.

Anna zögerte.

»Wie bitte?«, fragte sie, ein wenig verunsichert.

»Ich möchte sehen, was sich in der Mappe befindet«, erklärte Ansgar und winkte wieder fordernd mit seinen Fingern zu sich ran. Anna ergriff widerwillig die Mappe und deutete an, sie von ihrem Schoß zu heben.

»Herr zur Heyden«, warf Tim mit kräftiger Stimme ein, »darf ich mal kurz ganz offen mit Ihnen sprechen?«

Ansgar senkte seine fordernde Hand ab und legte sie mit der Handfläche nach unten auf die Tischplatte. Er drehte seine Front in Richtung Tim.

»Herr Richthof, bei aller Höflichkeit«, sprach er ruhig, »dies hier ist eine Familienangelegenheit. Was immer Sie mir zu sagen haben, wird sicher warten können.«

»Nein, das kann es nicht«, hielt Tim ebenso ruhig dagegen. »Es geht nämlich um genau diese Familienangelegenheit, und so wie ich das sehe, haben Sie kein Recht, den Inhalt der Mappe anzusehen.«

»Wie bitte?«, kam es drohend von Annas Onkel zurück, und Anna schaute ängstlich zwischen ihm und ihrem Freund hin und her. »Ich soll kein Recht haben, die Unterlagen meiner verstorbenen Mutter zu studieren? Ist Ihnen eigentlich klar, was Sie hier gerade äußern, Herr Richthof?«

»Fassen Sie das jetzt nicht falsch auf«, erklärte Tim beschwichtigend. »Ich respektiere Ihr Gefühl, und nach allem, was Anna mir erzählt hat, hab ich auch 'nen Riesenrespekt vor Ihrer Mutter. Aber das, was sich in der Mappe hier befindet, sind Briefe. Ganz persönliche und vertrauliche Briefe, die Ihre Mutter an Ihre Nichte geschrieben hat. Auch wenn Ihre Mutter nicht mehr lebt, fällt das ganze unter das Briefgeheimnis. Und deshalb gibt es im Moment nur eine einzige Person auf der Welt, die diese Mappe aufklappen darf: Anna.«

Energisch runzelte Ansgar die Stirn.

»Und Sie können mir verbindlich versichern, dass es sich bei dem Inhalt ausschließlich um die von Ihnen genannten Briefe handelt, Herr Richthof?«

»Was heißt ›verbindlich versichern‹? Soll ich's Ihnen unterschreiben oder wie? Natürlich kann's sein, dass da auch das eine oder andere Blatt dabei ist, auf das Sie einen Anspruch haben, aber Sie müssen Anna doch erstmal die Möglichkeit geben, das alles in Ruhe durchzusehen und zu sortieren!«

»Wie Sie meinen«, lenkte Ansgar langsam und bedächtig ein. »Nun, Annabelle, in dem Fall erhältst du meine Erlaubnis, uns jederzeit zu besuchen, um die Mappe hier vor Ort zu studieren.«

»Ach, Herr zur Heyden!«, rief Tim verständnislos aus. »Das ist doch Kacke, Mann!«

»Herr Richthof!«, dröhnte Ansgar lautstark. »Es reicht jetzt! Vergreifen Sie sich in meinem Haus nicht im Ton, haben Sie verstanden?«

Tim beugte sich nun seinerseits auf Ansgar zu.

»Ja, sorry«, knurrte er. »Aber Sie beschneiden hier Annas Rechte. Wie Sie sich ihr gegenüber verhalten, ist einfach nicht in Ordnung!«

Verärgert und drohend zugleich blickte Ansgar ihn an. Tim lehnte sich im Stuhl zurück und murmelte: »… und Nessi gegenüber genauso.«

Da polterte Ansgar erbost los: »So! Das war's! Herr Richthof, Sie verlassen auf der Stelle mein Haus!«

Sogleich sprang Tim auf, klopfte mit der Faust zweimal auf den Tisch, so als ob er sich von der Bar im Messing verabschieden würde, und strebte eilig zur Tür raus. Anna erhob sich ebenfalls, die Mappe fest hinter ihren Unterarmen vor der Brust haltend.

»Auf Wiedersehen, Onkel Ansgar.«

Ansgar stand auf und forderte: »Annabelle? Die Mappe!«

»Nein!«, widersprach Anna. »Er mag sich ungebührlich betragen haben, doch Tim hat völlig recht. Diese Briefe gehören mir! Und Papa hat ebensoviel Recht darauf, die Mappe und ihren Inhalt in seinem Haus aufzubewahren wie du. Ich werde ihn zu Hause sogleich bitten, dich anzurufen. Guten Tag.«

Und damit verließ Anna mit stolzer Haltung das Büro ihres Onkels und folgte Tim zum Auto. Ansgar nahm wieder an seinem Schreibtisch Platz und griff zum Telefon.

Kapitel 5

Melli und Isi saßen sichtlich entspannt auf ihrer Lieblingsbank am vorderen linken Ende des Schulhofs, der sich zwischen den drei massiven, vierstöckigen und U-förmig angelegten Gebäudetrakten des Gymnasiums ausdehnte.

Sie trugen beide ihre Bikerjacken aus Lederimitat von H&M, die sie im letzten Jahr gemeinsam dort gekauft hatten, außerdem ihre Blue Jeans aus dem Takko sowie ihre Band-T-Shirts und ausgelatschten Chucks-Kopien. Sie achteten zwar darauf, vom Style her gleich zu wirken, doch ebenso wichtig war den besten Freundinnen, dabei nicht völlig gleich auszusehen. So waren ihre Jacken freilich beide aus demselben Kaufhaus, doch in verschiedenem Design. Dies galt auch für ihre Jeans, die sich zum Beispiel durch Nähte und Besatz unterschieden. Sicher, ihre Band-T-Shirts waren zwangsläufig beide schwarz, doch das Shirt von Melli zeigte einen Aufdruck der „Band Suicide Silence", das von Isi einen von „Slipknot". Mellis braunes Haar hing gerade komplett nach hinten über ihre Jacke, während Isi ihre glatten, blondierten Haare, die auf dem Kopf mal wieder einen breiten, dunkel-aschblonden Ansatz zeigten, links und rechts von ihrem Gesicht nach vorne herabfallen ließ. Die Rucksäcke der Mädchen lagen recht lieblos auf dem Boden links neben der Bank.

Melli hockte im Schneidersitz auf den Holzplanken der Bank, neben ihr Isi in ihrer favorisierten Position auf der Rückenlehne sitzend und die Füße auf der Sitzfläche abgestellt.

»Wo bleibt Anna?«, fragte Isi ungeduldig. »Ich bin total neugierig, was sie und Trip gestern rausgefunden haben. Wieso wollte sie es nicht schreiben?«

»Ist eben 'ne Menge Zeug«, erklärte Melli, »und sie hat halt keinen Bock, so megaviele Neuigkeiten über WhatsApp zu schreiben. Sie möchte es uns lieber persönlich erzählen. Kennst sie doch.«

»Ja, sicher«, stimmte Isi zu, »trotzdem. Sie sagt, sie hätten ›gleichermaßen außerordentliche wie entzückende‹ Entdeckungen gemacht, und zwischen Trip und ihrem Onkel wäre es ›zu einer Szene gekommen.‹ Ich meine … what??«

Melli musste lachen, wie Isi mit verwundertem Gesicht ihre Unterarme mit nach oben gedrehten Handflächen auseinander hielt.

»Ja, ich weiß!«, gackerte sie. »Ich hab auch keinen Dunst. Wir werden's ja gleich erfahren.«

Es dauerte nicht lange, und sie erblickten ihre Freundin, wie sie sich von der Straße aus auf das Schulgelände zu bewegte.

Annas Eintreffen fiel mit der Ankunft von Celine und Jana zusammen. Die beiden näherten sich von rechts, wobei sie die Straße überquerten und einige Meter vor Anna den Bürgersteig betraten. Sie musterten sie mit ihren Blicken kurz von oben bis unten und wandten sich dann sogleich in die Richtung, in die sie gingen. Auf Höhe des Zebrastreifens vor dem Schulhof blieben Celine und Jana stehen und begrüßten Fabienne Nürrenberg, eine Mitschülerin, die zu Anfang des Schuljahres aus Braunschweig in die Eifel gezogen war und ihr Abitur nun am Pitt-Kreuzberg-Gymnasium in Leyental machen wollte. Sie sah ziemlich gut aus. Sie hatte ein hübsches Gesicht, einen fülligen Kurzhaarschnitt und trug eine schicke Brille. Und sie wusste sich zu kleiden. Anna, Celine und Jana hatten sie zu Anfang des Schuljahres mal ganz unauffällig unter die Lupe genommen, ein wenig abgecheckt, wie man so sagt. Nun aber gehörte Anna nicht mehr zu den Royal Chicks, und so hatte sie sich auch nicht mehr mit Fabienne befasst. Zu ihrem Erstaunen erschien Fabienne an diesem Morgen in einem weißen Neil-Barrett-Kostüm, ganz im Style der Royal Chicks. Celine und Jana hatten es also inzwischen geschafft, sie für ihre Gruppierung zu gewinnen.

»Da kommt sie«, kommentierte Melli, als sie Anna in einiger Entfernung erkannt hatte. »Heute nochmal ohne Pferdeschwanz.«

»Sie hat so geile, lange Haare«, stellte Isi ein wenig neidisch fest. »Guck mal, sie hat sich Wellen reingemacht und alles nur mit zwei Spangen in Form gebracht.«

»Ich würd mal gern wissen, wie lang sie morgens braucht, um sich fertig zu machen«, grinste Melli. »Hey, was meinst du, Isi, mal wieder Bock auf 'ne Runde Annaschätzen?«

»Wieso nicht?«, kicherte Isi. »Mit oder ohne Schmuck?«

»Nur Klamotten«, bestimmte Melli. »Okay, du fängst an.«

»Alles klar«, begann Isi den Spaß, »da haben wir ein graues, geripptes Wollminikleid von Stella McCartney, 700 Mäuse.«

»Kommt hin. Zweireihiger Kurzmantel mit Stehkragen. Dieses Graublau kann ja bald nur von Alexander McQueen sein. Hmm, zwei-drei, würde ich sagen.«

»Dann leg nochmal einen Riesen drauf für ihre schwarzen Pierre-Hardy-Ankleboots mit den zwei breiten Lederriemen und den Schnallen.«

Melli nickte bestätigend.

»Kommt locker hin. Das war dann alles, oder?«

»Was ist mit ihrer Unterwäsche?«, feixte Isi.

»Wenn du sehen kannst, was sie drunter anhat?«, lachte Melli.

»Och, da gibt's doch nur zwei Möglichkeiten: La Perla oder Lise Charmel.«

»Dann entscheide dich, sie ist gleich da.«

»Okay, nochmal 400 für Unterwäsche.«

»Macht zusammen?«

»Moment … eins hin, zwei im Sinn … Vier-vier!«

»Hammer!«

»Liegt am Mantel. Im Winter ist sie mehr wert als im Sommer … Hi, Anna!«

Melli und Isi grinsten immer noch spitzbübisch und bis zu den Ohren, als ihre Freundin vor sie hintrat. Anna blieb stehen und sah schmunzelnd auf Melli und Isi herunter.

»Guten Morgen, meine Damen. Weshalb lächelt ihr so verschmitzt? Habt ihr wieder Annaschätzen gespielt?«

»Hi, Anna«, grüßte auch Melli lachend. »Ja, haben wir. Und wir haben ein Ergebnis.«

»Warte mal, Melli!«, rief Isi und betrachtete neugierig Annas Beine. »Sieht aus, als hätten wir noch was vergessen.«

Sie streckte die Hand nach Annas Oberschenkel aus und zupfte mit Daumen und Zeigefinger ganz zart an dem feinen Stoff.

»Das gibt's doch nicht!«, feixte Isi. »Du hast Strumpfhosen an! Zum ersten Mal! Sag bloß, es ist Madame heute
ein bisschen frisch?«

»Nun ja«, lächelte Anna sie an, »die Temperaturen nä-
hern sich heute Morgen erstmalig dem Gefrierpunkt. Da
dachte ich, es könne nicht schaden, mich etwas wärmer
anzuziehen.«

»Deinen Kreislauf möchte ich haben!«, stieß Isi fassungslos lachend hervor, und zu Melli sagte sie: »Tja, da
müssen wir unser Ergebnis wohl nach oben korrigieren.«

»Och«, winkte Melli lässig ab, »eine Nylonstrumpfhose
macht da jetzt auch nicht mehr viel aus.«

»Ich weiß nicht«, grinste Isi. »Anna, was zahlst du so
für deine Strumpfhosen?«

»Diese hier ist von Wolford«, erklärte Anna. »Du bekommst sie für dreißig Euro.«

»Den Zehnerpack?«, erkundigte sich Isi.

»Nein. Eine«, gab Anna ruhig zurück.

»Eine?«, fragte Isi nach. »Dreißig Mäuse für eine
Strumpfhose? Melli, soviel hat deine Jacke gekostet!«

Die Mädchen lachten ausgelassen miteinander. Dann
flachste Melli: »Anna, ich liebe deine Klamotten. Wenn
ich mal was für gut brauche, dann komm ich zu dir. Du
leihst mir bestimmt was aus.«

»Gerne«, antwortete Anna seelenruhig. »Meine Größe
dürfte dir zwar schwerlich passen, doch ich habe noch
einige Dinge, aus denen ich herausgewachsen bin. Meine
Kleider aus der achten Klasse könnten dir passen.«

»Das war nur ein Witz, Anna!«, lachte Melli.

»Wie du meinst«, gab Anna zurück.

»Du würdest das echt machen?«, fragte Melli erstaunt.

»Aber ja!«, bekräftigte Anna. »Wir drei sind doch Freundinnen, oder nicht?«

»Ehm, ja«, bestätigte Melli ein wenig verwundert.

»Na seht ihr!«, lächelte Anna. »Und Freundinnen helfen einander.«

»Aber das ist doch voll viel«, hielt Isi dagegen, »wenn du uns deine teuren Klamotten leihst. Wir haben nichts, womit wir dir das gutmachen könnten.«

»Ach, ihr Dummerchen«, lachte Anna, »darum geht es doch gar nicht.« Dann wurde sie etwas ernster: »Wisst ihr, ich möchte jetzt nicht angeben, aber wenn man in einer Welt aufwächst, in der man sich jeden materiellen Wunsch erfüllen kann, dann stellt man früher oder später fest, dass die Dinge, nach denen man sich am Ende immer noch sehnt, diejenigen sind, auf die es wirklich ankommt. So etwas wie unsere Freundschaft halt.«

Für ein paar Sekunden sahen Melli und Isi ihre Freundin mit offenen Mündern an. Dann blickten sie sich kurz an. Melli erhob sich als erste von der Sitzbank.

»Sorry, Anna«, sagte sie bestimmt, »das muss jetzt einfach sein …«, und schon schlang sie ihre Arme um sie und drückte sie fest an sich. Isi tat es ihr nach und umarmte Anna gleichzeitig. Die lächelte fröhlich und erwiderte die Zuneigung der beiden Mädels, indem sie sie unterhalb ihrer Arme umfasste und, so gut es eben ging, an sich drückte.

»So wollen wir uns nun setzen«, schlug Anna vor, als sie abließen. Sie nahm in der Mitte der Bank Platz. Isi und Melli setzten sich links und rechts neben sie.

»Erzähl mal, Anna!«, forderte Melli ihre Freundin auf. »Wie war's gestern auf Burg Aarstein?«

Anna begann, die Ereignisse des vergangenen Sonntages ausführlich zu erzählen. Sie berichtete vom Zusammentreffen mit ihren Cousinen, von den Gesprächen mit ihrem Onkel und von den Funden, die sie und Tim in den Vorbereitungskammern gemacht hatten.

»Boah, krass!«, staunte Isi. »Das muss doch voll hart gewesen sein. Also, wenn ich plötzlich Briefe an mich von meiner Oma gefunden hätte, ich hätte Rotz und Wasser geheult.«

»Dann kannst du dir ja vorstellen, wie ergriffen ich war«, stimmte Anna zu.

»Und was wirst du jetzt machen?«, warf Melli von der anderen Seite ein. »Ich meine, hast du vor, den Säbel zu suchen und auszugraben?«

»Ja, dazu sehe ich mich verpflichtet«, antwortete Anna nachdenklich. »Oma Leni muss in irgendeiner Weise eine Freundschaft zur Familie dieser Antoinette gepflegt haben. Es war ihr unglaublich wichtig, das Rätsel zu lösen. Und sie macht in ihren Briefen zweifellos deutlich, dass sie mich für diese Aufgabe ausersehen hat.«

»Hat sie dir aufgeschrieben, wo diese Familie wohnt?«, wollte Isi wissen. »Dann könntest du sie besuchen und mit ihnen reden.«

»Nein«, gab Anna zurück, »dazu macht sie keine Angaben.«

»Na, dann viel Spaß«, erwiderte Isi ironisch. »Wie willst du den leisesten Hinweis finden, wo diese Grabstätte liegt, wenn du nicht mal weißt, wo die Frau mit der Kette gelebt hat?«

»Tim und ich haben vor, innerhalb Frankreichs nach Hinweisen zu suchen«, erklärte Anna. »Antoinettes Name deutet darauf hin, dass sie möglicherweise von Adel war. In dem Fall muss es auch irgendwo Aufzeichnungen geben. Für alle Fälle habe ich auf Papas Kopiergerät Abzüge der betreffenden Seiten aus Oma Lenis Mappe angefertigt, um sie Frau Dr. Uebelacker zu zeigen.«

»Deiner Geschi-Lehrerin«, meinte Melli.

»Ganz recht«, bekräftigte Anna. »Sie kennt sich vortrefflich in der Europäischen Geschichte aus, und wer weiß, vielleicht kann sie etwas dazu sagen? Ein Versuch kann nicht schaden.«

»Ich find's komisch, dass in der Mappe so viele verschiedene Sachen sind«, überlegte Melli. »Da sind die Briefe und die Hinweise auf diese Antoinette, aber halt auch die Sachen, die du damals in der Schule gemacht hast.«

»Das ist wahr«, stimmte Anna ihr zu. »Das sonderbarste ist jedoch dieses Buchseite mit diesem altertümlichen Alphabet. Es passt so gar nicht zum Rest des Inhalts.«

»Vielleicht ist es aus Versehen da rein geraten?«, meinte Isi.

»Das denke ich nicht«, wandte Anna ein. »Ich habe daher eine Aufstellung des Inhalts angelegt. Zunächst einmal habe ich die Reihenfolge festgehalten, in der die Blätter in der Mappe lagen. Dann habe ich sie in Kategorien eingeteilt: Omas Briefe, Hinweise auf Antoinette, Kindheitserinnerungen … Und in der Tat, das Blatt mit den Schriftzeichen bleibt ein Sonderfall in der Zusammenstellung.«

»Hast du denn schon alle Briefe gelesen?«, warf Melli ein.

»Nein, noch nicht«, antwortete Anna. »Gewiss werden Oma Lenis Briefe noch einige Hinweise enthalten. So hoffe ich zumindest.«

»Und was ist jetzt mit Trip?«, erkundigte sich Isi schließlich. »Sind deine Eltern jetzt etwa wieder sauer auf ihn?«

»Nun«, begann Anna, »ich bin einigermaßen erstaunt über ihre besonnene Reaktion. Ich hatte erwartet, dass Mama ihn schelten würde, doch sie blieb ruhig und schnitt das Thema nicht mehr an.«

»Voll merkwürdig«, murmelte Isi ungläubig. »Gerade die hätte doch total abgehen müssen.«

»Ach, wisst ihr was?«, rief Melli lachend aus, wobei sie abwinkte. »Ich wette, sie hat Trip mittlerweile voll gern. Sie will nur nicht, dass man's zu doll merkt«, und Anna schmunzelte: »Da könntest du sogar recht haben, Melli.«

»Hey, Leute!«, erklang eine Stimme vor den drei Mädchen, die sich in dem Moment noch lachend ansahen und dann den Blick ihrer Besucherin zuwandten. Der Tonfall der Stimme klang nicht übermäßig freundlich.

»Hey, Caro!«, grüßte Melli zurück. Es war Caroline Hoffmann aus dem Englisch-Leistungskurs, die sie und ihre Freundinnen so distanziert gegrüßt hatte. Sie stand wenige Schritte vor der Bank, das Gewicht auf ein Bein verlagert und ihren Rucksack lässig an einem Gurt über der Schulter hängend, wobei eine Hand den breiten Riemen fasste und die andere einfach schlaff herabhing. Ihre blonden, halblangen Haare reichten bis zu ihrem Unterkiefer.

»Eben haben sie's ausgehängt«, konstatierte Caroline. »Die Oberstufenparty ist Freitag in einer Woche.«

»Echt?«, jubelte Isi lachend. »Wie geil! Ist ja sogar noch früher als wir gedacht haben.«

»Ja, echt!«, bestätigte Caroline höhnisch. »Wart ihr noch nicht oben? Ihr müsst schon regelmäßig am Schwarzen Brett nachsehen, sonst erfahrt ihr nichts.«

»Ach, Quatsch!«, konterte Isi. »Für sowas haben wir doch dich, Caro. Du bist die erste, die morgens gucken geht und die letzte, die es für sich behalten kann.«

»Ha, ha«, gab Caroline mit einem verächtlichen Blick zurück. »Ich geh mal davon aus, dass ihr beide auch hingeht?«

»Da gehst du richtig aus«, warf Melli von der anderen Seite ein, woraufhin Caroline die Lippen schürzte und sprach: »So weit, so gut.«

Den drei Freundinnen entging nicht, dass Caroline mit einem zweifelnden Gesichtsausdruck auf Anna herabblickte. Melli beobachtete, wie Anna ihrem Gegenüber seelenruhig lächelnd ins Gesicht sah und zunächst einmal gar nichts sagte. Dann sah sie, wie Carolines Augen sich abfällig von Anna abwandten und zu ihr zurück blickten.

»Alles okay?«, fragte Melli herausfordernd schmunzelnd, da sie ahnte was kommen würde.

»Bringt ihr die auch mit?«, fragte Caroline trocken mit einem kurzen, seitlichen Kopfnicken in Richtung Anna, die es natürlich bemerken sollte.

»Ich sitze direkt vor dir, Caroline«, richtete Anna völlig gelassen das Wort an sie. »Wenn du wissen möchtest, ob ich ebenfalls zur Party zu gehen gedenke, darfst du mich gerne persönlich fragen.«

Carolines Augen wanderten wieder zu Anna. Die Körperhaltung beider Mädchen blieb unverändert, während

Anna fortfuhr: »Im übrigen bringt mich niemand mit. Wenn mich die Lust anwandelt, werde ich einfach erscheinen. Oder ich lasse es bleiben. Es wird meine Entscheidung sein. Die Kenntnis darüber wird für dich kaum von Wichtigkeit sein.«

Caroline rümpfte kurz die Nase, und mit einem verzickten Seufzer schüttelte sie kurz den Kopf. Dann kehrte sie sich um und ging.

»Die freut sich ja riesig auf dich«, stichelte Isi belustigt. »Was sie nur gegen dich hat? Ich meine, wo du doch all die Jahre so ein Sonnenscheinchen warst.«

»So wie sie denken noch viele andere«, bemerkte Anna. »Ich weiß, dass ich mir mit dem Konzept der Royal Chicks nicht viele Freunde gemacht habe. Ich kann es jedoch nicht mehr ändern. Sie alle müssen sich damit abfinden, dass ich bin, wer ich bin.«

»Nee, Leute«, erklärte Melli, »bei Caro kommt noch mehr dazu. Sie war bis zur Zehn immer die Beste in Englisch. Und jetzt muss sie damit fertig werden, dass du vor ihr stehst, Anna. Sie hasst dich vor allem, weil du besser bist als sie. Das ist alles.«

»Na, meinetwegen«, schloss Anna unbekümmert. »Das ist ja wohl schwerlich mein Problem. Wenn sie diesen Rang braucht, ist das ihre Sache. Aber dann soll sie sich einfach mehr anstrengen anstatt ihren Unmut gegen mich zu richten. Basta.«

»Wo du recht hast, hast du Recht«, bestätigte Isi nickend.

Wenn es am Pitt-Kreuzberg-Gymnasium ein wandelndes Geschichtsbuch gab, dann war es nicht Anna.

Gewiss, sie brachte das brennende Interesse und die Neugierde für das Fach auf, doch das Fach Geschichte zeichnet sich vor allem durch eine entmutigende Fülle von Personen und Ereignissen aus. Ganz zu schweigen von den oft sehr komplexen Verstrickungen zwischen diesen. Es dauert Jahre, auf diesem Gebiet eine Expertin zu werden. Anna war trotz ihres bereits großen Wissens noch zu jung dafür. Es war Frau Dr. Uebelacker, Annas Geschichtslehrerin, die eine solche Expertin war. Ihr Wissen war enorm, und das nicht nur auf dem weiten Feld der Weltgeschichte, sondern auch in der lokalen Heimatkunde, innerhalb der sie sogar eigene Forschungsprojekte am laufen hatte. Ihre Erscheinung entsprach dem, was man sich im Grunde so vorstellte, wenn man den Namen Dr. Elvire K. Uebelacker las oder hörte: Eine ältliche, hagere Dame mit einem grauen Dutt auf dem Hinterkopf und beigebrauner, gediegener Kleidung, die zumeist einen braunen Leinenblazer auf einer cremefarbenen Rüschenbluse beinhaltete. Zu ihrem knöchellangen Leinenrock trug sie bequeme, flache, beigebraune Lederschuhe, die immer wieder ein bisschen quietschten, wenn sie während eines Vortrags vor der uralten Holztafel des Erdkunde-Hörsaals hin und her schritt. Ein äußerst passendes Ambiente, wie Anna fand. Es hatte ein bisschen etwas von dem Hörsaal aus den Indiana-Jones-Filmen, in denen Dr. Jones mit der Brille auf der Nase seine Vorlesungen hielt.

Die Geschichtslehrerin hatte aber noch eine andere, sehr bemerkenswerte Eigenschaft, und die Schüler wussten nie, ob sie diese Befähigung für bewundernswert oder gruselig halten sollten: Sie hatte ein geradezu

fotografisches Gedächtnis. Ganz gleich, ob es ein Tafel-
bild, eine Kursarbeit oder ein Referat war, sie brauchte
nur einen Blick drauf zu werfen, und schon behielt sie
den Inhalt eins zu eins im Gedächtnis. Sie konnte ihren
Schülern und Schülerinnen nach einer Kursarbeit Wort
für Wort zitieren, was sie sich zusammengeschrieben hatten und wo die Stellen waren, an denen ihnen die Punkte
verloren gegangen waren.

»Geschi LK« bei Frau Dr. Uebelacker stellte für Anna
stets den Abschluss des Montags dar. Die Doppelstunde
fand direkt nach der Mittagspause in der siebten und achten Stunde statt. Danach hatte sie schulfrei. Auch ihre
Lehrerin hatte anschließend keinen Unterricht mehr, und
so hoffte Anna, sich wenn nicht ausgiebig, so doch aber
zumindest in Ruhe mit ihr unterhalten zu können.

Während ihre Mitschüler sich von ihren Plätzen erhoben und gemächlich zur Tür strebten, schritt Anna ruhig
an das Pult heran, an dem ihre Lehrerin gerade dabei war,
im Stehen ihre Unterlagen einzupacken.

»Frau Dr. Uebelacker?«, fragte Anna höflich. »Hätten
Sie womöglich ein wenig Zeit für eine Frage?«

»Aber ja, Annabelle«, sprach Frau Dr. Uebelacker kühl,
aber freundlich. »Wenn es jedoch um dein Referat geht,
muss ich dir sagen, dass es bei den vierzehn Punkten
bleibt.«

»Nein, nein«, widersprach Anna und lächelte beschwichtigend, »um mein Referat geht es nicht. Ich
möchte gerne über etwas anderes mit Ihnen sprechen,
wenn Sie gestatten.«

Frau Dr. Uebelacker legte noch einige DIN-A4-Blätter
in eine Mappe hinein, die sie anschließend in ihrer großen

Tasche verstaute. Dann blickte sie Anna milde lächelnd an und sagte: »Nun, dann bitte sehr.«

»Gewiss ist Ihnen die Legende von Madame de la Garrigue vertraut«, begann Anna und legte ihren Schnellhefter mit den Kopien aus Oma Lenis Mappe auf dem Pult ab, um ihn im nächsten Moment sorgsam aufzuschlagen.

»Die Legende, deren zugrunde liegendes Artefakt unpassenderweise auf Burg Aarstein verwahrt wird«, murmelte Frau Dr. Uebelacker und bekräftigte: »Ja, sie ist mir bekannt.«

»Ich habe hier Unterlagen meiner verstorbenen Großmutter, aus denen hervorgeht, dass diese Legende möglicherweise wahr ist. Und nicht nur das; allem Anschein nach hatte meine Großmutter sogar Kontakt zu den Nachfahren Antoinettes.«

»Was du nicht sagst«, sprach die Lehrerin langsam, und aus ihrer Stimme klangen gleichzeitig Skepsis und großes Interesse hervor. Sie deutete auf den aufgeschlagenen Hefter.

»Darf ich?«

»Aber ja, bitte sehr.«

Frau Dr. Uebelacker begann, die Kopien der Dokumente durchzublättern. Anna missfiel, wie sie dazu immer wieder ihren Daumen anleckte. Einige Seiten blätterte die resolute Frau rasch durch, andere dagegen hielt sie ein, zwei Sekunden aufgeschlagen und sah sie mit durchdringendem Blick an.

»Was halten Sie davon?«, fragte Anna neugierig. Ihre Lehrerin hielt inne, blickte für ein paar Sekunden starr an die gegenüberliegende Wand des Kursraums und klappte milde lächelnd den Schnellhefter zu.

»Ich fürchte, liebes Kind, dass ich dich enttäuschen muss. Diese Unterlagen stützen keineswegs die Hypothese, dass Antoinettes Geschichte in diesem Punkt belegbar sei.«

Anna machte große Augen und sah Frau Dr. Uebelacker staunend an.

»Ja?«, entfuhr es ihr verblüfft. »Damit hätte ich jetzt nicht gerechnet. Für mich sieht dies alles ausgesprochen schlüssig aus. Schauen Sie nur, dieses Gedicht hier. Ist es nicht äußerst wahrscheinlich, dass es eine Beschreibung des Platzes ist, an dem Antoinette den Griff des Säbels vergrub?«

»Keineswegs«, replizierte die Lehrerin kühl. »Natürlich steckt die Legende voller Romantik, und daher findest du die fixe Idee ansprechend, dass die Geschichte wahr sein könnte. Doch du solltest dich nicht in diesen Dingen verrennen wie ein verliebtes Schulmädchen. Das steht dir nicht zu Gesicht. Nicht dir, Annabelle zur Heyden. Warum befasst du dich nicht lieber mit den naheliegenden Dingen? Forsche zum Beispiel deinen eigenen Vorfahren hinterher. Immerhin bist du Nachfahrin des Adelsgeschlechts der Grafen zur Heyden, die vor gar nicht langer Zeit auch hier in unserer Stadt ansässig waren.«

Anna kam aus dem Staunen nicht mehr heraus. Warum verwarf Frau Dr. Uebelacker so kurzerhand ihre und Tims Überlegungen? Warum fing sie nun damit an, Annas Gedanken von der Legende weg zu lenken, hin zu den Leuten, die ihre Großmutter vor vielen Jahren geächtet hatten? Sie überlegte. Sie hatte von ihrer Lehrerin nicht die Auskunft bekommen, die sie hören wollte. Das bedeutete jedoch nicht, dass es von nun an sinnlos wäre, ihr weiter zuzuhören. Immerhin hatte sie in der Vergangenheit recht häufig von den freundlichen Anregungen Frau Dr. Uebelackers profitiert, warum also nicht auch dieses Mal? Und nebenbei etwas Wissenswertes über ihre eigene Herkunft zu erfahren, konnte schließlich nicht schaden.

»Deinem Gesichtsausdruck entnehme ich, dass dir diese Tatsache nicht bekannt ist«, stellte Frau Dr. Uebelacker fest.

»Da haben Sie ganz recht«, nickte Anna ein wenig verlegen. »Diese Dinge gehörten innerhalb meiner lebenden Verwandtschaft nie zu den täglichen Gesprächsthemen. Sie müssen wissen ...«

»Ja, Annabelle, ich weiß«, setzte die Lehrerin nachdrücklich hinzu. »Ich kenne den Grund. Die Verstoßung von Helene zur Heyden aus der Familie bedeutete freilich auch die Ächtung all ihrer Nachfahren. Es war die Beharrlichkeit deiner Großmutter, hier in Leyental wohnhaft zu bleiben, die schließlich den Grafen Heinrich zur Heyden dazu veranlasste, den hiesigen Herrensitz aufzugeben und sich im Düsseldorfer Raum niederzulassen.«

»Weshalb tat er das?«

»Weil er seinen guten Namen durch sie beschmutzt sah. Als Helene ihren Geliebten Hubert Schmitz dazu brachte, bei der Heirat den Namen zur Heyden anzunehmen, war dies für die Familie des Grafen ein Affront. Da es keine gesetzlichen Möglichkeiten gab, gegen Helene vorzugehen, Heinrich zur Heyden aber unter keinen Umständen die namentliche und geografische Verbindung akzeptieren wollte, war es schließlich der adelige Teil der Familie, der sich zurückzog.«

»Wie überaus kindisch. Und wo befand sich nun der Wohnsitz des Grafen?«

»Hast du schon einmal von dem historischen Baukomplex nördlich von Leyental gehört, den man die ›Alte Domäne‹ nennt?«

Frau Dr. Uebelackers Gegenfrage kam etwas spitzzüngig daher. Selbstverständlich hatte Anna von diesem Ort gehört. Weshalb also diese Ironie in der Stimme ihrer Lehrerin?

»Ja, gewiss habe ich davon gehört«, gab Anna trocken und monoton zurück.

»Und du als gebürtige Leyentalerin aus dem Hause zur Heyden, Jahrgangsbeste im Leistungskurs Geschichte, weißt nichts über die Historie dieses Anwesens?«, fragte Frau Dr. Uebelacker mit eindringendem, zweifelnden Blick, und sie fügte mit einem angedeuteten Kopfschütteln hinzu: »Das fällt mir schwer zu glauben.«

»Nun«, erwiderte Anna ruhig aber bestimmt, »Sie werden gewiss nachvollziehen können, dass die Umstände, die zur Absplitterung meines Familienzweiges führten, möglicherweise einschneidend genug waren, dass sie meine Eltern und insbesondere meine Großmutter dazu veranlassten, sie nicht zur Sprache zu bringen.«

»Gekränkter Familienstolz«, winkte Frau Dr. Uebelacker ab. »Ich möchte dir empfehlen, dich davon zu befreien und deine eigenen Nachforschungen anzustellen. Daraus könntest du eine Jahresarbeit für die 12. Klasse machen. Wie wäre das?«

»Ja«, nickte Anna sachte und nachdenklich. »Ja, das könnte ich natürlich tun.«

»Sehr schön. Das lobe ich mir.«

»Darf ich Ihnen noch eine letzte Frage stellen?«, beharrte Anna. Ihre Lehrerin nickte ungeduldig. Daraufhin schlug Anna den Inhalt ihres Hefters mit einem Mal um, sodass das letzte Blatt zu sehen war.

»Dieses Dokument befand sich ebenfalls in den Unterlagen meiner Großmutter«, erklärte sie. »Ich denke, dass es ein vormittelalterliches Alphabet ist. Liege ich damit richtig?«

Frau Dr. Uebelacker zog die Stirn kraus. Sie betrachtete das Blatt aufmerksam und sah kurz darauf mit einem Gesichtsausdruck, der eine Vorstufe größter Missbilligung zeigte, in das Gesicht ihrer Schülerin.

»So ist es, Annabelle«, murmelte sie zerknirscht. »Ich frage mich, warum du dich damit befasst.«

»Es befand sich in der Sammlung alter Dokumente, die meine Oma in einer alten Mappe aufbewahrte«, erläuterte Anna seelenruhig, »doch ich erkenne den Zusammenhang nicht, den es zu den übrigen Schriftstücken haben könnte.«

Die Geschichtslehrerin schüttelte energisch den Kopf. Wieder sah sie Anna eindringlich an, nahm Luft und begann: »So. Ich sage dir jetzt eins, Annabelle, und ich wünsche danach keine Diskussion mehr. Ich rate dir, nein, ich verlange von dir, dass du diesem Unsinn, den diese Ansammlung von Zetteln darstellt, nicht länger nachgehst! Und ich will auf keinen Fall noch einmal sehen, dass du dich mit nationalsozialistischer Symbolik abgibst!«

»Nationalsozialistische Symbolik?«, wiederholte Anna verblüfft.

»Du hast mich richtig verstanden, Annabelle zur Heyden! Ich werde deine Eltern und falls nötig die

Schulleitung in Kenntnis setzen, wenn ich je wieder sehe, dass du solcherlei Geschmier verbreitest!«

Sichtlich betroffen nahm Anna die Worte ihrer Lehrerin zur Kenntnis. Was sollte das alles? Warum reagierte Frau Dr. Uebelacker so ungehalten? Wortlos nahm Anna den Schnellhefter wieder an sich und steckte ihn ein. Dann verabschiedete sie sich höflich mit den Worten: »Vielen Dank für Ihre Zeit, Frau Dr. Uebelacker. Auf Wiedersehen.«

»Auf Wiedersehen, Annabelle.«

Langsam und tief in Gedanken wandte Anna sich ab und schritt zur Tür. Mit diesem Verlauf des Gespräches hatte sie nicht gerechnet. Da tauchte vor ihr plötzlich Caroline Hoffmann auf. Mit vor dem Körper verschränkten Armen erschien sie vom Flur aus im Türrahmen und sah Anna abfällig an.

»Bist du endlich fertig?«, murrte sie.

Anna reagierte nicht auf Carolines unhöfliche Frage. Sie fasste die Klinke, schob die Tür weiter auf und ging an ihrer Mitschülerin vorbei, die sich im selben Moment in der Türöffnung drehte, um ständig frontal zu Anna zu stehen und sie mit ihren Augen zu verfolgen. Dann zog sie die Tür zu und verschwand im Kursraum, in dem sich auch immer noch Frau Dr. Uebelacker aufhielt. Anna hörte nur das sanfte Klicken, mit dem die Tür bedächtig ins Schloss gezogen wurde, während sie den Flur in Richtung Treppenhaus entlang schritt. Plötzlich wurden ihre Gedanken von etwas anderem abgelenkt. Sie blieb stehen und verharrte in der offen stehenden Rauchschutztür, die den Flur vom Treppenhaus abtrennte. Da waren Stimmen, die sie kannte und die gedämpft sprachen. Ein

Geschoss unterhalb von ihr, im Treppenraum, an der Glasfassade zum Schulhof hin, musste wohl gerade eine Unterhaltung geführt werden, die nicht unbedingt jedermann etwas anging.

›Die haben mir gerade noch gefehlt‹, dachte Anna, und ganz langsam, so langsam, wie sie eben gehen musste, um auf Stilettoabsätzen keine Geräusche zu machen, ging sie weiter. Anna war gleich aufgefallen, dass die fraglichen Personen im Flüsterton sprachen, und so etwas bedeutete für gewöhnlich nichts Gutes. Es war letztlich der Grund, warum Anna so abrupt angehalten hatte.

»Meint ihr nicht, dass das zwecklos ist?«, hörte sie eine Stimme, die ihr nicht vertraut war. Die Stimme, die antwortete, kannte sie dagegen gut. Sie war etwas rau, beinahe kratzig, besonders beim Flüstern.

»Es ist auf jeden Fall einen Versuch wert. Wie Line schon sagt, ein Kerl ist ein Kerl.«

»Ganz genau, Jana. Sie sind alle leicht zu beeinflussen. Besonders wenn eine so hübsch ist wie du, Fabi.«

»Ich bin aber vom Typ her ganz anders. Und er steht wohl eindeutig auf lange, schwarze Haare.«

»Unsinn. Wenn du es richtig machst und ganz locker dabei bleibst, wird das eine Leichtigkeit für dich.«

Anna ging sachte ein paar Schritte rückwärts in den Flur, um wieder ihren normalen Gang aufzunehmen. Das Klackern ihrer Schuhe sollte nicht plötzlich auf der Treppe zu hören sein, denn damit würde sie verraten, dass sie stehen geblieben war und gelauscht hatte. Nun ging sie lässig und beschwingt mit aller Eleganz die Treppe hinunter, vorbei an ihren ehemaligen Freundinnen, die augenblicklich verstummten und Anna nur mit den Augen verfolgten, bis sie auf dem darunter liegenden Treppenlauf außer Sicht geriet.

Tim und Michael hatten mal wieder alle Hände voll zu tun. Zusammen mit einigen Kollegen bereiteten sie den Mündungsbereich eines Wirtschafsweges im Norden der Stadt dazu vor, asphaltiert zu werden. Der Weg kam von einem kleinen, licht mit Waldkiefern und Heidelbeerkraut bewachsenen Hügel zwischen der Osterley und der Achtnadel herab. Durch die Nähe zu den beiden Felsformationen war der Grund sehr reich an Steinen und Felsbrocken. Diese mussten ausgehoben und beiseite gelegt werden. Da die beiden Freunde unter den Arbeitskollegen mit Abstand die Stärksten waren, blieb diese harte Arbeit von vorneherein an ihnen hängen.

»Leck die Katz, ey!«, stöhnte Michael und richtete sich auf, um sich zu recken. Schweißperlen standen ihm auf der Stirn.

»Das ist aber auch ein Brummer«, keuchte Tim, kurz bevor er eine lange Metallstange schräg unter den großen Kalkstein stieß, der zwischen ihnen im Boden steckte. Tims weißes T-Shirt war durchnässt, seine blonden Haarspitzen dunkel von der Schweißnässe. Er zog einen der Träger seiner orangefarbenen Latzhose, der ihm immer wieder herabrutschte, zurück auf seine Schulter.

»Scheißteil«, knurrte er. »Dauernd rutscht der Träger. Die Schnalle zum Straffziehen ist am Arsch. Die ganze Hose ist am Ende.«

»Dann mach nachher ’nen Bericht und hol dir ’ne Neue«, brummte Michael. »Komm jetzt, raus mit dem Wackes.«

»Kommt schon«, presste Tim zwischen den Zähnen hervor, als er den Metallstab mit aller Kraft nach unten drückte und so den Felsbrocken aus dem Boden hebelte. Der Stein rollte über den lehmigen Baugrund und kullerte, geführt von Michaels Schaufel, auf einen Haufen anderer Brocken zu, den die Jungs zuvor abseits der Wegmündung abgelegt hatten. Mit einem dumpfen »Klock!« stieß der Fels an seine kalkigen Kameraden. Da klingelte plötzlich Michaels Diensthandy. Er nahm es hervor und schaute aufs Display.

»Der Boss?«, fragte Tim nach. Michael nickte.

»Stell laut«, fügte er hinzu.

»Ja, Chef!«, meldete sich Michael.

»*Wo seid ihr jerad?*«, hörten die Jungs die Stimme von Karl Basberg aus dem Telefon dröhnen.

»Wir sind noch an dem Wirtschaftsweg dran«, antwortete Michael.

»*An wat für e'nem Wirtschaftswesch? Mir han dä mehrere!*«

»Wo Sie uns heute morgen hingeschickt haben, Chef!«

»*Am Juddeknippsche?*«

»Ja, wenn das hier so heißt. Keine Ahnung.«

»*Ja, dat heeßt su, du Vorel! Ihr könntet eusch mal en bissjen besser mit de Flurbezeischnungen uskenne!*«

Tim und Michael grinsten sich an. Michael zwinkerte mit dem Auge und streckte kurz die Zunge raus.

»Ja, Chef.«

»*Wie weit seid er? Habt er von dene Leien schon en paar usjegrabe? Misch hat dä Backesse Pitter jeradens anjerufe, der dät sisch von dene Leien jern en paar für in de Jarten hole.*«

Tim kicherte und feixte leise: »Was hat der gesagt? Ich versteh nicht, was der will.«

Michael nahm das Handy runter und hielt es hinter den Rücken, dann gluckste er gedämpft: »Stell dir mal vor, der und Anna würden sich gegenüberstehen und miteinander reden. Die würden doch beide denken, der andere kommt vom Mond!«

Tim hielt sich den Bauch. Er presste sich eine Hand vor den Mund, um nicht zu laut zu lachen.

»Habt ihr jehört, wat isch jesacht han?«

Michael sammelte sich und antwortete seinem Vorgesetzten.

»Ja, Chef. Aber wir wissen nicht, was Leien sind.«

»Steen, du Uchs! En paar schrußer Steen! Dunnerkeil norremol!«

»Ach, Steine! Ja, alles klar, ja, da haben wir ein paar ganz fette ausgegraben.«

»Jut, da lasst die loh leien. Isch sarren dem Backesse Pitter en soll sisch die loh hole kunn.«

»Alles klar, Chef.«

Damit legte Michael auf und steckte sein Handy wieder weg.

»Und? Was ist jetzt mit den Steinen?«, erkundigte sich Tim, »was sollen wir damit machen?«

»Keine Ahnung«, gab Michael schulterzuckend zurück. »Am besten lassen wir sie da liegen. Ich glaub, irgendjemand will die abholen, oder so.«

»Erzähl mir noch mal genau, was sie gesagt hat. Und vor allem, wie sie es gesagt hat.«

Tims abgewetzte Ledercouch knarrte leise, als er sich zurück neben seine Freundin ins Polster sacken ließ. Er war zuvor aufgestanden, um eine Kanne schwarzen Tee aufzubrühen. Es war nicht nur der Umstand, dass die Tassen auf dem Couchtisch leer geworden waren, der ihn sich erheben lassen hatte. Den Tee zu kochen war vor allem eine Art stille, in sich gekehrte Zwischenhandlung, die ihm die Möglichkeit gab, tief in seinem Gehirnskasten nachzudenken und die Dinge zu sortieren, von denen er soeben Kenntnis erlangt hatte. Nun hatte er sich und Anna nachgeschenkt, sich zurückgelehnt und den Moment innig genossen, als Anna ihren Kopf an seinen Hals kuschelte und ihre flache Hand zart auf seiner Brust ablegte. Einen Moment lang sagten sie nichts. Das Rauschen des Windes in den hohen Kiefern, die um Tims Holzhaus herum standen, drang leise ins Wohnzimmer. Draußen dämmerte ein trüber, grauer Novemberabend herein. Kurz flackerten die Kerzenflammen auf dem Tisch. Über ihnen zeichnete sich schwarz der Propeller vor dem Dämmerschein der Deckenbeleuchtung ab. Konnte eine Stimmung behaglicher sein?

»Wie sie es gesagt hat«, wiederholte Anna gedankenvoll. »Ich kann es schwerlich beschreiben. Sie war so … abweisend. Nicht einfach nur distanziert. Ich möchte gar sagen, regelrecht einschüchternd.«

»Und sonst ist sie anders?«, fragte Tim.

»Durchaus«, antwortete Anna. »Gewiss, sie ist grundsätzlich ein wenig kühl in ihren Umgangsformen, doch heute kam sie mir übermäßig streng vor. Und ich hatte ihr zuvor keinen Grund dazu gegeben.«

»Doch«, gluckste Tim. »Du hast in dem Referat nur 14 Punkte. Die ist jetzt mega enttäuscht von dir.«

Annas Hand auf Tims Brust hob sich und ließ einen empörten Klaps folgen.

»Du Fiesling!«, schimpfte Anna lachend, während sie ihren Kopf anhob und Tim in die Augen sah. »Natürlich musstest du mich damit aufziehen.«

Tim grinste sie an. Dann drückte er ihr einen Kuss auf die Lippen, worauf Anna lächelnd ihren Kopf zurück in ihre ursprüngliche Position brachte. Tim sah zur Decke und grübelte.

»Und was meint sie mit ›nationalsozialistischer Symbolik?‹«, fragte er kopfschüttelnd. »Was soll das mit den Nazis zu tun haben?«

»Das war auch der Punkt, der mich am wirksamsten verwirrt hat«, erklärte Anna. »Zwar zeigt das Alphabet auf dem Blatt ein Zeichen, dass von den Nationalsozialisten im Dritten Reich verwendet wurde. Doch auch die hatten es ja nur aus diesem uralten Alphabet übernommen und anschließend für ihre Symbolik missbraucht.«

»Genau wie mit dem Hakenkreuz«, nickte Tim. »Ich hab mal gehört, das gibt es auch schon seit tausend Jahren, und es soll ein ganz friedliches Symbol gewesen sein.«

»Das ist wahr«, stimmte Anna zu. »Es war Adolf Hitler selbst, der das Hakenkreuz als Symbol missbrauchte und damit in Verruf gebracht hatte.«

»Und heute sind diese Symbole verboten, weil man sich nur an die Bedeutung erinnert, die Hitler ihnen gegeben hat.«

»Ganz recht.«

»Im Grunde Bullshit, weil, es trifft ja nicht den Punkt. Symbole sind nicht böse. Menschen sind böse. Menschen und ihre Gesinnungen. Verbietet man die Symbole, scharen sich die Schurken doch erst recht um sie.«

»Ich möchte dir zustimmen. Doch in der heutigen Zeit sind die Menschen vielfach außerstande, diese Dinge so nüchtern zu betrachten. Und das war es sicher auch, was Frau Dr. Uebelackers Reaktion auslöste.«

»Schon richtig«, meinte Tim. »Aber müsste sie als Expertin für Geschichte nicht ein bisschen cooler damit umgehen können?«

»Für gewöhnlich kann sie dies sehr gut«, überlegte Anna. »Ich verstehe einfach nicht, warum sie mir heute so fremd war.«

»Na ja, eine Begründung gäb es da schon …«

»Und welche?«

»Mir kommt es so vor, als ob sie dich bewusst davon abhalten will, der Sache nachzugehen.«

»Aber weshalb denn nur?«

»Vielleicht, weil sie es dir nicht gönnt. Was, wenn sie selber schon daran arbeitet?«

»Denkst du, das wäre möglich?«

»Du hast mir selbst mal erzählt, dass sie eigene Forschungsprojekte am laufen hat. Und wenn ich mit meiner Vermutung richtig liege, dann ergibt auch ihr Verhalten von heute einen Sinn.«

Anna richtete sich auf und blickte konzentriert in die Flamme einer Kerze.

»Sie wusste von der Legende«, erinnerte sie sich flüsternd, »und sie kennt den Aufbewahrungsort der Kette, Burg Aarstein. Und sie nannte es unpassend, dass sie dort aufbewahrt wird.«

»Sie weiß es!«, bekräftigte Tim ernst. Anna schlug die Augen nieder.

»Oh nein!«, wisperte sie.

»Was ist?«

»Ich habe ihr doch Oma Lenis Unterlagen gezeigt! Bei ihrem fotografischen Gedächtnis hat sie sich gewiss alles daraus gemerkt. Ich habe ihr nun alle Informationen geliefert, die wir haben!«

»Das konntest du nicht ahnen. Und außerdem, selbst wenn sie nun so viel weiß wie wir – wir stehen damit doch auch auf dem Schlauch. Aus dem ganzen Wirrwarr muss man erstmal schlau werden. Lass sie so intelligent sein wie sie will, sie ist alleine damit. Wir sind zu zweit, und wir haben auch Köpfchen. Wir müssen jetzt nur schneller sein als sie.«

Anna legte sich zurück und schmiegte sich an ihren Freund. Sie schaute über Tims Brust hinweg an die Wohnzimmerwand.

»Ich bin nicht sicher, ob sie alleine ist«, sagte sie gedankenvoll.

»Und warum?«, wollte Tim wissen.

»Caroline Hoffmann«, begann Anna zu erklären. »Sie ging nach mir zu Frau Dr. Uebelacker in den Kursraum. Normalerweise würde ich mir nichts dabei denken. Doch nun erscheint mir die Art und Weise, wie sie mir begegnete, passend zu unserer Vermutung und somit sehr verdächtig.«

»Was hat sie denn genau gemacht?«, fragte Tim nach. »Beschreib mal!«

»Sie hat sich im Türrahmen herumgedreht und mich nicht aus den Augen gelassen, bis ich weit genug entfernt war«, beschrieb Anna, »und dann schloss sie leise und bedächtig die Tür von innen. Nun weiß ich allerdings auch, dass sie mich ohnehin nicht leiden mag, und daher besteht natürlich die Möglichkeit, dass ich ihr heutiges Verhalten überbewerte.«

»Wäre möglich«, nickte Tim und sprach mit ruhiger Stimme weiter: »Das beweist alles noch nichts. Aber wie heißt es so schön: Holzauge, sei wachsam! Wir halten sie einfach ein bisschen im Auge, dann sehen wir ja, ob was dran ist.«

Anna schloss die Augen und lächelte.

»Ja, das machen wir«, bestätigte sie zufrieden flüsternd und kicherte: »Du und deine ulkigen Sprüche. Du bringst mich zum Lachen.«

Tim lächelte ebenfalls und begann, Annas Rücken zu streicheln. Durch den feinen Stoff ihres Kleides konnte er ihre weiche Haut erspüren. Anna atmete tief durch den Mund ein und genoss die Zärtlichkeit ihres Freundes. Die Hand, die auf seiner Brust lag, legte sie nun liebevoll an seine Wange. Dann bewegte sie ihren Kopf auf Tims Hals zu und begann, ihn zu küssen. Zart berührten ihre Lippen seine Schultern, seinen Hals und seinen Unterkiefer. Da Anna nun näher an seinen Kopf herangerückt war, konnte Tim ihren Rücken nun bis in tiefere Gefilde hin streicheln. Sanft streichelte er über ihre Lende ein Stückchen ihre Pobacken hinab. Anna drückte ihr Becken fester an ihn und intensivierte ihre Küsse, die nun auch Tims Ohren mit einbezogen. Tief wühlten ihre Hände inzwischen in seinen Haaren.

»Schlafe mit mir!«, hauchte sie ihm ins Ohr.

Kapitel 6

Es waren die letzten Tage im November, diesem kühlen und für gewöhnlich auch recht feuchten Monat, der sich um diese Zeit obendrein zumeist durch tief hängende Wolken und dieses Gefühl von feinem, kalten Fisselregen im Gesicht auszeichnete.

An diesem Freitagnachmittag lag eine einheitlich graue, strukturlose Wolkendecke über Leyental. Sie deckte die Stadt mit einem Übermaß des vorhin beschriebenen Nieselregens ein. Es begann früh zu dämmern, und schon bald würde sich das Licht der Straßenlaternen in den nassen Straßen und den sich in den Vertiefungen des Asphalts ansammelnden Pfützen spiegeln. Die Landschaft war trist braun und zerzaust, und selbst die Zur-Heyden-Villa konnte den sonst so schönen Fasanenberg nicht merklich aufwerten.

Es waren indessen drei junge Damen, die sich zu dieser Stunde anschickten, dem sich nahenden Abend ein wenig optischen Glanz zu verleihen.

»Du musst stillhalten, Isi!«, lachte Anna. »Es ist mir schlechterdings unmöglich, deine Haare herzurichten, wenn du dich unentwegt umschaust.«

»Aber Melli hat gerade den Schuhschrank aufgemacht!«, wandte Isi aufgeregt ein und spähte neugierig nach ihrer Freundin. »Und jetzt … Jetzt verschwindet sie drin. Ich will auch!«

»Du wirst warten müssen!«, sang Melli aus dem riesigen Zedernholzmöbel heraus. »Aha, alles klar, Anna, du stehst eindeutig auf Ankleboots und hochhackige Sandalen. Alter! Sind die von Chloé?«

»Ja«, antwortete Anna, »einige von ihnen schon.«

»Und welche willst du uns leihen?«

»Das hängt davon ab, für welche Outfits wir uns in eurem Fall entscheiden.«

»Und für welche Frisur!«, warf Isi erwartungsvoll ein. »Richtig, Anna?«

»So ist es«, bestätigte Anna seelenruhig, »und das macht es erforderlich, dass du nun hübsch stillhältst, Isi.«

»Na gut«, sah Isi flapsig ein, »weil du es bist.«

»Vielen Dank«, gluckste Anna. Kurz darauf kehrte Melli zu den beiden zurück. Ihre frisch gewaschenen Haare waren in ein Handtuch eingewickelt. Sie sah zu, wie Anna mit Isis Haar hantierte.

»Ich hab voll die dünnen Haare«, bemerkte Isi, die vor einer großen Schmink- und Frisierkommode in Annas geräumigen Ankleidezimmer saß und gespannt abwartete, was Anna aus ihrer Frisur zaubern würde. »Ich frag mich, was du daraus machen willst. Ich wünschte, ich hätte so Haare wie du.«

»Is echt so«, pflichtete Melli ihr bei und betrachtete bewundernd Annas langes Haar. »Kann ich dich mal was fragen, Anna?«

»Aber ja«, antwortete Anna. »Was möchtest du denn wissen?«

»Was machst du, damit deine Haare so mega geil fallen? Du benutzt doch bestimmt voll die teuren Pflegeprodukte, oder?«

»Das möchte man annehmen, nicht wahr?«, gab Anna zurück. »Doch es ist nicht so.«

»Du hast sie nie schneiden lassen, stimmt's«, fragte Isi. Anna nahm eine von Isis Haarsträhnen auf und griff nach ihrem ghd-Glätteisen.

»Seit ich fünf Jahre alt war«, begann sie, während sie konzentriert Isis Haar ins Glätteisen klemmte und eindrehte, »wurden nur mehr die Spitzen geschnitten. Von daher habt ihr durchaus recht, wenn ihr davon ausgeht, dass meine Haare einer besonderen Pflege bedürfen. Doch dazu verwende ich selten handelsübliche Pflegemittel.«

»Lass mich raten«, warf Melli schmunzelnd ein. »Oma Leni, richtig?«

»Du hast es erfasst«, lächelte Anna. »Ihr müsst wissen, als sie sechzehn war, gab es diese umfassende Palette an Produkten, wie sie heutzutage erhältlich ist, nicht. Dennoch war ihr Haar stets glänzend und geschmeidig.«

»Wie hat sie das hingekriegt?«, wollte Melli wissen.

»Sie hat es so gemacht, wie ihre Mutter zuvor es machte«, erklärte Anna, »und sie hat es mir gezeigt. Es wird euch möglicherweise erstaunen, doch das Erscheinungsbild eurer Haare steht und fällt vornehmlich mit der Art und Weise, wie ihr euch ernährt.«

»Ach, echt?«, staunten Melli und Isi beinahe gleichzeitig.

»Aber ja«, fuhr Anna fort. »Euer Haar spiegelt eure Gesundheit wieder, und wenn ihr euch bewusst und gesund ernährt, sind auch eure Haare schön. Esst ihr zum Beispiel regelmäßig frisches Gemüse wie Grünkohl und Spinat, werden sie geschmeidig und kräftig erscheinen.«

»Oh, bah!«, rief Isi aus und verzog das Gesicht. »Ich hasse Kohl. Und Spinat erst recht!«

Anna lachte, als sie sah, wie auch Melli die Nase rümpfte.

»Wenn ihr kein Gemüse mögt, könnt ihr es auch mit Honigmelonen versuchen.«

»Schon viel besser«, kicherte Melli. »Und das ist das ganze Geheimnis? Du isst einfach dein Gemüse auf und schon sitzt die Frise?«

»Nun ja«, gab Anna amüsiert zurück, »es ist zumindest eine wichtige Grundlage. Eine Zauberformel ist es freilich nicht.«

»Irgendwie unfair«, bemerkte Isi. »Wir haben immer voll die Arbeit mit unseren Haaren, und die Jungs machen meistens gar nichts.«

»Außer Boggy natürlich«, grinste Melli, und Anna kicherte: »Oh ja, das ist wahr. Ich kenne keinen Jungen, der sich so intensiv um sein Äußeres bemüht wie Julian.«

»Ich könnte mich immer kaputtlachen«, fügte Isi hinzu, »wenn ich ihn neben Trip sehe. Die beiden sind das krasse Gegenteil voneinander.«

»Und trotzdem sind sie dicke Freunde«, führte Melli aus, »und das seit vielen Jahren schon. Die kennen sich fast ihr ganzes Leben lang. Krass, oder?«

»Tja«, alberte Isi, »dann kriegen sie auch irgendwann zusammen 'ne Glatze. Das ist dann halt der Nachteil, den Jungs mit ihren Haaren haben.«

»Boah, stell dir mal vor, Anna!«, gackerte Melli. »Trip mit 'ner Glatze! Da kannst du dich auf was freuen, wenn er erst mal fünfzig ist.«

Anna hielt kurz mit dem Frisieren von Isi inne und drehte nachdenklich schmunzelnd ihre Augen seitlich nach oben.

»Hmm«, begann sie, »im Augenblick ist das sicher eine sehr gewöhnungsbedürftige Vorstellung. Doch bei einem Mann wie ihm könnte ich mir durchaus vorstellen, dass er dann immer noch äußerst attraktiv ist.«

Da lachte Anna auf.

»Vorausgesetzt, dass er bis dahin seinen Körper nicht über die Maßen vernachlässigt, und vor allem nicht zu einer Verzweiflungsfrisur greift, indem er sich die Haare seitlich über die Glatze kämmt.«

»Ich weiß nicht«, hielt Isi dagegen. »Er ist dann schließlich voll alt, und irgendwie stell ich mir das gerade ein bisschen eklig vor. Oder findest du alte Männer etwa anziehend, Anna?«

»Nein, durchaus nicht«, gab Anna zurück. »Jedenfalls nicht in sexueller Hinsicht. Doch vergiss nicht, wenn Tim fünfzig ist, werde ich 46 sein und meine Einstellung diesbezüglich höchstwahrscheinlich geändert haben.«

»Also«, schloss Isi vergnügt, »ich prophezeie jetzt einfach mal, dass Trip mit fünfzig eine Vollglatze hat und du, Anna, du wirst so ziemlich wie deine Mutter heute aussehen. Nur noch hübscher.«

»Oh, danke, Isi«, lachte Anna. »Ich könnte mich glücklich schätzen, wenn es so wäre.«

»Na klar, Isi!«, feixte Melli. »Du bist ja auch hier die Oberhellseherin!«

»Quatsch!«, alberte Isi zurück. »Dafür muss man keine Hellseherin sein. Manche Dinge liegen einfach auf der Hand.«

»Ach, findest du?«, spöttelte Melli. »So wie das hier, he?«

»Hä, was meinst du?«, wunderte sich Isi.

»Na ja«, gluckste Melli, »stell dir mal vor, ich hätte dir in den Sommerferien prophezeit, dass du heute hier in diesem Zimmer sitzt und Anna zur Heyden dir die Haare macht. Da hättest du mich doch für krass bescheuert erklärt!«

Sie zwinkerte Anna zu, die Mellis Worte still mit ihrem verschmitzten Lächeln quittierte und mit dem Kopf nickte.

»Is echt so«, grinste auch Isi. »Meine Oma würde jetzt wieder sagen: ›Ja, Kind, unverhofft kommt oft.‹«

»War ja klar«, witzelte Melli. »Ihr beide und eure Omas.«

»Hast du denn auch noch eine Großmutter, Melli?«, wollte Anna interessiert wissen.

»Ja, schon«, antwortete Melli, »aber die ist nicht so eine lebende Zitatensammlung wie Isis Oma und schon gar keine piekfeine Benimm-Expertin. Aber dafür kann sie mega geile Sachen kochen.«

»Omas sind toll!«, schwärmte Isi. »Ich hätte deine auch gerne kennen gelernt, Anna.«

»Ja«, lächelte Anna, »das wäre schön gewesen. Doch leider …«

Sie brach im Satz ab, hob die Schultern leicht an und ließ sie wieder fallen. Melli und Isi nickten leicht betreten. Vorsichtig fuhr Melli fort: »Ja, das verstehen wir. Wie geht's dir heute damit, Anna?«

Anna atmete einmal tief ein und erklärte: »Über die Jahre hinweg hat der Schmerz nachgelassen. Doch ich vermisse sie immer noch sehr. Und die Ereignisse der letzten Tage haben mir deutlich bewusst gemacht, wie sehr sie mir fehlt.«

»Sorry, Anna«, stammelte Isi. »War irgendwie blöd von mir, das zu sagen. Ich hätte wissen müssen …«

»Nein, nein, Isi«, widersprach Anna sanft, »das ist schon in Ordnung. Deine Worte haben mich sehr gefreut.«

»Wirklich?«

»Aber ja. Ich sage das nicht nur so … Oh, da kommt mir eine Idee: Wie wäre es, wenn ihr mich bei nächster Gelegenheit begleitet, wenn ich Oma Lenis Grab besuche? Es wäre mir eine große Freude, euch an meiner Seite zu haben.«

»Na klar, Anna!«, rief Isi da entzückt aus. »Total gerne, echt!«

»Auf jeden Fall!«, bekräftigte auch Melli hocherfreut. »Das ist total süß von dir.«

»Dann sei es so«, beschloss Anna und strebte schwungvoll der Vollendung von Isis Frisur entgegen.

»Wo liegt sie denn begraben?«, wollte Melli wissen.

»Ihr Grab befindet sich auf dem St.-Barbara-Friedhof«, erzählte Anna. »Sie liegt dort zusammen mit meinem Großvater, den ich, wie ihr ja wisst, nie kennen gelernt habe. Ihr müsst ihre Grabstätte sehen! Sie kann vollständig umlaufen werden, und das zentrale Steinkreuz ist wunderschön verziert. Und rings um es herum hat man Ziersträucher und Blumen angepflanzt.«

Melli und Isi hörten recht vergnügt zu, wie Anna so drauflos erzählte und gleichzeitig Isis Frisur den letzten Schliff verpasste.

»Voilá!«, kommentierte Anna die Vollendung ihres Werks. »Wie gefällst du dir, Isi?«

»Wow!«, machte Isi große Augen. »Das sieht toll aus!«

Anna hatte ihr sanfte Wellen in das blonde Haar geschwungen, die von einem Mittelscheitel ausgehend links und rechts das Gesicht einfassten. Entzückt drehte Isi ihr Gesicht vor dem Spiegel hin und her.

»Und du bist echt sicher, dass das auch bis in die Nacht hält?«, fragte sie hoffnungsvoll.

»Du hast in der Tat sehr feines Haar«, beschrieb Anna. »Ich habe ihm vermittelst dieser Wellen mehr Volumen beigefügt. Du kannst diese Frisur auch sehr leicht selber machen. Verzichte grundsätzlich auf ölhaltige Pflegeprodukte, und nimm stattdessen lieber ein Feuchtigkeitsspray.«

»Alles klar«, sang Isi begeistert, als sie vom Stuhl hüpfte. »Danke, Anna!«

»Mit Vergnügen«, lächelte Anna, schaute Melli an und wies mit einer einladenden Handbewegung auf den Stuhl. »Und nun du, Melli.«

Und so zauberte Anna den beiden Mädchen ihre Frisuren. Melli stieg letzten Endes mit einer raffiniert um ein dünnes Band geflochtenen Hochsteckfrisur vom Stuhl. Daraufhin durften sie in Annas umfangreicher, feiner Garderobe stöbern.

»Was schlägst du vor, Anna?«, erkundigte sich Melli neugierig und gespannt. »Minikleider und mega High-Heels?«

»Mmmm, nein«, widersprach Anna bestimmt. »Ich möchte euch lieber weiterhin an euer persönliches Auftreten angelehnt gekleidet sehen. Alles andere wäre nicht glaubhaft.«

Und so begann sie flink, ihre riesigen Schränke zu durchsuchen.

»Irgendwie hat sie recht«, stimmte Isi zu und sah Melli an. »Ich meine, es soll ja nicht so wirken, als hätte Anna wieder ein Clübchen gegründet – die ›Royal Bitches‹, oder so.«

Melli musste lachen.

»Ja, stimmt!«, sah sie ein. »Ich würde zwar unheimlich gerne mal so was tragen, was Anna immer anzieht, aber ihr habt recht. Es würde doof aussehen, wenn wir heute Abend wie Klone von Anna auftauchen.«

Dann rückten Melli und Isi ganz nah an Anna heran, um mit den Nasen ganz dicht dabei zu sein, wie ihre vornehme Freundin nach passenden Klamotten suchte.

»Hast du denn überhaupt was, was zu uns passt?«, fragte Isi. »Wir haben dich ja seit der Achten immer nur in weißen Blazern und Minis gesehen.«

»Ja«, lachte Melli, »als Darth Whiteskirt!«

Anna hielt mit Suchen inne und drehte sich nachdenklich schmunzelnd zu ihren Freundinnen hin.

»Wisst ihr was?«, bemerkte sie. »Alleine dieser Spitzname wäre es wert, noch einmal in dieses Outfit zu schlüpfen. Der hat doch nun wirklich Stil.«

»Ja, genau!«, rief Melli lachend aus. »Und dann trittst du den Kobros und der Nürrenberg entgegen!«

Und Isi kicherte: »… Und verweist sie alle in ihre Schranken.«

Zuerst lachten die drei zusammen, dann zogen sie Schnuten, sahen sich an und schüttelten die Köpfe.

»Nein!«, sagten sie alle drei wie aus einem Mund. Daraufhin mussten sie wieder lachen.

»Dann sag mal, Anna!«, nahm Melli wieder das Thema auf. »Hast du denn was in unserem ›Style‹?«

»Oh, ihr werdet erstaunt sein!«, erklärte Anna. »Ich habe in der achten und neunten Klasse hin und wieder gerne flache Schuhe und Hosen getragen. Oftmalen hat mir Tante Edeltraud auch etwas zum Geburtstag und zu Weihnachten geschenkt. Sie hatte nie ein nennenswertes Gespür dafür, meinen Geschmack zu treffen, doch zu euch müssten diese Stücke hervorragend passen ... Wartet, wo habe ich sie? ...«

Anna suchte weiter ihre Kleiderschränke ab, verfolgt von ihren äußerst gespannten Freundinnen, denen sie nun so richtig die Nase lang gemacht hatte.

»Hier!«, rief Anna schließlich erfreut aus. »Hier haben wir einen olivfarbenen Blouson von St.-Laurent. Den bekommst du, Melli. Und dazu trägst du ...«, und sie blickte sich wieder suchend um, »... diese schwarzen St.-Laurent-Sneakers. Ich mag die silberfarbenen Umfassungen an den Fesseln ... Und dazu ein schwarzes T-Shirt, ebenfalls von St.-Laurent, und diese schwarze Jeans. Ja, das steht dir perfekt!«

Mellis Augen wurden immer größer, während Anna sprach und Kleidungsstück für Kleidungsstück aus ihrem Schrank nahm und ihr in die Arme drückte. Schließlich hüpfte sie vor Begeisterung ausgelassen quiekend auf einen Sessel zu, um sich hinzusetzen und alles anzuziehen.

»Melli ist voll am fangirlen«, stellte Isi lachend fest. »Und was krieg ich, Anna?«

Anna überlegte kurz.

»Du bekommst diese sehr schicke Lederjacke«, begann sie, und schon bald stand auch Isi geschmackvoll aufgebrezelt vor ihren Freundinnen. Anna hatte sie komplett mit Balenciaga ausgestattet: Einer Lederjacke mit

raffinierten Reißverschlüssen, einem grauen Rollkragen-
pullover, dazu eine enge, dunkelblaue Jeans und weiße,
gemusterte High-Top-Sneakers mit schwarzer Sohle.

Und Anna selbst? Sie hatte vor, an diesem Abend in
einem azurblauen Woll-Crêpe-Minikleid von Roland
Mouret zu verzaubern. Dazu wählte sie offene Stiletto-
Pumps aus pechschwarzem Lackleder mit T-Riemchen
von Gianvito Rossi und, gegen die frische Luft auf dem
Weg zur Veranstaltung, einen schwarzen, zweireihigen
Dolce-&-Gabbana-Blazer mit satinbesetztem Revers. Ihr
Haar hatte sie glatt gelassen und vom Nacken an zu einem breiten Zopf geflochten, der zumeist seitlich vor ihrer Schulter herabhängen sollte. Ihre Augen und Lippen
hatte sie passend zum Kleid und zu ihrer Haut ge-
schminkt. Schmale Goldarmreifen harmonierten mit
Oma Lenis Kette.

»Anna«, lobte Melli anerkennend, »du siehst heiß aus!
Ich würde erfrieren, wenn ich jetzt so auf die Straße gehen würde, aber egal, du siehst einfach nur heiß aus.«

»Is echt so!«, fügte Isi hinzu. »Du bist echt megahübsch. Ich kann's dir nicht übel nehmen, wenn du dir
was drauf einbildest.«

»Danke«, kicherte Anna geschmeichelt, »aber das tue
ich gar nicht. Gewiss, ich bin natürlich sehr glücklich darüber, dass ich, wie soll ich es ausdrücken, Mutter Natur
recht gut gelungen bin …«

»Jetzt nur keine falsche Bescheidenheit!«, warf Melli lachend dazwischen. Isi und Anna mussten ebenfalls lachen.

»Nein!«, beteuerte Anna. »Ach, es ist so schwierig, darüber zu sprechen, ohne eingebildet zu klingen. Was ich

sagen möchte, ist: Ich kann doch nichts dafür, dass die Erbanlagen meiner Eltern schließlich dieses Gesicht geformt haben. Mein Aussehen ist nicht mein Verdienst. Ich hatte Glück. Nichts weiter. Und deshalb gibt es keinen Grund, sich darauf etwas einzubilden.«

»Schön, dass du es so siehst«, bemerkte Isi augenzwinkernd, »sonst müsste ich dich am Ende doch wieder hassen.«

»Nicht doch!«, wehrte Anna schmunzelnd aber mit Bestimmtheit ab. »Ihr beide seht heute Abend ebenfalls, wie drückt ihr euch aus, ›megahübsch‹ aus! Habt ihr verstanden? Gut. Und nun wollen wir aufbrechen.«

Tim wartete bereits, mit dem Hintern lässig an die geschlossene Beifahrertür seines Autos gelehnt, am Fuß des langen Treppenaufgangs am Straßenrand vor dem Anwesen der zur Heydens. Irgendwie hatte er es geschafft, zu Hause ein halbwegs neu anmutendes, dunkles Hemd auszugraben und in Windeseile zu bügeln. Ordnungsgemäß zugeknöpft und über seine dunkelblaue Jeans hängend sollte es nun den Eindruck vermitteln, dass er sich für den Abend mit den drei Mädchen modisch ins Zeug gelegt hätte. Da ging auch schon ganz oben am Ende der Treppe das Licht an. Paarweise nacheinander sprangen auch die kleinen Beleuchtungskörper an, die zu beiden Seiten des Aufgangs im Boden standen und nun von oben nach unten in erhabener Gemächlichkeit die Stufen in weißes LED-Licht tauchten. Tim sah hinauf und erblickte Anna, die flankiert von Isi und Melli die Treppen hinab schritt. Er verfolgte sie lächelnd mit den Augen, bis sie auf dem Bürgersteig ankamen.

»Und?«, begann Anna mit einem süßen Lächeln. »Was sagst du?«

»Ihr seht hammer aus!«, lobte Tim nickend und sah seine Begleiterinnen nacheinander an. »Alle drei!«

»Danke«, lächelte Anna beinahe gleichzeitig mit Melli und Isi. Isi fügte grinsend hinzu: »Darfst aber ruhig zugeben, dass du Anna am schönsten findest.«

Tim lächelte ihr zu. Dann zuckte er kurz mit den Augenbrauen und grinste charmant. Sein Blick schwenkte zu Anna, als er lässig sagte: »Ich hab zwar keine Ahnung, wie man das in vornehmen Kreisen sieht, aber in meiner Welt gehört es sich nicht, wenn man sagt, dass man eine Frau schöner findet als eine andere, und die andere steht daneben und kriegt's mit. Deswegen bleib ich dabei: Ihr seht heute Abend alle drei absolut klasse aus.«

Tim bemerkte Annas überraschtes Lächeln. Er wusste, wie gerne sie Komplimente über ihr Aussehen von ihm hörte, und dass sie für ihn die Schönste sein wollte, verstand sich von selbst. Wie würde sie nun reagieren? Sie kam einen Schritt auf ihn zu und legte ihm forsch die Hand auf die Brust. Ihre Lippen öffneten sich zum sprechen.

»Ich bin beeindruckt«, säuselte sie anerkennend. »Du bist ein Kavalier, Tim Richthof.«

»Tja«, grinste Tim stolz, »und wie gut ich auch noch aussehe!«

Anna kicherte auf und gab zurück: »Du meinst, weil du die Schuhe, die zu deinem Anzug gehören, nun zu deiner Blue Jeans trägst?«

»Genau!«, lachte Tim. »Verschärfte Idee, he? Und was sagst du erst zu meinem Hemd?«

Anna gluckste, tappte ihrem Freund mit der flachen Hand zweimal auf die Brust und bemerkte: »Darüber unterhalten wir uns später.«

Damit trat sie elegant zur Seite und wartete darauf, dass Tim, der für eine Sekunde etwas verdattert dreinschaute, ihr die Autotür öffnete. Dies tat er auch sogleich, wobei er sie mit einer ausladenden, ein wenig überkandidelten Armbewegung zum Einsteigen einlud. Melli und Isi hatten in der Zwischenzeit selbst nach den Türgriffen gelangt und waren auf die Rückbank gehüpft. Nachdem Tim seinerseits im Wagen saß und alle Türen ins Schloss gefallen waren, blickte er seine Begleiterinnen an und meinte heiter: »Na, dann mal los. Wo müssen wir denn genau hin?«

»Du fährst ganz normal zum PKG«, beschrieb Melli vom rechten Rücksitz aus, während der Jeep den Fasanenberg hinabbrummmelte, »nur kurz vorher musst du links rein. Da parkst du am besten bei den Tennisplätzen, dann haben wir's nicht weit.«

»Stimmt«, bestätigte Isi. »Die Party findet im Probesaal der Theater-AG statt.«

»Ist der denn groß genug?«, erkundigte sich Tim, wobei er Melli und Isi im Rückspiegel ansah.

»Na klar«, nickte Melli, »und er liegt direkt neben dem MSS-Raum. Der wird heute gleich mal mitgenutzt.«

»Und als Eingang muss die hintere Treppenhaustür benutzt werden«, fuhr Isi fort. »Deswegen ist es am besten, wenn wir auch direkt von hinten ans Gymmi ranfahren.«

»Von hinten?«, wiederholte Tim lachend. »Etwa da, wo wir damals eingestiegen sind, um die Weißröckchen zu überzeugen?«

»Nee!«, lachte auch Melli und stellte klar: »Der mittlere Gebäudetrakt!«

Es war nicht sehr weit bis zum Gymnasium. War man erst den Fasanenberg hinuntergefahren, führte der Weg nach rechts auf einen Kreisverkehr zu. Von dort aus folgte man der Bundesstraße in die Stadt hinein, und nach wenigen hundert Metern war schon linker Hand die Saint-Dizier-Straße erreicht. Die verließ man kurz darauf nach rechts auf die schräg dazu verlaufende Gymnasialstraße, von der aus man zum Haupteingang des Pitt-Kreuzberg-Gymnasiums gelangte. Dies war Annas regulärer Schulweg. Heute jedoch sollte es eine Abweichung von diesem gewohnten Weg geben.

Am ersten Kreisverkehr fielen Isi einige Wegweiser auf. Einer von ihnen wies die Richtung zur St.-Barbara-Kirche. Das brachte sie auf eine Idee.

»Hey, Anna!«, rief sie begeistert nach vorne. »Was meinst du, wollen wir vorher noch zum Grab deiner Oma? Ich würd's toll finden, wenn wir jetzt alle zusammen hingehen würden.«

Anna wandte sich zu ihr hin.

»Nun«, antwortete sie bedächtig, »das ist ein sehr liebenswürdiger Einfall. Aber es wäre wohl kaum die passende Zeit, einen Friedhof aufzusuchen.«

»Is so!«, stimmte Melli zu. »Es ist immerhin schon stockdunkel.«

»Na und?«, hielt Isi dagegen. »Warum soll man immer nur im Hellen auf den Friedhof gehen? Wie siehst du das, Trip?«

»Ich denk schon, dass es okay wär«, überlegte Tim. »Außerdem gibt's da 'ne umfangreiche Beleuchtung. Das

150

weiß ich. Hawkens und ich haben da neulich zwei Birnen ausgetauscht.«

»Nun ja, das stimmt gewiss«, sagte Anna unsicher, »aber …«

»… Aber«, übernahm Melli gleichsam zurückhaltend, »gehört sich das, so spät noch auf den Friedhof zu gehen?«

»Wieso denn nicht?«, entgegnete Tim locker und humorig. »Oder denkst du, dass du einen von den Toten in Schlafklamotten überraschst? Oder beim Fernsehgucken störst?«

»Sei bitte nicht respektlos«, ermahnte Anna ihn in monotoner Stimmlage.

»Nee«, antwortete Melli zaghaft auf Tims Frage, »natürlich nicht. Ich war halt noch nie so spät auf dem Friedhof.«

»Es ist doch erst halb sieben!«, warf Isi ein. »Im Sommer wär's jetzt noch voll hell. Da hätte keiner ein Problem damit. Und halb sieben ist halb sieben. Egal ob's hell ist oder dunkel.«

»Na ja«, lenkte Melli ein, »ist schon richtig. Was meinst du, Anna? Du entscheidest!«

Anna sah noch einmal in die freudigen Augen ihrer Freundinnen und nickte lächelnd.

»Na schön. Da Isi es sich so sehr wünscht, denke ich auch, dass es in Ordnung ist.«

»Toll!«, freute sich Isi und ergriff Mellis Hand. Dann sah Anna Tim an und äußerte mit einem sanften Lächeln: »Wenn es keine Umstände macht?«

»Nicht die geringsten!«, rief Tim aus und lachte Anna zu. »Dann also einmal West-End und zurück.«

»Danke«, gab Anna vornehm zurück und richtete den Blick wieder nach vorne. Der Weg führte die Freunde nun mitten durch die Stadt die Bundesstraße entlang, vorbei an drei Kreisverkehren, die auf der Strecke zwischen mehreren namhaften Verbrauchermärkten angelegt waren, bis in die Nähe des westlichen Ortsrands. Hier lag der St.-Barbara-Friedhof. Er war sehr ruhig gelegen, beschaulich und doch großzügig angelegt, was ihn für einen Friedhof einer Stadt dieser Größenordnung ziemlich groß wirken ließ. Ein breiter, schnurgerader Fußweg führte von seinem Haupttor geradewegs zum gegenüberliegenden Nebeneingang. Ein zweiter verlief rechtwinklig dazu, sodass die gesamte Anlage in gleichgroße Viertelstücke unterteilt war. Die Hauptwege wurden von zierlichen, elektrischen Straßenbeleuchtungskörpern eingefasst, die oben einen Bogen in Form eines Halbkreises beschrieben und an dessen Ende die eigentliche Schirmlampe hing. In der Mitte, am Kreuzungspunkt der Wege, gab es einen Brunnen mit einem mehrschichtigen, in erhabener Ruhe dahinplätschernden Wasserspiel. So einige der großen, grünen Kunststoff-Gießkannen mit schwarzen Brausenaufsätzen standen stets am Rand der untersten Schale, damit ein jeder Wasser schöpfen und an die Gräber bringen konnte, um deren Bepflanzungen zu gießen. Am nördlichen Zuweg zweigte ein schmaler Weg nach rechts ab. Er führte durch eine Art Torbogen, der aus Zierhecken geschnitten war, zwischen übermannshohen, fein getrimmten Heckenwänden hindurch zu einem abgeschiedenen Platz, in dessen Zentrum eine äußerst romantisch angelegte Gedenkstätte lag. Ihre zentrale Marmorsteinsäule mit dem abschließenden Christuskreuz an der Spitze stach im Licht des zwischen den Wolken hervortretenden Mondes schimmernd hervor. Hier fanden sich in diesem Moment die vier jungen Leute ein, um die letzte Ruhestätte von Helene und Hubert zur Heyden zu besuchen.

»Du hast nicht übertrieben, Anna«, flüsterte Melli, als sie gemeinsam an das Grabmal herantraten und bedachtsam stehen blieben. »Das Grab liegt wirklich wunderschön.«

»Ihr solltet es einmal im Sommer sehen«, beschrieb Anna ebenfalls im Flüsterton, »oder besser noch im Frühling, wenn alles grünt und blüht und Schmetterlinge um die Blüten gaukeln.«

»Das muss umwerfend schön aussehen!«, brachte Isi leise hervor.

»Geht's nur mir so«, raunte Tim andachtsvoll, »oder habt ihr auch dieses Gefühl von 'nem Riesenrespekt, wenn ihr auf das Grab seht?«

Die Mädchen blickten ihn stumm an. Anna griff zart nach seiner Hand.

»Ich meine«, beschrieb Tim gedämpft, »hier liegt Annas Oma. Nach allem, was wir bis jetzt über sie wissen, war sie ja wohl eine extrem starke und aufrechte Person.« Er lächelte unsicher und fuhr fort: »Ist halt so. Ich steh hier und weiß, dass sie tot ist. Aber ich seh ihren Namen auf dem Stein und hab voll den Respekt vor ihr.«

Anna drückte seine Hand und sah ihn mit einem Lächeln an. Ihre großen Augen glänzten im Licht des Mondes.

»Danke, Liebster«, wisperte sie. »Es bedeutet mir so viel, dass du das sagst.«

Sie schmiegte sich an ihren Freund und ließ sich glücklich von ihm den Arm um die Schulter legen. Die vier Freunde standen schweigend nebeneinander und betrachteten das große, weiße Marmorkreuz. Isi war es schließlich, die näher an das Kreuz herantrat und den eingravierten, schwarz nachgezogenen Text studierte, einen Vierzeiler, der ganz offenkundig die beiden Verstorbenen ehrte.

»Ein schönes Gedicht«, kommentierte Isi leise.

»Danke«, erwiderte Anna höflich. »Onkel Ansgar hat es verfasst und seine Einarbeitung bei dem zuständigen Steinmetz in Auftrag gegeben.«

Melli tat einen Schritt nach vorne und beugte sich neugierig auf die Grabsäule zu. Langsam und betont las sie:

»Hier ruhen das Hohe Fräulein zu der Heyden
Und der sanfte Herr aus Leyental
Nach kurzem Glück zu Lebenszeiten
Vereint im ewigen Bunde.«

Melli richtete sich wieder auf und machte ein leicht verwirrtes Gesicht.

»Achtung!«, kicherte Isi. »Deutsch-Leistungskurs-Alarm … Na, sag schon, Melli.«

»Nein«, wehrte Melli zögerlich ab, »schon okay.«

»Du darfst es gerne aussprechen, Melli«, sicherte Anna ihrer Freundin zu. »Mir ist durchaus bewusst, dass mein Onkel kein geborener Germanist ist. Was ist dir aufgefallen?«

Melli lachte leise und verhalten auf. Sie zog ganz kurz den Kopf ein und suchte nach Worten.

»Na ja«, begann sie, »eigentlich wollte ich nichts sagen, weil ich nicht respektlos sein wollte. Aber, man merkt halt voll, dass er es selbst gedichtet hat.«

»Wieso?«, wollte Tim wissen. »Erklär mal!«

»Ach«, winkte Melli ab, »ist ja im Grunde nicht so wichtig. Aber die letzte Zeile reimt sich halt nicht. Und das Versmaß passt irgendwie auch nicht. Na, egal, es kommt ja in dem Fall nicht drauf an. War mir nur aufgefallen.«

»Jaja«, neckte Isi ihre Freundin, »auch bei dir darf mal die kleine Klugscheißerin rauskommen. Ich finde den Vers jedenfalls voll schön. Und er passt total.«

»Das ist wahr«, nickte Melli. »Schön ist er auf jeden Fall. Und es ist toll, dass dein Onkel sich die Mühe gemacht hat, selbst etwas für seine Mutter zu dichten. Ich find das voll süß.«

Und so standen die Freunde noch ein paar Minuten andächtig vor dem Grab von Annas Großeltern. Erst, als ihnen die Kühle der feuchten Abendluft durch die Kleidung drang, kehrten sie sich um und gingen zurück zum Auto.

Der Wagen hatte sich in der Zeit des Aufenthalts auf dem Friedhof recht stark abgekühlt. Ein Frösteln durchfuhr die Mädchen, als sie sich auf ihren Sitzen niederließen und nach den Anschnallgurten griffen.

»Jetzt wird's Zeit, dass wir auf der Party ankommen«, bibberte Isi, und Melli stimmte zu: »Auf jeden! Ich muss jetzt langsam ins Warme. Hau rein, Trip!«

»Geht klar«, antwortete Tim gelöst. »Wie ist es bei dir, Süße? Dir ist es noch nicht kalt, oder?«

»Nein, mir geht's gut«, gab Anna zurück. »Vielen Dank.«

Tim nickte und startete den Motor. Knirschend rollte das Auto an. Nach ein paar hundert Metern näherte es sich dem ersten Kreisverkehr, von dem aus man direkt auf die Bundesstraße zurückgelangte. Tim hatte Platz und fuhr lässig in den Kreisel ein. Schon mit der ersten Ausfahrt befand er sich wieder auf der B 542 und auf dem Weg in die Innenstadt. Doch im selben Moment, da er auf die Bundesstraße fuhr, blendete ihn von hinten ein grelles Licht, und ein eindringliches, aufheulendes Motorengeräusch drang den Freunden in die Ohren.

»Was ist denn das für ein Penner?«, knirschte Tim beim Blick in den Rückspiegel. »Wenn er noch dichter auffährt, verschwindet er aus dem Blickfeld!«

In der Tat hatte sich ein Fahrzeug hinter Tims Jeep gesetzt und fuhr provokativ bis auf wenige Meter auf. Dabei ließ der Fahrer offenbar immer wieder mit halb getretener Kupplung seinen Motor aufheulen, um sein Drängeln noch zu bekräftigen. Anna sah Tim von der Seite an und bemerkte schon bald, wie sich erste Zeichen von Verärgerung in seine Körpersprache mischten.

»Ich latsch gleich in die Eisen, du Hannes!«, schimpfte er in den Rückspiegel.

»Am besten bremst du ein wenig ab und lässt ihn vorbeifahren«, riet Anna, »dann dürfte diese unschöne Situation nicht eskalieren.«

»Ja«, brummte Tim, »ist sicher das Beste.«

Und so nahm er den Fuß sachte vom Gas und verringerte so langsam die Geschwindigkeit. Gleichzeitig zog er zum rechten Fahrbahnrand rüber, um seinem Verfolger zu signalisieren, dass er vorbeifahren könne. Der jedoch reduzierte ebenfalls sein Tempo und begann, penetrant hinter Tims Jeep hin und her zu schwenken und aufzublenden. Er machte keine Anstalten zu überholen. Tim setzte nun zusätzlich den Blinker nach rechts.

»Was stimmt nicht mit dem Arschloch?«, maulte Tim. »Was hat der für'n Problem?«

»Keine Ahnung«, stieß Melli aufgeregt hervor und drehte sich nach hinten um hinauszusehen. Isi tat es ihr nach.

»Könnt ihr sehen, wer der Pisser ist?«, fragte Tim.

Für ein paar Sekunden blickten Melli und Isi angestrengt aus dem verkratzten Kunststofffenster des weichen Verdecks. Sie kniffen die Augen zusammen. Schließlich fuhr der Verfolger so dicht auf, dass durch die Reflexion seines Lichts an Lack und Nummerschild von Tims Auto sein Gesicht ein wenig aufgehellt wurde. Melli und Isi drehten sich beinahe gleichzeitig nach vorne und rollten stöhnend mit den Augen.

»Das war so klar!«, entfuhr es Isi.

»Wer sonst ist schon so bescheuert?«, fügte Melli hinzu.

»Lasst mich raten!«, brummte Tim. »Hinkebein, he?«

»Wer sollte es sonst sein?«, maulte Melli. »Das hat der doch neulich schon mit Motte gemacht. Wisst ihr noch?«

»Und mit Buggy auch«, stimmte Isi ein. »Hinkheim macht das ständig, egal bei wem. Das ist so ein Asi!«

Anna schüttelte seufzend den Kopf.

»Was hat dieser Junge nur für ein Problem?«, sagte sie spitzzüngig. »Ich kann nicht fassen, was für eine lächerliche Person über die Jahre aus ihm geworden ist.«

Tim hielt sein Lenkrad energisch in den Händen. Auch nach der Durchfahrt des zweiten Kreisels behielt Philipp vehement sein Verhalten bei. Tim sah nach vorne aus dem Auto hinaus. Vor ihm lag die Bundesstraße, schnurgerade und flach wie eine Startbahn auf dem Flugplatz. Man konnte bis zum nächsten Kreisverkehr sehen. Dazwischen lag, etwas näher zum genannten Kreisel hin, eine Insel, die als Querungshilfe zwischen zwei Verbrauchermärkten angelegt worden war. Königsblau leuchtete das Verkehrsschild am Anfang der Insel im Lichtkegel von Tims Scheinwerfern. Es hätte eine so angenehme Fahrt gewesen sein können. Der Verkehr war ruhig an diesem Abend. Es war acht Uhr durch, und die Märkte hatten geschlossen. Tim und seinen Freunden begegnete nahezu kein Fahrzeug. Nur Philipp dröhnte hinter ihnen her und gab keine Ruhe. Tim zog seine Augenbrauen wütend zusammen. Fest umschloss er mit seiner Faust den Schaltknauf.

»Festhalten!«, presste er zwischen den Zähnen hervor.

»Was hast du vor?«, erkundigte Anna sich ängstlich, während Melli und Isi sich unsicher anblickten.

Tim schaltete einen Gang herunter und beschleunigte auf Tempo 50, so, wie es innerorts als Höchstgeschwindigkeit vorgeschrieben war. Philipp hielt bei, beschleunigte seinerseits und rückte abermals bis auf zwei Meter auf Tims Auto auf. Der aber ließ sich nicht beirren, sondern hielt Richtung und Geschwindigkeit bei.

»Festhalten?«, rief Isi. »Wieso festhalten? An was sollen wir uns festhalten?«

»An den Handgriffen«, entschied Tim ruhig aber energisch. »Stützt euch mit den Unterarmen gegen die Türverkleidung und haltet mit der anderen Hand den Handgriff fest!«

Die Mädchen taten, was Tim sagte. Dann verfolgten sie mit aufgerissenen Augen, wie das blaue Verkehrsschild vor ihnen immer größer wurde. Tim fasste Annas linken Oberarm mit der rechten Hand. Im selben Moment zupfte er am Lenkrad. Heftig schwenkte der Jeep nach rechts und sofort wieder nach links. Die Mädels quiekten angstvoll auf, fanden sich aber kurz darauf wohlbehalten und bei konstantem Tempo unverändert aufrecht sitzend wieder. Rasch entspannten sie sich.

Philipp Hinkheim hatte nicht so viel Glück. Für ihn war die Verkehrsinsel nicht zu sehen. Tims Jeep verdeckte sie durch die kurze Distanz völlig, was ganz in Tims Absicht lag. Nachdem Tim nach rechts geschwenkt war, blieb dem völlig überrumpelten Philipp keine Zeit mehr zu reagieren. Mit einem lauten, blechernen Schlag klatschte das Schild aufs Pflaster. Am Bordstein der Insel blieb die Frontschürze des Audi-TT-Coupés hängen und verschwand mit einem haarsträubenden Kratzen unter dem Boden des Fahrzeugs. Dann knallte das linke Vorderrad mit seiner 19-Zoll-Alufelge, durch den niedrigen Querschnitt des Reifens nahezu ungedämpft, gegen die Bordsteinkante. Dies alles geschah im Bruchteil einer Sekunde, doch die Auswirkungen auf Philipps Sportwagen waren verheerend.

Melli war die erste, die sich nach Tims kurzem, aber heftigem Schlingermanöver wieder fasste und sich neugierig nach hinten drehte.

»Wie krass!«, rief sie aus und brach in ausgelassenes Gelächter aus. Isi folgte kurz darauf, und Tim grinste verwegen bis zu den Ohren. Nur Anna sah sich recht verdutzt um.

»Was ist geschehen?«, erkundigte sie sich erschrocken.

»Trip hat Hinkheim ausgetrickst«, gackerte Isi, »und der ist volle Möhre auf die Verkehrsinsel gerauscht.«

»Geschieht ihm recht!«, fügte Melli entschlossen hinzu. »Endlich hat's ihm mal einer gezeigt. Gut gemacht, Trip!«

»Du meine Güte!«, stieß Anna hervor. Sie lächelte nur zögerlich, atmete einmal tief ein, und dann sprach sie: »Damit dürften wir doch gewiss rechtliche Folgen auf uns gezogen haben?«

»Wieso?«, entgegnete Tim. »War doch seine eigene Schuld. Er hat den Sicherheitsabstand nicht eingehalten. Deswegen konnte er nichts sehen und ist auf die Insel gekracht. Fertig aus.«

»Aber du hast ihn letztendlich einigermaßen hinterlistig in diese Situation getrieben«, hielt Anna dagegen.

»Hey!«, beschwerte sich Tim mit Erstaunen. »Auf welcher Seite stehst du eigentlich?«

»Selbstverständlich auf deiner«, gab Anna in ihrer ruhigen, aber entschiedenen Stimmlage zurück. »Ich versuche lediglich, Argumente für eine mögliche Teilschuld deinerseits zu finden. Denn wenn wir uns nicht damit befassen, wird Philipps Vater es tun. Zweifellos wird Philipp entschlossen sein, diesen Weg zu gehen. Und davor habe ich durchaus ein wenig Angst.«

Melli und Isi schwiegen. So weit hatten sie nicht gedacht. Tim runzelte die Stirn.

»Sein Alter kann auch nicht hingehen und die Verkehrsregeln verbiegen«, wandte er ein. »Die gelten für jeden, auch für Anwälte!«

»Gewiss«, nickte Anna, »aber du weißt, wie raffiniert Rechtsanwälte sind. Heutzutage wird oftmals eine

Teilschuld zugewiesen. Und gerade Philipp und sein Vater werden nichts unversucht lassen, dich dort so weit wie möglich mit hineinzuziehen. Wir sollten daher nun sehr bedacht vorgehen.«

»Was schlägst du vor?«

»Zuerst kehren wir zu Philipp zurück, um den Vorwurf der Unfallflucht auszuschließen.«

»Okay? Gute Taktik. Und dann?«

»Dann werden wir ihm unsere Hilfe anbieten.«

»Die wird er sicher mit Begeisterung annehmen.«

»Sei's drum. Wir tun damit trotzdem das Richtige.«

Tim fuhr in den vor ihm liegenden Kreisverkehr ein und durchfuhr ihn einmal, um Annas Vorschlag zu folgen.

»Also soll ich ihm jetzt den Arsch lecken«, maulte er vor sich hin, »für eine Scheiße, die er alleine verbockt hat?«

»Du sollst nicht vor ihm zu Kreuze kriechen«, entgegnete Anna. »Nimm einfach zur Kenntnis, dass es sich gehört, einem besiegten Gegner Höflichkeit zu erweisen.«

Beeindruckt blies Tim durch die Wangen und warf Melli und Isi, die ihrerseits nicht schlecht staunten, einen vielsagenden Blick zu. Dann nickte er seiner Freundin zu.

»Wow, Anna!«, gestand er ein. »Du bist echt nicht von dieser Welt, weißt du das?«

»Nun«, lächelte Anna selbstsicher, »diese Sichtweise dürfte aus einer vergangenen Zeit stammen, doch ich halte sie auch heute noch für richtig.«

Kapitel 7

Die Freunde trafen an der Unfallstelle ein. Sie sahen, wie Philipp auf seinem Lenkrad lag, das Gesicht in der Ellenbogenbeuge seines linken Unterarms verborgen und mit der rechten Faust aufs Armaturenbrett einschlagend. Tim hielt den Wagen an.

»Ganz offenbar hadert er mit seinem Schicksal«, schmunzelte Anna. Tim fuhr augenblicklich ein Lacher durch die Nase.

»Meinste??«, gab er ironisch zurück, als er den Zündschlüssel abzog und sich abschnallte. Kaum hatte Tim das Auto verlassen, wurde er von Philipp auch schon erkannt. Der, wie angestochen, stieß die Fahrertür auf sprang auf die Straße. Breitbeinig stand er da und deutete auf Tim.

»Dich mach ich fertig, Richthof!«, plärrte er außer sich. »Dich mach ich fertig! Das war arglistige Täuschung sowie ein gefährlicher Eingriff in den Straßenverkehr! Dafür kommst du auf, Richthof, darauf kannst du dich verlassen!«

»Alter!«, herrschte Tim ihn seinerseits an. »Jetzt kühl mal wieder runter! Das ist deine eigene Schuld! Du hast doch gedrängelt wie 'n Blöder!«

»Das wollen wir doch erstmal sehen!«, hielt Philipp dagegen. »Du kriegst Post von meinem Vater, Richthof! Und dann wirst du schon sehen, was passiert, wenn man sich mit mir anlegt!«

»Uuuh, jetzt krieg ich aber richtig Angst!«, spottete Tim wütend. »Der geleckte Schnöselpanz verpetzt mich bei seinem Rechtsverdreheralten! Ich glaub, ich brauch 'ne Pampers!«

Tim hatte noch nicht ausgesprochen, da fuhr aus dem Parklatz des Netto-Marktes ein Auto in den Kreisverkehr ein. Seine Scheinwerfer überstrahlten die Frontpartie des Fahrzeugs, als es in die Bundesstraße einbog und auf Tims und Philipps Autos zufuhr. Langsam näherte es sich. Auf halbem Weg flackerte das Blaulicht auf dem Dach des Wagens auf.

»Na, yippieh …«, presste Tim zwischen den Zähnen hervor.

Anna erblickte das Einsatzfahrzeug und stieg sofort aus dem Jeep, um sich neben Tim zu stellen. Melli und Isi blieben im Auto sitzen.

»Ah!«, rief Philipp aufgeregt aus und begann, dem Fahrzeug zuzuwinken. »Sehr gut … Polizei! Hierher! Hierher bitte!«

In knapp zehn Metern Entfernung blieb das Polizeifahrzeug stehen. Die Fahrertür öffnete sich, und ein junger, recht schlanker und schwarzhaariger Beamter stieg aus. Er setzte sich seine Dienstmütze auf und schritt entspannt auf Tim, Anna und Philipp zu.

»Guten, Abend«, grüßte der Polizist lässig. »Elsen mein Name. Wer von Ihnen ist so freundlich und sagt mir, was vorgefallen ist?«

»Das kann ich Ihnen sagen!«, legte Philipp großspurig auf und deutete auf Tim. »Dieser Mann hier hat mir bewusst und gezielt die Sicht auf die Verkehrsinsel versperrt. Erst ganz zum Schluss, als es zu spät war, scherte er ruckartig aus, sodass ich nicht mehr ausweichen konnte und auf die Insel fuhr.«

»Soso, ich verstehe«, nahm Herr Elsen auf. Dann wandte er sich an Tim: »Dann sind Sie den Jeep gefahren?«

»Ja«, antwortete Tim, »aber es ist nicht so, wie er sagt.«

»Darf ich dann um die Ausweise und Fahrzeugpapiere der Herren bitten?«, fuhr Herr Elsen nüchtern fort, ohne auf Tims Einwand einzugehen. Die Jungs folgten und übergaben dem Polizisten ihre Ausweise. Tim musste noch rasch ins Auto greifen, um seinen Fahrzeugschein herbeizubringen. Herr Elsen studierte die Papiere kurz und kommentierte: »Tim Richthof, soso. Sehr interessant. Und Philipp Hinkheim. Sohn von Herrn Dr. Hinkheim, richtig?«

»So ist es«, antwortete Philipp stolz und höflich.

»Das habe ich mir gleich gedacht«, gab der Polizeibeamte seinerseits freundlich zurück. Dann wurde sein Gesicht ernst und er wandte sich an Tim.

»Nun«, schloss er und sah Tim eindringlich an, »da haben wir wohl einen eindeutigen Fall, Herr Richthof. Darf ich fragen, was Sie sich bei dem Manöver gedacht haben?«

»Wie bitte?«, erregte Tim sich. »Soll das heißen, Sie glauben ihm einfach so und hören sich gar nicht erst an, was ich dazu zu sagen habe?«

»Nun bleiben Sie ganz ruhig, Herr Richthof«, antwortete Herr Elsen betont ruhig und von oben herab. »Ihnen ist sicher klar, dass Sie der Polizei immer noch aktenkundig sind. Sie sind also keineswegs in der Position, sich hier im Ton vergreifen zu können.«

»Das gibt's doch nicht!«, stieß Tim fassungslos hervor und wandte sich ab. Kopfschüttelnd sah er in Richtung seines Autos, in dem Melli und Isi saßen. Herr Elsen begann inzwischen damit, den Fall zu Protokoll zu nehmen. Anna hob ihr Kinn sachte an, schaute Herrn Elsen forsch an und räusperte sich vernehmlich. Der Polizist blickte auf und sah sie an.

»Und Sie sind …?«, fragte er wie beiläufig.

»Sie gestatten?«, formulierte Anna gewandt. »Annabelle zur Heyden. Ich gehe davon aus, dass mein Nachname Ihnen ebenfalls geläufig ist.«

Polizeimeister Elsen hielt inne. Seine Hand mit dem bereits gezückten Stift fror völlig ein. Verunsichert sah er erst Philipp an und dann wieder Anna.

»Zur Heyden, ja?«, wiederholte er. Anna quittierte seine Frage mit einem recht schnippischen Lächeln und Kopfnicken.

»Nun, wie auch immer«, fasste er sich nach einem tiefen Atemzug. »Herr Richthof, bitte?«

Tim drehte sich um und sah dem Polizisten mit in die Hüften gestemmten Armen ins Gesicht. Mit einem Schulterzucken zeigte er dem Beamten an, dass er auf seine Ansprache wartete.

»Wie ich schon sagte«, fuhr Herr Elsen fort, »Sie müssen sich nicht aufregen. Sie bekommen hier selbstverständlich die Möglichkeit, sich zu den Vorwürfen Herrn Hinkheims zu äußern. Bitte sehr, Herr Richthof.«

»Gut«, begann Tim, »alles klar. Also, das Ganze fing an, als Philipp Hinkheim dicht hinter mir auffuhr und drängelte. Ich wollte ihn vorbeilassen, aber er hat einfach weitergedrängelt. Dann hab ich ganz normal auf fünfzig beschleunigt. Und da ist er immer noch aufgefahren, so dicht, dass ich ihn zur Sicherheit im Rückspiegel im Auge behalten habe. Dabei hab ich fast die Insel übersehen. Ich konnte im letzten Moment ausweichen.«

Polizeimeister Elsen nickte Tims Worte ab und wandte sich erneut an Anna.

»Ich nehme an, Sie können das bezeugen, Frau zur Heyden.«

»Ja, gewiss.«

»Gibt es weitere Zeugen, die die Schilderungen Herrn Richthofs bestätigen können?«

»Ja, unsere Freundinnen. Sie sitzen ja noch im Fond des Wagens. Da sie hinten saßen, konnten sie Herrn Hinkheim sehr schnell durch das rückwärtige Fenster identifizieren. Gewiss möchten Sie die Damen nun sprechen?«

»Nicht nötig«, wiegelte Herr Elsen ab. »Nennen Sie mir für alle Fälle nur die Namen der Damen, bitte.«

»Sehr gerne«, nickte Anna. »Ihre Namen sind Melina Kupser und Isabel Krüger. Isabel mit einem l und ohne e.«

»Vielen Dank«, schloss der Polizist seine Befragung nüchtern ab. Dann blickte er wieder zu Philipp hin, der die ganze Zeit mit offenem Mund die Wendung der Geschichte zu fassen versuchte.

»Also, Herr Hinkheim, Sie wissen, dass Sie zu jeder Zeit den nötigen Sicherheitsabstand wahren müssen? Ich nehme zu Protokoll, dass Sie gemäß der Aussage mehrerer Zeugen die Hauptschuld an dem Unfall tragen. So, und nun warten Sie alle bitte mal kurz. Ich halte eben Rücksprache mit meinem Kollegen.«

Damit drehte Herr Elsen sich um, ging zum Dienstfahrzeug zurück und setzte sich auf den Fahrersitz. Dort begann er mit seinem Kollegen, der im gleißenden Blenden des Scheinwerferlichts nur schemenhaft durch die Scheiben zu erkennen war, zu sprechen. Philipp atmete stoßartig durch den Mund aus und blickte Anna kopfschüttelnd an.

»Das fasse ich jetzt nicht«, presste er hervor. »Dass du mir so in den Rücken fällst, das hätte ich nicht von dir gedacht.«

»Was erwartest du denn?«, gab Anna ihm leicht ungehalten zurück. »Glaubst du, ich sehe dabei zu, wie du deine Schuld meinem Freund zuschiebst? Fange endlich damit an, dich wie ein Mann zu verhalten. Lass dir … Hoden hervorkeimen!«

Mit einem verständnislosen, herablassenden Kopfschütteln wandte sie sich von ihm ab und verfolgte zusammen mit dem leise in sich hineinglucksenden Tim die Vorgänge im Polizeiwagen. Philipp aber stieg wutentbrannt und hastig in sein beschädigtes Auto und schlug die Tür zu. Einen Augenblick später sah man ihn mit seinem Handy telefonieren. Da öffnete sich die Beifahrertür des Polizeifahrzeugs und der Kollege von Herrn Elsen stieg aus. Im Gegenschein der Frontleuchten sahen Tim und Anna eine stämmige Männergestalt, die sich bedächtig die Dienstmütze aufsetzte, auf sich zu kommen. Als der Beamte vor sein Dienstfahrzeug trat und die Lichter von Tims und Philipps Autos sein Gesicht erhellten, kannte das Erstaunen des Liebespaares keine Grenzen.

»Guten Abend!«, griente das fettige Gesicht des Polizisten bis zu den Ohren. Tim schluckte. Er brachte zur Begrüßung seines alten Bekannten nur ein zerknirschtes Wort heraus: »Brochnes.«

»Schön!«, zeigte Rüdiger Brochnes gespielte Freude. »Du erinnerst dich tatsächlich an mich, Richthöfchen. Du auch, Prinzessin?«

»Wie könnte ich nicht?«, antwortete Anna kühl und trocken, während Rüdiger die beiden zufrieden kopfnickend angrinste.

»Ihr beide habt euch in letzter Zeit sicher schön auf meine Kosten lustig gemacht, gell?«

»Um der Wahrheit die Ehre zu geben«, antwortete Anna mit größter Distanziertheit, »Sie waren nie Gegenstand unserer Konversation.«

»Tatsächlich?«, höhnte Rüdiger provokativ. »Tja, das wird sich dann ja jetzt ändern. Ihr habt schön geglaubt, dass ich weg vom Fenster bin, gell? War bestimmt ’n tolles Gefühl. Aber ich hab auch einflussreiche Freunde, Richthöfchen, und die sitzen genau an den richtigen Stellen, wie ihr seht.«

Tim runzelte die Stirn, kniff die Augenbrauen zusammen und setzte an, Rüdiger eine Frage zu stellen, doch der kam ihm zuvor.

»Ja, Richthöfchen, kannste glotzen. Das Disziplinarverfahren gegen mich wurde eingestellt. Man hat mich rehabilitiert. Und das bedeutet: Ich bin wieder da! Da staunste, he?«

»Ja, ziemlich«, bestätigte Tim langsam und bedächtig die Worte des Polizisten. Rüdiger dagegen fühlte, dass er in diesem Moment Oberwasser hatte. Er trat einen Schritt an Tim und Anna heran und knurrte bedrohlich und betont langsam: »Ihr beide seid meine Feinde! Diesmal konnte ich euch nichts nachweisen. Aber ich bleibe dran. Ich behalte dich im Auge, Richthof! Und dich, zur

Heyden! Ihr werdet von jetzt an tierisch aufpassen, habt ihr verstanden?«

Tim und Anna sahen sich kurz wortlos an. Dann schrie Rüdiger noch einmal: »Habt ihr mich verstanden?«

»Ja, sicher«, brummte Tim und nickte einmal kurz. Rüdiger nahm es zur Kenntnis, warf den beiden noch einen letzten einschüchternden Blick zu und marschierte mit langen Schritten zurück zu seinem Dienstwagen.

»Wie ernst müssen wir ihn nehmen?«, wisperte Anna Tim mit großen Augen zu.

»Keine Ahnung«, antwortete Tim gedämpft. »Aber als Polyp hat er Möglichkeiten, schätz ich. Nehmen wir uns in Acht!«

»Ja«, bestätigte Anna leise und schmiegte sich an ihren Freund. Der legte seinen Arm um ihre Schultern und führte sie zurück zum Auto. Aufmunternd lächelte er sie an und bemerkte scherzhaft: »Du lernst langsam, wie man mit der Polizei umgeht, hm, Bonnie?«

Anna kicherte kurz.

»Danke, Clyde«, gab sie schmunzelnd zurück. »Da kannst du einmal sehen, dass du einen ganz schön schlechten Einfluss auf mich hast, weißt du das?«

»Och«, wehrte Tim grinsend ab, »das war doch noch gar nichts Schlimmes ... Aber ... Wo du gerade davon redest ...«

»Ja?«

Tim fing herzhaft an zu lachen, als er seine Freundin zitierte: » ›Lass dir Hoden hervorkeimen?‹ «

»Ja!«, bekräftigte Anna, ebenfalls lachend, doch hörbar peinlich berührt. »Ich wollte auch einmal etwas Cooles sagen und Philipp meine Geringschätzung ihm gegenüber zum Ausdruck bringen. Aber ich wollte es nicht gerne so unflätig formulieren wie ihr Jungs es immer zu tun pflegt.«

»Das spricht für dich. Aber coole Sprüche sind nur dann wirklich cool, wenn man sie unflätig formuliert. Das ist der Sinn dabei, verstehst du?«

»Da magst du recht haben.«

Tim lachte noch einmal auf, dann drückte er Anna an sich und gab ihr einen Kuss auf die Wange.

»Weißt du was?«, kicherte er. »Farbenfrohe Sprüche sind irgendwie nichts für dich. Du solltest es lieber lassen.«

Anna nickte lächelnd, als Tim ihr die Beifahrertür aufhielt. Als er selbst ins Auto stieg, fügte er feixend hinzu: »Ich meine, wenn ich eine gewollt hätte, die ’ne Ausdrucksweise wie ’ne Wohnwagenhure hat, dann hätt ich mich an Melli rangemacht.«

»Hey!«, protestierte Melli und stimmte in das Gelächter ihrer Freunde ein. »Pass auf, was du sagst!«

»Dann mal auf zur Party!«, beschloss Tim freudig. »Und keine Angst, Mädels, der Abend kann nur besser werden!«

Die drei Trakte des Gymnasiums und der Schulhof, den sie zwischen sich einfassten, lagen völlig im Dunkeln. Nur im mittleren Trakt, im ersten Obergeschoss, konnte man durch die Korridorfenster zwei schwach leuchtende Rechtecke sehen. Das waren die Eingangstüren zum MSS-Raum und zum Übungssaal der Theater-AG, wo sich inzwischen etliche Oberstufenschüler eingefunden hatten um zu feiern. Wie zuvor besprochen fuhr Tim um das Gebäude herum. Einen Parkplatz zu finden, stellte noch kein Problem dar.

»Sind ja noch nicht viele da«, kommentierte Isi die freien Stellflächen.

»Ist ja auch noch früh«, ergänzte Melli. »Du weißt doch, dass 'ne Menge Leute immer ganz schick zu spät kommen.«

»Die denken sich halt«, fuhr Isi fort, »dass am Anfang eh noch nichts los ist. Und ist ja auch so.«

»Na, super!«, feixte Tim. »Und je mehr Leute so denken, umso weniger ist dann auch los. Würden sie aber trotzdem hingehen, dann wär der Laden voll. Wie nennst du das immer, Anna? Was für Prophezeiungen sind das?«

»Selbsterfüllende Prophezeiungen«, erklärte Anna.

»Und jetzt …«, trotzte Melli verschmitzt, »wandert der Klugscheißerpreis von mir zu Trip und Anna.«

Gut gelaunt gingen die Freunde auf das Schulgebäude zu, traten durch die Tür ins Treppenhaus und begaben sich ins erste Obergeschoss. Mit jedem Tritt auf den Stufen erklang die Musik, die aus dem Theaterraum drang, immer lauter. Dennoch war die Lautstärke zu Beginn der Veranstaltung noch nicht sehr hoch. Das würde erfahrungsgemäß erst zu fortgeschrittener Stunde geschehen. Im Augenblick ließ die Geräuschkulisse es durchaus noch zu, dass man sich unterhalten konnte. Das Vierer+gespann aus Tim, Anna, Melli und Isi betrat den Raum. Das Planungsteam der Oberstufenparty hatte sich was einfallen lassen, das musste man ihnen zugestehen. Der großzügige Raum war in mehrere Themenbereiche eingeteilt und dekoriert worden. Sie ahmten den Zeitgeist der Siebziger, Achtziger, Neunziger und Zweitausender Jahre nach. Offenbar war es den Schülern gelungen, von ihren Eltern und Großeltern das entsprechende Mobiliar ausgeliehen zu bekommen, aus dem sie am heutigen Abend die Sitzgruppen zu jedem Thema zusammenstellten. Auf dem Boden hatten sie mehrere große, schwere Spanplatten zu einer Tanzfläche zusammengelegt, die sie ringsum mit einem blauen LED-Lichterkettenschlauch eingefasst hatten. An einer Stirnwand standen drei Schultische in einer Reihe. Auf ihnen, hübsch angeordnet, befand sich sozusagen das »Buffet«, eine Ansammlung von selbstgebackenen Muffins, Brownies und anderen kleinen Köstlichkeiten. Entgegen der Anordnung der Schulleitung war neben den handelsüblichen Softdrinks auch an reichlich alkoholische Getränke gedacht worden, wenngleich diese nicht allzu vordergründig präsentiert wurden. Im Bereich der Tafel schließlich waren einige der Schultische zu einem kleinen rechteckigen Bereich angeordnet worden, innerhalb dessen sich ein kleiner, schlaksiger Abiturient mit glänzender Sonnenbrille als DJ wichtig tat. Seine Aufgabe bestand darin, den an ein bescheidenes Heimkinosystem angeschlossenen mp3-Player zu bedienen und zwischen Songs der einzelnen Zeitepochen hin und her zu wechseln. Er erfüllte sie mit Elan und Hingabe und wies jeden, der zwischendurch des mp3-Players habhaft werden wollte, energisch ab.

Unsere Freunde indessen stellten sich gerade kleeblattartig in der Achtziger-Region auf, als ein Mädchen freudig auf sie zukam, die Hände dicht vor dem Bauch gefaltet. Ihr breites Lächeln wirkte sympathisch, in Verbindung mit ihren großen, glänzenden Kulleraugen in dem runden Gesicht durchaus auch ein wenig befremdlich. Mit einem engen, quergestreiften Pulli und einer straff sitzenden Jeans unterstrich sie ihre Figur. Diese bestand vornehmlich aus Hüften, Pobacken und einer beachtlichen Oberweite. Dies alles passte für gewöhnlich zu einer kleinen, dicklichen Jugendlichen, doch dieses Mädchen war groß, beinahe so groß wie Anna, und die beiden sich stattlich hervorwölbenden Körperpartien wurden durch eine auffallend schlanke Taille getrennt. Der Vergleich mit einer Eieruhr drängte sich geradezu auf. Ihr schwarzbraunes Haar war kurz und struppig. Nur ihr Pony war streng senkrecht nach unten gekämmt.

»Hiii!«, strahlte sie Anna entgegen, wobei sie ihre Hände an deren Schultern legte. »Toll, dass du da bist, Anna!«

»Hallo, meine liebe Alina«, grüßte Anna lächelnd zurück. Bevor sie etwas hinzufügen konnte, sprudelte Alina freudestrahlend weiter: »Melli! Isi! Ihr habt euch heute aber toll zurechtgemacht! Ihr passt toll zueinander. Man sieht, dass ihr beste Freundinnen seid. Ich find's toll, was ihr aus euch gemacht habt. ... Wirklich, eure Outfits sind total ...«

Alina suchte begeistert nach Worten.

»Toll?«, grinste Isi.

»Jaa!«, freute sich Alina lachend. Dann drehte sie sich halb zu Tim hin und lehnte leicht, doch auffällig, ihre Schulterpartie von ihm weg.

»Und wer ist der Herr an eurer Seite?«, erkundigte sie sich etwas aufgesetzt interessiert.

»Nun, Alina«, begann Anna zu präsentieren, »das ist mein Freund Tim Richthof. Tim, das ist meine

Mitschülerin Alina Bäcker. Sie belegt mit mir den Leistungskurs Geschichte.«

»Wie toll! Hi!«, zeigte Alina sich freudig beeindruckt und reichte Tim ihre rechte Hand hin. Ihre Finger streckte sie gerade nach vorne, ähnlich wie bei einem Karateschlag. Tim erfasste höflich ihre Hand und nahm den weichen, kaltfeuchten Händedruck der jungen Frau wahr. Es war einer jener Händeschüttler, nach dessen Durchführung man ganz instinktiv und möglichst flink und unmerklich seine Handfläche seitlich über seine Hose streifte.

»Hi, Alina«, nickte Tim grinsend. »Gut, dass du gekommen bist. Wir wollten die Party schon auf typische Weise beginnen, indem wir uns dumm lächelnd anschweigen und gute Laune markieren, bis einer aus Verlegenheit fragt, ob er was zu trinken holen soll.«

»Trip!«, hielt Melli ihm eindringlich entgegen. Er grinste nur und blinzelte ihr zu.

»Aber is doch so«, gackerte Isi, und Anna lächelte Tim kopfschüttelnd an. Alina schaute Tim zunächst etwas unverwandt entgegen.

»Und da bist du gekommen und hast uns gleich mal schwungvoll auf Level Zwei gehoben«, fuhr Tim fort. »Danke dafür.«

Alina zuckte süß lächelnd, doch etwas unsicher mit den Schultern.

»Aber gerne«, flötete sie vergnügt. »Also, wir haben Amaretto-Flirts und Americanos zubereitet. Bedient euch! Und wenn ihr irgendetwas wissen möchtet, fragt mich nur, okay?«

»Machen wir«, nickte Tim charmant.

»Gut«, bekräftigte Alina noch einmal, und im Weggehen sagte sie: »Ich wünsch euch noch einen tollen Abend.«

»Danke, Alina«, gab Anna freundlich und höflich zurück. »Den wünschen wir dir ebenfalls.«

»Trip!«, zischte Melli. »Was fällt dir ein?«

»Was denn?«, erkundigte Tim sich verwirrt.

»Du kannst doch nicht so ironisch sein«, erklärte Melli. »Die ist sich bestimmt total verarscht vorgekommen.«

»Ach ja?«, antwortete Tim schulterzuckend. »Ich wollte nur witzig sein. Wieso? Ist die nett?«

»Tim!«, ermahnte Anna ihn nachdrücklich, »Ja, sie ist in der Tat nett! Du hast mitbekommen, wie liebenswürdig sie ist. Sei nicht so fies.«

»Ich hab doch gar nichts gegen sie«, versicherte Tim, immer noch mit emotionsloser Stimme. »Im Gegenteil. Ich fand sie … toll.«

Dann grinste er.

»Du bist unmöglich«, schalt Anna ihn leise. Isi kicherte in sich hinein, und Melli fügte hinzu: »Manchmal bist du 'n Arsch, weißt du das?«

»Wie ihr meint«, entgegnete Tim trocken und amüsiert. »Dann geht der Arsch jetzt mal was zu trinken holen. Bin gleich zurück.«

Damit wandte er sich ab und schlenderte lässig auf die Buffettische zu. Dort angekommen sah er sich um und versuchte herauszufinden, was Amaretto-Flirts und Americanos sind.

»Nimm's ihm nicht übel, Anna«, meinte Melli.

»Im Grunde nehme ich es ihm gar nicht übel«, erwiderte Anna. »Ich schätze seine Eigenschaft, ehrlich und geradeheraus zu sein. Es ist mir nur vor Alina unangenehm gewesen.«

Sie schaute zu den Buffettischen hin und schwenkte den Blick anschließend aufmerksam durch den Raum. Dadurch angeregt taten Melli und Isi es ihr nach.

»Oh!«, stöhnte Melli. »Die Spukgestalten von Burg Kotzenstein haben sich heute auch hier manifestiert.«

»Na super!«, brummte Isi und machte ein grüblerisches Gesicht. »Warum sind die so früh da? Gerade die kommen doch eigentlich immer zum Schluss.«

Ihre Augen blickten suchend in der Raumecke umher.

»Und nur zu zweit?«, ergänzte sie. »Nur Celine und Jana alleine?«

»Nope«, kam es von Melli zurück, und sie zuckte mit dem Kinn zum fensterseitigen Ende der Buffettischreihe, »da ist Fabienne.«

So unauffällig wie möglich versuchten Melli, Isi und Anna die drei Weißröckchen zu beobachten. Am liebsten hätten sie die drei völlig ignoriert, doch waren die Kobros immer für eine bescheuerte Aktion gut, und da der Konflikt zwischen ihnen und Tims Freunden nie offiziell beigelegt worden war, war es grundsätzlich nie verkehrt, sie im Auge zu behalten. So bekamen Anna, Melli und Isi aus den Augenwinkeln mit, wie Fabienne sich Tim näherte. Der hatte sich gerade zwei Amaretto-Flirts aus den vorbereiteten Gläserreihen gefischt.

Fabienne schritt elegant auf Tim zu. Einen Meter von ihm entfernt blieb sie stehen und sah ihn an.

»Hey!«, grüßte sie lächelnd. Tim sah im Bruchteil einer Sekunde an ihr herab und wieder hinauf. Sie verstand es, ihre zweifellos traumhaft schönen Beine in Szene zu setzen. Ihre rechte Hand mit einem Armband aus großen, weißen Steinen, legte sie formvollendet unterhalb ihres Kurzblazers an ihre Hüfte. Ihre grünbraunen, mandelförmigen Augen lachten mit, wenn sie lächelte. Sie war eine sehr attraktive Erscheinung.

»Hey«, grüßte Tim lässig zurück. »Sollten wir uns kennen?«

»Noch nicht«, sprach Fabienne charmant, »aber dieser Fehler ist schnell wieder gutgemacht. Ich bin Fabienne Nürrenberg.«

Damit nahm sie ihre rechte Hand ruhig von ihrer Hüfte und reichte sie Tim mit anmutiger Eleganz hin. Er setzte eines der Gläser, die er in den Händen hielt, auf dem Tisch ab und gab ihr die Hand. Ihre Haut war zart – und vor allem trocken.

»Tim Richthof. Ich …«

»Ja, ich weiß«, lachte Fabienne sympathisch. »Ich weiß, wer du bist.«

»Kann ich mir denken«, erwiderte Tim nüchtern und nahm beide Gläser wieder auf. »Willst du was Bestimmtes?«

»Warum spricht er mit ihr?«, wunderte sich Anna mit einem leicht genervten Gesichtsausdruck.

»Keine Ahnung«, antwortete Melli, aus deren Stimme ebenfalls Verwunderung klang. »Vielleicht weiß er nicht, wer sie ist?«

»Unsinn«, wehrte Anna ab. »Er weiß doch, wie sich die Royal Chicks kleiden. Selbstverständlich weiß er, wer sie ist!«

»Kann ja vielleicht sein«, vermutete Isi beschwichtigend, »dass er die Gelegenheit nutzen will um rauszufinden, was sie von ihm wollen.«

»Es ist doch höchst offenkundig, was sie von ihm will!«, ärgerte Anna sich verhalten. »Seht euch nur einmal an, wie sie ihr Becken vorschiebt! Ich möchte, dass er auf der Stelle zurückkommt.«

»Hey, Anna!«, versuchte Isi ihre Freundin zu trösten. »Mach dir nichts draus. Ich bin sicher, dass er keinen Scheiß macht.«

»Es ist geradezu unmöglich, wie diese Person sich aufspielt«, hielt Anna angesäuert dagegen. »Wenn er die Konversation mit ihr nicht auf der Stelle abbricht, werde ich gehen!«

»Darf ich dich etwas fragen?«, flirtete Fabienne.

»Sicher«, gab Tim zurück.

»Stimmt es, was man über dich behauptet?«

»Was behauptet man denn?«

»Dass du mehrere Jahre lang nonstop um die ganze Welt gereist bist?«

»Oh!«, lachte Tim auf und zog schelmisch die Augenbrauen hoch. »Sag bloß, dass diese Version inzwischen auch bei den Weißröckchen anerkannt ist?«

Fabienne warf lachend den Kopf in den Nacken.

»Warum denn auch nicht? Ich weiß natürlich, dass du nicht sonderlich gut auf Line und Jana zu sprechen bist. Aber das muss ja nicht für mich gelten.«

»Tatsächlich?«, hakte Tim amüsiert nach. »Na, ist ja 'n Ding!«

»Warum verwundert dich das so?«

»Weil die Weißröckchen ihre Gefährtinnen üblicherweise aus einem anderen Lager rekrutieren.«

»Warum nennst du uns so?«

»Weil ihr weiße Röckchen tragt. Weiß-Röckchen. Ist
doch sehr einfach zu verstehen.«

Anna presste ihre Lippen zusammen. Missmutig sah
sie Melli und Isi an und trotzte: »Jedenfalls scheint er sich
sehr zu amüsieren.«

»Ja«, bestätigte Melli gedämpft. »Ich finde auch, jetzt
könnte er es gut sein lassen.«

»Ach Leute!«, mahnte Isi zur Besonnenheit. »Wir reden
doch hier über Trip. Den aufrichtigsten Typen, den wir
kennen. Der lässt sich niemals von der Nürrenberg ein-
lullen. Er hat seine Gründe, warum er noch mit ihr redet,
ganz bestimmt!«

»Und warum missachtet er nun meine Gefühle?«,
seufzte Anna. »Ich bin enttäuscht, dass er im Augenblick
nicht im Geringsten an mich denkt.«

»Ich würde ihm jetzt einfach mal ganz frech ne kurze
WhatsApp schicken«, schlug Melli schmunzelnd vor.
»Meinetwegen ein Herz. Oder ein Fragezeichen.«

»Wirklich?«, fragte Anna zweifelnd. »Meinst du das
ernst, Melli?«

»Ja klar!«, begeisterte sich Melli. »Und wenn er sie
checkt und zu uns rüber guckt, lächelst du ihm provokant
zu. Dann merkt er schon, was Sache ist.«

»Ein Versuch kann ja nicht schaden«, sah Anna widerwillig ein und fasste in ihre Handtasche. Im nächsten Augenblick hielt sie ihr iPhone 6s in der Hand. Als sie den
Bildschirm entsperrte, seufzte sie tief auf.

»Nicht doch! Ich habe versäumt, es aufzuladen. Es hat nur noch eine Akku-Reserve von einem Prozent.«

»Dann mach ganz schnell!«, riet Isi. »Vielleicht kriegst du die eine Nachricht noch raus.«

Doch Anna hatte WhatsApp gerade aufgerufen und den Chatverlauf mit Tim angetippt, als das Display abschaltete. So schön konnte der angebissene Apfel gar nicht aussehen, als dass man ihn nun auf dem Display hätte sehen wollen.

»Zu dumm«, kommentierte Anna.

»Also, ich finde das äußerst aufregend«, schwärmte Fabienne. »Ich würde sehr gerne mehr über dich und deine Reisen erfahren. Warum nehmen wir uns nicht die Drinks, die du in den Händen hältst, und setzen uns gemeinsam in die Neunziger-Ecke?«

Tim senkte lächelnd den Blick und schüttelte sanft den Kopf. Dann atmete er einmal tief ein und sah Fabienne ins Gesicht.

»Hör zu, Fabienne«, sagte er eindringlich. »Ich habe eine Freundin. Sie ist hier. Und ich glaube auch, dass du das weißt.«

»Ähm, nein«, druckste Fabienne, »woher sollte ich das wissen?«

Tim lachte: »Is klar! Und warum hab ich zwei Gesöffe in den Händen? Denk mal nach, Einstein!«

»Dafür kann es mehrere Gründe gaben.«

»Ja, genau zwei. Entweder bin ich ein Kellner, oder ich habe vor, einen mit meiner Freundin zu trinken. Sehe ich aus wie ein Kellner?«

»Du musst nicht gleich so sarkastisch werden.«

»Hör zu. Ich weiß genau, was du hier abziehst. Die Kotzbrocken wollen, dass du dich an mich ranschmeißt und ich drauf eingehe. Aber euer Plan ist fehlgeschlagen. Du bist hübsch, ja. Ob Anna oder du hübscher ist, das ist sicher Geschmacksache. Dass du tolle Klamotten trägst und dich elegant zu bewegen weißt, zugegeben. Aber in allen anderen Punkten kannst du Anna zur Heyden nicht das Wasser reichen.«

»Mir reicht es nun«, gab Anna zu verstehen. »Ich werde nicht länger dumm hier herumstehen und auf meinen Freund warten. Falls irgendwer nach mir fragen sollte: Ich suche die Örtlichkeiten auf.«

»Anna, warte!«, zischte Isi beschwichtigend. »Er kommt doch jetzt!«

Doch Anna hatte sich bereits umgedreht und strebte aufrecht und mit stolzen Schritten dem Ausgang zu. Sie erreichte den Flur, als Tim sich zu Melli und Isi gesellte.

»Wo ist Anna?«, fragte er verdutzt und hob die beiden Gläser an. »Ich hab ihr was zu trinken mitgebracht.«

»Sie ist aufs Klo«, bemerkte Melli trocken.

»Ach so«, antwortete Tim nüchtern. »Wat mutt, dat mutt, schätz ich. Dann warte ich, bis sie zurück ist.«

Locker und amüsiert begann er zu erzählen.

»Habt ihr gesehen, wie diese Fabienne sich an mich rangeschmissen hat? Und dabei stand Anna keine zehn Meter von uns entfernt. Echt armselig, oder?«

Melli atmete stoßartig aus und drehte kurz den Kopf von Tim weg. Dann wandte sie sich ihm wieder mit einem giftigen Blick zu. Tim ließ verwundert die Gläser sinken, was Melli den Raum gab, ihm einen energischen

Schlag mit der flachen Hand vorne auf die Brust-Schulter-Partie zu versetzen.

»Mensch, Trip! Verdammte Scheiße!«, maulte sie ihn aufgebracht an, und sie war den Tränen nah. »Warum bist du nicht eine Sekunde früher zurückgekommen und hast ihr genau das gesagt?«

»Is echt so«, fügte Isi bedrückt hinzu, »dann wär jetzt alles gut.«

»Was geht denn mit euch jetzt?«, wunderte sich Tim und sah seine Freundinnen fassungslos an.

»Was mit uns geht?«, schimpfte Melli. »Anna ist total angepisst, weil du so lange mit der Nürrenberg gelabert hast! Was hast du dir nur dabei gedacht?«

»Jetzt mach mal halblang, Melli!«, konterte Tim. »Ich hab doch nichts falsch gemacht! Im Gegenteil. Ich hab ihr gesagt, dass ich mit meiner Freundin hier bin und ihren Plan durchschaut habe. Hab ihr schon klargemacht, wie asi ich das finde, darauf könnt ihr einen lassen. Was erwartet ihr denn noch? Hätte ich ihr etwa eine reinhauen sollen, oder was?«

Melli und Isi standen beide da und hatten dicke Tränen in den Augen.

»Das hast du zu ihr gesagt?«, hauchte Isi.

»Ja, sicher!«, bekräftigte Tim energisch. Warum waren die Mädels auf einmal so rührselig?

»Oh, Trip!«, flehte Melli. »Das musst du Anna sagen! Bitte! Geh ihr direkt hinterher und sag es ihr!«

»Ja, wie denn?«, entgegnete Tim. »Ich kann ja wohl schlecht aufs Mädchenklo gehen.«

»Du kannst ja draußen warten, bis sie rauskommt«, schlug Isi vor, woraufhin Tim spottete: »Ja, genau. Super

Idee. Ich stell mich vors Mädchenklo und warte da. Mal sehen, wie lange es dauert, bis ich 'ne Ladung Pfefferspray in der Fresse habe!«

»Ja, ist ja gut!«, sah Isi ein.

»Ich red mit ihr, sobald sie zurück ist«, versicherte Tim, »okay?«

Die Mädchen nickten. Tim stellte die beiden Amaretto-Flirts auf einem Tisch in der Siebziger-Sitzgruppe ab, und gemeinsam warteten sie auf Anna.

Doch Anna kam nicht. Nach einigen Minuten wunderte Tim sich erstmalig. Er sah zur Tür und versuchte, Anna zu erblicken.

»Ist wahrscheinlich großer Andrang vor den Toiletten«, vermutete Isi.

»Um diese Zeit schon?«, entgegnete Tim skeptisch. Nach insgesamt zehn Minuten und ungezählten Blicken zur Tür sagte er: »Also, das ist jetzt selbst für ein Mädchen zu lange.«

»Was, wenn sie auf dem Klo sitzt und schmollt?«, meinte Melli. Tim machte ein äußerst ungläubiges Gesicht.

»Anna?«, stieß er hervor. »Anna auf dem Klo und schmollen? Im Leben nicht. Kommt, wir gehen gucken!«

»Am Ende ist sie so sauer, dass sie abgehauen ist«, unkte Isi, während die drei Freunde sich aufmachten.

»Würde ihr genauso wenig ähnlich sehen«, hielt Tim dagegen.

»Ich weiß nicht«, widersprach Isi. »Noch keiner von uns hat sie erlebt, wenn sie richtig angepisst ist.«

»Sie hat keinen Grund, angepisst zu sein!«, maulte Tim. »Ich frag mich echt, was der Blödsinn soll.«

Eilig strebten Tim, Melli und Isi durch den Flur zurück in Richtung Treppenhaus, wo die Toilettenanlagen waren. In einigem Abstand zur Tür der Mädchentoilette blieb Tim stehen.

»Okay«, ordnete er an, »dann guckt mal nach, ob ihr sie da drin findet.«

»Alles klar«, bestätigte Melli und fasste Isi am Unterarm, »komm!«

Tim verfolgte mit, wie seine Freundinnen in der Tür der Mädchentoilette verschwanden. Dann nahm er sein Handy aus der Tasche und tippte mehrere Male darauf herum. Schließlich hielt er es ans Ohr. Dann aber steckte er es kopfschüttelnd wieder ein. Da kamen die Mädchen wieder aus der Toilette zum Vorschein. Melli sah ihn an und zuckte mit den Schultern, während sie mit Isi zu ihm zurückging. Tim sah, wie sie eine andere Schülerin, die vor ihnen die Toilette verlassen hatte, überholten und ansprachen. Das Mädchen hob die Schultern und schüttelte mit einem bedauernden Gesichtsausdruck den Kopf.

»Sie ist nicht auf dem Klo«, stieß Melli angstvoll hervor.

»Und die anderen wissen auch nicht, wo sie ist«, ergänzte Isi tief besorgt. »Keiner hat sie gesehen!«

»Verdammt«, presste Tim hervor. »Und ich hab gerade versucht, sie anzurufen. Aber …«

»Hat keinen Zweck«, fiel Melli ihm ins Wort. »Ihr Akku ist leer.«

»Auch das noch«, knirschte Tim. »Ausgerechnet jetzt.«

»Was sollen wir denn jetzt machen?«, jammerte Isi.

»Als erstes cool bleiben«, sprach Tim ruhig. »Sie ist vielleicht nur nach draußen, ein bisschen frische Luft schnappen. Kommt, wir gehen mal gucken!«

Eilig liefen Tim, Melli und Isi ins Treppenhaus und rannten die Stufen hinab. Draußen angekommen sahen sie sich aufgeregt um.

»Anna?«, rief Melli.

»Anna!«, rief auch Tim lautstark.

Es erfolgte keine Antwort. Unter einem kahlen Baum standen zwei Jungs und unterhielten sich.

»Hey!«, sprach Isi sie an. »Habt ihr Anna zur Heyden gesehen«?«

»Wen?«, fragte einer der Jungs und setzte einen verwunderten Gesichtausdruck auf. Isi blieb vor ihnen stehen, hielt ihre flache Hand über ihren Kopf und beschrieb: »So groß. Lange schwarze Haare. Kurzes blaues Kleid.«

»Nee«, grinste der andere Junge, »so eine wär uns aufgefallen.«

»Wenn du sie findest«, feixte der erste, »dann schick sie zu uns.«

»Idioten!«, zischte Isi genervt, drehte sich um und lief wieder zu Tim und Melli, die soeben den Platz vor der anderen Außenwand des Treppenhauses abgesucht hatten.

»Und?«, erkundigte Tim sich.

»Nix«, gab Isi zurück.

»Verdammt«, brummte Tim. »Sie kann doch nicht einfach so abgehauen sein. Wo würde sie denn hingehen wollen?«

»Wartet mal!«, rief Melli plötzlich aus. »Sie kann ja gar nicht auf den Toiletten neben dem Theatersaal gewesen sein!«

Isi schlug sich vor die Stirn.

»Natürlich!«, jubelte Isi und wandte sich an Tim, der offensichtlich nicht ganz mitkam. »Trip, wir haben dir doch mal erzählt, dass die Toiletten im Erdgeschoss alle neu gemacht worden sind.«

»Ja. Und weiter?«

»Du kennst Anna. Sie geht nicht gerne auf dasselbe Klo, auf das die ganzen anderen Leute gehen. Deswegen ist sie bestimmt unten hin!«

»Klingt gut«, nickte Tim. »Dann nix wie los!«

Kapitel 8

Der Flur hallte, als Tim, Melli und Isi vom Treppenhaus aus durch die Rauchschutztür hin zu den Toilettenanlagen liefen. Augenblicklich rissen die Mädels die Tür zum Vorraum auf. Sie war noch nicht aufgeschwungen, da stieß sie dumpf gegen irgendetwas hartes.

»Au!«, tönte es verärgert hervor. »Pass doch auf, du dummes Stück!«

Melli steckte neugierig den Kopf zur Tür herein. Vor ihr stand ein rothaariges Mädchen aus der zwölften Jahrgangsstufe mit magentafarbenem Pulli und schwarz-weiß-kariertem Minirock, das sich den linken Ellenbogen hielt.

»Oh, sorry!«, entschuldigte sich Melli hastig. »War wirklich keine Absicht. Ist Anna zur Heyden hier?«

»Nee!«, giftete das Mädchen und rieb sich genervt den Arm. »Keine Ahnung. Auf dem Klo sitzt noch eine. Vielleicht ist sie das. Mann!«

Wortlos eilten Melli und Isi zu den Toilettenkabinen und suchten die Türschlösser ab. An der Tür mit der roten Markierung klopften sie an.

»Anna?«, riefen sie. »Anna!«

»Oooooh!«, hörten sie ein noch genervteres Maulen aus dem Inneren. »Hier is besetzt, ey!«

»Klingt jetzt nicht so vordergründig nach Anna, oder?«, brachte Melli einen ironischen Spruch in Richtung Isi.

»Sucht euch 'n anderes Klo, ey!«

»Ja, sorry!«, rief Isi durch die Tür. »Wir wollen nur wissen, ob du Anna zur Heyden hier drin gesehen hast.«

»Boah, nee, ey!«, dehnte sich die missmutige Stimme aus der Toilettenkabine in die Länge. »Keine Ahnung, wo eure Tussifreundin steckt. Und jetzt nervt mich nicht, okay?«

Melli und Isi sahen sich kurz an und pressten die Lippen aufeinander. Dann gingen sie zurück in den Flur.

»Hier ist sie auch nicht«, kommentierte Isi in Richtung Tim.

»Ja, hab's mitgekriegt«, bestätigte er trocken.

»Und jetzt?«, fragte Isi traurig. Tim zuckte mit den Schultern.

»Hier unten auf den Klos ist fast genauso viel los wie oben«, überlegte er. »Das heißt, wenn sie wirklich auf ein möglichst freies Klo gehen wollte, dann war es bestimmt besser, eine Etage nach oben zu gehen anstatt nach unten.«

»Gut nachgedacht!«, sagte Melli eifrig. »Also, dann nach oben, ja?«

»Ja!«, bekräftigte Tim, drehte sich um und lief los. Melli und Isi eilten hinterher. Im Treppenhaus nahm Tim mit jedem Schritt drei Stufen. Wie der Blitz rannte er nach oben. Die Mädels konnten ihm nicht so schnell folgen und blieben zurück.

»Ich hör was!«, klang ihnen Tims Stimme aus dem zweiten Obergeschoss entgegen, kurz bevor er vom Treppenhaus in den Flur stürzte. »Anna?!«

Melli und Isi beeilten sich nach Kräften. Auch sie konnten nun sachte Schlaggeräusche gegen eine Tür hören.

»Hilfe!«, klang Annas Stimme leise und stark gedämpft in den Flur. »Helft mir bitte!«

»Anna?«, rief Tim aufgeregt. Er griff als erstes nach dem Türknauf zur Mädchentoilette. Er rappelte an der Tür.

»Anna!«, brüllte er durch die Tür.

Ein zartes Schlagen wie mit der flachen Hand drang von der Innenseite nach draußen in den Flur.

»Ich bin hier!«, hörte er ihre verzweifelte Stimme. »Jemand hat mich auf dem WC eingeschlossen!«

»Ich bin da, Süße!«, rief Tim. »Hab keine Angst mehr, ich bin da. Melli und Isi kommen auch gerade an.«

Die Mädchen gesellten sich in diesem Moment rechts und links aufs Tims Seite dazu.

»Hi, Anna!«, grüßten sie ihre Freundin sanft.

»Hallo!«, kam es von Anna durch die Tür zurück. »Bitte helft mir hier heraus!«

»Bin schon dabei, Süße!«, warf Tim ein. Er hielt sein Handy in der Hand und leuchtete per Taschenlampenfunktion in den Türspalt.

»Kannst du sie nicht mit einem Haken aufmachen, oder so?«, fragte Isi.

»Nein«, antwortete Tim. »Jemand hat von außen abgeschlossen. Der Riegel ist vorgeschoben.«

Er setzte sich auf den Boden, mit dem Rücken an die Tür angelehnt. Er griff sich in die Haare und dachte nach.

»Wer ist heute im Haus, der die Tür aufschließen könnte?«, fragte er, ohne jemand bestimmtes dabei anzusehen.

»Von den Lehrern sicher keiner«, vermutete Melli.

»Und der Hausmeister kommt vielleicht am Anfang und am Ende mal kurz reingucken«, ergänzte Isi.

»Und wer hat für heute Abend aufgeschlossen?«, setzte Tim nach. »Und wer schließt in der Nacht wieder zu?«

Melli zuckte mit den Schultern.

»Das Orga-Team für die Party, denk ich mal«, meinte sie. »Die haben einen Schüssel für heute Abend.«

Tim schnippte mit den Fingern.

»Alina!«, rief er aus. »Diese Alina, die mit den Glupschaugen von vorhin, ihr wisst schon. Die hat gesagt, wir sollen sie fragen, wenn wir was wissen wollen. Die gehört also zu diesem Orga-Team, richtig?«

»Ja«, nickte Melli, »sieht ganz so aus.«

Tim sprang auf.

»Okay«, beschloss er, »ich geh sie holen. Ihr bleibt bei Anna!«

Schon sprang er auf. Seine eiligen Schritte die Stufen hinab verhallten langsam und verloren sich schließlich im Hintergrund der Partymusik. Nach zehn Minuten kehrte er mit einer schwer atmenden Alina, die er am Oberarm festhielt und führte, zurück. Er deutete auf das Schloss der Toilettentür.

»Ui!«, keuchte sie. »Ich bin ja völlig aus der Puste.«

Nervös und hektisch fummelte sie an einem Schlüsselbund herum.

»Ich musste ja erst noch zu Michael Fischer aus der Zwölf laufen, um den Schlüsselbund zu bekommen«, erzählte sie dabei, »und natürlich hab ich ihn nicht gleich gefunden … Arme Anna … Ich hab's gleich.«

Eifrig suchte sie den passenden Schlüssel hervor, und endlich machte es zweimal »Klack!«, und die Tür schwang auf. Anna stand im Vorraum, die Beine kerzengerade durchgedrückt und zusammengepresst, mit fest vor dem Bauch verschränkten Armen. Und dann ihr Blick. Man sah ihr den großen Unmut an, den sie verspürte. Deutlich prangten die beiden Stirngrübchen über ihren grimmig zusammengezogenen Augenbrauen. Wären die Umstände nicht so ernst gewesen, hätte man ihren Anblick umwerfend süß gefunden. Doch so fühlte sie sich nun mal nicht, und Tim merkte es. Sie blickte ihn trotzig an und schwieg.

»Anna«, sagte er ruhig, »ich weiß nicht, warum du sauer auf mich bist. Ehrlich!«

»Das weißt du nicht?«, replizierte Anna spitzzüngig. »Muss ich dir tatsächlich erst auf die Sprünge helfen?«

»Okay, ja«, nickte Tim und hakte die Daumen in die Hosentaschen, »ich weiß schon, dass es um die Nürrenberg geht. Aber zu deiner Information, sie hat mich angequatscht.«

»Du hättest ja nicht mit ihr sprechen müssen.«

»Ach, komm schon, Anna! Das dürfte jetzt jede zu mir sagen, aber nicht du! Du sagst doch selber immer, dass man einen freundlichen Gruß erwidern muss. Und wenn der andere ein Gespräch anfängt, dann gehört es sich, dass man eine zeitlang darauf eingeht. Oder lieg ich da etwa falsch?«

»Nein.«

»Lieg ich da etwa falsch??«

»Nein! Aber es bestand nicht die Notwendigkeit, mit ihr zu scherzen und charmant zu sein, wo du an ihrer Kleidung offenkundig erkennen konntest, dass sie eine

Royal Chick ist. Gerade aus diesem Grund war es deine Pflicht, ihr mitzuteilen, dass du mit mir zusammen bist!«

»Und was glaubst du, was ich gemacht habe?«

»Das weiß ich ja nicht. Zumindest aber hattest du den Anschein erweckt, dass du ihre Gesellschaft ansprechend genug fandest, um über mich völlig hinwegzusehen.«

»Was? Sag mal, hörst du dich eigentlich selbst? Also, das hör ich mir jetzt nicht an.«

»Bitteschön. Dann geh doch und unterhalte dich angeregt mit Fabienne!«

»Ich unterhalt mich hier mit gar keinen mehr! Schönen Abend noch!«

Damit wandte Tim sich ab und stampfte fluchend in Richtung Treppenhaus. Der an diesem Streit völlig unbeteiligten Rauchschutztür verpasste er im Vorbeigehen einen so wuchtigen Tritt, dass sie laut und lange in ihrem Rahmen schepperte. Dann verschwand er die Treppen hinunter.

»Sag mal«, richtete Melli das Wort bedrückt an Anna, »war das jetzt nötig?«

»Er hat Fabienne gesagt, dass du seine Freundin bist«, schloss Isi sich an. Anna nestelte ein Taschentuch aus ihrer Handtasche hervor.

»Woher wollt ihr das wissen?«, fragte sie mit feuchten Augen.

»Weil er es uns gesagt hat, als er von ihr zurückgekommen ist«, erzählte Isi.

»Und warum sagt er es mir dann nicht?«, kam es wütend von Anna zurück.

»Das hätte er ja«, antwortete Melli, »wenn du nicht abgehauen wärst.«

192

»Na, sehr schön«, trotzte Anna. »Dann bin ich also an allem schuld. Bitte, wenn es so einfach ist … «

»Ach, Anna, das sagt doch niemand …«

Doch Anna drückte sich an ihren Freundinnen vorbei in den Flur und begann ihrerseits, die Treppenläufe hinab ins erste Obergeschoss zurückzukehren. Melli, Isi und Alina folgten ihr auf dem Fuß. Im Flur zum Theatersaal angekommen nahm Melli Anna am Arm und hielt sie auf.

»Jetzt hör doch mal, Anna!«, begann sie, doch dann stockte sie. Zu viert blieben sie stehen. Was sie sahen, versetzte sie in größtes Erstaunen. Aus dem Flur schritt Fabienne Nürrenberg mit anmutigen Schritten und einem großen Glas Sprudel in der Hand auf die Freundinnen zu und blickte sie aufrecht und forsch an.

Die frische Luft auf dem Parkplatz konnte Tim nicht wieder runter bringen. Zwei Obstbäumchen, die den Weg zwischen dem Parkplatz und dem Hintereingang zur Schule flankierten, bekamen es zu spüren. Mehrere unbeherrschte Tritte ließen ihre dürren, kahlen Kronen rascheln. Kurz darauf, einige Meter weiter weg, empfing das rechte Vorderrad seines Autos eine Salve gezielter Fußtritte. Ein Pärchen mit einer weiteren Freundin war gerade aus dem Auto ausgestiegen und passierte Tim auf der Fahrgasse, als dieser gerade die Fäuste ballte und einen entfesselten Urschrei ausstieß. Die drei erschraken.

»Boah, sag mal!«, maulte der Junge Tim an. »Geht's noch? Benimm dich gefälligst, du Asi!«

Augenblicklich kehrte Tim sich zu ihm hin und begann wutschnaubend auf ihn zuzustampfen. Die beiden Mädchen schrieen spitz auf und stöckelten hastig voraus in

Richtung Gymnasium. Auch der Junge nahm seine Beine in die Hand und lief davon. Tim verlangsamte seine Schritte.

»Halt deine verwichste Fresse!«, brüllte er ihm hinterher. »Sonst tret ich sie dir aus dem Kopp!«

Tim wischte sich mit seinem Hemdsärmel über den Mund und ging zurück zu seinem Jeep. Er griff hastig in seine Hosentasche nach dem Schlüssel. Dann stieg er in sein Auto ein und startete den Motor.

Anna sah Fabienne auf sich zuschreiten. Nun hieß es, sich zusammenzureißen und der Konkurrentin tapfer entgegenzusehen. Sie gab ihrer ohnehin aufrechten Haltung den letzten Schliff, ließ ein Knie leicht nah vorne kommen und legte ihre linke Hand vornehm an ihre Hüfte. Dazu hob sie ihr Gesicht an und blickte Fabienne mit allem gebotenen Misstrauen entgegen. Die aber blieb etwas mehr als eine Armlänge entfernt vor Anna stehen, hob das Glas an und hielt es Anna vor die Brust.

»Hier«, kommentierte sie ihre Handlung, »für dich.«

Annas Nase drehte sich leicht von Fabienne weg, doch ihre Augen blieben an ihr haften. Eine ihrer makellosen Augenbrauen hob sich, und ihre Lippen öffneten sich leicht, sodass ihre vorderen Zähne hervorblitzten. Fabienne musste klar sein, dass Anna jedes ihrer Worte mit höchster Skepsis durchsieben würde.

»Was soll das, bitte?«, hörte Fabienne Annas ruhige und bedrohlich monotone Worte. »Hast du im Sinn, mich obendrein noch zu verhöhnen?«

194

»Bitte!«, überging Fabienne ebenso ruhig doch nachdrücklich Annas Frage und gab dem Glas in ihrer Hand einen leichten Ruck. »Es wird schwer.«

Die Grazie, mit der Anna ihre Arme in erhabener Ruhe vor der Brust verschränkte und ihre Finger abschließend mit flüssigen, anmutigen Bewegungen an ihre Oberarme legte, war unbeschreiblich. Keine Prinzessin auf der Welt hätte das besser gemacht. Anna verstand es in diesem Moment meisterhaft, ihre Unsicherheit und große Verwunderung zu überdecken.

»Warum um alles in der Welt sollte ich ein Glas Mineralwasser von dir annehmen?«, fragte Anna langsam und herausfordernd. Doch Fabienne war offenbar nicht hier, um auf Fragen einzugehen.

Mit einem Wimpernschlag, der Annas stechenden Blick für einen Sekundenbruchteil unterbrach, bat sie wiederum: »Bitte nimm es! Es ist mir wichtig.«

Annas Gesichtsausdruck entspannte sich etwas. Sie löste die Verschränkung ihrer Arme und ließ ihre Hände langsam herab. Nach einem kurzen Moment erhob sie ihre rechte Hand, und mit einem verhaltenen Knicksen nahm sie Fabienne das Glas aus der Hand, deren Arm daraufhin erleichtert nach unten fiel.

»Danke«, sprach Anna kühl. »Dennoch wäre eine Begründung nett.«

Fabienne nickte. Dann lächelte sie ein wenig gezwungen, sah kurz zu Boden und begann: »Als dein Freund mich abgewiesen hat, war ich einerseits gerührt über seine Treue zu dir. Doch als er sagte, dass ich dir nicht das Wasser reichen kann, da war ich gekränkt. Deshalb wollte ich mir selbst zeigen, dass ich es auf gewisse Weise doch kann.«

Völlig verdutzt sahen Anna, Melli, Isi und Alina in Fabiennes Gesicht. Die zuckte kurz mit den Schultern und schloss mit den Worten: »Na ja. Nennt mich dämlich. Mir war es jedenfalls wichtig.«

Damit wandte sie sich ab und ging ruhigen Schrittes zurück in den Saal. Sie ließ Anna und ihre Freundinnen mit betretenen Gesichtern zurück.

»Hab ich das eben richtig mitgekriegt?«, erkundigte sich Melli verwirrt.

»Ich denke schon«, nickte Isi langsam. »Saumerkwürdig, die Nürrenberg.«

»Nein«, widersprach Melli leise, »das meine ich nicht. Ich meine das, was sie über Trip gesagt hat.«

»Was habe ich nur getan?«, begann Anna zu schluchzen. »Ich war so garstig zu ihm, und er verdiente es gar nicht.«

»Er hat voll zu dir gestanden, Anna«, unterstrich Melli Annas Worte mit zitternder Stimme. Isi presste ihre Hand vor den Mund, als sie begriff, was Anna und Melli gleich erkannt hatten. Ohne jedes weitere Zögern fuhr Anna herum und drückte Alina das Glas Wasser in die Hand.

»Ich muss zu ihm gehen«, beschloss sie. »Bitte entschuldigt.«

Sie wandte sich ab und ging eiligen Schrittes zurück ins Treppenhaus.

Tim hatte nach dem Starten des Motors noch einmal heftig auf sein Lenkrad eingeschlagen, dann legte er

196

grimmig den Rückwärtsgang ein und fuhr sein Auto ruckartig auf die Fahrgasse des Parkplatzes. Er warf den Vorwärtsgang so heftig ein, dass es im Getriebe schnarrte. Dann gab er Gas und fuhr mit durchdrehenden Reifen an, zurück in die Parklücke. Wild entschlossen drehte er den Zündschlüssel herum und riss die Fahrertür auf, um im nächsten Moment aus dem Wagen zu springen, die Tür zuzuschlagen und mit langen Schritten auf das Treppenhaus zuzugehen. Noch nicht auf dem Weg angekommen, sah er Anna auf sich zulaufen. Sie flog ihm förmlich um den Hals und umklammerte seinen Nacken. Tim nahm sie fest in den Arm und drückte sie an sich. Seine Hände legten sich auf ihre zuckenden Schultern.

»Es tut mir leid, Liebster«, wimmerte Anna. »Es tut mir so unsagbar leid.«

»Mir auch, Kleine«, antwortete Tim, dessen Wut augenblicklich verflogen war, im Flüsterton. Dann fasste er seine Freundin an den Oberarmen und sah ihr in die Augen.

»Aber was zum Geier war denn nur los mit dir? Es ist so was von krass, dass du an meiner Treue gezweifelt hast.«

»Das war nicht der Grund«, schluchzte Anna. »Der ganze Abend verlief schon so sonderbar. Philipps unmögliches Verhalten. Das unerwartete Auftauchen des Herrn Brochnes. Dein höhnisches Verhalten Alina gegenüber. Und dann sprichst du auch noch so lange und angeregt mit Fabienne Nürrenberg.«

»Das ist doch aber nicht alles, oder?«

»Nein. Der Umstand, dass Melli, Isi und ich uns während des Schönmachens so eingehend über meine Oma unterhalten hatten … Und dann wollten sie auch noch an ihr Grab … Ich meine, das war schön. Besonders, als du gesagt hast, dass du Respekt vor ihr hast, das war so bewegend …«

Tränen strömten Anna über das Gesicht. Sie schluchzte heftig, als Tim seine Hände an ihre Wangen legte und sie streichelte. Ihr verzweifelter Blick war kaum zu ertragen.

»Sie fehlt mir so sehr, Tim!«, weinte sie bitterlich. »Ich vermisse sie so unbeschreiblich!«

Tim nahm Anna wieder in den Arm. Er kniff seine Augen zusammen und hielt sie fest. Lange weinte sie hörbar in seine Schulter. Als er die Augen öffnete, sah er Melli und Isi in der Tür zum Treppenhaus auftauchen. Er winkte sie mit einem aufmunternden Blick zu sich heran. Langsam kamen sie auf Tim und Anna zu und begannen, ihrer Freundin zärtlich über Schultern und Rücken zu streicheln.

»Wir hätten nicht zum Friedhof fahren sollen«, raunte er ihr zärtlich zu. »Tut mir leid, Süße.«

»Nein«, fasste Anna sich langsam wieder, während sie sich zusehends auch wieder aufrecht hinstellte und ein Taschentuch hervor nahm. »Ihr könnt ja nichts dafür. Es war wunderschön, mit euch an Oma Lenis Grab gewesen zu sein. Es hat mich alles nur so ungemein überwältigt.«

»Ja«, bestätigte Tim ihre Worte, »und eins kam zum anderen. Ich kapier schon.«

»Danke«, sagte Anna und nahm tief Luft. »Es geht schon wieder. Bitte seid nicht wütend auf mich.«

»Das sind wir nicht«, sicherte Isi ihr zu. »Ganz bestimmt nicht. Komm her.«

Isi gab Anna einen Kuss auf die Wange und umarmte sie liebevoll. Auch Melli drückte Anna einmal fest an sich.

»Was meint ihr, Mädels«, lächelte Tim die drei Damen an, »wollen wir hier abhauen und was Eigenes machen?«

»Hm, schon«, nickte Melli und sah Isi und Anna an. »Was meint ihr dazu?«

»Ja, warum nicht«, stimmte auch Isi zu. Anna nickte begeistert mit dem Kopf und fügte hinzu: »Das wäre wundervoll.«

»Gut«, nickte Tim die Worte der Mädels ab, »dann werden wir hier nicht mehr allzu lange bleiben.«

»Wie?«, hakte Melli nach. »Was heißt allzu lange? Können wir nicht direkt abhauen?«

»Nein«, bestimmte Tim. »Zuerst will ich wissen, wer Anna auf dem Klo eingesperrt hat.«

»Oha!«, schmunzelte Isi. »In dessen Haut möchte ich jetzt nicht stecken.«

»Darauf kannst du einen lassen«, bekräftigte Tim grimmig. »Also, es kommen ja nur die Leute vom Orga-Team in Frage. Und so viele können das nicht sein.«

»Ist alles in Ordnung?«, hörten sie da die Stimme der sich ihnen zögerlich nähernden Alina. »Habt ihr euch wieder vertragen?«

»Ja, Alina!«, rief Anna ihr zu. »Bitte, tritt hinzu!«

»Warum so ängstlich?«, fragte Melli freundlich.

»Na ja«, antwortete Alina ein wenig schüchtern. »Ihr seid halt beste Freunde. Da wusste ich nicht, ob es okay ist, wenn ich mich zu euch stelle.«

»Du hast uns geholfen, Alina!«, warf Tim ihr mit einem aufmunternden Grinsen zu. »Deswegen bist du jetzt eine Freundin von uns allen. Komm ruhig her.«

Alina hob geschmeichelt die Schultern an und lächelte. Dann schloss sie zu den Freunden auf und sagte fröhlich: »Das ist schön. Ich helfe euch gerne einmal wieder.«

»Das kannst du direkt!«, sprach Tim eindringlich. »Sag uns bitte, wer alles zum Orga-Team für heute Abend gehört.«

»Oh, das sind viele«, antwortete Alina eifrig. »Das sind mindestens zwanzig Leute.«

»Und wer von denen ist der Schlüsselmeister?«, fragte Tim weiter.

»Michael Fischer aus der Zwölf. Er hat die Verantwortung für heute Abend.«

»Okay. Das heißt, es gibt nicht viele Leute, denen er den Schlüssel geben würde, richtig?«

»Das stimmt, ja.«

»Und wem würde er ihn geben, außer dir?«

»Nur seinen besten Freunden: Alexej Yakovlev und Luis Schulten. Oh! Und Hatice Ünsal, die darf ihn auch nehmen.«

Tim sah von Anna über Isi zu Melli hin.

»Kennt ihr jemand von denen?«

Melli und Isi schüttelten die Köpfe. Anna dachte noch nach.

»Nein«, sagte sie schließlich. »Einige Namen kommen mir bekannt vor, aber ich kenne niemanden von ihnen persönlich.«

»Tja, Alina«, scherzte Tim, »Glückwunsch! Damit bist du unsere Hauptverdächtige.«

»Was?«, entfuhr es Alina, und ihre Kulleraugen wurden so groß, dass man Angst bekommen konnte, sie würden ihr aus dem Kopf fallen. »Ich doch nicht! Ich war doch die ganze Zeit im Partysaal und hab nach dem Rechten gesehen!«

»Ist schon gut, Alina«, beruhigte Melli sie. »Das wissen wir. Wir haben dich ja gesehen. Trip hat nur 'nen Witz gemacht.«

»Wer?«

»Tim.«

»Ach so.«

Tim lachte schelmisch.

»Sag mal, Alina, hast du eigentlich einen Freund?«

»Nein«, antwortete Alina verdutzt. »Warum fragst du?«

»Och«, griente Tim, »nur so. Ich hab da 'nen Kumpel. Kevin Kothberg heißt der.«

»Trip!!!«, schrieen Melli und Isi ihn gleichzeitig an. Diesmal war es Isi, die Tim einen heftigen Schlag mit der flachen Hand auf den Oberarm verpasste.

»Nein«, versicherte Tim schelmisch lachend, »ist schon in Ordnung. War nur ein Scherz, Alina. Du konntest nicht wissen, wie mein Spitzname lautet. Entschuldige.«

»Schon in Ordnung«, gab Alina ihm zurück.

»Aber sag mal«, griff Tim das Thema wieder auf, »könntest du dir vorstellen, wer was gegen Anna hat und sie absichtlich einschließen würde?«

»Natürlich!«, behauptete Alina augenblicklich. »Celine Rheinmann, Jana Eichendorf und …«

»Richtig«, unterbrach Tim sie, »an die denken wir da auch. Aber die Weißröckchen konnten doch bestimmt nicht an den Schlüssel kommen, oder?«

»Nein«, pflichtete Alina ihm bei, »außer vielleicht, wenn sie von jemand anderem den Schlüssel hatten.«

»Wer kommt denn sonst noch in Frage?«, wollte Tim wissen.

»Es gibt noch andere Schüler, die über Schlüssel verfügen«, erklärte Alina. »Die von der Bibi zum Beispiel. Die haben auch Schlüssel für die Toiletten.«

»Okay«, nickte Tim wieder, »und weißt du zufällig, wer das ist?«

»Ja. Es sind zwei Schülerinnen aus der Elf. Julia Buchheim und Caro Hoffmann.«

Tim warf Anna einen vielsagenden Blick zu. Die Augen seiner Freundin verengten sich kurz, und sie kniff sachte ihre Lippen zusammen.

»Caro Hoffmann«, wiederholte Tim und sah Alina wieder an. »Ist das Caroline Hoffmann?«

»Ja«, bestätigte sie.

»Ist die heute Abend hier?«

»Ich denke schon.«

»Danke, Alina«, sagte Tim freundlich, und dann reichte er Anna die Hand. »Süße, zeig mir bitte, wer Caroline Hoffmann ist.«

»Mit Vergnügen«, antwortete Anna, während sie Tims Hand nahm. Zusammen marschierten die Freunde los, um Caroline Hoffmann zu suchen.

Die Lautstärke der Musik im Partysaal hatte inzwischen zugenommen. Tim führte Anna in den Raum. Sie sah sich nach allen Seiten um. Dann schaute sie Tim an und schüttelte den Kopf. Sie gingen wieder in den Flur und von dort aus in den MSS-Raum. Wieder blickte Anna sich suchend um, und wieder schaute sie Tim kopfschüttelnd an.

»Hier ist sie auch nicht«, meldete sie.

Tim und Anna versuchten es nun auf dem Flur.

»Da!«, stieß Anna zart hervor und deutete aufgeregt auf die Tür zur Mädchentoilette. »Das ist Caroline! Das Mädchen mit den Directions und dem Chambray-Top!«

Tim blickte verwirrt in die Richtung, in die Anna deutete.

»Was zum Geier …?«

»Das blonde Mädchen mit den Farbsträhnen im Haar und dem grauen Oberteil!«

»Ach so! Sag das doch gleich …«

Tim und Anna gingen Caroline, die auf dem Weg zurück in den Partysaal war, forsch entgegen. Auf halbem Weg trafen sie sich. Caroline blieb als erste stehen.

»Hey!«, grüßte Tim sie kurz angebunden. »Ich hab eine Frage an dich.«

»An mich?«, gab Caroline verblüfft zurück. »Wieso an mich?«

»Hast du eine Ahnung«, fuhr Tim unbeirrt fort, »wer Anna vorhin auf dem Klo eingeschlossen haben könnte?«

»Nein?!«, erwiderte Caroline. »Woher soll ich das wissen?«

»Weil du weißt, wer alles einen Schlüssel hat.«

»Hä? Was wollt ihr von mir? Lasst mich in Ruhe!«

Caroline drehte sich um und wollte weggehen, doch in dem Moment traten Melli und Isi hinzu und versperrten ihr den Weg.

»Unser Kumpel hat dich was gefragt, Caro«, sprach Isi mahnend auf sie ein. »Also, spuck's aus!«

»Darf ich mal erfahren, was mit euch geht?«, brauste Caroline auf. »Woher soll ich bitteschön wissen, wer die zur Heyden auf der Toilette eingesperrt hat?«

»Weil wir wissen«, legte Melli nach, »dass du sie nicht leiden kannst.«

»Na und?«, maulte Caroline. »Da bin ich ja wohl nicht die einzige. Wer kann die schon leiden? Soll sie halt aufpassen, wo sie hinrennt. Ist doch ihre eigene Schuld. Warum kann sie nicht hier unten aufs Klo gehen wie alle anderen auch?«

»Sag mal, spinnst du?«, herrschte Isi Caroline an. »Du kannst doch nicht sagen, sie wäre es selber schuld, nur weil sie auf ein anderes Klo geht? Das ist Täter-Opfer-Umkehr, ist dir das klar? Wie kann man so denken?«

»Ist doch so!«, legte Caroline nach, »Madame muss ja immer was Besseres sein.«

Isi baute sich drohend vor Caroline auf.

»Was hast du eigentlich für ein Problem?«, schimpfte sie. »Anna hat dir überhaupt nichts getan! Was hast du also gegen sie?«

»Musst du gerade sagen, Isi!«, konterte Caroline. »Du hast früher ganz andere Töne über sie gespuckt! Du hast doch am ehesten einen Grund gehabt, ihr eins auszuwischen.«

»Was laberst du da für eine Scheiße?«, keifte Isi. »Sie ist jetzt meine beste Freundin! Mit Melli.«

»Wehe, Caro, wenn du dahinter steckst!«, drohte Melli aufgebracht, »dann wirst du dein blaues ...«

»Isi! Melli!«, rief Tim sie sachte zur Ruhe. »Lasst gut sein!«

Isi sah Tim entgeistert an, und Melli hielt verwundert inne. Ihre Blicke wechselten zwischen Caroline und Tim hin und her.

»Was?«, stotterte Melli. »Wieso sollen wir es gut sein lassen?«

»Ist okay, Melli«, beschwichtigte Tim sie, »es ist genug. Lasst Caroline gehen.«

Caroline zog Melli und Isi eine äußerst schnippische Schnute. Triumphierend wandte sie sich ab, drückte sich zwischen Tim und Anna hindurch und verschwand im Partysaal.

»Was sollte das jetzt?«, wollte Melli völlig verdattert wissen. »Wir waren doch gerade dabei, sie auszuquetschen.«

»Das müssen wir nicht mehr«, sprach Anna ruhig. »Tim hat völlig recht. Wir haben erfahren, was wir wissen wollten.«

Melli und Isi tauschten einen zweifelnden Blick aus.

»Und was?«, fragte Isi.

»Sie war es!«, schloss Tim grimmig. »Sie hat Anna eingeschlossen. Wir lassen sie für den Moment damit durchkommen, weil es taktisch klüger ist.«

»Okay?«, wunderte sich Melli. »Und was macht euch so sicher?«

»Das ist ganz einfach«, erläuterte Anna. »Niemand von uns hat erwähnt, dass der Vorfall auf dem WC im zweiten Obergeschoss geschehen ist. Doch sie wusste es.«

»Is echt so!«, staunte Isi. »Sie hat gesagt ›hier unten.‹ Also ist das der Beweis, dass sie die Toilette oben gemeint hat.«

»Ha!«, jubelte Melli. »Wie geil! Und was machen wir jetzt mit ihr?«

»Erstmal nix«, antwortete Tim gelassen.

»Völlig richtig«, bestätigte Anna. »Wir haben nämlich Grund zur Annahme, dass weitaus komplexere Beweggründe hinter ihrem Handeln stehen.«

»Und welche?«, fragte Melli neugierig.

»Das erzählen wir euch unterwegs«, beschloss Tim. »Kommt, Mädels, hauen wir ab.«

Kapitel 9

»Wisst ihr was, Leute? Ich hab 'nen Brand wie 'ne Kuh!«, bemerkte Tim während der Fahrt von der Schule in die Innenstadt.

»Ich auch!«, rief Melli von hinten. »Und was reinpfeifen könnt ich mir auch noch.«

»So hör ich dich gern, Melles«, bestätigte Tim beim Blick in den Rückspiegel. »Dann gucken wir mal, was wir uns noch zwischen die Kiemen schieben können.«

»Alles klar«, freute sich Isi. »Ich bin dabei.«

Damit endete das Gespräch. Melli und Isi setzten sich wieder gerade und entspannt in ihre Sitze, und Tim sah teilnahmslos aus der Windschutzscheibe hinaus.

»Ich bitte um Verzeihung«, machte Anna sich verwirrt auf dem Beifahrersitz bemerkbar. »Ich kann nicht behaupten, dass ich eurer Unterhaltung folgen konnte.«

»Wieso?«, erkundigte sich Tim mit einem kurzen Blickkontakt zu seiner Freundin. »Wo bist du nicht mitgekommen?«

»Bei euren saloppen Umschreibungen«, erklärte Anna. »Sie enthielten so viele Metaphern, die ich noch nicht kenne.«

Tim, Melli und Isi mussten lachen. Tim griff nach Annas Hand und streichelte sie.

»Sorry, Süße. Hab ich nicht dran gedacht. Ich hab gesagt, dass ich 'nen Riesendurst habe. Und dann hat Melli gesagt, dass sie noch was zu essen vertragen könnte, und dann hab ich gesagt, dass wir mal gucken, was wir noch so zu uns nehmen könnten.«

»Zwischen die Kiemen schieben«…«, wiederholte Anna nachdenklich. »Ich glaube, ich verstehe. Also, wenn man den menschlichen Körper mit dem eines Fisches vergleicht, gelangt man zu einer Grundlage, aus der heraus sich originelle Umschreibungen für alltägliche Tätigkeiten ableiten lassen, ist das richtig?«

»Das ist eine Möglichkeit, ja«, nickte Tim.

»Sehr interessant«, schmunzelte Anna.

Plötzlich zog Isi sich an Annas Sitz nach vorne und deutete aus der Frontscheibe hinaus.

»Wollen wir zu Mäckes?«, schlug sie vor.

»Können wir machen«, bestätigte Tim und setzte den Blinker, »aber wir fahren durch den McDrive.«

»Nicht reinsetzen?«, wunderte sich Melli.

»Nope«, kam es trocken von Tim zurück. »Wir holen uns nur was mit.«

»Was hast du vor?«, wollte Isi wissen.

»Seht ihr dann«, grinste Tim.

»Uuuuuh!«, freute sich Melli. »Was für eine coole Idee, Trip!«

Der schwarze Geländewagen war soeben von einem befestigten auf einen untergeordneten Waldwirtschaftsweg abgebogen. Im Dunkel des hohen Buchenwaldes, der beidseitig des Weges den felsigen Boden bewuchs, leuchteten im Scheinwerferlicht immer wieder Baumstämme und kahle Gestrüppe auf.

»Es ist immer sehr schön hier«, bemerkte Anna wohlig, »jedoch war ich noch nie mit dir hier, Liebster.«

»Und bei Nacht auch noch nicht, wette ich«, schmunzelte Tim seiner Freundin zu.

»Das stimmt. Ich habe diesen Ort bislang immer nur als Ziel für Familienausflüge erlebt.«

Tim fuhr weiter den Weg entlang. Irgendwann funkelten zwischen den unbelaubten Buchen einige Lichter hervor. Schließlich zogen die beiden letzten Bäume an den Freunden vorbei. Langsam erhob sich ein Meer aus zahllosen gelben und weißen Lichtpunkten über der Felskante. Tim hielt sachte den Wagen an und stoppte den Motor. Es war still. Nur die Geräusche der aussteigenden Gefährten klangen durch die Dunkelheit. Und genau vor ihnen ragte schwarz die bizarre Silhouette einer stattlichen Burgruine in den Himmel.

»Wow!«, drückte Isi beeindruckt hervor. »Das ist echt was ganz anderes als am Tag. Ich wusste gar nicht, wie gruselig die Burg Sonnenstein sein kann.«

»Ohne Witz!«, pflichtete Melli ihr nicht minder beeindruckt bei. »Wollen wir da jetzt wirklich reingehen?«

»Seid keine Babys!«, foppte Tim die Mädels vergnügt. »Wir gehen da jetzt ganz normal durch, bis zum Geländer, wo die Bänke stehen. Die Aussicht auf die Stadt ist hammer! Wann habt ihr schon mal die Möglichkeit, nachts von der Achtnadel auf Leyental runterzugucken?«

»Aber nur mit Handylampe!«, bestimmte Isi. Ihr Mobiltelefon hatte sie bereits in der Hand. Auch Melli nahm ihr Smartphone aus der Hosentasche und aktivierte die Taschenlampenfunktion. So schritten sie zaghaft voran, hinein in das alte Burggemäuer. Burg Sonnenstein war zu großen Teilen recht gut erhalten. Mehrere Kammern waren zu durchqueren, um auf den Aussichtsbereich auf der Talseite zu gelangen. Die grellen Lichter der Handys von Melli und Isi halfen sehr dabei, den Weg zu finden.

Immerhin befand sich mitten in einer der Kammern ein hüfthoher, aus Bruchsteinen gemauerter Ring von etwa einem Meter fünfzig Durchmesser, von dem aus acht niedrigere, nach außen hin abflachende Mauerstreifen strahlenförmig nach außen führten. Auf diese Weise blieb rund um das ganze Steingebilde ein Gang von zweieinhalb Metern Breite übrig. In dem mittleren Steinring lagen regelmäßig ein paar leere Bierflaschen herum, achtlos entsorgt von stumpfsinnigen, faulen Besuchern. Von dieser Kammer aus musste man durch einen bis nahezu auf die Fundamente herabgebrochenen Raum hindurch, um zu den Bänken zu kommen. Hier ließen sich die Freunde nieder, Tim und Anna auf der linken, und Melli und Isi auf der rechten Sitzbank. Isi schaute an der Turmwand nach oben und schließlich in den Himmel.

»Wahnsinn, wie klar das jetzt noch geworden ist«, wunderte sie sich. »Die Wolken sind wie weggeblasen. Die Sterne glitzern richtig. Und seht ihr die Nebelschwaden unten am Fluss? Geil, oder?«

»Absolut«, stimmte Melli zu und rieb sich mit den Händen die Oberarme auf ihrer Jacke. »Trotzdem ist es ein bisschen kalt.«

»Tim hat stets zwei Wolldecken im Wagen«, erklärte Anna. »Vielleicht möchte er sie euch herholen?«

»Oh ja!«, jubelte Melli und flehte Tim an: »Bitte, Trip, holst du uns die Decken?«

»Da hättet ihr früher dran denken müssen«, knurrte Tim flapsig und scherzte: »Jetzt müsst ihr euch an eure Mäckestüte kuscheln, um euch warmzuhalten.«

»Och, bitte, Trip!«, quengelten Melli und Isi gespielt flehentlich.

Tim stand mit einem tiefen Seufzer auf und brummte: »Na gut, weil ihr es seid. Was ist mit dir, Süße? Soll ich dir meinen Parka mitbringen?«

»Nein, danke«, lehnte Anna verliebt lächelnd ab. »Es ist lieb, dass du fragst, aber ich fühle mich gut. Sei nur so gut und lass uns nicht zu lange alleine, ja?«

»Ja, genau!«, rief Isi. »Beeil dich bitte!«

»Auch noch Sonderwünsche, he?«, gab Tim zurück. »Ist okay, ich flitz so schnell ich kann.«

Da kicherte Anna neckisch. Ihr Annalachen strahlte Tim verwegen an, als sie sagte: »Dann lass mal schön deinen Schwanz flattern!«

Tim machte große Augen. Der Schritt, mit dem er loseilen wollte, fror ein und er sah Anna an, wobei er einen verwunderten Seufzer ausstieß.

»Wie bitte?«, stammelte er. Auch Melli und Isi sahen Anna mit offenen Mündern erstaunt lächelnd an.

»Du verstehst schon«, bekräftigte Anna verlegen. »Du sollst hurtig mit der Schwanzflosse schlagen, sie flattern lassen, damit du ganz schnell schwimmen kannst. Wie ein Fisch.«

Da ging Tim endlich ein Licht auf. Er lachte auf.

»Sollte das eine ›originelle Umschreibung‹ werden?«, feixte er, und auch Melli und Isi brachen in schallendes Gelächter aus.

»Ja, ganz recht«, antwortete Anna unsicher.

»Die hat nicht gezogen!«, lachte Tim seiner Freundin im Weggehen zu.

»Das merke ich!«, hielt Anna fröhlich dagegen.

Kurz darauf kam Tim mit den zwei Decken zurück. Er warf sie Melli und Isi zu, die sich sofort hineinkuschelten und äußerst zufriedene Gesichter machten. Dann kramten sie raschelnd ihre Fast-Food-Speisen aus der braunen Papiertüte. Tim setzte sich wieder neben Anna und nahm sie in den Arm.

»Ganz offensichtlich habe ich noch meine Schwierigkeiten, eure Ausdrucksweise zu treffen«, griff Anna das Thema wieder auf.

»Mach dir nichts draus«, tröstete Tim sie grinsend. »So geht's mir immer bei dir, vor allem, wenn du französisch sprichst.«

»Du meinst wohl eher, wenn du französisch sprichst!«, berichtigte Anna ihn und lachte.

»Ja, Trip!«, rief Melli ihm zu. »Sag mal was auf Französisch! Bring uns zum lachen!«

»Was soll ich denn sagen?«, fragte Tim, der nun seinerseits derjenige war, der unsicher lächelte.

»Wie wäre es mit ›Guten Abend‹«, schlug Isi vor.

»Okay«, nickte Tim lässig. »Glaubt bloß nicht, dass ich kneife! Also: Bong schur, Madamm!«

Die Mädchen lachten herzhaft.

»Nicht gut?«, erkundigte sich Tim.

»Nee«, antwortete Melli, »da geht noch was!«

»Was war falsch?«, wandte Tim sich an Anna.

»Also«, begann Anna zu erklären, »zunächst einmal hast du ›Guten Tag‹ gesagt. ›Guten Abend‹ heißt ›bon soir‹, und darüber hinaus ist Isi noch nicht verheiratet. Sie ist also keine Madame, sondern eine Mademoiselle.«

»Das üben wir gleich nochmal!«, stichelte Melli listig. »Aber diesmal begrüßt du Anna, okay?«

»Gar kein Problem!«, zeigte Tim sich zuversichtlich. »Das krieg ich hin. Anna, du hast mir doch mal gesagt, wie dein Name auf französisch heißt. Wie war das noch mal … dö la …?«

»De la Lande.«

»Alles klar. Ehm … Achtung, hier kommt's: … Bong swar, Matmosell dö la Lont.«

»De la Lande!«

»Dö la Lond-ö.«

Ausgelassen lachend fiel Anna Tim um den Hals. Sie drückte ihn fest an sich und kicherte: »Oh, Tim, ich finde es so goldig, wenn du dir solche Mühe gibst.«

»Ich sollte in 'nem französischen Restaurant noch nicht bestellen, schätz ich?«, scherzte Tim, woraufhin Anna vergnügt den Kopf schüttelte.

»Lieber nicht«, schmunzelte sie. »Fürs Erste übernehme ich das für uns.«

»Und wieso heißt ›zur Heyden‹ jetzt ›la Lande‹«, wollte Melli wissen.

»Nun«, erläuterte Anna, »bei adeligen Namen ist es ja zumeist so, dass sie angeben, woher derjenige stammt, der den Namen trägt. ›Zur Heyden‹ bedeutet soviel wie ›zu der Heide‹ oder ›von der Heide‹. Heide im Sinne von Heideland. Und ›das Heideland‹ heißt auf Französisch ›la lande.‹«

»Hast du das mal nachgeschlagen?«, fragte Isi. »Oder warum weißt du das?«

Anna lächelte und erzählte: »Ja, so war es. Meine Cousine Marilena und ich haben häufig miteinander gespielt, als wir jünger waren. Wir haben dann oft so getan, als kämen wir aus anderen Ländern, und dann haben wir unsere Namen entsprechend übersetzt. Wenn wir zum Beispiel so taten, als wäre sie Engländerin und ich Italienerin, dann war sie ›Marilyn of the Heathland‹, und ich war ›Annabella della Brughiera.‹«

Wieder lächelte Anna. Sie sah kurz zu Boden und seufzte leicht wehmütig: »Ja, das war schön.«

Tim und die Mädchen schwiegen einen Moment lang. Dann sah Isi Anna an und sagte: »Echt mies, dass Caro dich auf dem Klo eingeschlossen hat.«

»Ja«, nickte Anna.

»Und ihr denkt wirklich«, fuhr Isi fort, »dass sie das gemacht hat, weil sie der Übelacker hilft, das Geheimnis um den Säbel zu lösen und dich aus dem Weg haben will, weil du auch an der Sache dran bist?«

»Kann doch sein«, meinte Tim.

»Aber«, wandte Melli in Richtung Anna ein, »ergibt das denn Sinn? Du hast doch mal gesagt, dass die Uebelacker nur in der Heimatkunde so aktiv ist. Warum soll sie sich jetzt auf einmal mit einem Thema aus der französischen Geschichte befassen?«

»Das weiß ich leider auch nicht«, gab Anna zu. »Vielleicht hat sie ihr Interessengebiet ausgeweitet?«

»Hmm«, grübelte Tim. Er lehnte sich nach vorne, die Unterarme auf die Knie gestützt und das Kinn auf die überkreuzten Finger gelegt.

»Vielleicht aber auch nicht«, sagte er betont langsam.

»Was meinst du?«, fragte Anna neugierig.

»Denkt mal nach!«, sprach Tim eindringlich. »Wir gehen die ganze Zeit davon aus, dass sie beide Franzosen waren, Antoinette und Clément. Aber warum sind dann alle Gedichte auf Deutsch geschrieben?«

»Keine Ahnung«, hielt Melli dagegen. »Vielleicht gehen wir davon aus, weil Clément Soldat in der napoleonischen

Armee war. Immerhin ist er bei der Schlacht von Waterloo auf französischer Seite gefallen, also kann er schon mal kein Deutscher gewesen sein.«

Anna wurde auf einmal ganz still. Sie atmete tief ein und legte den Zeigefinger ihrer rechten Hand zart auf ihre Lippen. Ihre Augen bewegten sich aufgeweckt hin und her.

»Wartet einmal!«, wisperte sie andächtig. »Wir sprechen doch hier vom Anfang des 19. Jahrhunderts. Frankreich dehnte sich zu dieser Zeit bis zum Rhein aus, was auch die gesamte Eifel mit einschloss. Viele Einwohner sympathisierten dergestalt mit den Besatzern, dass sie ihre Namen ins Französische übertrugen. Und nicht nur das; sie stellten sich in der Folge auf die Siegerseite und traten der französischen Armee bei.«

»Und was bedeutet das jetzt?«, fragte Isi.

»Es bedeutet«, fuhr Tim fort, »dass dieser Clément hier in unserer Gegend gelebt haben könnte. Und das würde erklären, warum Annas Lehrerin und diese Caroline jetzt unsere Konkurrenten sind.«

»Das wär ja ein Kracher!«, begeisterte sich Melli. »Boah, wie spannend! Das heißt, wir müssten jetzt einfach mal checken, ob sich diese französischen Namen auf Deutsch übersetzen lassen!«

»Völlig richtig«, bestätigte Anna ihre Worte.

»Das sollten wir hinkriegen!«, warf Isi ein. »Also, was heißt ›Garrigue‹ auf Deutsch, Anna?«

»Das weiß ich nicht«, bekannte Anna. »Es ist offenbar kein übersetzbares Wort. Es ist der Eigenname einer Region in Südfrankreich, soviel weiß ich. Dies spricht letzten Endes dafür, dass Antoinette in der Tat Französin war und nur Clément ursprünglich aus Deutschland stammte.«

»Ein Eifeler Jung, der sich in eine schöne Französin verliebte«, fasste Tim zusammen. »Er passte sich ihrer Herkunft an und ging dafür drauf.«

»Du bist ja mal wieder sehr romantisch, Trip!«, spöttelte Melli.

»Wenn wir richtig liegen«, warf Tim ein, »und der Typ wirklich aus der Eifel gewesen ist, dann hätte diese Antoinette zumindest einen Grund gehabt, Deutsch zu können. Sie schrieb ihre Gedichte auf Deutsch, damit ihr Geliebter sie lesen konnte.«

»Duvall Rocheux …«, sinnierte Anna bedächtig weiter. »›Du valleé‹, oder ›du val‹, das lässt sich mit ›vom Tal‹ übersetzen. Und ›rocheux‹ bedeutet ›felsig.‹«

»Vom felsigen Tal«, wiederholte Melli die Worte gedankenvoll.

»Vom felsigen Tal?«

Tim lehnte sich mit einem mal nach vorne und runzelte die Stirn.

»Ist ja übel!«, raunte er. Dann sah er in die Gesichter von Anna, Melli und Isi.

»Was ist so bemerkenswert?«, wollte Anna wissen.

»Mein Chef, Herr Basberg«, begann Tim begeistert, wobei er mit seinen Fingern in der Luft herumfuchtelte. »Der redet immer Platt. Und neulich, da hat er ein paar Felsbrocken ›Leien‹ genannt. Wenn Leien Felsen sind, würde ›Leyental‹ dann nicht ›Felsental‹ bedeuten?«

»Aber ja!«, rief Anna aus. »Wie konnte ich nur so dumm sein? Friedley, Eisley, Osterley … das sind alles Felsen, die unsere Stadt umgeben. ›Ley‹ bedeutet ›Felsen‹. Und

›Clément Duvall Rocheux‹ könnte man ohne Weiteres mit ›Klemens vom felsigen Tal‹ übersetzen!«

»Klemens aus Leyental«, wiederholte Tim in abgewandelter Form. »Clément stammte von hier! Scheiß drauf, wo die Franzosenbraut herkam; sie konnte deutsch, weil er kein französisch verstand. Und weil er aus Leyental kam, hatte Antoinette den Griff des Säbels sehr wahrscheinlich in seiner Heimat verbuddelt. Hier in der Nähe!«

»Und Frau Dr. Uebelacker erlangte Kenntnis davon«, fuhr Anna begeistert fort, »und schickte sich an, das Artefakt aufzuspüren. Diesen einen Schritt war sie uns bislang voraus, doch nun haben wir ihn wettgemacht!«

»Ha!«, triumphierte Tim und sprang auf. »Sind wir genial oder was?«

»Gemach, Liebster!«, dämpfte Anna seine Freude. »Wir dürfen nicht vergessen: Jetzt, da wir uns ihrer Absichten gewiss sein dürfen, ist auch nur allzu deutlich geworden, dass es in der Tat ein Missgeschick war, ihr Oma Lenis Mappe zu zeigen. Und des Weiteren sind wir noch keinen Schritt in der Deutung sowohl ihrer Gedichte als auch der Inschrift auf dem Kettenglied weitergekommen.«

Ein wenig ernüchtert setzte sich Tim wieder neben Anna.

»Hmm, ja«, sah er ein. »Wir haben bis jetzt nur rausgefunden, dass wir nicht nach Frankreich fahren müssen.«

»Und die Gegend hier abzusuchen wird auch nicht leicht!«, rief Isi ihm zu.

»Ja, schon …«, grübelte Tim und zeigte sich plötzlich wieder optimistisch. »Aber wisst ihr was? Wir schaffen das schon! Wir sind ja nicht auf den Kopf gefallen. Und

das Leben ist nun mal kein Zuckerspiel, äh … kein Kin-
derhof, äh, nein … kein Ponyschlecken … ach, ihr wisst
schon!«

»Wir verstehen dich, Trip!« stimmte Melli lauthals in
das Lachen ihrer Freundinnen ein. »Alles wird gut!«

»Wenn wir jetzt noch wüssten, wie das Gedicht geht«,
meinte Tim, »dann könnten wir weiter überlegen. Wir
sind heute Abend gut drauf mit unserer Denkerei!«

»Ich weiß es auswendig!«, rief Anna freudig aus. »Ich
habe es mir inzwischen sicher einhundertmal durchgele-
sen.«

»Dann darfst du es uns gerne zu Gehör bringen«, lachte
Melli.

»Also, es geht so«, begann Anna und rezitierte andächtig.

»Geborgen
Wo sie die Stirn bieten
Wohl allen Winden
Mein Liebster
Inmitten der Sonne
Soll man dich finden.«

»Das klingt voll schön«, schwärmte Isi, »und so geheimnisvoll.«

»Natürlich klingt es geheimnisvoll!«, neckte Tim sie.
»Weil es geheimnisvoll ist! Wenn's nicht geheimnisvoll
wäre, wüssten wir längst, wo der olle Penökel vergraben
liegt.«

»Boah, Trip!«, meckerte Melli augenzwinkernd. »Echt
jetzt! Lass uns doch ein bisschen romantisch dabei sein!«

»Das ist wahr«, hielt Anna belustigt ihren Freundinnen
zu. »Immerhin geht es hier um eine unglückliche

Liebesgeschichte. Wir Mädchen stehen nun einmal auf
ein gerüttelt Maß an Herzschmerz.«

»Ja ja!«, winkte Tim lachend ab. »Bei euch muss immer
alles mit magischem Glitzerstaub bedeckt sein.«

»Na und?«, trotzte Isi. »Lass uns!«

»Ich will aber nicht warten, bis ihr mit dem Träumen
fertig seid«, trotzte Tim seinerseits. »Ich will das Rätsel
lösen!«

»Wollen wir ja auch!«, versicherte Melli nachdrücklich.
»Also, Anna, den Anfang noch mal, bitte.«

»In Ordnung«, bestätigte Anna. »Geborgen, wo sie die
Stirn bieten wohl allen Winden.«

»Geborgen«, wiederholte Melli langsam und bedächtig.
»Also in Sicherheit. Mit hoher Wahrscheinlichkeit vergraben, denk ich mal.«

»Und möglicherweise auf einer Anhöhe«, fuhr Anna
fort, »mit weithin freiem Blick. Denn dort würde man tatsächlich allen Winden ausgesetzt sein und müsste ihnen
sprichwörtlich die Stirn bieten.«

»Aber wer ist mit ›sie‹ gemeint?«, wunderte sich Isi.
»Wer bietet allen Winden die Stirn?«

»Bäume vielleicht?«, vermutete Tim. »Oder von einem
Haus die Wände. Eine Kirche vielleicht.«

»Gibt es denn in der Nähe eine freiliegende Bergkuppe,
die in Frage kommen könnte?«, fragte Anna in die Runde.
Tim, Melli und Isi hoben die Schultern.

»Ich wüsste keine«, brachte Tim die Unwissenheit der
drei dann auch verbal zum Ausdruck. »Herr Basberg sagt
schon immer, dass wir jungen Leute uns nicht mehr aus-
kennen würden. Erst recht nicht mit den alten Flurbezeichnungen.«

»Was sind Flurbezeichnungen?«, merkte Isi auf.

»Das sind die alten Namen von Gebieten«, erklärte Tim, »so wie ›Am Juddeknippsche‹ oder ›Unterm Huppertspesch‹, so der ganze Kram.«

Isi nickte. Anna wurde plötzlich ganz hellhörig. Sie hob den ausgestreckten Finger an und schaute konzentriert geradeaus, ohne etwas Konkretes in der Nähe wirklich anzusehen.

»Was wäre denn«, dachte sie laut, »wenn das Gedicht eine Umschreibung einer solchen alten Flurbezeichnung wäre?«

»Dann würden wir ziemlich alt aussehen«, entgegnete Tim schulterzuckend, »denn erstens sind die alle auf Platt, und zweitens, wie schon gesagt, kennen wir die eh nicht.«

Er stand auf, ging ein paar Schritte von der Bank weg und drehte sich dann wieder um. Er stand dort und schaute seine Gefährtinnen an.

»So was muss doch rauszufinden sein«, meinte Melli. »Kannst ja mal deinen Chef fragen. Vielleicht kann der ja schon weiterhelfen. Und wenn nicht, dann kennt er bestimmt irgend 'nen Freak, der sich damit auskennt.«

»Kann sein«, lenkte Tim ein, »aber dazu müssten wir schon was genauer werden. Was haben wir noch für einen Hinweis, Anna?«

»Im Grunde nur noch einen«, antwortete Anna. »Er lautet: Inmitten der Sonne soll man dich finden.«

Tim machte ein ratloses Gesicht, hob fragend die Arme an und ließ seine Hände seitlich gegen seine Oberschenkel fallen.

»Inmitten der Sonne!«, höhnte er verächtlich. »Und was zum Geier soll das heißen?«

»Es könnte heißen«, spekulierte Anna, »dass es irgendwo ein Bildnis oder ähnliches geben könnte, das symbolhaft die Sonne darstellt. Und in dessen Zentrum würde man schließlich den Griff des Säbels finden.«

»Falls es so einfach sein sollte!«, wandte Tim ein. »Ich fürchte, da wird ein bisschen mehr Tiefgang drin stecken.«

»Muss nicht!«, widersprach Isi. »So wie's aussieht, will Antoinette, dass man die Stelle findet, sonst würde sie nicht so viel drüber schreiben. Deswegen ist das Rätsel wahrscheinlich sehr leicht.«

»Ich denke«, verkündete Anna schließlich, »es ist erforderlich, sämtliche Dokumente aus Oma Lenis Mappe noch einmal gewissenhaft in Augenschein zu nehmen. Es ist meines Erachtens nicht sinnvoll, an dieser Stelle weiterzumachen, ohne Zugriff auf die Unterlagen zu haben.«

»Wie wär's«, schlug Melli vor, »wenn wir uns mal im Haus zusammensetzen? Mit den Jungs. Ditze und Boggy sind ja auch ganz schön clever. Anna bringt die Mappe mit, und wir stecken alle unsere Köpfe zusammen. Was meint ihr?«

»Ja«, stimmte Anna zu, »das halte ich für sehr vernünftig.«

Auch Tim und Isi nickten Mellis Vorschlag ab. Tim setzte sich zu Anna und legte seinen Arm um sie. Melli und Isi zogen ihre Decken enger an sich und schmiegten sich aneinander. Die vier Freunde genossen das Beisammensein an diesem besonderen Ort sehr. Der Himmel war so klar geworden, dass sich ein beeindruckender Sternenhimmel über sie wölbte. Die dadurch zwangsläufig fallenden Temperaturen ignorierten sie gelassen. Melli und Isi zogen ihre Decken nun bis zum Hals nach oben, und Tim und Anna kuschelten sich wohlig aneinander. Unten in der Stadt waren nur ganz wenige Autos unterwegs. Deren Rauschen klang hin und wieder und ganz flüsterleise an die Ohren der jungen Leute, als plötzlich ein schriller, heiserer Schrei aus dem alten Gemäuer von Burg Sonnenstein ertönte. Anna zuckte in Tims Arm zusammen. Melli und Isi quiekten leise auf und drückten sich angstvoll aneinander.

»Was war das?«, flüsterte Isi mit einer Grabesstimme. »Trip, was war das?«

Melli und Anna sahen Tim, der von der Bank aus aufmerksam in die dunkle Ruine hineinäugte, fragend an. Der drehte seinen Kopf zu ihnen hin und machte ein belustigtes Gesicht.

»Schleiereulen«, kommentierte er gelassen. »Ich geb zu, beim ersten Mal hab ich mich auch erschreckt. Mittlerweile weiß ich, das sind Schleiereulen. Sind wohl ziemlich selten, aber hier in den Ruinen können sie noch ungestört nisten.«

»Oh, wie cool!«, freute sich Isi. »Ob wir welche sehen können?«

»Eher nicht«, gab Tim zurück. »Die sind total scheu. Ich hab noch keine einzige zu Gesicht gekriegt.«

»Und woher weißt du dann, dass es Schleiereulen sind?«, fragte Melli ganz erstaunt.

»Ich hatte mir einfach gedacht, dass es Vögel sind, die so schreien«, erklärte Tim, »und dann hab ich mal aus Zufall einen von den Jungs vom Vogelschutzbund getroffen. Den hab ich gefragt. Und der sagt, das sind Schleiereulen.«

»Wisst ihr was?«, raunte Isi mit gedämpfter Stimme in die Runde. »Meine Oma sagt immer, wenn eine Eule schreit, dann stirbt bald einer.«

»Das ist abergläubisches Gelaber!«, warf Tim ihr entgegen. »Das sind ganz normale Vögel und sonst nix.«

»Ich mein ja nur«, sagte Isi kleinlaut. »Bin ja auch kein Eulenforscher.«

Melli lachte Anna zu, dann sagte sie zu Isi: »Kannst ja ganz klein anfangen. Geh zum Schwartz und biete ihm an, eine Jahresarbeit in Bio zu schreiben. Über Eulen.«

Sie zwinkerte Anna zu. Anna verstand die Anspielung und kicherte leise auf.

»Richtig«, stimmte sie zu, »so wie mir unlängst eine Jahresarbeit nahegelegt wurde, nicht wahr?«

»Genau!«, lachte Melli.

»Ach ja, das Ablenkungsmanöver von der Uebelacker!«, begriff Tim, »deiner Geschichtslehrerin.«

Anna nickte, und ein erwartungsfrohes Lächeln lag auf ihrem Gesicht.

»Das wird sicher eine spannende Aufgabe.«

»Du willst es echt durchziehen?«, fragte Melli ein wenig skeptisch.

»Aber ja«, verkündete Anna. »Es bietet doch eine wundervolle Gelegenheit, Licht ins Dunkle von Oma Lenis früherem Leben zu bringen. Ich weiß kaum etwas von dem Umfeld, in dem sie lebte, bevor ihre Familie sie verstieß.«

»Ist auch wieder wahr«, sah Melli ein.

»Aber wie willst du da rangehen?«, wollte Isi wissen. »Dein Vater und dein Onkel werden auch nicht alles darüber wissen.«

»Darüber habe ich mir bereits Gedanken gemacht«, erklärte Anna, »und ich bin zu einem Entschluss gekommen.«

Sie lächelte geheimnisvoll und freute sich diebisch über die neugierigen Gesichter ihrer Freunde. Tim stupste sie mit der Schulter an.

»Jetzt mach's nicht so spannend, Süße«, lachte er. »Spuck's aus!«

Anna kicherte: »Es ist doch ganz einfach, meine Lieben: Ich werde die Nachkommen ihrer nächsten Verwandten aufsuchen!«

»Was?«, stieß Tim mit einem Lacher hervor. »Du meinst …?«

»Ja, ganz recht«, bekräftigte Anna ihren Plan. »Ich spreche von den Grafen zur Heyden, die sich, wie mir Frau Dr. Uebelacker bereits berichtete, in der Gegend um Düsseldorf niedergelassen haben. Ich konnte sie inzwischen auch bereits ausfindig machen. Ein Cousin meines Vaters, Graf Anselm zur Heyden, bewohnt mit seiner Familie ein ansehnliches Anwesen zwischen Neuss und Willich. Ich könnte es euch online zeigen, wenn ich denn wieder Energie auf meinem Mobiltelefon hätte.«

»Denkst du denn, die helfen dir?«, fragte Tim vorsichtig. »Immerhin gehörst du zum verstoßenen Familienzweig. Die werden dich wahrscheinlich zur Tür rausjagen, bevor du nach dem Familienstammbaum fragen kannst.«

»Das erfahre ich nur, wenn ich es wage«, erwiderte Anna. »Es besteht durchaus die Möglichkeit, dass die heutige Generation diese alberne Fehde etwas weniger ernst nimmt.«

»Hoffen wir's«, schloss Tim.

»Was meint ihr, Leute?«, machte Isi sich fröstelnd bemerkbar. »Wollen wir mal wieder? Ist jetzt echt saukalt geworden.«

»Klar«, nickte Tim. »Anna? Melli?«

»Ja, sehr gerne«, stimmte Anna zu.

»Einverstanden«, kam es von Melli zurück.

Und so erhoben sich die Freunde. Melli und Isi falteten die Decken zusammen und überreichten sie Tim, der sie unter den Arm klemmte. Mit dem anderen Arm umfasste er seitlich Annas Taille. Nun hieß es, den Weg durch die Burgruine zurückzugehen, ohne zu stolpern. Melli und Isi griffen wieder zu ihren Handys und leuchteten den Weg. Die vier schritten bedächtig durch die verschiedenen Kammern der Ruine, auch durch die große Kammer, in deren Mitte der sonderbare Steinring mit den rundum nach außen weisenden Mauerstreifen lag, denn über diese steinerne Anordnung konnte man besonders leicht stolpern und hinfallen. Schließlich schritten sie alle wohlbehalten aus dem alten Gemäuer heraus und schlenderten vergnügt zum Auto zurück. Melli drehte sich im Gehen noch einmal um und winkte in Richtung Burg.

»Gute Nacht, Schleiereulen!«, rief sie dabei lachend. Isi drehte sich ebenfalls um. Sie blickten auf die schwarze Silhouette der mächtigen Anlage, über der sich nun, ungestört durch die Stadtlichter aus dem Tal, ein prachtvoller Sternenhimmel ausbreitete. Isi lächelte und verkündete flapsig: »Sonnenstein im Sternenschein!«

Gut gelaunt drehten sich die Mädels wieder nach vorne und holten zu Tim und Anna auf, die ruhigen Schrittes auf den Jeep zugingen. Abermals hüpften die vier Kameraden in das seit Stunden an der kalten Luft geparkte

Fahrzeug. Tim startete den Motor augenblicklich, nachdem er Anna auf ihren Sitz geleitet hatte und selbst eingestiegen war. Die Heizung des Autos sollte so schnell wie möglich anspringen und die Insassen aufwärmen. Der Motor brummte auf und der Wagen setzte sich in Bewegung, während Melli und Isi sich ihre Arme und Hände rieben.

»Burg Sonnenstein«, sagte Melli träumerisch, nachdem sie einfach keine Lust mehr hatte, durch dieses Reiben an Wohlfühlwärme zu gewinnen. »Ein total schöner Name. Warum sie wohl so heißt?«

»Bestimmt, weil's da immer schön sonnig ist«, versuchte Isi eine Erklärung. »Na ja, jedenfalls, wenn die Sonne scheint. Also eher im Sommer.«

»Das ist durchaus denkbar«, führte Anna weiter aus. »Die Achtnadel ist die höchste der Leyentaler Felsformationen, und sie liegt an der Nordseite des Arseltals. Folglich schaut Burg Sonnenstein nach Süden und erhält so den ganzen Tag Sonnenlicht.«

Tim bog inzwischen rechts ab, zurück auf den befestigten Wirtschaftsweg, der in die Stadt führte.

»Und im Winter«, ergänzte er, »da kriegst du die Quittung für die hohe Lage. Da bläst dir dann der Wind um die Ohren.«

»Und zwar von allen Seiten!«, lachte Melli.

»Ja!«, flachste Isi drauf los. »Da müssen die Mauern auch allen Winden trotzen.«

Die vier Freunde lachten. Ganz unbeschwert nahmen sie Isis Worte als Scherz auf. Und ja, als solcher waren sie auch gemeint. Doch sie alle verstummten daraufhin ganz gedankenversunken. Tim ertappte sich dabei, wie er den

Fuß vom Gas nahm. Mit einem zaghaften, leisen Lacher machte er sich bemerkbar.

»Was ist?«, fragte Anna ihn mit einem Anflug von regem Interesse. »Denkst du gerade dasselbe wie ich?«

Tim nahm den Fuß ganz vom Gas und bremste den Wagen ab. Dann drehte er sich nach rechts, um seinen Gefährtinnen in die Gesichter zu sehen.

»Was meint ihr?«, fragte er erwartungsfroh. »Inmitten der Sonne, könnte das vielleicht …?«

»Dieser merkwürdige Brunnen, oder was das sein soll«, beschrieb Melli leise. »Ich find schon, dass der wie eine Sonne aussieht, so mit Strahlen aus Mäuerchen, oder?«

Auch Isi und Anna sahen sich lächelnd in der Runde um. Isi klatschte begeistert in die Hände, und Anna legte ihre Fäuste mit einem Strahlen im Gesicht unter dem Kinn zusammen. Tim warf ruckartig den Rückwärtsgang ein. Hastig wendete er auf dem schmalen Wirtschaftsweg in drei Zügen und brauste bergauf, zurück zu Burg Sonnenstein. Ein klein wenig driftete er sogar, als er in die Zufahrt zur Ruine abbog. Dann schließlich rutschte der Wagen mit einer Vollbremsung zwei Meter über den Basaltsplitt, der vor dem Eingang zur Burg ausgebracht war. Tim war so dicht wie möglich an das alte Bauwerk herangefahren. Mit klopfenden Herzen stiegen die Freunde aus. Ihre Handylichter leuchteten wild umher, als sie in die zentrale Kammer mit der sonnenförmigen Steinstruktur rannten. Sie sprangen über die niedrigen, strahlenartigen Mäuerchen und postierten sich rund um den Steinring, der in ihrem Zentrum lag.

»Ist es hier?«, hauchte Melli außer Atem. »Ist hier der Ort, an dem der Säbel liegt?«

»Das wäre doch möglich, nicht wahr, Liebster?«

»Ich denke schon. Dürfte nichts dagegen sprechen, schätz ich.«

Zusammen hielten Tim, Melli und Isi ihre Handys in das steinerne Rund. Doch außer moosigem und mit Flechten überzogenem Kalkfelsen fanden sie nur einige zerschlagene Bierflaschen.

»Das ist massiver Felsen«, beschrieb Tim den Boden des Mauerrings. »Hier kann keiner was vergraben haben.«

»Aber die Verse des Gedichts passen genau zu diesem Ort!«, hielt Anna dagegen. »Vielleicht war dieser Ring einst mit Erde gefüllt? Eine Art zentrales Blumenbeet, und darin vergrub Antoinette den Säbel?«

»Vielleicht hat sie ihn ja mit der Spitze in den Boden gesteckt?«, schlug Isi eine Theorie vor. Tim schüttelte den Kopf.

»Nein«, widersprach er. »In der Legende ist eindeutig nur von dem Griff des Säbels die Rede. Cléments Bruder brachte Antoinette nur den Griff des Säbels. Die Klinge muss also von vorneherein fehlen. Und Annas Idee mit dem Blumenbeet klingt zwar realistisch, doch in dem Fall wäre der Griff eindeutig schon mal ausgegraben worden, denn er ist ja nicht hier.«

»Und wenn der Finder ihn einfach behalten hat?«, meinte Melli. »Ohne irgendwem was zu sagen?«

»Das wäre Scheiße«, antwortete Tim grimmig. »Dann werden wir es sehr wahrscheinlich nie rausfinden.«

»Zu dumm!«, gab Anna enttäuscht hinzu. »Und dabei wähnte ich uns beinahe schon am Ziel.«

»Wär zu schön gewesen, Süße«, raunte Tim ihr tröstend zu. »Wir müssen jetzt anders weitermachen.«

Jeder der vier musste zugeben, dass die Enttäuschung letztendlich doch sehr groß war. Cléments Name wies eindeutig auf Leyental hin, und Antoinettes Gedicht passte vortrefflich auf Burg Sonnenstein. Dies musste der Fundort des Säbelgriffs sein! Warum war er bloß nicht hier? Diese Gedanken ließen insbesondere Anna nicht los. Ihre Bekümmernis blieb von ihrem Freund nicht unerkannt.

»Hey, Kopf hoch, Süße!«, versuchte er, ihr Mut zuzusprechen. »Noch ist nichts am Arsch. Wir können den Säbel immer noch finden.«

»Ich wünschte, ich könnte deine Zuversicht teilen«, antwortete Anna bedrückt. »Die Situation ist nun sehr stark verändert. Ich weiß nicht … Ich bin womöglich etwas zu naiv an dieses Vorhaben herangegangen.«

»Wie meinst du das?«

»Ich ging von der Annahme aus, dass außer uns niemand von dem Geheimnis wüsste, und, nun ja, dass wir die Suche in aller Ruhe und zu unserer persönlichen Freude durchführen könnten. Nun ist nur allzu deutlich geworden, dass mehr Leute ihre Hände im Spiel haben, als uns bewusst war, und möglicherweise sind wir so sehr ins Hintertreffen geraten, dass wir nun das Nachsehen haben. Dabei wollte ich es doch für Oma Leni tun.«

»Nee, Anna«, versuchte Tim, tröstende Worte zu finden. »Ich finde, jetzt siehst du's zu pessimistisch.«

»Is so«, bekräftigte Isi sanft. »Wenn Caroline und die Uebelacker das Ding vor uns gefunden hätten, dann ständ's doch längst in der Zeitung.«

»Eben«, nickte Tim. »Und diese Caroline hätte heute Abend keinen Grund mehr gehabt, dich einzuschließen.«

»Und wenn ich recht habe«, wandte Anna ein, »und ein völlig Unbeteiligter hat den Griff ausgegraben und einbehalten?«

»Wenn du richtig liegst«, entgegnete Tim und deutete mit dem Kinn in den Mauerkreis, »und das hier war wirklich mal mit Erde gefüllt, dann muss das sehr lange her sein. Und in dieser langen Zeit wäre der Griff ganz bestimmt irgendwo aufgetaucht.«

»Das würde dann aber zwangsläufig bedeuten …«, begann Anna mit einem sachten Zweifeln.

»Ganz genau«, fuhr Tim mit einem energischen Nicken fort, »dass das hier nicht der Ort wäre, den wir suchen.«

»Meinst du das ernst, Trip?«, warf Melli ein und sah Tim voller Skepsis an. Anna dagegen blickte still und regungslos in die Steinsonne.

»Deine Überlegungen sind einleuchtend«, sprach sie zart, und ihr Gesichtsausdruck wurde wieder recht grüblerisch. »Nun haben wir zwar ebenfalls einigermaßen lange gebraucht, um an diese Stelle zu gelangen, doch letzten Endes muss jeder, der auf der Suche nach dem Säbel ist, hier ankommen.«

Sie blickte auf und sah Isi an.

»Dies hier ist zweifellos zu einfach, Isi. Sicher mag Antoinette gewollt haben, dass das Versteck entdeckt wird, doch nicht von jedermann. Es gab zu ihren Lebzeiten zu viele Personen, die ihre Verbindung mit Clément missbilligten und daher ihre Bemühungen zunichte gemacht hätten.«

»Stimmt!«, rief Melli aus. »Die Stelle musste ja auf jeden Fall lange genug geheim bleiben, dass keiner aus ihrer Familie sie aufspüren konnte.«

»Och, Mann!«, maulte Isi mit einem gequälten Lachen. »Das hier hat so toll zu dem Gedicht gepasst. Das wär einfach perfekt gewesen.«

»Aber Anna hat recht«, unterstrich Melli die neue Erkenntnis. »Burg Sonnenstein. Das gemauerte Sonnensymbol. Das alles ist vielleicht wirklich zu naheliegend.«

»Toll!«, meckerte Isi. »Dann fangen wir wieder ganz von vorne an.«

»Keineswegs!«, sprach Anna nachdrücklich. »Was wir heute herausgefunden haben, bleibt gültig. Wir müssen nur einen anderen Ort finden, auf den Antoinettes Zeilen zutreffen.«

»So will ich dich hören!«, freute sich Tim und drückte Anna lächelnd an sich. Sie legte ihr Gesicht seitlich an seinen Hals und gab ihm einen süßen Kuss auf den Unterkiefer. Schließlich merkten die Freunde wieder, wie ihnen die kalte Luft in die Hosenbeine kroch. Also verabschiedeten sie sich abermals von dem geheimnisvollen Ort und gingen zurück zum Auto.

Kapitel 10

Es war die erste Adventswoche. Tim und Michael hatten schon in der Woche vor der Party alle Hände voll zu tun gehabt, um zusammen mit ihren Kollegen die Weihnachtsbeleuchtung in der Stadt aufzuhängen.

Nun spiegelten sich im nassen Asphalt in diesem beginnenden, feuchtmilden Dezember nicht nur die Straßenbeleuchtungsanlagen, sondern auch die zahllosen LED-Lichter der offiziellen, städtischen Festdekorationen. Die Schaufensterdekorationen in der Fußgängerzone der Altstadt fügten ihren Teil zur weihnachtlichen Stimmung hinzu. Eine Reihe von Weihnachtsmärkten würden schon bald rings um den riesigen Christbaum auf dem alten Marktplatz vor dem Rathaus stattfinden. Es war die wohlbekannte und allerorts gleichsam ablaufende Zeit, in der das Bild der Städte in friedlichem Glanz festliche Ruhe ausstrahlte, die Menschen dagegen in eine nervöse Hektik verfielen, um alles Wichtige noch vor den Weihnachtstagen erledigt zu bekommen. Es war dieser Kontrast zwischen stimmungsvoller Ruhe und stressiger Betriebsamkeit, der das Gemüt der Menschen bestimmte, und das freilich nicht nur in Leyental.

Die mächtigen Mauern von Burg Aarstein tauchten langsam ins Dunkle. Vor dem in der Dämmerung schwächer werdenden Licht des Himmels waren die alten Gemäuer dabei, allmählich vor den Wolken zu verschwinden. Doch dazu kam es nicht, denn kurz bevor es soweit war, sprangen die leistungsstarken Flutlichter an, die auf

der gesamten Anlage verteilt installiert waren. Nun erstrahlte die Burg in einem angenehm gelben Schein. Das
von den Mauern reflektierte Licht fiel durch das Fenster
und beleuchtete sanft das Gesicht von Vanessa zur Heyden.

Vanessa war es gewohnt, diesen Vorgang vom Fenster
ihres Zimmers aus zu erleben. Und sie genoss es. Tag für
Tag. Immer wieder verfolgte sie geduldig das Lichter-
spiel, wobei sie oft versuchte, mit ihrer Digitalkamera das
eine oder andere gelungene Foto einzufangen. Heute jedoch war kein solcher Tag. Vanessa begnügte sich damit,
den entscheidenden Moment, da die Burgbeleuchtung
ansprang, zu verfolgen und sich dann wieder umzudre-
hen und in melancholische Gedanken vertieft in ihrem
Zimmer herumzugehen. Ab und an blieb sie sinnend stehen. Dann fiel ihr immer wieder irgendein Gegenstand
ins Auge, der ihre Gedanken für einen Moment ablenkte.
Mal war es eines ihrer Bücher, mal war es ein Schmuckstück ihrer Mutter, das sie vor längerer Zeit einmal mit
auf ihr Zimmer genommen hatte. Da sah Vanessa verhalten das Schminkköfferchen an, das mit zugeklapptem,
aber nicht verschlossenem Deckel in der Ecke eines untergeordneten Regals stand. Es war ein altes Schminkset
ihrer Schwester. Ein offener, vorne bereits abgerundeter
Lippenstift lag vor dem Koffer auf dem Regalbrett. Er
musste schon einige Tage lang dort liegen. Vanessa
wusste nicht mehr, wann genau sie ihn herausgenommen
und abgelegt hatte. Sie streckte ihre Hand nach ihm aus
und hob ihn hoch. Sie betrachtete ihn eine Zeit lang, dann
schwenkte ihr Blick zu einem der Spiegel auf den Türen
ihres Kleiderschranks. Sie sah dem hageren Mädchen, das

sie unsicher anblickte, für einen Moment ins Gesicht. Dann schlug sie die Augen nieder und legte den Lippenstift zurück. Sie legte ihn nicht auf das Regalbrett, sondern klappte das Köfferchen auf und platzierte ihn in dessen Innerem, woraufhin sie den Deckel des Köfferchens hinunterdrückte, bis es klickte. Nun stand Vanessa da, fasste den Ellenbogen ihres linken Armes mit der rechten Hand und zog ihn an ihren Körper heran. Wieder sah sie in den Spiegel. Sie wandte sich ab und näherte sich ihrem Schreibtisch, von dem nicht behauptet werden konnte, dass er perfekt aufgeräumt war. Im Großen und Ganzen waren es ihre Schulsachen, die den großen Ahornholztisch bedeckten, doch lagen dort auch ein paar verteilte Fotografien herum. Vanessa nahm eines der Fotos in die Hand. Es war ein Foto von Tim und Anna, das am Tag der Tauffeier ihres jüngsten Bruders im großen Saal des Hotels ihres Vaters aufgenommen worden war. Vanessa betrachtete das Bild und lächelte ganz zaghaft. Tim stand dort in seinem Windsor-Anzug, die Füße mehr als schulterbreit auseinander und mit einem breiten Grinsen im Gesicht. Ihre Cousine aber hatte, wie sie es von ihr nicht anders gewohnt war, eine vornehme, aufrechte Haltung an den Tag gelegt. Noch eine ganze Weile schaute Vanessa sich das Foto an. Dann drehte sie sich wieder um. Das Mädchen im Spiegel sah wieder mit zweifelndem Blick an ihr herab. Es atmete einmal tief ein, dann hob es den Blick und sah Vanessa in die Augen. Vanessa ließ die Hand mit dem Foto sinken. Sie versuchte, ihren Rücken durchzudrücken und die Schultern nach hinten zu nehmen. Sie ging auf die Zehenspitzen und beugte ein Knie zart nach vorne. Das Mädchen im Spiegel machte alles mit, doch dann seufzte es und ließ seinen Körper wieder erschlaffen. Da zuckte sie zusammen. Ihre Zimmertür war mit einem lauten Ruck aufgestoßen und gegen die seitliche Wand geworfen worden.

»Hey, Spargel, Papa hat nach dir gefragt!«, rief eine flapsige Jungenstimme. Vanessa schnappte nach Luft und fuhr herum.

»Weswegen?«, erkundigte sie sich sofort.

»Keine Ahnung«, erwiderte Gabriel gelangweilt. »Ich hab nur mitgekriegt, dass er gefragt hat, wo du wärst. Kann sein, dass er gar nix von dir will. Aber besser, du gehst mal hin.«

»Ja«, nickte Vanessa. »Wo ist er denn gerade?«

»In seinem Büro.«

Nach dieser lapidaren Bemerkung ließ Gabriel die Türklinke los und verschwand zur Seite hin in den Flur. Vanessa beschloss, lieber einmal nachzuhören, ob ihr Vater möglicherweise ein Anliegen hatte. Sie schlüpfte in ihre Hausschuhe und trat in den Flur. Auf dem dicken Teppichboden erzeugten ihre Schritte kein Geräusch, es sei denn, sie schlurfte. Sie neigte bisweilen zum Schlurfen und wurde daher häufig von ihren Eltern ermahnt, es nicht zu tun. Sie zog ihre Zimmertür zu und ging zum Ende des Flures, wo sie die breiten Eichenstiegen hinab schritt. Auf dem groben Steinbelag im Flur des Erdgeschosses schlurfte sie dann doch ein wenig. Es bekam aber offenbar niemand mit. Vor der großen Tür zum Büro ihres Vaters blieb sie stehen. Die war nur angelehnt. Vanessa konnte hören, wie Ansgar im Inneren des Raumes seine Papiere auf dem schweren Schreibtisch hin und her sortierte. Zaghaft klopfte sie an die Tür.

»Ja, bitte!«, dröhnte Ansgars Stimme kräftig an Vanessas Ohren. Sie drückte die Tür mit beiden Händen auf und trat ein, wobei sie sich sogleich umdrehte, um das massive Türblatt wieder zuzudrücken.

»Vanessa!«, rief Ansgar zur Begrüßung, als seine Tochter sich wieder zu ihm hingedreht hatte. »Was möchtest du?«

»Nichts weiter«, antwortete Vanessa leise. »Gabriel sagte mir vorhin, dass du nach mir gefragt hättest. Da wollte ich einmal nachhören.«

»Das ist sehr aufmerksam von dir, Vanessa«, sprach Ansgar kraftvoll, »doch ich wollte bloß wissen, wo du bist.«

»Ich war nicht in den Kammern, Papa«, beteuerte Vanessa augenblicklich. »Ich war noch nicht einmal auf der Burg. Ganz ehrlich. Ich war auf meinem Zimmer.«

»Schon gut, Vanessa«, erwiderte Ansgar beschwichtigend. »Ich hatte dich nicht im Verdacht, unerlaubt die Kammern betreten zu haben.«

Vanessa entspannte sich etwas. Sie nickte zart und ergriff mit der rechten Hand ihren linken Unterarm und rieb an ihm auf und ab, während ihre Augen unsicher im Raum umherblickten. Sie bemerkte ihre Körpersprache selbst und ließ mit einem ungeduldigen Schwung ihre rechte Hand nach unten fallen.

»Aber wo du schon mal da bist«, sprach ihr Vater weiter, »kannst du mir kurz zur Hand gehen. Sei bitte so lieb und bring mir die Kladde mit den Entwürfen der Burgführungen für dieses Jahr her!«

»Wo ist sie denn?«, fragte Vanessa vorsichtig nach. Ansgar wies mit einem angedeuteten Fingerzeig seiner

linken Hand, die er in Faustform auf seiner Schreibunter-
lage abgelegt hatte, zu dem wuchtigen Sideboard an der
Zimmerwand hin.

»In der mittleren Schublade«, kommentierte Ansgar
seine Geste.

Vanessa sah zu dem hüfthohen Schrank rüber. Er hatte
unten vier niedrige Türen und darüber drei Zeilen aus je
vier Schubladen. Vanessa schaute recht verwirrt drein. Sie
nahm Atem, um etwas zu sagen, doch dann schloss sie
den Mund und ging auf das Sideboard zu. Welche war
nun die »mittlere« Schublade? Es kamen für diese Position zwei Schubladen in Frage. In einer von beiden
musste die Kladde sein, die Papptasche mit den Dokumenten, die ihr Vater haben wollte, also konnte es
schlimmstenfalls einen Fehlversuch geben. Deswegen
würde er sicher nicht schimpfen, hoffte Vanessa. Sie entschied sich, zuerst die linke der beiden mittleren Schubladen herauszuziehen. Was sie dort erblickte, sah nicht
wie eine Kladde aus. Es waren stattdessen einige beige-
farbene DIN-A4-Blätter mit blauer Schrift, die auf dem
Boden des Schubfachs lagen. Das auffälligste aber war
ein schmales Stück Papier, ein pergamentartiger Streifen
mit ausgefransten Rändern. Er sah alt aus und war mit
vier Zeilen in einer altmodischen, stark verblassten Handschrift beschrieben. Könnte er zu den Unterlagen aus
Annabelles Mappe gehören? Aber was machte er dann
hier im Büro des Vaters? Und warum war die Schrift
kaum noch zu erkennen?

Vanessas Neugier war entfacht. Ob sie es wagen
durfte, sich das Schriftstück einmal genau anzusehen?
Unsicher hob sie die Hand über den Rand der Schublade.

»Vanessa!«

Ein Schreck zuckte durch Vanessas Körper, als ihr Vater ihren Namen rief. Hastig drehte sie sich zu Ansgar hin. Ihre Wangen und ihre Ohren erröteten.

»Die mittlere, Schublade, Vanessa! Bitte sei so gut!«

»Ja, natürlich«, stammelte Vanessa, »aber hier sind halt zwei …«

»Ach, Vanessa, ich bitte dich!«, wehrte Ansgar ungeduldig ab. »Ich habe nicht den ganzen Tag Zeit. Bring mir jetzt bitte die Kladde aus der mittleren Schublade!«

Nervös fuhr Vanessa herum und hantierte mit dem Griff der rechten Schublade. Kurz darauf zog sie das Fach auf und fand darin zu ihrer Erleichterung eine Papptasche mit Dokumenten. Sie nahm sie hervor und brachte sie eifrig zu ihrem Vater.

»Danke«, brummte der und nahm die Mappe entgegen ohne aufzusehen. Vanessa eilte zurück zum Sideboard, um die Schubfächer wieder zu schließen. Das rechte drückte sie sogleich in den Schrank zurück, doch beim

238

linken zögerte sie. Sie wandte sich abermals rasch zu ihrem Vater hin, der bereits mit gesenktem Haupt in seine Dokumente vertieft war. Vanessa öffnete den Mund und holte Luft. Doch dann schoss sie ihre Lippen wieder und drehte sich zur Schublade hin. Sie schaute hinein. Sie langte nach dem schmalen, altertümlichen Papierfetzen und berührte ihn mit den Fingern. Ganz leise, beinahe unhörbar, knisterte er. Er musste alt sein. Ganz bestimmt war er ähnlich alt wie die Unterlagen, die Annabelle vor kurzem mitgenommen hatte. Noch einmal drehte Vanessa langsam ihren Kopf zu Ansgar hin. Der saß immer noch da und brütete über seinen Unterlagen. Da zog Vanessa leise und verstohlen ihr Handy aus der Hosentasche. Ganz langsam hob sie es vorne an ihrem Körper nach oben, bis über die Schublade. Dann kippte sie ihr Handy mit der Kameralinse voran nach unten, aktivierte die Kamerafunktion und nahm Maß für einen sauberen Schuss. Das Auslösegeräusch ließ Ansgar aufmerken. Er hob den Kopf und sah zu Vanessa hin, die den Atem anhielt und angstvoll hoffte, ihre Handlung wäre unbemerkt geblieben. Doch schon im nächsten Moment musste sie zusammenfahren.

»Vanessa?«, erklang mahnend die Stimme ihres Vaters an ihr Ohr. »Was machst du da?«

Blitzschnell führte Vanessa ihr Handy vor dem Bauch nach unten und steckte es in eine ihrer vorderen Hosentaschen. Dann erst kehrte sie ihre Front ihrem Vater zu, der ihr fordernd in die Augen sah.

»Vanessa, was hast du gemacht?«, hakte er nach.

»Nichts weiter«, antwortete seine Tochter leise und schüchtern mit gesenktem Kopf.

»Hast du gerade ein Handyfoto von dem Inhalt meiner Schublade gemacht?«

Unsicher und angstvoll nickte Vanessa.

»Und warum?«, wollte Ansgar in strengem Ton wissen. Vanessa schwieg und presste ihre Arme und Beine eng zusammen.

»Ich habe dich etwas gefragt, Vanessa! Warum fotografierst du den Inhalt meines Schrankes?«

Vanessa schnappte nach Luft und wisperte: »Dieser Zettel. Dieser alte Zettel.«

»Was ist damit?«

»Es könnte sein, dass er Annabelle weiterhilft.«

»Und dann wagst du es, ihn einfach so zu fotografieren und deiner Cousine zu senden, ohne mich zu fragen? Das kann ich dir nicht erlauben, Vanessa!«

Ansgar stand auf und ging auf seine Tochter zu. Er baute sich zu voller Größe auf und sah auf sie herab. Vanessa wich einen Schritt zurück und zog den Kopf in die Schultern. Sie wich dem Blick ihres Vaters nach unten aus.

»Hast du das Foto schon abgeschickt?«

Ein zaghaftes Kopfschütteln war die Antwort. Ansgar kniff seine Lippen zusammen.

»Gib mir dein Handy!«, befahl er kurz angebunden. Vanessa zögerte, dann wanderten ihre Finger langsam und nervös in Richtung ihrer Hosentasche. Sie wich dem Blick ihres Vaters abermals aus. An seiner großen Statur sah sie vorbei zu einem barock anmutenden Vitrinenschrank. In dessen Glas sah sie wieder ihr Spiegelbild. Wie erbärmlich es aussah! Mit eingezogenem Kopf, nach vorne hängenden Schultern und rundem Rücken starrte das Mädchen im Spiegel sie an. Vanessa presste die Augenlider zusammen. Sie begann, schneller und tiefer zu atmen.

»Gib … mir … sofort … dein … Handy!«, verlangte Ansgar betont und Wort für Wort mit drohender Stimme. Doch Vanessa nahm ihre Finger wieder von der Hosentasche weg. Sie drückte ihren Rücken durch, riss ihre Schultern nach hinten und hob ihr Kinn. Dann öffnete sie ihre Augen und starrte ihrem Vater ins Gesicht.

»Nein!«, hauchte sie.

Für ein paar Sekunden herrschte Schweigen in Ansgars Büro. Damit hatte er nicht gerechnet.

»Wie war das bitte?«, fragte er nach, als hätte er seine Tochter nicht verstanden.

»Ich habe ›Nein!‹ gesagt«, sprach Vanessa in ruhigem Ton in Zimmerlautstärke. Ihr Herz schlug ihr bis zum Hals. Ansgar kniff die Augenbrauen zusammen und sah seine Tochter mit großer Verwunderung an. Seine drohende Haltung wich zurück.

»Du bekommst mein Handy nicht!«, rief Vanessa. »Niemand bekommt es! Es gehört mir! Hast du verstanden, Papa?«

»Vanessa!«, ermahnte Ansgar sie. »Würdest du dich bitte mäßigen! Es gibt keinen Grund …«

»Nein!«, schrie Vanessa ihn an. »Hörst du das? Ich sage Nein! Und du musst es akzeptieren, weil dir gar nichts anderes übrig bleibt!«

Da wurde die Tür von außen etwas weiter aufgeschoben. Edeltraud zur Heyden blickte mit besorgter Miene durch den Türspalt. Dann trat sie ein und stellte sich zu ihrem Mann und zu ihrer Tochter.

»Was ist denn hier los?«, erkundigte sie sich fassungslos. Vanessas Atmung verlangsamte sich, als sie ihre Mutter anblickte. Ansgar hauchte einen angedeuteten Lacher aus.

»Nun«, begann er, »unsere Tochter hat sich dazu entschlossen, den Aufstand zu proben.«

Vanessa schüttelte kurz den Kopf. Ihr Gesicht zeigte Unverständnis über die Äußerung ihres Vaters. Doch sie zeigte sich stolz. Sie richtete sich nun vollends auf, ihr Kinn parallel zum Boden, die Schultern zurück, die Hände in den Hüften und mit einer Beinstellung, die die angestrebte Eleganz beinahe schon erkennen ließ.

»Nimm bitte zur Kenntnis, Papa«, sagte sie grimmig und in aller Entschlossenheit, »dass ich die Fotografie deines Dokumentes behalten werde. Sei versichert, dass ich sie lediglich verwenden werde, um dazu beizutragen, das Rätsel um die Halskette von Antoinette de la Garrigue zu lösen.«

»Was soll das, Vanessa?«, fragte Ansgar bestimmt. »Was ist in dich gefahren? Und warum sprichst du wie deine Cousine Annabelle?«

»Vielleicht, weil ich für den Moment ein Vorbild brauche?«, antwortete Vanessa schnippisch fragend. »Ich hatte bisher keins, das ich für erstrebenswert hielt.«

»Vanessa!«, versuchte Ansgar, seine Tochter zu bremsen, »Sag das nicht! Du bist im Augenblick sehr wütend.«

»Ach ja?«, fuhr Vanessa ihn an. »Dazu hab ich ja wohl jedes Recht, meinst du nicht? Ich verlange ab sofort von dir, dass du mir endlich zuhörst! Und wo wir davon sprechen: Dein dummer Schrank hat keine mittlere Schublade!«

Mit diesen Worten drehte Vanessa sich um und ging zur Tür hinaus. Im Flur blieb sie stehen und sah noch einmal zu ihren Eltern hin.

»Wenn schon, dann hat er zwei!«, rief sie ihrem Vater in ihrer großen Verärgerung zu. Mit energischen Schritten lief sie die Treppe hinauf. Auf dem Weg zu ihrer Zimmertür lief Gabriel ihr mit einem spöttischen Grinsen entgegen.

»Hey, Spargel!«, feixte er. »Bisschen mies drauf heute, he?«

Noch im Gehen ergriff Vanessa das Ohr ihres Bruders und kniff feste zu. Er fing an zu schreien.

»Auu! Aaaah!«

Vanessa zog ihn am Ohr zur Wand des Flurs und zupfte seinen Kopf kräftig nach oben. Gabriel jammerte und winselte.

»Und wenn du mich jemals wieder Spargel nennst«, zischte sie ihn an, »dann haue ich dich windelweich, du kleiner, schäbiger Troll! Hast du verstanden?«

Gabriel verkniff sein Gesicht vor Schmerzen.

»Jaaa!«, wimmerte er gequält. »Jaa! Lass mein Ohr los! Bitte!«

Vanessa entsprach seiner Bitte und ließ los. Sie grinste ihm zum Abschluss hämisch ins Gesicht, zog ihm eine Schnute und verschwand in ihrem Zimmer. Der Knall der zuschlagenden Tür hallte durch den Flur.

»Nun«, nahm Ansgar einen tiefen Atemzug, »das war ja bemerkenswert.«

»Was verwundert dich denn so?«, fragte Edeltraud ihn von der Seite und lächelte mild.

»Das Verhalten unserer Tochter! Sie war heute zum ersten Mal wütend auf mich.«

»Nein, Ansgar. Sie war schon öfter wütend auf dich. Sie hatte nur bis heute nicht die Stirn, es dir zu sagen.«

»Ist das so?«

»Ja, mein Lieber, es ist so. Ich habe dich mehr als einmal beschworen, etwas mehr auf sie einzugehen, ihr etwas Verständnis entgegenzubringen.«

Ansgar runzelte die Stirn und fasste sich ans Kinn.

»Aber«, erwiderte er, »ich wollte doch nichts weiter, als auf sie einzuwirken, damit sie stark und selbstbewusst wird.«

Edeltraud lächelte gütig.

»Wie oft habe ich dir schon gesagt«, beharrte sie, »dass sie ein gänzlich anderer Mensch ist als du. Oder als Marilena. Wie oft hat sie bei mir geweint, weil sie sich von euch so unsagbar unter Druck gesetzt fühlte. Aber du wolltest davon nichts hören.«

»Ich war eben der Ansicht, dass die alltägliche Härte des Lebens das beste Umfeld ist, um einen Menschen zu formen. Ich wollte, wie du, nur ihr Bestes.«

»Und an dieser Einstellung wäre sie beinahe zerbrochen. Ich schlage vor, du hörst nun einmal auf mich. Gib ihr ein wenig Zeit, um über das heute geschehene zu reflektieren, und dann gehe zu ihr und sprich mit ihr. In Ruhe.«

»Hältst du das für den besten Weg?«

»Ja. Sie wird es dir ansonsten ihr Leben lang nachtragen.«

»Hm. Wahrscheinlich hast du recht. In Ordnung, ich werde deinem Vorschlag folgen.«

Kapitel 11

Da die Weihnachtszeit für gewöhnlich an Tim vorüberging, oder besser gesagt, da Tim stets an der Weihnachtszeit vorüberging, fühlte er sich außerhalb dieser Vorgänge und betrachtete das Geschehen mit unverhohlenem Vergnügen von außerhalb, so auch während der Arbeit mit Michael.

»Guck mal da unten, Hawkens!«, lästerte er. »Da wuseln sie wieder rum und machen sich 'nen Kopp, ob sie an Heiligabend zu ihren Plastikwürstchen lieber Kartoffelsalat oder Nudelsalat machen sollen.«

Die beiden Freunde standen an diesem Mittwochnachmittag fünf Meter hoch über dem gepflasterten Boden der Fußgängerzone ihrer Heimatstadt im Arbeitskorb des orangefarbenen Steigerwagens der Straßenmeisterei und waren damit beschäftigt, ein sich über die gesamte Straße spannendes Lichterbanner mit LED-Sternen, das nicht richtig funktionieren wollte, wieder in Gang zu bekommen.

»Fängst du schon wieder an, he?«, lachte Michael. »Denk mal dran, dass es auch Leute gibt, die gerne Weihnachten feiern.«

»Ja, ich weiß«, fügte Tim ebenfalls heiter hinzu. »Du bist auch einer von ihnen.«

»Und? Was dagegen?«, höhnte Michael lauthals, während er gewissenhaft an einem defekten Kabel herumhantierte.

»Nöö, nöö«, wehrte Tim lässig und flapsig ab, »ist ja deine Sache. Kannst du halten wie 'n Dachdecker.«

»So«, murmelte Michael sich in den Bart und nahm seine Hände samt Werkzeug von dem Kabel. Dann brüllte er: »Strom!«

Zwei Sekunden später strahlten die zahllosen LED-Lämpchen des Banners ruhig und ganz ohne Flackern weithin sichtbar durch die Innenstadt. Tim hatte inzwischen begonnen, den Hebel zum Herablassen der Arbeitsbühne zu betätigen. Summend faltete sich der eiserne Ausleger über dem Fahrzeug zusammen.

»Du feierst doch dieses Jahr selber Weihnachten«, warf Michael seinem Kumpel zu, »bei Anna.«

»Das ist korrekt«, grinste Tim. »Ich bin schon ganz gespannt. Wie läuft denn sowas ab?«

»Also«, überlegte Michael, »wie das bei Annas Leuten abläuft, weiß ich nicht, aber normal gibt's gegen Abend was zu essen, dann ist Bescherung … Du weißt doch, was Bescherung ist, oder?«

»Ja, vom Hörensagen und aus'm Fernsehen. Man sitzt beim Weihnachtsbaum zusammen und schenkt sich gegenseitig was.«

»Genau«, nickte Michael, »und später geht man dann in die Kirche.«

»In die Kirche?«, wiederholte Tim mit aufgerissenen Augen. »Ich muss in die Kirche? Wieso denn in die Kirche?«

»Weil Weihnachten ist«, antwortete Michael. »Da gehen alle in die Kirche. Weil Jesus geboren ist.«

Tim warf gequält den Kopf in den Nacken.

»Oooooch!«, jammerte er mit gequälter Stimme. »Ich hab aber keinen Bock, in die Kirche zu gehen. Das wird total langweilig.«

»Was hast du für'n Problem, Alter?«, lachte Michael lauthals. »Du feierst Weihnachten bei Anna, Mann! Weißt du eigentlich, was für'n Glückspilz du bist? Du hast 'ne sauhübsche Freundin. Und an Weihnachten macht sie sich mit Sicherheit extra schön für dich. Und ihre Eltern haben mega die Kohle. Überleg mal, was die zu Futtern auffahren werden! Da wirst du ja wohl in den sauren Apfel beißen können, oder?«

»Jaa«, gab Tim widerwillig zu. »Aber ausgerechnet Kirche! Da wird immer gesungen. Ich kenn kein einziges von den Liedern. Und wenn man nicht mitsingt, wird man blöd angeguckt. Und ich weiß nicht, wann man aufstehen muss und wann man sich setzen darf. Das wird total peinlich!«

»Jetzt jammer nicht rum!«, rief Michael, sichtlich amüsiert über die »Sorgen« seines Freundes. »Reiß dich zusammen und zieh's einfach durch, okay.«

»Ja, ist ja schon gut«, brummte Tim und murmelte verdrossen: »Kirche. Ausgerechnet Kirche.«

Die schwere Eingangstür im Haus der Jugend knarrte leise. Anna war von der Schule aus direkt hierher gekommen, um Tim und die ganze Truppe zu treffen. Nun trat sie in den breiten, gefliesten Flur. Mit ihren hohen Absätzen trat sie vorsichtig und daher beinahe lautlos auf den harten Boden. Sie blieb stehen und hielt den Türgriff fest, um den lauten Rumms zu unterdrücken, mit dem die Tür ansonsten ins Schloss gefallen wäre. Für ihre Freunde im Haus der Jugend war dies inzwischen zu ihrem Markenzeichen geworden. Wenn jemand rein kam, und es rummste nicht, dann war es Anna. Sie blieb für gewöhnlich auch erst einmal für einen Moment stehen, eben weil sie stets sorgsam die Tür zumachte. Dann erst schritt sie in den Gemeinschaftsraum, wobei das Klackern ihrer feinen Schuhe hörbar wurde.

Heute war wohl um diese Zeit noch nichts los. Aus Hermanns Büro klangen gedämpfte, brummende Stimmen. An der Theke am Ende des Raumes saß Mike, als einziger des Freundeskreises, auf einem der Barhocker. Anna schritt auf ihn zu, die rechte Hand am Riemen ihrer großen Fendi-Handtasche.

»Hallo, Mike«, grüßte sie freundlich und blieb vor ihm stehen. Mike saß ganz lässig dort, mit der Front zu Anna hin, die Lende an den Rand der Theke gelehnt und tippte mit den Daumen auf seinem Smartphone herum, das er in beiden Händen hielt. Seine riesenhaften Kopfhörer hatte er zwar auf dem Kopf, doch leicht hinter den Ohren sitzen. Anna bemerkte, dass im Augenblick keine Musik aus ihnen drang.

»Hmm«, machte Mike zur Begrüßung ohne aufzusehen. Er tippte emsig weiter auf seinem Handy. Dann schauten seine Augen kurz an seinem Smartphone vorbei auf Annas Beine.

»Das ist ja eine charmante Begrüßung«, schmunzelte sie stolz. Mike war offenbar sehr damit beschäftigt, ganz vertieft mit jemandem zu schreiben.

»Hey«, grüßte er langgezogen ein weiteres Mal. Anna sah ihn an und lächelte amüsiert. Und wieder schielte Mike an seinem Handy vorbei und musterte ihre Beine.

»Wenn du mich suchst, ich bin hier oben!«, spöttelte Anna und wedelte zart mit den Fingern neben ihrem Gesicht.

»Ha, ha!«, kam es spöttisch von Mike zurück, der immer noch nicht daran dachte, Anna ins Gesicht zu sehen. »Bild dir nix ein. So toll find ich dich nicht.«

Anna zuckte gleichgültig lächelnd mit den Schultern und schickte sich an, sich zwei Plätze weiter rechts ebenfalls auf einen Barhocker zu setzen.

»Na schön«, flötete sie und hüpfte auf den Hocker. Sie schlug ihre Beine elegant übereinander und suchte nach einem Platz, um ihre Handtasche abzulegen. Da regte Mike sich schließlich doch.

»Hör zu«, brummte er. »Ich will dir nicht an den Karren fahren, aber du bist halt 'n bisschen komisch, deswegen.«

»Na, vielen Dank!«, gab Anna ihm leicht ironisch zurück. »Und das von dem Mann, der seine Unterhaltungselektronik als Hut benutzt.«

Entrüstet ließ Mike sein Handy auf den Schoß sinken.

»Siehst du?«, stieß er genervt hervor. »Genau das mein ich. Immer redest du so arrogant. Und warum musst du direkt über meinen Style lästern?«

»Na, ich muss doch sehr bitten«, hielt Anna gewohnt nüchtern und monoton dagegen. »Was erwartest du denn, wenn du mich zweimal beleidigst? Sei froh, dass das alles war!«

»Ich hab dich nicht beleidigt«, trotzte Mike und machte weiter, mit seinem Handy zu schreiben.

»Wie du meinst«, replizierte Anna kühl. »Ich lasse dich ab jetzt ungestört mit deinem Freund schreiben.«

»Ich schreib nicht mit meinem Freund, wenn du es genau wissen willst.«

»Sei's drum.«

»Ich schreibe mit meiner Freundin.«

»Du hast eine Freundin? Wie reizend.«

»Ja, allerdings. Brauchst das gar nicht so von oben herab zu sagen.«

»Das läge mir fern. Im Gegenteil. Ich freue mich für dich. Zweifellos wird sie deinen Charme ganz umwerfend finden.«

»Es reicht jetzt, zur Heyden!«, brauste Mike auf. »Was willst du eigentlich von mir?«

»Ich will gar nichts von dir«, stellte Anna sachlich klar. »Ich würde nur gerne wissen, was du gegen mich hast. Immerhin warst du meiner Einladung zu Kaffee und Sandkuchen seinerzeit gerne gefolgt.«

»Ich bin wegen meinen Freunden mitgekommen«, knurrte Mike. Dann legte er seine Hände mit dem Smartphone wieder auf seine Oberschenkel und atmete genervt ein und wieder aus. »Ach, keine Ahnung. Ich find dich und deine Leute einfach so überheblich.«

»Und weswegen?«

»Zum Beispiel deine Klamotten. Warum ziehst du so was an? Damit willst du uns doch nur zeigen, dass du dich für was Besseres hältst.«

»Da irrst du dich gewisslich, Mike. Ich trage diese Kleidung, weil sie mir selbst ausnehmend gut gefällt.«

Höhnisch lachte Mike auf. Er schüttelte verständnislos lachend den Kopf und spottete: »Da haben wir's doch schon: Gewisslich! Ausnehmend! Was sind das für Wörter? Ich meine, wer redet so?«

»Ich rede so!«, bekräftigte Anna. »Meine Art zu sprechen ist ein Teil dessen, wer ich bin. Wenn du damit nicht fertig wirst, ist das alleine dein Problem.«

»Ach!«, wehrte Mike ungehalten ab. »Lass mich. Ich hab was Besseres zu tun als mit dir zu streiten.«

»Schön, dass du das erkennst«, schmunzelte Anna. Dann horchte sie auf, denn sie vernahm leise Geräusche von der Eingangstür her. Kurz darauf rummste es, und Tim und Michael traten froh gelaunt in den Gemeinschaftsraum. Gleichzeitig sprang die Tür von Hermanns Büro auf. Julian und Damian kamen hervor, laut feixend und bis zu den Ohren grinsend. Hinter ihnen Kevin, der verlegen und dümmlich lächelte.

»Annaschatz!«, rief Tim lachend.

»Hey Anna!«, rief auch Michael. »Na, Suddel!«

»Hey«, brummte Mike und tippte weiter auf seinem Handy herum.

»Trip! Hawkens!«, blödelte Damian. »Wisst ihr, was gerade passiert ist? Haufen hat sich auf Hermanns Schreibtischlampe gesetzt!«

Er lachte. Julian stimmte ein: »Und Motte sagt noch: Pass auf! Aber da ist die Lampe schon vom Tisch geflogen, und jetzt ist sie am Arsch! Die müsst ihr euch mal angucken!«

Tim lachte ihnen kurz zu.

»Sekunde, Leute!«

Dann wandte er sich Anna zu und scherzte: »Was ist denn mit Suddel los?«

»Er ist ein wenig missmutig«, kicherte Anna. »Er hat jetzt eine Freundin, wusstest du das?«

»Suddel! Trip!«, plärrte Damian. »Kommt gucken! Die Schreibtischlampe!«

Tim wusste nicht, worauf er zuerst antworten sollte. Angeregt durch Annas Worte sah Mike auf und blickte

Tim an. Der sah ihm lächelnd ins Gesicht und fragte verwundert: »Schreibtischlampe?«

Wie von der Tarantel gestochen sprang Mike auf.

»Jetzt reicht es!«, keifte er. »Ich hab jetzt endgültig die Schnauze voll!«

Er steckte sein Handy hastig ein und zog den Reißverschluss seiner Jacke zu.

»Ich bin weg!«, schrie er.

»Suddel, was ist los?«, erkundigte Tim sich verblüfft. »Warum gehst du so ab?«

»Halts Maul, Richthof!«, plärrte er außer sich. Dann stieß er sich zwischen Tim und Michael durch und ging wutschnaubend in Richtung Ausgang. Dort angekommen, traten gerade Alex, Melli und Isi ins Gebäude und staunten über Mikes Theater.

»Suddel!«, rief Alex. »Alter, was ist los?«

»Lass mich raus!«, schrie Mike. »Aus dem Weg!«

Doch Alex kannte die Gefühlsausbrüche seines Kumpels. Er wusste, dass er sich bald wieder abregen würde. Daher hielt er ihn an den Schultern auf und sprach eindringlich auf ihn ein, während er ihn langsam wieder in den Gemeinschaftsraum hineinführte.

»Verdammt, Suddel! Jetzt beruhig dich doch mal! Erzähl erstmal, was passiert ist.«

»Ich hab es nicht nötig, mir so was anzuhören!«, keifte Mike weiter.

»Was denn, Suddel?«, sprach nun auch Melli mit beruhigender Stimme auf ihn ein. »Was willst du dir nicht anhören?«

»Richthof, das beschissene Arschloch!«, maulte Mike. »Immer, wenn die zur Heyden hier ist, ist sie die Queen.

Aber wenn ich 'ne Freundin habe, dann muss ich mir direkt fiese Sprüche über sie anhören!«

»Was hab ich denn gesagt?«, rief Tim von weiter hinten mit ausgebreiteten Armen.

»Frag doch nicht so unschuldig, du Arschloch!«, brüllte Mike ihm zu. »Erst sagt die zur Heyden total ironisch, dass ich jetzt 'ne Freundin habe, und dann guckt du mich an, siehst, dass ich am whatsappen bin und fragst mich rotzfrech: ›Schreibt die Schlampe?‹ Das ist ja wohl das letzte Scheißverhalten!«

Zuerst war es still im Raum, weil jeder darüber nachdachte, wie Mike denn bloß auf solch eine Anschuldigung kommen konnte. Doch dann begannen Damian und Julian als die ersten der Truppe, vergnügt in sich hineinzuglucksen.

»So was hab ich nie gesagt!«, protestierte Tim, während er mit Anna an der Hand auf Mike zukam. »Ich wusste doch gar nicht, worum es ging. Motte und Boggy labern da irgendwas von Hermanns Schreibtischlampe, und plötzlich fängst du an …«

Da hielt er inne. Er musste auf einmal selber lächeln und sah zu Damian und Julian rüber, die beide feixend mit den Köpfen nickten. Dann fing er laut an zu lachen.

»Mann, Suddel«, rief er aus, »ich hab nicht ›schreibt die Schlampe‹ gesagt, sondern ›Schreibtischlampe!‹«

»Sag mal, willst du mich verarschen?«, brauste Mike wieder auf. »Nicht ›schreibt die Schlampe‹, sondern ›schreibt die Schlampe‹ … das ist doch …«

»Nein, Suddel!«, unterbrach Tim ihn mit Nachdruck und betonte übertrieben: »Schreibtischlampe! Schreib … Tisch … Lampe!«

Zusehends beruhigte Mike sich. Er schaute immer noch ein wenig ungläubig aus der Wäsche. Als er zu Julian und Damian sah, rief Julian mit Lachtränen in den Augen: »Es ist wahr, Suddel! Haufen hat Hermanns Schreibtischlampe geschrottet. Das wollten wir Trip erzählen, aber er hat's nicht direkt kapiert.«

»Mann, Trip, Alter!«, keuchte Mike. »Ich hab echt gedacht, du ziehst über meine Freundin ab.«

»Warum sollte ich?«, gab Tim zurück und zuckte mit den Schultern. »Ich kenn die doch gar nicht.«

»Sorry, Alter«, sagte Mike ganz kleinlaut, »weil ich dich so angeschissen hab.«

Tim nickte freundlich: »Schon vergessen.«

»Mir tut es auch leid, Mike«, fügte Anna hinzu. »Es lag nicht in meiner Absicht, dich mit meiner Aussage zu kränken.«

Mike nickte langsam mit dem Kopf. Einsicht und Anerkennung zeigten sich in seinem Gesichtsausdruck, während er Anna ins Gesicht sah. Kevin, der sichtlich verwirrt neben Mike stand, klopfte ihm freundschaftlich auf die Schulter.

»Alles klar, Suddel?«, erkundigte er sich.

»Ja, alles in Ordnung«, bestätigte Mike ruhig.

»Okay«, schloss Kevin. Alles war geklärt. Oder doch nicht?

»Aber sag mal, Suddel«, forderte er Mike mit fragender Miene auf, »was hat deine Freundin denn geschrieben, dass du dich gerade so aufgeregt hast?«

Aus den Mündern der Truppe erklang augenblicklich ein lautes Stöhnen. Einige, darunter Mike, ließen ernüchtert die Schultern fallen. Andere schlugen sich die Hand vor die Stirn. Das fassungslose Gelächter klang durchs ganze Haus.

»Oh mein Gott, Haufen!«, wieherte Damian. »Du hast mal wieder rein gar nichts mitgekriegt!«

»Hab ich wohl!«, hielt Kevin dagegen. »Ich hab doch mitgekriegt, wie Suddel sich aufgeregt hat und gehen wollte.«

»Aber nicht wegen seiner Freundin!«, lachte Damian ihn aus. »Sie hat nix gemacht. Suddel hat nur gedacht, dass Trip was über seine Freundin gesagt hätte!«

»Ach so!«, rief Kevin und verfiel wieder in sein dümmliches Lachen. »Hätt ja sein können.«

»In Ordnung, Leute!«, rief Tim schließlich in die Runde. »Dann lasst uns mal loslegen!«

Er und Anna sowie Melli und Isi, dazu Damian, Julian, Michael und Alex setzten sich zusammen in ihre Lieblingssitzgruppe, in der sie schon so manchen Plan ausgeklügelt hatten. Anna nahm die Mappe aus ihrer Handtasche hervor und legte sie sorgsam auf dem Couchtisch ab, der mitten in der Runde stand.

»Heidewitzka!«, staunte Julian. »Endlich seh ich die Mappe mal. Hab ja bisher immer nur davon gehört. Sind das die Originale, Anna?«

»Nein. Es sind die Kopien. Die originalen Dokumente bedeuteten mir einfach zu viel, als dass wir sie mit unseren Händen abwetzen sollten. Darüber hinaus habe ich die meisten Briefe von Oma Leni einbehalten, da mir deren Inhalte größtenteils zu persönlich sind, um sie zu teilen.«

»Kann ich verstehen«, sah Julian ein und deutete auf die Mappe. »Darf ich?«

»Aber ja, gerne«, stimmte Anna zu.

So blätterte Julian die Mappe durch. Die einzelnen Zettel gab er stets in die Runde weiter, sodass schließlich sämtliche Blätter in den Händen der Freunde verteilt waren. Jedes Dokument wurde diskutiert und herumgereicht. Zunächst schleppend, doch nach einer gewissen Zeit sprudelten die Gedanken geradezu aus den Köpfen heraus.

»Was ich gerne wüsste, Anna«, begann Alex und hielt ein DIN-A4-Blatt in die Höhe, auf dem die Kopie eines altertümlichen Dokuments zu sehen war. »Ist das die offizielle Fassung der Legende, oder ist das nur 'ne Zusammenfassung?«

»Das kenn ich doch!«, rief Tim dazwischen. »Das ist doch der Zettel, den wir in der Schmuckkammer von Burg Aarstein gesehen haben. Bei der Kette!«

»Ganz recht«, bestätigte Anna. »Es ist tatsächlich nur eine Kurzfassung der Legende. Sie lag Oma Lenis Mappe bereits nur als Kopie bei. Mir ist nicht bekannt, ob es eine vollständige Fassung in geschriebener oder gedruckter Form gibt. Ich kenne die Höhepunkte der Geschichte nur aus Erzählungen.«

»Ich hab noch was!«, meldete sich Alex abermals, eines der Blätter in seinen Händen konzentriert betrachtend. »Hier ist ein Text von deiner Oma, in dem sie was darüber schreibt, wie Antonett in den Besitz des Säbelgriffs kam.«

»Antoanett!«, korrigierte Tim ihn grinsend.

»Antwanett«, versuchte Alex es noch einmal.

»Gebt's auf!«, lachte Melli ihnen zu. »Ihr habt's beide nicht drauf.«

»Na, von mir aus«, gab Alex ihr gleichmütig lächelnd zurück. »Jedenfalls steht hier, dass Bernart, der Bruder von Klement, Antonett das Teil gebracht haben soll.«

»Das ist richtig«, nickte Anna. »Dieser Teil ist mir bekannt. Danach schreibt sie über Clément und Bernard und ihre Erlebnisse am Vorabend der Schlacht bei Waterloo. Ich habe die Passage überflogen, hielt sie jedoch nicht für vordergründig in unserer Sache.«

»Hab ich mir auch zuerst gedacht«, bestätigte Alex, »aber dann hab ich überlegt. Ich meine, wenn ich euch gestern richtig verstanden habe, dann waren die beiden Brüder. Und wenn sicher ist, dass Klement von hier war, dann muss Bernart doch auch von hier gestammt haben.«

»Das ist anzunehmen«, stimmte Anna zu. »Worauf möchtest du hinaus?«

»Dass die beiden sich bestimmt die ganze Zeit auf Deutsch unterhalten haben. Und hier tauchen ein paar deutsche Ortsnamen auf. Und das tief im französischsprachigen Teil von Belgien. Find ich merkwürdig. Ich wette, die beiden haben da den einen oder anderen Ortsnamen einfach übersetzt.«

»So, wie sie umgekehrt ihre Namen übersetzt haben«, warf Melli ein. »Ja, schon möglich. Aber wie soll uns das helfen?«

»Dann passt mal auf!«, beschrieb Alex. »Hier steht was, was Bernart über Klement gesagt haben soll …«

»Bernard und Clément!«, warf Isi ungeduldig dazwischen. »Jetzt sag das doch mal richtig!«

»Ja ja, ich versuch's«, gab Alex ihr zurück. »Also, hört zu! Offenbar gab es in der Nähe vom Schlachtfeld einen flachen Hügel, den sie Brachberg nannten.«

»Ja«, sagte Anna bedächtig und langsam, »Brachberg. Das könnte ihr Versuch gewesen sein, Frichermont ins Deutsche zu übersetzen.«

»Frichermont?«, wiederholte Melli fragend.

»Das ist ein Ort, der im gesamten Verlauf der Schlacht von Waterloo eine Rolle spielte«, erklärte Anna, »wenngleich eine untergeordnete. Es war, wie schon beschrieben, ein Hügel innerhalb des weiträumigeren Kampfgebietes.«

»Es geht noch weiter!«, berichtete Alex. »Da gab es einen weiteren Hügel nicht weit davon. Clément … war das besser?«

»Viel besser!«, lachte Melli. Alex nickte zufrieden.

»Clément gefiel dieser zweite Hügel. Er nannte ihn Asenberg.«

»Asenberg, sagst du?«, wunderte sich Anna, beugte sich vor und streckte die Hand nach dem Blatt aus. »Du gestattest?«

»Ja, klar«, antwortete Alex und reichte Anna das Blatt. Sie nahm es an, lehnte sich zurück und studierte es aufmerksam.

»Er liebte diesen Ort«, fasste sie zusammen, »weil er ihn an zu Hause erinnerte. Es war ein grasbewachsener Hügel, auf dem einige Kiefern standen. Während eines Scharmützels zog er sich schwer verletzt dorthin zurück.«

»Was ist ein Scharmützel?«, wollte Damian wissen. Anna erläuterte: »Ein Scharmützel ist ein kleineres, untergeordnetes Gefecht innerhalb eines größeren, bewaffneten Konflikts.«

»Ah!«, machte Damian. »Kapiert.«

Anna las weiter. Sie machte ein betroffenes Gesicht.

»Oh!«, seufzte sie und erzählte weiter: »Clément hatte einen Fechtkampf gegen einen preußischen Soldaten verloren. Bernard folgte seinem Bruder auf den Asenberg. Er sah, wie Clément seinen Säbel senkrecht in den Boden stieß. Er eilte ihm zu Hilfe, doch es war zu spät. Clément erlag seiner Verletzung. Seine letzten Worte galten Antoinette. Bernard sollte ihm versprechen, ihr mitzuteilen, wie sehr er sie liebte. Bernard versprach es.«

Mit offenen Augen und Mündern hörten die Freunde zu. Anna folgte dem Text auf dem Papier mit dem Zeigefinger und berichtete weiter: »Plötzlich wurde Bernard angegriffen. Der preußische Soldat war ihnen gefolgt und trachtete nun auch dem Bruder nach dem Leben. Bernard bemerkte es rechtzeitig. Er ergriff nicht nur seinen eigenen Säbel, sondern zog auch den seines Bruders aus dem Boden.

»Boah!«, rief Damian voller Begeisterung. »Ist ja voll ninjamäßig!«

Anna fuhr fort: »Er tötete den Preußen, doch während dieses Kampfes zerbrach Cléments Säbel. Ein Hieb des Gegners hatte die Klinge gleich oberhalb des Griffes abgetrennt. Bernard entschloss sich, den Griff des Säbels mitzunehmen und ihn Antoinette zu bringen.«

Damit sah sie auf und blickte in die Runde.

»Dies ist die Schilderung Bernards, wie es zum Tode seines Bruders gekommen war.«

»Übel«, bemerkte Tim.

»Und voll traurig«, fügte Isi gedrückt hinzu. »Antoinette muss echt fertig gewesen sein.«

»Wie es aussieht«, mutmaßte Anna, »hat sie den Schmerz auf ihre eigene, künstlerische Weise verarbeitet.«

»Und wie?«, fragte Michael neugierig. »Hat sie ein Bild gemalt oder wie?«

Anna deutete auf das Blatt, dass Damian auf den Beinen liegen hatte. Sie hatte es gleich erkannt, weil es kleiner als die anderen war, beinahe quadratisch.

»Mit diesem Gedicht«, sagte sie gewiss. »Würdest du es mir bitte herüberreichen, Damian?«

»Aber ja doch«, flachste Damian. »Kann ich eh nicht lesen, die Schrift. Und aus Gedichten werd ich nicht schlau. Bin ich schon in der Schule immer bei abgekackt.«

Er stand auf und tat zwei Schritte auf Anna zu, um ihr das am Rand rissige Blatt zu überreichen. Sie nahm es erfreut entgegen und wollte etwas sagen.

»Was ist denn das hier?«, lachte Damian auf. Er hatte in diesem Moment einen Stapel Dokumente auf dem Tisch entdeckt. Er zog ein Blatt hervor und drehte es vor seinen Augen hin und her. Er lachte äußerst vergnügt, während er sich in seinen Sitz zurückfallen ließ.

»Was soll das sein?«, gackerte er. »Etwa ein Koalabär, oder sowas?«

Anna machte zuerst ein überraschtes Gesicht, dann seufzte sie und äußerte: »Ach nein, zu dumm. Bitte gib mir das Blatt, Damian. Ich möchte nicht, dass du Späße damit treibst.«

Damian gluckste immer noch über die Zeichnung des Teddybären.

»Gib her, Alter!«, befahl Tim ihm, der näher zu ihm saß, und er zog ihm das Blatt flink aus der Hand.

»Danke, Tim«, sagte Anna bestimmt, »das ist lieb von dir.«

»Nix zu danken, Süße. Erzähl weiter.«

»Ja. Also, dieses Gedicht hier schrieb Antoinette ganz offenkundig nachdem sie erfahren hatte, dass Clément gestorben war. Es geht so:

Da, ach, mein Lieb mir ward genommen
Durch des Krieges blut'ge Taten
Ist so mein Herz mir nun beklommen
Kann keiner Seele es verraten.

Und die zweite Strophe:

Doch nicht auf ewig ist der Schmerz
Such heut schon einen Platz, mein Held
Damit, wenn nicht mehr schlägt mein Herz
Es wissen soll die ganze Welt.«

»Es wissen soll?«, wunderte sich Isi sogleich. »Was wissen soll?«

»Dass sie Clément geliebt hat«, vermutete Melli. »Nach ihrem Tod wär's eh egal gewesen, wenn ihre Beziehung rausgekommen wäre.«

Tim hatte die ganze Zeit das Blatt betrachtet, das er Damian zuvor weggenommen hatte. Nachdenklich legte er es auf seinen rechten Oberschenkel und tippte mit dem Zeigefinger sachte drauf rum. Anna bemerkte es.

»Was hast du?«, fragte sie leicht verwundert. Tim tippte abschließend zwei Mal in kurzer Folge auf das Blatt.

»Hier ist was komisch«, behauptete er. »Kann ich mal das Blatt haben, das deine Oma geschrieben hat, mit dem Bericht von Bernard?«

»Aber ja«, versicherte Anna und reichte ihm die entsprechende Kopie, »bitteschön.«

»Danke«, sagte Tim halb abwesend, da er in seine Gedanken vertieft war. Seine Freunde sahen ihn gespannt an.

»Hier«, murmelte er, »beim Mäuseonkel.«

Damian prustete los.

»Was? Mäuseonkel?«, spottete er. »Was soll das denn sein?«

»Schnauze, Motte«, brummte Tim, immer noch halb über dem Schreiben von Annas Oma am grübeln. »Versuch einmal, dich zusammenzureißen!«

»Was ist das denn?«, beharrte Damian flapsig zu wissen.

»Es war mein Stofftier, als ich klein war«, gab Anna ihm etwas pikiert zur Antwort. »Ich würde es schätzen, wenn du dich nicht darüber lustig machen würdest.«

Doch Damian lachte weiter.

»Mäuseonkel! Wisst ihr, wie sich das anhört?«

»Du hast Anna gehört, Alter!«, warf Tim ihm entgegen. »Gib dich jetzt, okay?«

Damian feixte: »Das hört sich an wie der Name von 'nem Zuhälter!«

Tim ließ seine Blätter energisch in den Schoß sinken. Er sah zu Damian hin und schimpfte: »Du bist echt 'n Komiker, he? Du bist heute Abend überhaupt keine Hilfe, weißt du das? Warum gehst du nicht hin und machst was Sinnvolles? Reparier Hermanns Schreibtischlampe! – Nix für ungut, Suddel!«

»Ja, sorry«, gab Damian kleinlaut zurück. »Warum wirst du so stinkig? War doch nur 'n Witz.«

»Weil Anna dich gebeten hat, es sein zu lassen!«

»Okay, hab's kapiert. Sorry, Anna.«

»Bitte«, akzeptierte Anna freundlich die Entschuldigung. Dann wandte sie sich wieder an ihren Freund: »Was ist dir aufgefallen?«

»Guckt mal, Leute!«, forderte Tim seine Freunde auf, als er beide Blätter auf den kleinen Couchtisch legte. »Guckt euch mal die Schrift von Oma Leni an. Was fällt euch auf?«

Die Mädchen und die Jungen gleichermaßen beugten sich nach vorne und betrachteten aufmerksam die zwei Dokumente. Ihre Augen wanderten zwischen beiden hin und her, doch sie fanden keinen Anhaltspunkt für das, worauf Tim hinauswollte. Schließlich nahm Anna die Papiere in die Hand und schaute noch einmal besonders achtsam auf die Zeilen ihrer Großmutter.

»Ich erkenne es offenbar nicht«, sagte sie zu Tim. »Bitte sag uns, was du meinst.«

»Also«, begann Tim und lehnte sich nach vorne, um alle seine Freunde anzusprechen, »guckt mal, wie Annas Oma die Wörter schreibt. Sie hängt jeden Buchstaben ohne abzusetzen an den anderen. Eine perfekte Schreibschrift.«

»Ja, schon«, bestätigte Julian, »das ist mir auch aufgefallen. Aber war das nicht zu erwarten, dass gerade sie eine saubere Handschrift hatte?«

»Das ist nicht der Punkt«, blieb Tim fest, »denn, jetzt kommt's: Guckt mal, wie sie das Wort Mäuseonkel geschrieben hat!«

Wieder neigten sich die Köpfe der Freunde nach vorne.

»Hm«, machte Julian, »da ist es irgendwie anders.«

»In der Tat!«, sagte Anna beeindruckt, nachdem sie das Wort »Mäuseonkel« mit dem übrigen Text ihrer Großmutter verglichen hatte. »Sie hat winzige, aber doch deutlich erkennbare Abstände eingefügt.«

»So ist es, Leute«, triumphierte Tim. »Sie hat die Silben getrennt. Mäu se on kel. Und die Frage ist: Warum?«

»Du meinst, sie hat es mit Absicht gemacht?«, fragte Anna verblüfft.

»Mir fällt keine andere Erklärung ein«, antwortete Tim. »Ganz egal, wo du in ihren Texten guckst, jedes Wort ist fein säuberlich in einem Schwung geschrieben ohne abzusetzen. Sogar die Großbuchstaben am Anfang von Wörtern verbindet sie sorgfältig mit den zweiten Buchstaben. Nur Mäuseonkel trennt sie nach Silben. Das ist kein Zufall, sag ich dir.«

»Aber was möchte sie uns denn nur damit sagen?«, grübelte Anna leise, als sie das Blatt mit der Zeichnung ihrer Oma wieder aufnahm und sich damit ins Sofa zurück lehnte. Sie konnte die Augen nicht von dem Dokument lassen.

Da ertönte plötzlich ein vertrauter Signalton auf Annas Handy. Es steckte in ihrer Handtasche, die sich zwischen ihrem Oberschenkel und der Armlehne des Sofas befand. Anna zögerte. Zu sehr interessierte sie die sonderbare Botschaft, die ihre Oma ihr hinterlassen hatte. Ihre Augen wanderten kurz zu ihrer Tasche hin, dann schüttelte sie angedeutet den Kopf und widmete sich wieder dem Blatt in ihrer Hand.

»Willst du nicht nachgucken, wer dir geschrieben hat?«, fragte Tim sie nüchtern.

»Nein«, antwortete Anna leise und in Gedanken vertieft. »Es sind vier Silben. Zwei mit drei Buchstaben und zwei mit zwei Buchstaben. Drei, zwei, zwei, drei.«

In der Runde wurde es still. Alle wollten Anna jetzt einfach mal denken lassen. Wenn sie sich jetzt einmischen würden, könnte es passieren, dass Anna die Gedanken aus dem Leim gehen. Also sahen sie ihre Freundin nur an und warteten. Anna bemerkte es nicht. Ihre Augen bewegten sich mit ganz zart zuckenden Bewegungen hin und her. Ihre Augenbrauen hoben sich mal, dann senkten sie sich wieder, oder sie zogen sich zusammen und entspannten sich wieder. Tim beobachtete mit Wonne, wie sie die Lippen ihres süßen Mundes konzentriert spitzte und aufeinander presste, als er mit einem Mal von Annas Gesichtsausdruck überrascht wurde. Ganz plötzlich machte sie große Augen und tat vor Verblüffung einen kurzen, hörbaren Atemzug.

»Es geht nicht um alle Silben!«, hauchte sie und richtete ihren Oberkörper im Sofa auf, das Blatt nicht aus den Augen verlierend, »sondern nur um jene zwei in der Mitte!«

Tim machte ein verdutztes Gesicht. Auch die übrigen Freunde staunten nicht schlecht.

»Se on?«, murmelte er ungläubig.

»Aber ja, Tim!«, strahlte Anna ihn an. »Sieh nur, wie außergewöhnlich! Wenn du beide Silben rückwärts liest, erhältst du …«

»No es!«, rief Tim aus. Seinen Mund bekam er nicht mehr zu, als er Anna anstarrte. Anna reichte ihm das Papier. Er nahm es augenblicklich entgegen und traute seinen Augen nicht. No es! Im Wort Mäuseonkel stand rückwärts geschrieben die Inschrift auf dem Glied von Annas Kette!

»Das ist ein deutlicher Hinweis!«, freute sich Anna. Außer ihr und Tim war jedem in der Runde die Sprache verschlagen. Sie spürten: Hier geschah gerade etwas

Besonderes. Melli und Isi lief ein prickelnder Schauer über den Rücken.

»Aber warum rückwärts?«, überlegte Tim. »Ist es nur ein versteckter Hinweis auf etwas, was wir längst wissen, oder spielt es eine Rolle, dass die Buchstaben in umgekehrter Reihenfolge auftauchen?«

Nach einer Weile schnippe er mit den Fingern.

»Das muss es sein! ›No es‹ ist ein Code, und er ist von beiden Richtungen aus lesbar. Verstehst du, Süße? Egal, von welcher Richtung man ihn liest – ich wette, er führt immer zu derselben Lösung!«

»Das wäre möglich«, stimmte Anna andachtsvoll zu. »Allein, es bleibt nach wie vor die Frage offen, worauf der Code verweist.«

»Das müssen wir eben noch rausfinden«, gab Tim zuversichtlich zurück.

»Ach, es ist zum Verrücktwerden«, seufzte Anna. »Ich spüre, wie wir uns des Rätsels Lösung immer weiter annähern. Und doch scheinen wir noch Lichtjahre davon entfernt zu sein.«

Da erinnerte sie sich an die Nachricht, die sie vorhin erhalten hatte. Sie langte nach ihrer Handtasche und hob sie auf ihren Schoß. Sogleich nahm sie ihr Smartphone heraus und entsperrte das Display.

»Eine Nachricht per Whatsapp«, kommentierte sie, »von Vanessa.«

Anna öffnete die Nachricht und las.

»Ist es die Möglichkeit?«, sprach sie mit höchstem Erstaunen und schaute Tim an. Gleichzeitig drehte sie ihr Handy um und zeigte ihm und ihren Freunden das Foto, das ihre Cousine angehängt hatte.

»Was ist das?«, wollten Michael und Alex gleichzeitig wissen. Tim nahm Annas Handy entgegen und betrachtete das Bild aufmerksam.

»Das muss auch so ein altes Schriftstück sein«, murmelte er. »Wo ist das denn jetzt aufgetaucht?«

»Vanessa schreibt, sie habe es in einer Schublade Onkel Ansgars entdeckt«, erklärte Anna. »Und sie vermutet, dass es vielleicht für uns von Wichtigkeit sein könnte.«

»Wär möglich«, meinte Tim, »wenn man was drauf erkennen könnte.«

»Darf ich mal?«, fragte Alex und zeigte auf das iPhone.

»Ja, bitte sehr«, war Annas höfliche Antwort. Alex hatte die Idee, das Handy in der Hand leicht hin und her zu drehen, um das Display aus veränderten Winkeln anzusehen.

»Vielleicht kann man so was erkennen«, erläuterte er sein Vorgehen. »Der Kontrast ändert sich ja manchmal ein bisschen, wenn man schräg aufs Display guckt.«

Nach einer Weile, in der er es mit Verkippen und auch mit Rein- und Rauszoomen versucht hatte, erklärte er: »Der Text ist echt sau verblasst. Und dann auch noch in dieser alten Schrift. Aber ein paar Wörter erkennt man. Das erste Wort heißt ›Das.‹ Das letzte Wort in der zweiten Zeile müsste ›Grund‹ heißen. Und das davor ... Hä? ›Teln i gen?‹ Mann, ist das ätzend.«

»Lass Melli mal!«, forderte Isi ihn auf und deutete mit dem Daumen auf ihre beste Freundin, die bereits ihre Hand ausgestreckt hatte. »Die kann Sütterlin lesen, und diese Schrift sieht ähnlich aus.«

Schulterzuckend stimmte Alex zu und überließ Melli Annas Handy.

»Nee«, kam es von ihr kurz darauf zurück, »das heißt ›fels‹ und ›gen.‹ Dazwischen, was du für ein kleines i gehalten hast, ist ein Apostroph. Also heißt das ›fels’gen Grund.‹ Dahinter ist auch noch was geknuschelt. Erkenn ich jetzt aber auch nicht. Vielleicht ein kleines s … ›Grunds.‹«

»Kannst du noch was anderes lesen?«, fragte Julian gespannt. Melli schob das rangezoomte Bild weiter hin und her.

»Boah, das ist so übel!«, seufzte Melli angespannt. »Da ist so gut wie nichts erkennbar … Das hier vielleicht noch … ›Glück.‹ … Ja, das müsste ›Glück‹ heißen. Willst du mal, Isi?«

Sie reichte das Handy an Isi weiter, damit auch die ihr Glück versuchen konnte. Schlussendlich konnte Isi das Smartphone jedoch nur schulterzuckend an Anna zurückreichen.

»Von der Handschrift her«, überlegte Anna, die es mit gleichsam konzentriertem Blick entgegennahm, »passen diese Wortfragmente zu den Schriftstücken Antoinettes. Es ist wirklich zu schade, dass die Tinte solchermaßen verblasst ist. Nun, sei’s drum. So ist es nun einmal mit der Erforschung von Altertümern.«

Anna verließ die Bildansicht mit einem Fingerstrich und drehte ihr Handy wieder senkrecht, um Vanessa über WhatsApp noch ein paar dankende Worte zu schreiben sowie sie über den an diesem Abend erzielten Zwischenstand der Ermittlungen zu unterrichten.

»Das war genug Forschung für heute, schätz ich«, grinste Tim. »Mit Nessis Schnipsel ist noch was im Busch, darauf wette ich. Aber das finden wir bestimmt ein andermal raus, wenn unsere Gehirne wieder frisch sind. Was meinst du, Süße?«

»Ich sehe es ähnlich«, stimmte Anna zu. »Wir haben ja auch so einiges herausgefunden. Ich denke, wenn wir es mit etwas mehr Abstand erneut versuchen, sind unsere Aussichten auf Erfolg höher.«

»Gut«, nickte Tim entspannt und klatschte einmal in die Hände, »dann räumen wir mal alles wieder schön zusammen …«

Kapitel 12

Die Tage verstrichen. Nessis Schnipsel, wie Tim sich ausdrückte, behielt seine Geheimnisse immer noch für sich. Zu wenig war auf ihm zu erkennen, das mussten er und Anna zu ihrem Unmut feststellen. So brach schließlich der 24. Dezember an. Nachdem Tim aus dem Bett gerollt war und die Dusche ihm beim Wachwerden geholfen hatte, schlüpfte er in das halbwegs feine »Festtagsoutfit«, das Anna ihm einige Tage zuvor aus seinem Kleiderschrank zusammengesucht hatte. Immerhin war es ihr vor zwei Wochen gelungen, ihren Freund dazu zu bringen, sich ein neues Hemd zu kaufen. Sie hatte ihm schlussendlich noch ein schlichtes, legeres Sakko beigesteuert, das er nur unter der Aussage annahm, dass es »wirklich sehr günstig« gewesen war, was wiederum bedeutete, dass der Preis für das Kleidungsstück fortan Annas Geheimnis bleiben sollte.

Pest und Cholera strichen Tim in seiner kleinen Eingangsdiele um die Beine. Er ging in die Hocke und streichelte ihnen die Köpfe.

»Ihr beide kommt zurecht, ja?«, sprach er sie schelmisch lächelnd an. »Seht zu, dass ich meine Bude morgen noch wieder erkenne, okay? Die große Menschenfrau kommt uns morgen besuchen, da wollen wir es doch aufgeräumt haben, gell?«

Die Katzen schnurrten wohlig und hoben die Schnauzen nach oben, als Tim ihnen über die Hälse streichelte. Neugierig gesellte Malaria sich hinzu. Sie richtete sich auf, indem sie ihre vorderen Tatzen auf Tims Knie setzte.

Ihren Kopf reckte sie schnuppernd nach oben in Richtung Tims Gesicht. Er legte seine Hände an ihre Schultern und rubbelte liebevoll ihr Fell.

»Na, du pelziges Ungetier«, liebkoste er die schnurrende Katze, »du passt mir schön auf Typhus auf, hörst du? … Wo immer der alte Strauchdieb auch gerade wieder stecken mag.«

Malaria kehrte mit ihren Vordertatzen auf den Boden zurück und rieb ihren Kopf schnurrend am Bein des jungen Mannes. Dann stand Tim auf.

Annas Herz hüpfte, als der tiefe Gongschlag ihr Ohr erreichte. Wie sehr sie sich darauf freute, das Weihnachtsfest mit ihrem Freund zu verbringen! Es hätte jedoch nicht ihrem Naturell entsprochen, verzückt quiekend durch das Haus an die Tür zu rennen, auch wenn ihr innerlich durchaus danach zumute gewesen wäre. Ein beschwingter Schritt und ein erwartungsfrohes Lächeln mussten genügen, um ihre Freude zum Ausdruck zu bringen. Das entsprach auch eher dem Outfit, das sie für diesen Tag gewählt hatte: Ein schwarzes, langärmeliges Minikleid aus Stretch-Ponté von Erdem, mit einem feinen Spitzen-Einsatz, der die Haut ihres Dekolletés, ihrer Schultern und ihrer oberen Rückenpartie durchscheinen ließ. An ihrem Hinterkopf liefen zwei übereinander liegende Pferdeschwänze herab, die im Nackenbereich ineinander übergingen und von dort aus als ein einzelner Pferdeschwanz nach unten hingen. An der Verbindungsstelle saß eine Haarklammer mit einer einzelnen, kleinen, weißen Stoffrose. Ein schlichter, weißer Armreif verzierte ihr rechtes Handgelenk.

»Hallo Timmischatz!«, begrüßte sie Tim mit einem ausgelassenen Annalachen an der Tür.

»'Nen Clown gefrühstückt, he?«, scherzte er gut gelaunt zurück und trat ein. »Hi, Süße.«

Damit gab er ihr einen gefühlvollen Kuss auf die Lippen, den sie ebenso zärtlich erwiderte. Dann war es Zeit, bewundert zu werden. Anna trat einen Schritt zurück, drehte sich einmal komplett herum und legte, begleitet von einem angedeuteten Knicks und erwartungsvoll lächelnd, ihre Hände an die Hüften. Ihr heiterer Schwung, den sie an den Tag legte, bereitete Tim Freude. Er lächelte zurück.

»Du siehst total schön aus«, nickte er und sah hinunter auf Annas Füße.

»Schicke Schuhe«, bemerkte er grinsend. »Sind das die von deinem alten Weißröckchen-Outfit?«

»Das hast du vortrefflich beobachtet«, bestätigte Anna gewitzt die Worte ihres Freundes, »allein, alt war dieses Outfit keineswegs. Ich hatte es zu Beginn des Schuljahres erst gekauft, und nun kann ich es nicht mehr tragen. Da werde ich doch zumindest die Schuhe hin und wieder anziehen können, meinst du nicht auch?«

»Wie dou e loh su söß«, versuchte Tim bis zu den Ohren grienend den Tonfall seines Chefs zu imitieren.

»Ich bitte um Verzeihung?«, hakte Anna amüsiert nach. »Ich fürchte, ich bin des Eifeler Idioms immer noch nicht mächtig genug, um dir zu folgen.«

»Wie du da so sagst«, wiederholte Tim betont die freundliche Bestätigung auf Annas Aussage mit ihren Schuhen.

»Im Sinne von ›ganz wie du meinst‹, wie ich annehme?«

»So ungefähr.«

»Dann darf ich darüber hinaus annehmen, dass du heute deine Charme-Versprühungs-Kapseln auch bereits eingenommen hast?«

»Der war gut!«

Kichernd warf Anna ihre Arme um Tim. Noch einmal folgte ein Kuss, dann hob Tim die Plastiktüte in seiner Hand ein Stück an und sagte: »Ich hab noch ein paar kleine Geschenke klargemacht.«

»Oh, wie aufmerksam«, freute Anna sich und schloss nun auch die Tür hinter Tim. »Du kannst sie in meinem Zimmer aufbewahren. Und dann werden wir dich sogleich meinen Eltern anmelden. Komm mit!«

Schon nahm sie ihn bei der Hand und führte ihn aus der Diele heraus die offene Treppe hinauf in ihr Zimmer, wo Tim seine Tüte in Annas Sitzgruppe auf dem Boden abstellte. Anschließend gingen sie gemeinsam zurück ins Erdgeschoss, den breiten Flur entlang, in das riesige, feudale Wohnzimmer der Zur-Heyden-Villa. Tim starrte als erstes völlig überwältigt den übergroßen, prächtig geschmückten Weihnachtsbaum an, der vor der großflächigen Fensterfront bis zur Decke ragte. Ein Lächeln lag auf seinem Gesicht, als er den Blick zu seiner Freundin hinwandte. Dann ging er mit ihr zusammen nah an den Baum heran. Er schloss die Augen und zog den Duft der großen Tanne tief ein. Er öffnete sie wieder, als er von links die Schritte von hohen Damenschuhen vernahm.

»Guten Tag, Tim«, grüßte ihn Annas Mutter, die dem festlichen Anlass entsprechend gekleidet war und diesbezüglich ihrer Tochter nicht nachstand. Nur ihr Hals-, Ohr- und Armschmuck enthielt ein wenig zu viele Perlen, fand Tim insgeheim. Da er jedoch mit Sicherheit niemals als führender Mode- und Stilberater von Vivienne zur Heyden durchgehen würde, überging er diesen Gedanken und lächelte ihr freundlich zu.

»Guten Tag, Frau zur Heyden.«

»Wie gefällt Ihnen unser Weihnachtsbaum?«, fragte Vivienne mit einem freundlichen und doch stolzen Lächeln im Gesicht.

»Er ist toll«, nickte Tim zur Bestätigung.

»Nicht wahr?«, freute sich Vivienne. »Die Kugeln sind von Natalie Sarabella aus New York. Die Sterne sind aus Sterling-Silber von Braybrook & Britten. Die Marke kennen Sie vielleicht?«

»Nein«, entgegnete Tim, »die kenn ich nicht. Aber ich mag Ihren Baum. Ein Tannenbaum, drinnen im Haus, das ist sowas von fett. Wann hat man so was schon mal gesehen?«

Vivienne warf Ihrer Tochter einen äußerst amüsierten Blick zu.

»Nun«, schmunzelte sie, »für gewöhnlich sehen wir so etwas jedes Jahr. Ich finde es bedauerlich, dass Ihnen diese Erfahrung völlig neu ist. Was gefällt Ihnen an unserem Baum denn am besten, Tim?«

»Er duftet«, gab Tim zur Antwort und schnupperte noch einmal an den Zweigen.

»Ich bitte um Verzeihung?«, wunderte sich Vivienne.

»Ja!«, bekräftigte Tim. »Mir gefällt am besten, dass er so duftet. Nach Harz und Wald. Und das im Zimmer. Das ist echt das Beste.«

Anna drückte seine Hand und lächelte ihm zu: »Mama hat von der Dekoration gesprochen, Liebster.«

»Ja, die ist okay«, sagte Tim ein wenig verträumt, »aber mir gefällt am besten, wie der Geruch von dem Baum durchs Zimmer zieht.«

»Okay, sagen Sie?«, entfuhr es Vivienne in ihrer Verwunderung, die mit angedeuteter Empörung verbunden war. »Ich darf bemerken, dass dies ein äußerst kostbarer Christbaumschmuck ist.«

Tim grinste etwas verlegen.

»Sorry«, versicherte er, »ich will Sie bestimmt nicht beleidigen oder so. Aber ich sehe halt nur, wie der Schmuck aussieht und kann deswegen nur sagen, wie er mir gefällt. Und Silber, na ja, das sieht zwar ganz hübsch aus, aber Armin sagt halt immer, dass Silber nicht sonderlich viel Wert ist, jetzt verglichen mit Gold. Er hat da so 'nen Spruch, den er dann immer bringt.«

Tim lachte nun schon etwas unverhaltener.

»Er sagt, wenn die Leute wüssten, wie wertlos ihre Silberlöffel sind, dann würden sie sich damit … Nein, das kann ich nicht sagen.«

»Es ist sicher besser«, wandte Vivienne leicht spöttisch ein, »wenn wir den Inhalt dieses Zitats nicht erfahren, fürchte ich.«

»Obschon es gewiss äußerst faszinierend wäre«, drang die Stimme des aus der Tür an die drei Gesprächspartner herantretenden Wolfgang zur Heyden durch den Raum, »zu erleben, wie Tim den Geist der Weihnacht mithilfe seiner farbenfrohen Metaphern zu transportieren versteht.«

Sympathisch lachend kam Wolfgang näher, seine linke Hand in die Hosentasche seines feinen, schwarzen Anzugs gelegt. Die rechte reichte er Tim weltmännisch hin.

»Hallo, Tim«, grüßte er beim zackigen Händedruck, »wir freuen uns sehr, dass Sie den Tag heute in unserer Mitte verbringen.«

»Mich auch. Danke für die Einladung.«

Ein tiefer Gongschlag ließ Tim aufhorchen. Ein zweiter folgte kurz darauf. Wolfgang nahm die linke Hand aus der Hosentasche und drehte das Handgelenk so, dass er die Uhrzeit auf seinem Breitling Navitimer ablesen konnte.

»Sehr schön«, kommentierte er erfreut. »So können wir ohne Umschweife zum Kaffee-Tisch schreiten.«

Nach einem kurzen, freundlichen Lächeln in die Runde kehrte Wolfgang sich um und strebte zurück in Richtung Wohnzimmertür.

»Bitte sehr«, präsentierte Vivienne den Weg mit der Geste ihrer Hand und ging ihrem Mann hinterher. Tim und Anna folgten ihr.

»So hört sich eure Klingel also von drinnen an«, schmunzelte Tim Anna zu. »Wer kommt denn noch zu eurem Weihnachtsabend?«

»Onkel Ansgar und Tante Edeltraud kommen traditionsgemäß mit meinen Cousins und Cousinen zum Nachmittagskaffee vorbei«, erklärte Anna. »Anschließend verabschieden sie sich, um ihren eigenen Heiligen Abend zu begehen.«

»Cool!«, freute sich Tim. »Dann sehen wir Nessi!«

Er und Anna blieben in der Diele ein wenig hinter Wolfgang und Vivienne, die geradewegs zur Tür gingen, zurück und ließen ihnen somit den Vortritt beim Empfang der Gäste. Die Tür öffnete sich, und Tim erkannte Annas vor Wiedersehensfreude strahlende Verwandtschaft wieder. Allen voran die etwas mollige und fröhlich kichernde Tante Edeltraud und der großgewachsene, seriöse Onkel Ansgar, beide nicht minder elegant gekleidet als ihre Gastgeber. Halb vor Edeltraud stand der junge Gabriel, dessen Gesicht verkündete, dass Verwandtschaftsbesuche vor der großen Bescherung langweilig und öde waren. Edeltraud selbst hielt den kleinen, schlafenden Anthon im Arm. Neben Ansgar, ihre Hände in die Armbeuge ihres Vaters gelegt, freute sich Vanessa über die herzliche Einladung zum Betreten des Hauses. Nachdem sie ihren Onkel und ihre Tante höflich begrüßt hatte, flog sie Tim und Anna entgegen.

»Hallo, Annabelle!«, rief sie fröhlich und fiel ihrer Cousine um die Schultern. Die erwiderte die schwungvolle Begrüßung erfreut lachend.

»Hallo, Vanessa!«

»Hey, Nessi«, grüßte Tim heiter. Vanessa ließ Anna los und drehte sich ihm zu. Lächelnd hielt sie ihre Handgelenke vor der Brust zusammen, während sie einen Schritt auf ihn zu tat. Dann breitete sie ihre Arme aus und warf sie um Tims Schultern. Er drückte sie an sich und sagte: »Schön, dich zu sehen, altes Haus. Bist aber schwerstens gut drauf heute. Wie kommt's?«

»Das kommt, weil ich mich so sehr auf euch gefreut habe«, erklärte Vanessa, als sie die Umarmung löste und vor dem Liebespaar zurück trat. Strahlend schaute sie von einem zum anderen.

»Zweifellos ist dein verbessertes Verhältnis zu Onkel Ansgar nicht unbeteiligt daran«, erwiderte Anna vergnügt. »Darüber musst du mir heute endlich mehr erzählen.«

»Sehr, sehr gerne«, nickte Vanessa.

»Annabelle!«, drang Ansgars kräftige Stimme freundlich zu den jungen Leuten herüber, wobei er sich mit seiner Gattin auf Tim und Anna zu bewegte. »Wir freuen uns ebenfalls sehr, dich und den jungen Herrn Richthof zu begrüßen.«

»Hallo, Onkel Ansgar«, knickste Anna höflich, »Tante Edeltraud.«

Tim war einigermaßen verdutzt. Diese Freundlichkeit hatte er von Annas Onkel nicht erwartet. Immerhin hatte er Tim vor einigen Wochen achtkantig aus seinem Haus geworfen.

»Guten Tag«, grüßte er gleichsam freundlich.

Ansgar und Edeltraud erwiderten seinen Gruß mit aller Höflichkeit und lächelten ihm zu.

»Darf ich Sie später auf ein Wort bitten, Herr Richthof?«, fragte Ansgar bestimmt.

Da war es! Ansgar hatte also noch was mit ihm zu besprechen, begriff Tim. Okay, das musste ja kommen. Tim nickte gefasst und antwortete: »Ja, natürlich.«

»Ich würde gerne wissen, wo Lena verblieben ist«, erkundigte sich Anna neugierig. »Warum ist sie nicht mit euch gekommen?«

»Marilena?«, lachte Edeltraud. »Nun ja, du weißt ja, dass sie seit Kurzem einen Freund hat. Sie ist gerade bei ihm zu Besuch. Da sie auf dem Rückweg ohnehin durch Leyental fahren muss, stößt sie später zu uns. Sie hat zugesagt, pünktlich bei ihm aufzubrechen, um uns hier zu treffen.«

»Wie zauberhaft!«, antwortete Anna entzückt. »Darüber freue ich mich sehr.«

»Dann werden wir ihr Erscheinen abwarten«, entschied
Wolfgang, »damit wir uns alle gemeinsam an den Tisch
setzen können. Ansgar, mein Lieber, ich möchte dich zuvor ebenfalls noch auf ein Wort bitten.«

»Aber natürlich«, bestätigte Ansgar.

Wolfgang nickte bekräftigend. Dann sah er sich in der
Runde um.

»Sehr schön. Meine Herrschaften? Mein Bruder und
ich werden uns für einen Moment zurückziehen. Bitte
entschuldigt uns.«

So viel Förmlichkeit unter Verwandten verwirrte Tim.
Anna kam ihm ungewollt entgegen, als sie vorschlug:
»Tim? Vanessa? Wollen wir uns solange noch in meine
Räumlichkeiten begeben?«

»Aber ja!«, gab Vanessa vergnügt zur Antwort.

»Übelst gerne«, grinste Tim. Und so begaben sich
Anna, Vanessa und Tim ins Obergeschoss. Beim Betre-
ten von Annas Gemächern klatschte Tim kurz in die
Hände und flachste mit Blick in Richtung seiner Freun-
din: »Ich liebe deine Räumlichkeiten. Räumlichkeiten mit
Örtlichkeiten. Gestatten Matmosell mir, mal eben die
Pippilette zu fluten?«

Anna und Vanessa tauschten einen amüsieren Blick aus
und schmunzelten Tim neckisch an.

»Was möchte er?«, fragte Vanessa.

»Er möchte …«, und damit drehte Anna ihr Gesicht zu
Vanessa hin und flüsterte ihr hinter der Hand etwas offenbar ganz kurzes und prägnantes ins Ohr, wobei ihre
frechen Augen weiter an Tim hafteten. Sogleich ließ sie
die Hand hinabgleiten und fuhr damit fort, ihren Freund
gemeinsam mit ihrer Cousine anzuschmunzeln.

»Ich verstehe«, stimmte Vanessa zu. »Nun, was sein muss, muss sein.«

»Äh, danke?«, murmelte Tim. »Was war das denn jetzt? Kannst du mir sagen, was sie gerade zu dir gesagt hat, Nessi?«

»Hm«, machte Vanessa und täuschte mit einem Schulterzucken Unwissenheit vor. Doch Tim nickte nur und grinste sich einen.

»Is klar. Ihr wollt es mir nicht sagen. Aber ich weiß jetzt, dass es in eurer Sprache ein Wort dafür gibt. Ich krieg das schon noch raus, da könnt ihr eure Ärsche drauf verwetten.«

Damit drehte er sich um und verschwand durch die hölzerne Schiebetür in Annas Nebenräumen. Die Mädchen aber kicherten sich kurz an und beschlossen, es sich in Annas Sitzgruppe gemütlich zu machen. »Gemütlich machen«, das bedeutete für Anna und Vanessa freilich etwas anderes als für Tim und seine Freunde. Anstatt sich in die Sessel zu fläzen und die Füße auf das Couchtischchen zu legen, genügte es den Zur-Heyden-Töchtern bereits zur Gemütlichkeit, die Lehnen der Sitzmöbel an ihren Rücken zu spüren.

»Jetzt bin ich sehr gespannt auf deine Erzählung«, richtete Anna das Wort neugierig an ihre Cousine. »Was ist geschehen?«

»Oh, ja!«, frohlockte Vanessa. »Das war wirklich ein aufregender Moment. Und es hat auch ein bisschen mit euch beiden zu tun.«

»Mit uns?«, wunderte sich Anna. »Inwiefern hat es mit Tim und mir zu tun?«

»Das erzähle ich euch, sobald Trip …«

»So, da bin ich wieder!«, tönte Tim vergnügt dazwischen. Vanessa fuhr herum und bemerkte überrascht, wie Tim ins Zimmer zurückkehrte und sich in den Sessel neben Anna schwang.

»Nanu?«, entfuhr es ihr. »Du bist schon zurück?«

Fragend und mit großen Augen schaute sie ihre Cousine an. Anna kicherte ihr zu: »Ist es nicht verblüffend, wie schnell Jungs diese Tätigkeit zu verrichten vermögen?«

Sichtlich beeindruckt schaute Vanessa Tim an. Dann schob sie die Unterlippe leicht vor und nickte anerkennend. Tim grinste nur.

»Genug von mir«, lachte er. »Erzähl weiter, Nessel.«
»Nessel?«

Wieder sah Vanessa ungläubig lächelnd zu Anna hin. Die lächelte verschmitzt zurück und erklärte: »Und er liebt es, Namen zu verballhornen.«

»Also schön«, gluckste Vanessa. Dann begann sie zu erzählen: »Es begann damit, dass ich in meinem Zimmer war. Ich war voller Selbstzweifel und hatte noch nicht einmal Lust, Bilder von der Burg zu machen.«

»Dann muss es in der Tat schlimm gewesen sein«, warf Anna vorsichtig ein. Vanessa nickte mit gesenktem Blick, dann schaute sie wieder auf und fuhr fort: »Da hab ich aus Zufall das Bild von euch gefunden. Ihr wisst schon, das Foto, das ich auf Anthons Tauffeier von euch aufgenommen habe.«

Tim und Anna nickten aufmerksam. Daran konnten sie sich gut erinnern.

»Ja, und, ich weiß nicht, irgendwie ist da was mit mir passiert. Ich hab mich ganz plötzlich gefragt, warum ich nicht ein bisschen wie ihr sein kann. Warum ich nicht ein bisschen von Annabelles Stolz haben kann. Und von ihrem Selbstbewusstsein. Oder von Trips Mut und seiner Kühnheit.«

Ein wenig beschämt schlug Vanessa die Augen nieder.

»Ja«, bekräftigte sie zart ihre Worte. Dann schaute sie Tim und Anna wieder an und lächelte verlegen. »Das ist ein bisschen peinlich, oder?«

»Ganz und gar nicht«, hielt Anna sanft dagegen. »Bitte fahre fort, Süße.«

»Ja. Der Zufall wollte es, dass Gabriel hereinkam und mutmaßte, dass Papa nach mir verlangt hätte. Also suchte ich ihn auf. Und … da ging es wieder los.«

»Er hat dich wieder angemacht«, meinte Tim, woraufhin Vanessa nickte.

»Auf einmal hatte ich genug davon. Ich hab mein Spiegelbild in einer Vitrine gesehen. Ich konnte es nicht mehr ertragen, wie ich da gestanden habe.«

»Du bist zu dir gekommen«, ergänzte Anna, »und hast deinem Vater die Stirn geboten. Bravo, Vanessa!«

»Das ist ein saugroßer Schritt, Nessi«, fügte Tim hinzu, »Respekt.«

»Danke«, lächelte Vanessa. »Mama war noch hinzugekommen. Sie hatte Papa auch noch ihren Teil dazu gesagt. Zwei Tage später hat er das Gespräch mit mir gesucht. Er meinte, er würde zugeben, dass er sich geirrt hatte, und dass er sich entschuldigen wollte.«

»Das war nun wirklich nett von ihm«, sagte Anna lobend. »Sich zu einem solchen Schritt zu entschließen, sieht ihm nicht sehr ähnlich. Umso anerkennenswerter ist seine Handlung.«

»Das ist wahr«, stimmte Vanessa froh gelaunt zu. »Er hat es auch zu erklären versucht. Von sich aus. Das hat mir viel bedeutet. Er sagte dann noch, dass er sechzehn Jahre lang auf ein solches Auftreten meinerseits gewartet hatte. Ich habe geantwortet, dass wir ja dann beide sechzehn Jahre lang gewartet und gehofft haben.«

»Wie hat er das aufgefasst?«, wollte Tim wissen.

»Er hat einfach genickt«, erzählte Vanessa weiter, »und dann hat er mich in den Arm genommen.«

»Das ist so zauberhaft, Vanessa!«, freute sich Anna ganz ergriffen. »Ich gratuliere dir von Herzen.«

»Danke, Annabelle. Und das alles, weil ich dieses Stück Papier entdeckt habe.«

Vanessa sah glücklich zwischen Tim und Anna hin und her. Dann fragte sie neugierig: »Habt ihr denn inzwischen etwas damit anfangen können?«

»Wir haben ein paar Worte entziffern können«, beschrieb Anna. »Doch es gelingt uns nicht, den Rest lesbar zu machen. Wenn wir das Originaldokument hätten …«

»Das ist zu schade«, seufzte Vanessa. »Ich habe Papa gefragt, ob ich es mitnehmen darf, doch er hatte zu große Bedenken.«

»Dann stecken wir fest«, schloss Tim. »Wir haben nur dein Handyfoto, und da ist nicht mehr rauszuholen.«

»Habt ihr es denn mal verfremdet?«, erkundigte sich Vanessa. »Zum Beispiel mit Instagram oder so? Das ergibt oft einen besseren Kontrast.«

»Das haben wir bereits versucht, ja«, antwortete Anna. »Aber es hat nichts genützt.«

»Dann versucht es doch mal mit einem richtigen Bildbearbeitungsprogramm«, schlug Vanessa vor. »Damit geht das wesentlich besser. Meine Burgfotos bearbeite ich auch oft auf diese Weise. Das ist nicht schwer. Wollen wir es mal versuchen?«

»Ja, gerne«, willigte Anna erfreut ein. »Mein Notebook steht auf meinem Schreibtisch.«

Kurz darauf saßen Tim, Anna und Vanessa gemeinsam an Annas mächtigem Schreibtisch und unterzogen das digitale Bild des sonderbaren Papierschnipsels, das sie im ersten Schritt von Annas iPhone auf den Laptop überspielt hatten, einer Reihe von Bearbeitungsversuchen, bei denen Vanessa federführend war. Sie war es, die eine geeignete Software aus dem Internet geladen und installiert hatte, und nun war sie es auch, die mit der Maus alle möglichen Schaltflächen und Regler bediente, um dem alten Text seine Geheimnisse zu entlocken.

»Wir sollten die Zimmerbeleuchtung dämpfen«, schlug Vanessa vor. »Auf diese Weise ist es noch leichter.«

»In Ordnung«, bestätigte Anna und sprach etwas lauter in den Raum: »Licht ausschalten!«

Sofort begann die Zimmerbeleuchtung herabzudimmen, bis der Raum in Dunkelheit getaucht war.

»Licht Stufe eins!«, befahl Anna daraufhin, und schon sprang die Zimmerbeleuchtung wieder an, doch diesmal erzeugte sie nur ein ganz schwaches Umgebungslicht in dem dunklen Raum. Nur der Monitor von Annas Laptop beleuchtete die Gesichter der drei Freunde.

»Seht ihr?«, jubelte Vanessa. »Wenn man diese beiden Kurven verändert, kann man den Kontrast des Bildes bereichsweise ändern.«

»Es funktioniert!«, schwärmte Anna. »Sieh nur, Liebster, wie außergewöhnlich!«

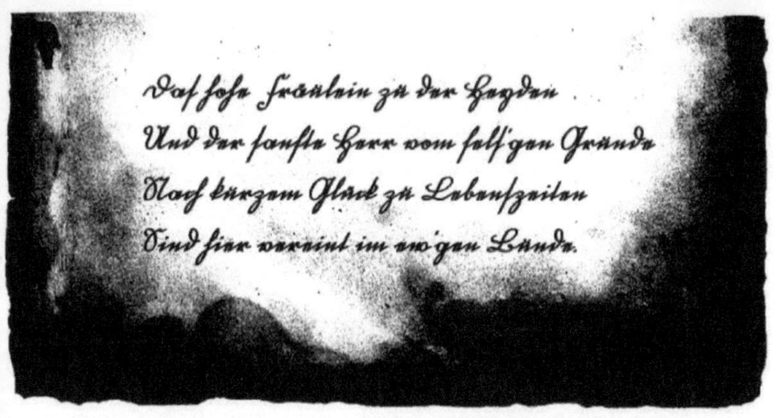

»*Vom fels'gen Grunde …*«, las Tim begeistert vor, »… *sind hier vereint …* es geht! Je nachdem, wie weit Nessi den Knopf zieht, kann man die Wörter erst außen lesen, dann wird außen alles schwarz, und andere Wörter tauchen weiter innen auf. Fahr einfach weiter hin und her, Nessi. Ich versuche zu erkennen, was da steht.«

Tim kniff die Augen zusammen und versuchte, die teilweise recht abgehakten und durch das Bearbeiten stark verpixelten Buchstaben zu erkennen. Langsam und bedächtig formulierte er:

»*Das hohe Fräulein zu der Heyden*
Und der sanfte Herr vom fels'gen Grunde
Nach kurzem Glück zu Lebenszeiten
Sind hier vereint im ew'gen Bunde.«

»Oh, nein!«, entfuhr es Anna mit Enttäuschung. »Das ist der Text, den Onkel Ansgar für Oma Lenis Grab verfasst hat. Nichts weiter. Zu dumm!«
»Aber wie das?«, wunderte sich Tim. »Wir haben doch neulich im Haus noch gedacht, dass es die Handschrift

dieser Antoinette ist. Und außerdem hat Melli auf dem Friedhof gesagt, dass sich die letzte Zeile nicht reimt. Hier passt es aber: Heyden, Zeiten – Grunde, Bunde.«

Anna wurde an diesem Punkt sehr hellhörig.

»Es ist wahr!«, hauchte sie gedankenversunken. »Onkel Ansgars zweite Zeile lautet: Und der sanfte Herr aus Leyental.«

»Merkst du was?«, entfuhr es Tim, wobei er höhnisch zu lachen anfing. »Dein Onkel hat den Spruch für das Grab deiner Oma nicht selbst geschrieben. Er hat einen alten Text gefunden und ihn einfach verändert. Er hat die Namen geändert. Alter Fuchs!«

Anna und Vanessa staunten Bauklötze. Das hatten sie nicht erwartet.

»Die Schrift sieht nur zufällig wie die von Antoinette aus. Hat doch jeder früher so geschrieben, oder? Dein Onkel hat den Text irgendwo gefunden und verschlimmbessert. Das Ding ist wertlos. Leider. Die ganze Mühe war für die Katz.«

Anna starrte immer noch wie gebannt auf die bearbeitete Version des Schnipsels auf dem Bildschirm. Sie schien keineswegs völlig überzeugt von Tims Worten zu sein.

»Er mag vielleicht die zweite Zeile verändert haben«, wandte sie langsam ein, »doch die erste Zeile übernahm er unverändert. Und gerade dort taucht der Name ›zu der Heyden‹ auf.«

»Ein Auszug aus eurem Familienstammbuch?«, vermutete Tim schulterzuckend.

»Nein«, hielt Anna im ruhigen Ton dagegen, »ein solches wird weder von Onkel Ansgar noch von meinem

Vater geführt, und das aus Gründen, die ich wohl kaum noch einmal darlegen muss.«

Tim musste einsehen, dass dieser Standpunkt sehr stichhaltig war. Seine Freundin weigerte sich, den Fund des mysteriösen Schnipsels einfach so zu verwerfen. Ihre Augen wanderten über das Bild auf dem Monitor. Sie wirkte schon beinahe wie eine erfahrene Geschichtsprofessorin, wie sie dort saß und mit einem nachdenklichen Griff an ihr Kinn den bearbeiteten Scan studierte. Plötzlich blieben ihre Augen an einer ganz bestimmten Stelle hängen.

»Vanessa«, sprach sie sachte, doch bestimmt, »bist du bitte so lieb und druckst uns dieses Dokument einmal aus. Die lange Seite sei dabei in etwa so lang wie die kurze Seite eines gewöhnlichen Schreibblattes.«

»In Ordnung«, bestätigte Vanessa, und schon kurz darauf hörte man das stoßweise Rauschen des Tintenstrahldruckers auf Annas Schreibtisch. Als der Ausdruck fertig war, nahm Anna ihn sogleich entgegen und legte ihn vor sich auf den Tisch.

»Schatz, wärst du so liebenswürdig und reichtest mir die Mappe meiner Großmutter an, bitte?«

»Klar doch«, reagierte Tim eifrig und kam der Bitte seiner Freundin nach. »Was hast du entdeckt?«

Anna nahm die Mappe entgegen und klappte sie auf.

»Ich möchte erst sichergehen«, kommentierte sie, »bevor ich mich dazu äußere.«

Tim und Vanessa beobachteten Annas Hände, wie sie die Mappe durchblätterte und zielgenau bei dem fast quadratischen Blatt mit dem zerfetzten Rand landete. Sie nahm es sogleich hervor und legte es mit der Unterkante auf den Ausdruck, sodass diese am oberen Rand des abgebildeten Dokuments anlag.

»Voilá!«, triumphierte sie zufrieden. »Dachte ich es mir doch! Ich bin erstaunt, dass wir es nicht sogleich bemerkt haben. Nun, was fällt euch auf?«

Vanessa und Tim rückten nahe an Anna heran. Verblüfft erkannten sie, was sie herausgefunden hatte. Die beiden Ränder passten nahezu exakt aufeinander. Das alte Dokument und Nessis Schnipsel gehörten zusammen! Sie bildeten ein Gesamtdokument von der Größe der übrigen Blätter, die sich in Oma Lenis Mappe befanden. Und es enthielt nun insgesamt drei Strophen anstatt nur zwei. Damit lautete das komplette Gedicht nun so:

Da, ach, mein Lieb mir ward genommen
Durch des Krieges blut'ge Taten
Ist sehr mein Herz mir nun beklommen
Kann keiner Seele es verraten.

Doch nicht auf ewig ist der Schmerz
Such heut schon einen Platz, mein Held
Damit, wenn nicht mehr schlägt mein Herz
Es wissen soll die ganze Welt.

Das hohe Fräulein zu der Heyden
Und der sanfte Herr vom fels'gen Grunde
Nach kurzem Glück zu Lebenszeiten
Sind hier vereint im ew'gen Bunde.

Vanessa schaute zuerst Tim und dann Anna an. Anna schlug ihr Herz bis zum Hals.

»Bitte suche einmal online nach dem Vornamen ›Clément,‹ oder auf Deutsch ›Klemens‹«, bat sie ihre Cousine aufgeregt. Vanessa bestätigte es mit einem Nicken und legte los. Das Suchergebnis ließ nicht lange auf sich warten.

»Klicke auf den dritten Link, bitte.«

Bereitwillig folgte Vanessa den Anweisungen Annas, deren Augen die Vorgänge auf dem Bildschirm gebannt verfolgten.

»Habe ich es doch geahnt! Seht ihr dort? ›Klemens. Bedeutung: Der Sanfte.‹«

»Der sanfte Herr vom fels'gen Grunde«, rezitierte Vanessa.

»Ganz recht«, nickte Anna, »und ›fels'ger Grund‹ ist eine poetische Bezeichnung für ein felsiges Tal. Leyental!«

»Ist ja irre!«, staunte Tim. »Der sanfte Herr aus Leyental. So steht es auf dem Grabstein. Es soll sich auf deinen Opa beziehen. So hat dein Onkel es sich gedacht. Aber ursprünglich war Clément damit gemeint!«

Wieder nickte Anna.

»Mir läuft es eiskalt den Rücken herunter«, wisperte sie, als sie Vanessa die Hand auf den Oberarm legte und bat: »Nun suche bitte nach dem Begriff ›Garrigue.‹ – Ich habe eine Vermutung, die, sollte sie sich als zutreffend erweisen, geradezu aufsehenerregend wäre.«

Sie schluckte, als Vanessa zu tippen begann. Alle drei saßen sie vor dem Laptop und warteten auf das Ergebnis. Kalt beleuchtete der Flachbildschirm des Laptops die Gesichter der drei jungen Leute in dem abgedunkelten Zimmer.

»Dort!«, flüsterte Anna. »Der Eintrag der deutschsprachigen Wikipedia, bitte!«

Dann las sie vor: »»Garigue, auch Garrigue, eine offene mediterrane Strauchheidenformation auf flach-gründigen Böden.‹ … Ich ahnte es!«

»Was?«, rief Vanessa verwirrt aus und ließ ihre Augen über den Eintrag schweifen. »Was genau meinst du, Annabelle?«

»Strauchheide!«, erkannte Tim und schlug mit der flachen Hand auf den Tisch. »Aber natürlich!«

»Ich komm nicht mit!«, jammerte Vanessa. »Helft mir auf die Sprünge!«

»Ganz einfach«, jubelte Tim begeistert. »Garrigue ist ein französisches Wort für eine Art Heide! ›De la Garrigue‹ gleich ›zur Heyden‹ Stimmt's, Anna?«

»So ist es!«, hauchte Anna zutiefst ergriffen.

»Moooment mal!«, wandte Vanessa ungläubig ein. »Du und Marilena habt unseren Nachnamen immer mit ›de la Lande‹ übersetzt. Warum soll ›de la Garrigue‹ jetzt ebenfalls ›zur Heyden‹ bedeuten?«

»Das war eben typisch Antoinette«, erklärte Anna in ihrem Enthusiasmus. »Freilich hat auch sie ihren Namen ins Französische übersetzt. Doch ›de la Lande‹ war ihr zu gewöhnlich, weil jedermann diese Form wählte. Deshalb suchte sie nach einem anderen Wort und erkannte dabei, dass auf Französisch zwischen einer Krautheide und einer Strauchheide unterschieden wird. Und so wählte sie in ihrer Einzigartigkeit ›de la Garrigue‹ als Übersetzung. Dies wiederum führte wahrscheinlich dazu, dass ihr Name eines Tages in der Familienhistorie unterging. Niemand fing mehr etwas mit ›Antoinette de la Garrigue‹ an, doch ihre geheime Liebesgeschichte blieb in aller Munde. So wurde die Legende geboren! Oh, Tim, weißt du, was das bedeutet? Es bedeutet, dass Antoinette eine zur Heyden war! Das war es, was Oma Leni ahnte! Ach, liebste Oma, ich habe es erkannt! Ich habe das Geheimnis gelüftet!«

In diesem Moment spürten die drei Freunde einen Windzug an ihren Knöcheln. Es war ein kalter Hauch, der ihre Beine umwehte und sie leicht frösteln ließ. Anna und Vanessa quiekten auf, und Anna griff hektisch nach Tims Arm.

»Oh mein Gott!«, wimmerte sie. »Tim! Sie ist hier! Ich habe das Geheimnis gelüftet, und jetzt ist sie hier! Oh, Tim!«

Allen dreien stieg die Gänsehaut die Beine empor und den Rücken hinauf.

»Blödsinn!«, fasste Tim sich und schüttelte den Kopf. »Das kann doch gar nicht sein. So was gibt's nicht!«

»Wie kannst du dir dort so sicher sein?«, hielt Anna zitternd dagegen. »Spürst du denn nicht ebenfalls die Kälte?«

»Tsss!«, wiegelte Tim höhnisch ab. »Ich muss mich wundern! Anna zur Heyden! Eine angehende Historikerin! Willst du mir erzählen, dass du ernsthaft an Gespenster glaubst?«

Plötzlich verschwand der kalte Hauch ebenso schnell wieder, wie er gekommen war. Anna hob an, um etwas zu sagen, da erschrak sie. Es klopfte hell und doch kräftig an ihre Zimmertür. Auch Tim und Vanessa zuckten zusammen, wenngleich Tim deutlich weniger als Annas Cousine. Den Mädchen stockte der Atem. Erstarrt sahen sie zur Tür. Da erklang das Klopfen abermals. Anna bemerkte den Lichtspalt unter dem Türblatt. In seiner Mitte zeigte sich eine Abdunklung. Es musste jemand vor der Tür stehen.

»Ja, bitte?«, rief Anna einigermaßen unsicher.

Da klackte das Schloss und die Tür schwang weit auf.

»Meine Güte, warum hängt ihr denn hier im Dunkeln ab?«

Die Worte schlossen mit einem herzlichen, mädchenhaften Lachen. Da erkannten die Freunde die Silhouette und die Stimme der jungen Frau im Türrahmen.

»Lena!«, rief Anna erleichtert aus und stand vom Stuhl auf. »Du bist es! Wie schön, dass du auch da bist!«

»Wer sollte ich denn sonst sein?«, lachte Marilena herzlich. »Ich meine, Thorben ist echt süß, aber das hier kann ich mir doch nicht entgehen lassen! Hallo Belle, meine Süße, lass dich umarmen!«

Freudestrahlend fiel Anna ihrer älteren Cousine in die Arme. Die beiden drückten sich ausgiebig, dann grüßte Marilena auch Tim und ihre Schwester mit einem freudigen »Hallo!«

»Seit wann bist du hier?«, wollte Vanessa von ihrer Schwester wissen.

»Ich bin gerade eben angekommen«, gab Marilena ihr zurück, »vor 'ner Minute vielleicht. Mann, ist das kalt geworden, draußen. Innerhalb einer Stunde ist die Temperatur um acht Grad gefallen. Ihr müsst mal rausgucken! Es hat angefangen zu schneien.«

Tim fing an zu lachen.

»Seht ihr?«, feixte er. »Der Windstoß kam von der Eingangstür, als Marilena ins Haus gekommen ist!

Wahrscheinlich zieht's hier oben ein bisschen, und deshalb gab's ein kleines Lüftchen.«

»Ja, so war es wohl«, gab Anna verlegen zu. »Nun, da dies geklärt ist, können wir uns wohl alle ganz entspannt auf diese Zusammenkunft freuen.«

»Was hat euch denn so aus dem Häuschen gebracht?«, hakte Marilena neugierig nach.

»Wir sind bei Annas Forschungsprojekt auf eine ziemlich fette Sache gestoßen«, erklärte Tim. Anna nickte dazu und fuhr fort: »Das stimmt. Wir wissen jetzt, dass Antoinette de la Garrigue ein Mitglied unserer Familie …«

»Schon in Ordnung«, wehrte Marilena lachend ab, »so genau muss ich es gar nicht wissen. Ach, Belle, du und dein Hang zu alten Geschichten. Vielleicht solltest du dich nicht so reinsteigern?«

»Das kann nur jemand sagen«, hielt Anna dagegen, »der für diese Dinge keine Begeisterung aufbringt.«

»Da hast du sicher Recht«, sah Marilena ein, »entschuldige. Also, diese Antoinette gehörte zur Familie. Fein. Wie wollt ihr denn nun weiter vorgehen, jetzt, da ihr das rausgefunden habt?«

»Eines ist hiermit völlig klar«, sagte Anna ernst und blickte sich in der Runde um. »Mein Geschichtsprojekt für die Schule hat bereits begonnen. Und die Historie meiner Familie ist facettenreicher und spektakulärer als Frau Dr. Uebelacker überhaupt zu ahnen vermag.«

»Was macht dich denn da jetzt so sicher?«, erkundigte sich Vanessa. »Sie ist euch bei diesem Projekt doch die größte Konkurrentin!«

»Das mag sein«, gab Anna überlegen lächelnd zurück, »doch warum sollte sie mir zur Ablenkung von der

Legende vorschlagen, mich mit der Historie meiner eigenen Familie zu befassen, wo doch nun offenkundig ist, dass beides miteinander verwoben ist? Nein, in diesem Punkt ist sie ahnungslos. Nun bin ich ihr einen großen Schritt voraus. Ich werde mich nun so schnell wie möglich um einen Besuchstermin bei unseren adeligen Verwandten bemühen.«

»Bei unseren adeligen Verwandten?«, warf Marilena mit großem Erstaunen ein. »Du meinst Omas alte Familie?«

»Ja, ganz recht«, bestätigte Anna entschlossen, doch Marilena blies nur verächtlich durch die Lippen.

»Na, dann mal viel Glück!«, höhnte sie. »Die werden dich garantiert nicht empfangen, darauf kannst du Gift nehmen.«

»Ich wäre dort nicht so sicher«, hielt Anna dagegen. »Inzwischen ist viel Zeit vergangen. Man sollte doch annehmen, dass man dort inzwischen etwas vernünftiger mit diesem Thema umgeht.«

»Glaub ich nicht«, widersprach Marilena. »Überleg mal: Wir sind die Nachkommen der Frau, die sie verachtet und verstoßen haben. Aus der Sicht dieser Leute hat Oma sie verraten. Und gerade bei solchen Hochwohlgeborens wird so ein Hassbild doch von Generation zu Generation weitergegeben.«

»Diese Möglichkeit ziehe ich freilich durchaus in Betracht«, sprach Anna selbstsicher. »Ich finde es jedoch nur heraus, indem ich es versuche. Ich bleibe zuversichtlich.«

»Wie du meinst, Belle. Ich wünsche dir jedenfalls viel Glück bei der Sache.«

»Danke.«

»Also willst du dort nachfragen«, vermutete Marilena, »ob du dir die Familienstammbäume ansehen darfst, richtig?«

»So ist es«, nickte Anna.

Da klopfte es abermals an die Tür. Auf Annas Aufforderung hin trat Wolfgang hinein und gab bekannt, dass der Kaffeetisch gedeckt und man somit nun zur Zusammenkunft gerichtet sei.

Kapitel 13

Das große Esszimmer war festlich und, wie man anerkennen musste, äußerst liebevoll geschmückt. Glitzergirlanden und Sterne aus Silber wechselten mit dekorativen, klassischen Elementen wie Tannenzweigen und roten Kugeln ab. Alles war sehr dezent und geschmackvoll arrangiert, und jedes Teil war von edler Herkunft.

Tim wartete ab, wo sich die Gäste nach Viviennes freundlicher Aufforderung an den riesigen, dunklen Eichenholztisch setzen würden. Er ging davon aus, dass es bestimmt eine traditionelle Verteilung der Sitzplätze gab, an denen seit Jahren nicht gerüttelt wurde. Und so war es. Die Erwachsenen besetzten die Rundung am Kopf der Tafel, von links nach rechts Wolfgang, Vivienne, Ansgar und schließlich Edeltraud, die bereits den ersten Platz an der geraden Tischkante einnahm. Ihr gegenüber hatte Gabriel zu sitzen, neben dem wiederum zuerst Anna und dann Tim saßen. Ihnen gegenüber, neben Edeltraud, hatten Marilena und Vanessa ihre Plätze. Neben Kaffee und schwarzem Tee wurden leichte Zimt- und Nussgebäcke gereicht. Schließlich sollte später noch ein reichhaltiges Abendessen aufgetragen werden. Da war es sinnvoll, den Nachmittagskaffee, der ohnehin nur wegen des alljährlichen Familienbesuchs abgehalten wurde, etwas knapper zu halten.

»Wie fühlen Sie sich, Herr Richthof?«, klang Edeltrauds gutmütige und gleichzeitig sehr heitere Stimme an Tims Ohr. »Ich hörte, dies sei Ihr erstes Weihnachtsfest überhaupt?«

»Das stimmt«, bestätigte Tim ihre Worte freundlich. »Mir geht's gut, danke.«

»Gefällt es Ihnen denn bisher?«, fragte Edeltraud weiter.

»Ich hab ja noch nicht so viel mitgekriegt«, schmunzelte Tim. »Bis jetzt ist es ein ganz normaler Nachmittag. Nur mit Glitzergedöns an den Wänden.«

»Sehr charmant«, kicherte Edeltraud, während sie vornehm nach ihrer Tasse Kaffee griff.

»Und was gibt es bei dir Neues, Annabelle?«, erkundigte sich Ansgar. Anna überlegte kurz und wechselte einen Blick mit Tim und Vanessa. Dann nahm sie sanft Luft und verkündete bedachtsam: »Ich arbeite derzeit an einer Projektarbeit für die Schule im Fach Geschichte.«

»Ja!«, platzte Marilena aufgeregt heraus. »Und sie hat eine verdammt heiße Sache rausgefunden! Habt ihr gewusst …«

Tim hatte blitzschnell nach einem sternförmigen Zimtplätzchen gegriffen, um es Marilena an den Kopf zu werfen. Doch Vanessa kam ihm zuvor. Marilenas fassungsloser Gesichtsausdruck war nicht zu überbieten, als ihre Schwester ihr von links blitzschnell ein Zimtsternchen zwischen die Zähne schob. Hastig nahm Marilena es mit ihrer linken Hand aus dem Mund, schnappte nach Luft und pflaumte Vanessa an.

»Sag mal! Was fällt dir denn ein?«

»Sorry, Marilena«, zischte Vanessa beinahe unhörbar, »aber das darfst du noch nicht weitersagen.«

Staunend blickte Marilena zu Anna. Die sah ihre Cousine eindringlich bittend an, verkniff zart die Lippen und deutete ein Kopfschütteln an. Marilena biss die Zähne zusammen und zog schuldbewusst die Mundwinkel hinunter.

»Ähm«, stammelte sie, »habt ihr gewusst, dass Geschichte gar nicht so … blöd ist … wie man gemeinhin denkt?«

»Ja, Marilena«, gab Ansgar ihr mahnend zurück. »Das wussten wir. Und wir wissen auch, dass du es bist, die gemeinhin so denkt. Was wolltest du sagen? Was hat Annabelle herausgefunden?«

Ansgar lenkte den Blick von seiner Tochter zu seiner Nichte hin.

»Annabelle?«

»Ja, Annabelle«, stimmte Wolfgang ein. »Sag es uns bitte!«

»Ach«, wehrte Anna mit einem Abwinken ab, »so etwas Besonderes ist es gar nicht. Es handelt sich um einen heimatkundlichen Zusammenhang, den ich näher beleuchtet habe. Ich suche noch nach Beweisen, daher möchte ich mich noch nicht dazu äußern.«

»Ganz die Wissenschaftlerin«, nickte Ansgar lächelnd. »Du solltest nur nicht den Zeitpunkt verpassen, deine Entdeckung zu präsentieren. Andernfalls kommt dir jemand zuvor, und dann hast du nichts weiter erreicht, als dass der Ruhm und der Profit an jemand anderen gehen.«

»In der Wissenschaft geht es nicht um Ruhm und Profit, Onkel Ansgar«, hielt Anna ihm distanziert entgegen.

»Annabelle hat außerdem in Kürze etwas Wichtigeres vor«, warf Vivienne ein. »Nicht wahr, Annabelle?«

»Ja, Mama, gewiss.«

»Tatsächlich?«, hakte Ansgar nach. »Und was wäre das, wenn ich fragen darf?«

»Sie wird Fahrstunden nehmen und ihren Führerschein machen«, erklärte Vivienne.

»Sehr vernünftig«, nickte Ansgar Anna zu. »Das lobe ich mir.«

»Hey, das wird cool!«, rief Tim lachend aus und sah Anna an. »Dann darfst du mit dem Jeep auch mal so richtig durch den Dreck pflügen. Das macht Spaß!«

»Wo wir gerade bei Führungsberechtigungen von Fortbewegungsmitteln sind«, sprach Ansgar mit auffällig erhobener Stimme zu Wolfgang. »Der junge Herr Richthof verfügt doch über eine Privatpilotenlizenz, habe ich nicht recht?«

»So ist es, mein Lieber«, pflichtete Wolfgang ihm bei.

»Nun, Wolfgang, erinnerst du dich an unser Telefonat, neulich nach dem Vorfall in meinem Büro.«

»Ja, Ansgar, sehr gut sogar. Eine unschöne Sache.«

Die beiden Brüder schauten mit einem ernsten Blick zu Tim rüber. Der lauschte dem Gespräch verwundert und mit einem mulmigen Gefühl. Es war erneut Ansgar, der die Stille unterbrach und das Wort an sich nahm.

»Ja, in der Tat. Wir haben an diesem Tag etwas Ernstes über den jungen Herrn Richthof erfahren, denke ich.«

»Hinzu kommen unsere Erkenntnisse im Zusammenhang mit Philipp. Sein Verhalten gegenüber des Sohnes Dr. Hinkheims zeigt ähnliche Aspekte, um es ganz vorsichtig auszudrücken.«

»Wir sollten gegenüber Herrn Richthof offen sprechen, denkst du nicht auch?«

»Ja, das denke ich.«

Wieder unterbrachen die Männer ihr Gespräch und schauten Tim streng an. Tim bekam schon rote Ohren.

Jetzt würde es wohl eine Standpauke geben, war ihm klar. Wolfgang richtete das Wort erneut an seinen Bruder.

»Ich bin sehr froh, dass wir diesen Test durchgeführt hatten. Die Reaktion des jungen Herrn Richthof auf dein Auftreten ihm gegenüber hat rechtzeitig offenbart, welchen Charakters er ist.«

»Darf ich fragen, was Sie von mir wollen?«, warf Tim dazwischen. »Ich sitze doch hier. Also reden Sie mit mir!«

»Bitte unterbrechen Sie uns nicht, Tim!«, bat Wolfgang ihn eindringlich.

»Sie sollten jetzt lieber zuhören, Herr Richthof«, folgte Ansgars mahnende Stimme auf dem Fuß. Tim schaute Vivienne und Anna an, die beide schwiegen. Was für einen Respekt sie vor den beiden Brüdern haben mussten, wunderte er sich. Ansgar und Wolfgang wechselten einen ernsten Blick, dann sahen sie wieder Tim an.

»Nun, Herr Richthof«, begann Ansgar endlich eine direkte Ansprache, »Sie wissen vielleicht, dass mein Bruder innerhalb seiner Bankgeschäfte häufig spontane Reisen unternimmt. Auch ich selbst habe im Rahmen von Hotelgeschäft und Burgverwaltung immer wieder durch ganz Europa zu reisen.«

»Okay?«, kam es verdutzt von Tim über den Tisch zurück. Annas Onkel nickte und fuhr fort: »Ich hatte vor, Ihnen ein Jobangebot zu machen und mir in diesem Zuge überlegt, Sie als Piloten zu engagieren.«

Tim wusste nicht sofort, was er darauf antworten sollte, also sprach Ansgar weiter: »Mein Bruder unterstützte die Idee, doch ich selbst war noch skeptisch, da ich Sie noch nicht zur Gänze einzuschätzen wusste. Sie verstehen, dass wir gerade bei einem Piloten nach einem

integeren Mann mit hervorragendem Leumund suchen
müssen. Wir beschlossen daraufhin, Sie während Ihres
Besuches in meinem Haus charakterlich zu testen.«

»Ups …«, entfuhr es Tim leise.

»Sie sagen es«, bestätigte Ansgar Tims knappe Anspielung. »Sie kennen den Ablauf der Ereignisse, Herr Richthof. Wir konnten uns an diesem Tag ein Bild von Ihnen
machen.«

»Was dabei herauskam«, schloss sich Wolfgang an,
»war das Bild eines Mannes, der einen starken Gerechtigkeitssinn hat und der auch in einer unterlegenen Position
den Mut besitzt, für andere einzutreten.«

»Ihre Loyalität ist bewundernswert«, ergänzte Ansgar,
»und darauf kommt es uns in erster Linie an.«

»Ich kapier gar nix mehr«, staunte Tim mit offenem
Mund.

»Durch Ihr Eintreten für Annabelle und Vanessa mir
gegenüber zeigten Sie, dass Sie ein Mann von Ehre sind,
Herr Richthof.«

»Vielen Dank«, sagte Tim leise, und seine Verunsicherung war ihm immer noch anzumerken.

»Tja«, fuhr Wolfgang gewitzt lächelnd fort, »Sie erkennen unser Dilemma, Tim. Wir stehen nun vor einer
schwierigen Frage: Wie erreichen wir es, Sie für den Job
zu gewinnen?«

»Zu gewinnen?«, wiederholte Tim, und das Leben
kehrte in sein Gesicht zurück. Er sah Anna an und begann zu strahlen. Da stand Wolfgang auf und begab sich
zu dem breiten Sideboard an der Wand. Er öffnete eine
der großen Schubladen und nahm einen Hochglanzprospekt heraus, den er an Tim weiterreichte.

»Wir haben bereits den Kauf eines eigenen Flugzeuges erwogen«, erklärte er, »doch wir möchten gerne Ihre Meinung dazu hören.«

Überwältigt hielt Tim den edlen Prospekt der Firma Piper Aircraft Incorporated in den Händen. Herrliche Fotografien eines propellergetriebenen Geschäftsflugzeugs lachten ihn an. Es hatte zwei Motoren und war schwarz und weiß lackiert. Die schwarze Unterseite war mit einem geschwungen Ziersteifen von der schneeweißen Oberseite abgesetzt. Die Tragflächen waren weiß, während das Heck mit dem Leitwerk schwarz gehalten war. Die beiden Propeller, die an den Motorgehäusen an den Tragflächen saßen, funkelten in glänzendem Silber. Die Spitzen ihrer Blätter waren weiß abgesetzt.

»Das ist eine Piper Seneca!«, brachte er ehrfürchtig hervor.

»Nun ja«, sprach Wolfgang weiter, »um unser Problem zu konkretisieren: Wir wissen von Annabelle, dass Sie ein solch großzügiges Angebot niemals annehmen würden. Dazu ist Ihnen die Anstrengung des eigenen Bemühens einfach zu wichtig.«

»Und deshalb muss Ihnen klar sein«, ergänzte Ansgar streng, »dass wir Ihnen hier nichts schenken. Wir erwarten etwas von Ihnen, Herr Richthof!«

»Sehr richtig!«, nickte Wolfgang bekräftigend. »Unsere Bedingungen sind folgende: Sie fertigen eine aussagekräftige Bewerbungsmappe an, die Sie uns in aller Form zukommen lassen. Wenn wir Sie einstellen, kommen unsere Firmen für Ihre Weiterbildung zum Berufspiloten auf. Dafür erwarten wir, dass Sie uns flexibel für Flugreisen zur Verfügung stehen. Und selbstverständlich werden Sie sich persönlich um die Maschine kümmern. Sie werden sie warten und pflegen, aber in erster Linie werden Sie sie fliegen sooft es Ihnen möglich ist. Schließlich müssen Sie in Übung bleiben und Ihre gesetzlich geforderten Stunden in der Luft nachweisen. Sind die mit diesen Bedingungen einverstanden?«

Tim schnappte vor Freude nach Luft und schaute Anna an, die ihn stolz und mit kleinen Freudentränen ansah. Er schlug seine Faust auf den Tisch und rief: »Scheiße, ja! Und wie ich einverstanden bin!«

»Sehr schön!«, lachte Ansgar. »Ich möchte freilich noch eine gepflegtere Ausdrucksweise zur Auflage machen. Wäre Ihnen das möglich?«

»Darum würde ich ebenfalls bitten«, pflichtete Vivienne im bei.

»Na gut«, hielt Tim Ansgar frech entgegen. »Aber nur unter einer Bedingung!

»Und die wäre?«

»Ich will so ein weißes Hemd mit Schulterklappen. Damit ich so richtig profimäßig verschärft aussehe.«

Da lachten Wolfgang und Ansgar ausgelassen, und die Frauen stimmten samt und sonders mit ein.

»Aber selbstverständlich!«, bekräftigte Ansgar. »Sie bekommen drei komplette Pilotenanzüge, Herr Richthof. Einschließlich Schulterklappen und Schirmmütze. Das versteht sich ja von selbst!«

»Krasser Scheiß!«, jubelte Tim und biss sofort beschämt die Zähne zusammen. »Äh, ich meine, das ist ausdermaßen erfreulich … Danke, Mann!«

Dem herzhaften Lachen der Tischgesellschaft folgten freundliche und aufrichtige Glückwünsche von allen

Seiten. Was für ein Tag! Die Zeit der Bescherung war noch gar nicht gekommen, und doch war Tim schon um eine bedeutende Entdeckung und einen neuen Job reicher.

Nach einer Weile nahm Edeltraud ihr ursprüngliches Gesprächsthema wieder auf. Sie richtete sich an Tim und sagte interessiert: »Ich kann es mir immer noch nicht so recht vorstellen, dass Sie noch nie das Weihnachtsfest gefeiert haben. Verzeihen Sie meine Neugierde, aber wie muss ich mir das vorstellen? Wie kam es dazu? Und wie hatten sie in der Vergangenheit die Feiertage zugebracht?«

Tim antwortete gelassen: »Das lag halt daran, dass meine Al … ähm, meine Eltern sich ständig gefetzt haben. Die waren ja auch dauernd blau. Und wenn sie nicht blau waren, haben sie rumgequalmt, also was sollte man schon von denen erwarten? Manchmal war's so, dass sie schon überlegt hatten, einen Baum zu kaufen und an Weihnachten was zu machen, aber dann hat wieder einer von beiden was Blödes gesagt, und schon ging's wieder los.«

»Aber das ist erschütternd!«, kommentierte Edeltraud Tims Geschichte betroffen. »Wie sind Sie als Kind denn nur mit diesem Umständen zurechtgekommen?«

»Am Anfang war's noch so«, erzählte Tim weiter, während Anna und ihre Familie still und aufmerksam zuhörten, »dass mein Bruder und ich in sein Zimmer gegangen sind. Wir haben die Tür zugemacht und gewartet, bis es vorbei war. Es ging aber nicht vorbei. Irgendwann ist dann meistens mein Alter gekommen, hat mich in mein Zimmer gezerrt, und dann gab's 'ne Abreibung.«

»Er hat dich tatsächlich mal geschlagen?«, fragte Vanessa erschrocken. Tim nickte gelassen.

»Mehr als einmal«, bestätigte er trocken. »Irgendwann hatte ich keinen Bock mehr dadrauf. Da bin ich dann rechtzeitig getürmt. Bin aus dem Fenster raus und in der Gegend rumgelaufen. Blöd war an dem Plan nur, dass ich ja irgendwann wieder zurück musste. Dann gab's die Abreibung halt später.«

»Und was hast du draußen gemacht?«, wollte Vanessa wissen. Tim zuckte mit den Schultern und fuhr fort: »Meistens bin ich durch die Straßen gelaufen, ohne jetzt irgendein Ziel zu haben oder so. Einfach nur weg sein von meinen Alten. Einmal, als ich an 'nem Haus vorbei kam, hab ich im Fenster einen Weihnachtsbaum gesehen. Und weil das Fenster bis zum Boden ging, konnte ich auch sehen, wie drei Kinder mit ihren Eltern da saßen und Geschenke ausgepackt haben. Also, von daher weiß ich so in etwa, wie das abläuft.«

Gleichmütig lächelnd sah Tim in die Runde. Alle sahen ihn an, teilweise mit mitleidsvollen Blicken, denen er auswich.

»Was geschah dann?«, fragte Edeltraud leise weiter.

»Keine Ahnung«, gab Tim zurück. »Ich fand's schön. Aber dann hab ich auf einmal 'nen tierischen Schreck gekriegt, weil die Mutter im Fenster aufgetaucht war, und Raaatsch! … hat sie die Jalousien runtergelassen. Na ja, war ja auch blöd von mir. Ich steh da vor dem Haus und bin die voll am stalken. Kann man ja nicht machen, so was.«

Die Tischgesellschaft schwieg betreten, bis Vivienne das Wort ergriff.

»Tim«, versicherte sie vorsichtig, »wenn Sie darüber nicht sprechen möchten …«

»Hey, kein Problem!«, wehrte Tim lässig ab. »Ich bin heute cool damit. Im Ferienpark Albenhain hatten mein Alter Mann und ich dieses Jahre eine … Unterredung … Seitdem ist unser Status Quo geklärt. Nennt man doch so, oder, Anna?«

»Ja, mein Liebster.«

»Wie alt waren Sie zum Zeitpunkt dieses Erlebnisses, von dem Sie vorhin sprachen«, war die Frage, die Edeltraud noch auf dem Herzen hatte.

»So sechs, sieben«, antwortete Tim. »So rum. Grundschule halt.«

Tim sah sich um. Wie es aussah, hatte er die Stimmung mit seiner Geschichte ein wenig gedrückt. Es dauerte indessen nicht sehr lange, bis neue Themen angeschnitten und wieder entspannt und fröhlich miteinander gesprochen wurde. Nur Vivienne sah zwischendurch immer wieder mal zu Tim hin und lächelte ihm mild zu.

Es kam schließlich der Moment des Abschieds. Marilena und Vanessa trennten sich per Umarmung von Tim und Anna. Dann fuhren sie mit ihren Eltern nach Hause. Für Tim, Anna, Vivienne und Wolfgang folgte ein trauliches, gemeinsames Abendessen bei verschiedenen Geflügelgerichten, etwas Kaviar und edlen Weinen. Gerade das Weintrinken war für Tim etwas unangenehm, denn aus irgendeinem Grund hinterließ er mit seinen Lippen immerzu Abdrücke am Glas. Da Annas Glas nach jedem Schluck stets blitzblank aussah, schämte er sich ein bisschen dafür. Deshalb versuchte er das Glas beim Wiederabstellen auf den Tisch jedes Mal insgeheim so zu drehen, dass seine Abdrücke aus den Blickwinkeln seiner Gastgeber verdeckt waren. Er beschloss, Anna gleich nach dem Essen unter vier Augen zu fragen, wie man es richtig machte.

»Bist du sehr aufgeregt?«, fragte Anna ihn neckisch, als die Familie sich eine Stunde später zur Bescherung in der prachtvollen Ledersitzgruppe im Wohnzimmer niederließ.

»Geht so«, flachste er zur Antwort, »aber die Stimmung gefällt mir schon mal sehr. Die Musik ist auch gut. Guter Geschmack, Herr zur Heyden!«

»Danke, Tim«, schmunzelte Wolfgang. »Ich habe mir gedacht, dass man statt klassischer Weihnachtsmusik einmal etwas mehr … jazzlastiges spielen könnte.«

»Find ich cool«, nickte Tim anerkennend.

»Nun«, äußerste Vivienne vergnügt, als sie neben das Sofa griff und ein weiß-rot diagonal gestreiftes Geschenk in der Größe einer Aktentasche hervor hob, »dann schauen wir doch einmal, wie Ihre Weihnachtsstimmung sich verhält, wenn Sie dies hier von mir und meinem Mann entgegen nehmen. Fröhliche Weihnachten, Tim.«

»Oh!«, stieß Tim überrascht hervor. »Ich krieg auch eins? Wie cool! Danke schön!«

»Na, selbstverständlich!«, unterstrich Vivienne ihre Geste. »Wir werden Sie als unseren Gast doch nicht unbedacht lassen. Sie können Fragen stellen …«

Tim nahm das Päckchen freudig entgegen und legte es auf seinem Schoß ab.

»Danke vielmals!«, sagte er freundlich und langte nach seiner Plastiktüte, die neben seinen Beinen auf dem Boden stand. »Ich hab Ihnen auch was mitgebracht.«

Vivienne und Wolfgang wechselten schmunzelnd einen Blick, während Tim eifrig in seiner Plastiktüte raschelte. Als erstes nahm er eine afrikanische Schnitzarbeit hervor. Sie bestand aus dunklem, beinahe schwarzem Holz und zeigte in stilisierter Form einen Hirten mit drei Ziegen.

»Das hier ist für dich, Süße«, erklärte er, als er sie Anna hinreichte. Sie faltete entzückt die Hände und atmete erfreut ein.

»Ist das dein Ernst?«, rückversicherte sie lächelnd. »Du schenkst mir die wundervolle Holzfigur?«

»Ja«, nickte Tim liebevoll. »Du siehst sie dir immer so gerne an, wenn du bei mir bist. Deshalb will ich sie dir schenken.«

»Oh, danke, mein Liebster! Wie aufmerksam von dir!«
Mit einer überschwänglichen Umarmung bedankte Anna sich bei Tim. Zum Abschluss gab sie ihm einen zurückhaltenden Kuss auf die Wange. Immerhin waren ihre Eltern anwesend. Es würde noch Gelegenheit geben, sich ausgiebiger zu bedanken. Noch einmal griff Tim in seine Tüte und brachte eine weitere Gabe zum Vorschein. Es war eine kleine, zerschlissene Pappschachtel, in etwa so groß wie eine Zigarettenschachtel, nur doppelt so dick. Sorgsam öffnete er sie und zog, verfolgt von den neugierigen Blicken seiner Gastgeber, einen zusammengekrumpelten, grauen Stofflappen hervor. Den legte er auf seiner linken Hand ab, und mit der rechten begann er, ihn auszubreiten. Auf diese Weise legte er ein gut fünf Zentimeter großes, goldenes und spindelförmiges Schmuckstück frei, das mehrere Verdickungen aufwies und zusätzlich mit vier umlaufenden blauen Steinen besetzt war. Er

nahm es in die Hand und stellte es vor Annas Eltern auf dem Sofatisch ab.

»Und das habe ich Ihnen mitgebracht«, kommentierte er. »Ihnen beiden. Als Dankeschön und Weihnachtsgeschenk.«

Nun schmunzelten Wolfgang und Vivienne nicht mehr. Ihre Gesichter zeigten eine Emotion, die man durchaus mit Verblüffung beschreiben konnte. Wolfgang lehnte sich aus dem bequemen Sofa heraus nach vorne und nahm das Stück in die Hand. Er betrachtete es aufmerksam. Dann sah er zuerst seine staunende Ehefrau und schließlich Tim an.

»Das möchten Sie uns überlassen?«

»Ja.«

Wolfgang presste beeindruckt die Lippen aufeinander.

»Nun, dann darf ich Ihnen unseren tiefen Dank aussprechen«, begann er. »Jedoch, wenn Sie mir die Frage gestatten: Wo haben Sie es her? Und warum schenken Sie uns einen derart kostbaren Gegenstand?«

Vivienne rückte nah an ihren Gatten heran und schaute sich höchst angetan das Schmuckstück an.

»Was für ein großzügiges Geschenk«, sagte sie andachtsvoll. »Vielen Dank, Tim. Ist das Lapislazuli?«

»Ja, genau«, bestätigte Tim ihre Vermutung, »die Steine. Der Rest ist aus Gold.«

»Ich muss mich der Frage meines Mannes anschließen. Wo haben Sie es her?«

»Ich kam auf meiner Tour durch Arabien«, erzählte Tim. »Es war in Sa'da im Jemen. Ziemlich weit im Westen. Der Teil ist von den Huthi besetzt. Mein Ziel war Hadhirah hinter der saudischen Grenze. Es gab überall

Sperrgebiete, die vom Militär abgesichert waren und scharf bewacht wurden. Weil's halt schon Abend war, bin ich in Sa'da geblieben. Ich hab mich da unter ein paar Einheimische gemischt. Nette Leute. Wir haben Tee zusammen getrunken. Einer von ihnen hieß Ibrahim. Soviel zur Vorgeschichte.«

»Ich verstehe«, nickte Wolfgang. »Vom Huthi-Konflikt habe ich gehört. Bitte erzählen Sie weiter.«

»Sie müssen noch wissen, dass man als Journalist die Sperrgebiete passieren konnte. Dafür musste man sich aber ausweisen. Deshalb hatte ich mir vorher mit viel Klinkenputzen und Beziehungen einen Presseausweis beschafft. So musste ich die Sperrgebiete nicht umgehen und konnte Zeit sparen. Klar, oder?«

»Ja, völlig klar. Ich wusste nicht, dass Sie journalistisch tätig waren.«

»War ich auch nicht. Ich hab den Ausweis nur klargemacht, um schneller voran zu kommen.«

»Das muss doch ein hohes Risiko gewesen sein. Wenn dies herausgekommen wäre …«

»Joa, dann hätte ich ein Problem gehabt. Aber es war alles gut gegangen. Also: Am nächsten Morgen bin ich aufgebrochen, Richtung Hadhirah. Da hab ich Ibrahim getroffen. Sein kleiner Sohn war in seinem Übermut hinter eine Barriere gelaufen und war außer Sichtweite. Ibrahim redete mit Engelszungen auf die Wachsoldaten ein, damit er ihm nachgehen durfte, doch die haben ihn nicht gelassen. Da bin ich hin, hab meinen Ausweis gezeigt und gesagt, dass Ibrahim zu mir gehört. Sie haben es nicht direkt akzeptiert, doch am Ende durfte er mit hinter die Absperrung und seinen kleinen Pupser einsammeln.«

»Wie edelmütig von Ihnen!«, sagte Vivienne.

»Fand Ibrahim auch«, fuhr Tim fort. »Er bestand darauf, sich im Sinne der Tradition seiner Familie bei mir zu bedanken. Ich hatte keinen Dunst, was er damit meinte, doch kurz darauf fand ich mich in seinem Auto wieder. Mit seinen drei Brüdern. Ich bekam die Augen verbunden.«

»Ach, du meine Güte!«, hauchte Anna erschrocken. »Eine Entführung?«

»Nein, nicht wirklich. Ich durfte nur den Weg zu ihrem Haus nicht wissen. Das hatten sie mir vorher erklärt. Na jedenfalls, ich komm da an, und da stand der ganze Boden mit Essen voll. Rundherum Kissen zum Sitzen. Und die ganze Familie drumrum. Tja, die hatten mich zu 'nem fetten Schmaus eingeladen, so einfach war das.«

Nach dieser flapsigen Bemerkung wurde Tims Stimme ruhiger und ernster.

»Und dann war es soweit. Ibrahims Vater stand auf und sagte, ich soll mitkommen. Er führte mich nach hinten, tief ins Haus. Dort ging eine Treppe nach unten, unter die Erde. Dort zeigte er mir einen großen Gewölbekeller, der mit Schätzen vollstand. Gold, Edelsteine, das ganze Programm. Ich durfte mir zum Dank ein Teil aussuchen, egal welches, hat Ibrahims Vater gesagt. Ja, und ich wollte natürlich nicht gierig sein. Am liebsten hätte ich gar nichts genommen. Mir war es peinlich, für so ein bisschen Hilfe so beschenkt zu werden. Aber ich wollte die Familie nicht beleidigen, also hab ich mir ein ganz kleines Teil ausgesucht. Das kleinste, das da war.«

»Tim«, sprach Vivienne, und sie war zutiefst beeindruckt, »einmal ganz davon abgesehen, dass das eine wundervolle Geschichte ist – weshalb haben Sie sich entschlossen, uns diesen doch sehr persönlichen Gegenstand zu überlassen?«

»Weil Sie es am Ende erlaubt haben, dass ich mit Annabelle zusammen sein darf. Sie haben ja keine Ahnung, wie sehr Ihre Tochter mein Leben verändert hat. Ich weiß nicht, was ich gemacht hätte, wenn Sie hart geblieben wären. Aber Sie haben nachgegeben. Heute versteh ich, wie dankbar Ibrahim gewesen ist. Und deshalb schenk ich Ihnen das, was seine Familie mir überlassen hat.«

»Das ist eine sehr noble Geste von Ihnen, Tim«, sprach Wolfgang. »Wir wissen es einzuschätzen und auch wertzuschätzen. Vielen Dank noch einmal.«

»Das freut mich«, gab Tim freundlich zurück.

Vivienne verteilte nun die übrigen Päckchen. Auch Wolfgang und Anna begannen, ihre Geschenke zu verteilen. Tim beobachtete das Geschehen fasziniert. Er sah von einem zum anderen und erfreute sich an den glücklichen Reaktionen, die die einzelnen Weihnachtsgaben auslösten. Jeder zeigte dem Anderen, was er bekommen hatte und bedankte sich bei der schenkenden Person. Nach einer Weile sah Vivienne Tim an. Sie betrachtete ihn mehrere Sekunden lang ganz intensiv. Dann senkte sie den Blick, kniff die Lippen zusammen und schüttelte zart den Kopf, woraufhin sie aufstand und das Zimmer verließ. Anna bemerkte den Gesichtsausdruck ihrer Mutter. Sie strich Tim im Aufstehen über den Arm und ging Vivienne hinterher. Was hatte ihre Mutter denn plötzlich?

Anna holte Vivienne in der Küche ein. Dort stand ihre Mutter, mit dem Rücken an der Küchenzeile und rieb sich mit ihren sorgsam lackierten Fingern unter den Augen entlang.

»Mama?«, fragte Anna besorgt beim Nähertreten. »Was ist denn nur?«

Wieder traten Vivienne Tränen in die Augen, als sie erklärte: »Ich bekomme dieses Bild nicht aus dem Kopf. Ständig sehe ich diesen kleinen Jungen, wie er am Heiligen Abend, vor seinem jähzornigen Vater fliehend, durch die Straßen läuft. Ich sehe ihn, wie er sehnsüchtig durch das Fenster einer anderen Familie bei der Bescherung zuschaut, und wie diese Frau ihm herzlos das Fenster vor der Nase verschließt. Und jetzt …«

Sie schluchzte auf. Anna legte ihr den Arm um die Schulter.

»… Jetzt sitzt er dort, beim ersten Weihnachtsfest seines Lebens, und staunt als wäre er wieder sieben Jahre alt. Er staunt so sehr, dass er darüber völlig vergisst, sein eigenes Geschenk zu öffnen … Was muss das für ein trostloses Leben gewesen sein?«

»Du ahnst es noch nicht vollends, Mama. Was er mir bisher anvertraut hat, möchte ich dir heute noch nicht zumuten.«

»Und doch hat es ihn nicht zerbrochen. Im Gegenteil. Seine Hilfsbereitschaft, seine Großzügigkeit, sein Ehrgefühl … Und du hast das alles lange vor mir gesehen.«

»Oma Leni hatte einmal zu mir gesagt: ›Im Jugendalter trägt man wohl schwerlich die Schuld für mangelnde Obhut.‹ Ich muss gestehen, ich verinnerlichte diesen Satz selbst erst, als ich Tim und seine Freunde kennen lernte. Durch Tim, und somit auch durch Melina und Isabel, habe ich viel über wahre Freundschaft gelernt.«

Vivienne drehte sich zu ihrer Tochter hin und legte ihre Hände an Annas Wangen. Sie streichelte sie liebevoll und lächelte sie an.

»Halte ihn fest, Annabelle!«, sprach sie mit Bestimmtheit in der Stimme. »Hört du? Dieser junge Mann ist ein Prinz! Es tut mir leid, dass ich zu Anfang so vehement gegen ihn war. Und es tut mir leid, dass ich dir damit wehgetan habe. Verzeih mir bitte.«

»Ich habe dir schon längst verziehen, Mama«, wisperte Anna als sie ihre Mutter in den Arm nahm und an sich drückte. »Schon ganz, ganz lange.«

Wie gut, dass die beiden Damen die teuerste Wimperntusche benutzten, die man für Geld kaufen konnte. So brauchte es nach der langen Umarmung nur ein paar Tupfer mit Kleenextüchern, um wieder repräsentabel auszusehen und ins Wohnzimmer zurückkehren zu können.

Tim drehte sich zu den Frauen hin, als sie sich dem Sofa näherten, und hob ihnen begeistert seine Pappschachtel entgegen.

»Das ist eine Messerschmitt 108!«, rief er freudig aus. »Der Bausatz ist extrem selten. Wo haben Sie den denn aufgegabelt?«

»Wir hatten Unterstützung von einem freundlichen Goldschmied«, erklärte Vivienne lächelnd, »der so seine Beziehungen zu einschlägigen Quellen pflegt.«

»Armin!«, lachte Tim auf. »Der krautrauchende Lumpensack. Coole Sache! Vielen Dank, Frau zur Heyden.«

Mit einem liebenswürdigen Lächeln setzte Vivienne sich neben Tim. Sie legte ihm den Arm um die Schulter und sagte: »Mit Vergnügen, Tim. Das haben wir gerne für dich gemacht. Und … Ab sofort würde ich mich freuen, wenn du Vivienne zu mir sagst.«

»Das gleiche möchte ich dir ebenfalls anbieten, mein Junge«, rief ihm Wolfgang mit einem herzlichen Lacher zu.

»Danke!«, freute Tim sich und grinste. »Das heißt, ich soll Sie ab jetzt auch Vivienne nennen?«

»Wenn es recht ist«, scherzte Wolfgang zurück, »wäre mir Wolfgang lieber. Wenn wir beide unter uns sind, können wir uns mit Vivienne und Annabelle ansprechen.«

»Das klingt fair«, blödelte Tim zurück, und dann fand er anerkennende Worte: »Vielen Dank für alles. Ihr Weihnachten gefällt mir. Ich bin gespannt wie es weitergeht. Was passiert denn als nächstes?«

Und Vivienne antwortete vorfreudig: »Als nächstes werden wir gemeinsam in die Kirche gehen.«

Kapitel 14

»Kreuz Köln West«, stellte Tim nüchtern fest und setzte den Blinker nach rechts. »Hier müssen wir ab, auf die A57.«

Wer an einem grauen Tag im Januar auf der A1 um Köln herum fährt, weiß, dass die Beschreibung »landschaftlich reizvolle Strecke« nicht vordergründig anzuwenden ist. Das bis zum Horizont flache Land mit seinen braunen Feldern und kahlen Bäumen zog, begleitet von dem monotonen Dröhnen des Motors, an Tim und Anna vorbei. Eine Abwechslung von der Eintönigkeit trat auf, wenn, wie in diesem Moment, eine Ausfahrt oder eine Verbindungsstelle vor ihnen lag.

»Für wann genau hat der Graf uns nochmal zur Audienz geladen?«, erkundigte sich Tim mit ironischem Unterton.

»Man erwartet uns um halb elf«, gab Anna sachlich zur Antwort.

»Jetzt ist es zwanzig nach neun. Wir brauchen noch 'ne Dreiviertelstunde. Das heißt, wir sind kurz nach zehn da. Bisschen früh.«

»Gewiss. Doch sollten wir sicherstellen, pünktlich zu erscheinen. Wir dürfen davon ausgehen, dass man uns gegenüber ohnehin recht voreingenommen ist. Da sollten wir darauf bedacht sein, alle Etikette zu wahren.«

»Schon richtig. Immerhin wollen wir was von ihnen.«

»Du sagst es.«

Tim machte ein nachdenkliches Gesicht, als er kurz zu Anna rüber schaute.

»Wie wird das ablaufen? Ich meine, was genau erwartet uns da?«

»Nun, ich habe bei der Terminabsprache zu verstehen gegeben, dass ich eine Enkelin Helene zur Heydens bin und im Rahmen eines Schulprojekts Informationen über meine Vorfahren erbitte.«

»Heißt konkret?«

Anna hob sanft die Schultern.

»Das weiß ich auch noch nicht. Im Idealfalle wird man uns Zugang zu den Familienstammbäumen gewähren. Dann könnten wir dort auf eigene Weise und in Ruhe unsere Nachforschungen anstellen.«

»Das wär cool. Denkst du, das erlauben die?«

»Ich habe es zumindest in dieser Form angefragt. Wir werden sehen, inwieweit man unseren Wünschen entsprechen wird.«

»Na, wird schon schief gehen«, lachte Tim auf. »Ich bin jedenfalls schon ganz gespannt wie die leben und wie die aussehen. Ich stell mir die gerade ziemlich altbacken und verstaubt vor.«

»Das war mir so klar«, kicherte Anna. »Du siehst natürlich wieder alles aus der Sicht des Filmeliebhabers.«

»Die wienern bestimmt jeden Tag ihre Münzensammlung und ihr Silberbesteck«, flachste Tim.

»Ein Hoch auf Klischees, nicht wahr?«, schmunzelte Anna belustigt. »Apropos Silberbesteck. Wie lautete Armins Ausspruch über Silberlöffel doch gleich?«

Tim schaute sie verdutzt an. Anna erklärte heiter: »Du erwähntest an Weihnachten gegenüber Mama, dass Armin zu sagen pflegt: Wenn die Leute wüssten, wie wertlos ihre Silberlöffel sind, dann würden sie sich damit … und da hast du das Zitat abgebrochen. Ich möchte nun gerne wissen, wie es im Ganzen lautet.«

»Ah!«, begriff Tim und grinste: »Nein, ich glaube nicht, dass du das möchtest.«

»Nun komm schon!«, drängte Anna. »Natürlich kann ich mir denken, dass es mit einer eurer blumigen Formulierungen endet. Dennoch möchte ich es gerne wissen.«

»Ich weiß nicht«, gab Tim zu bedenken. »Du musst wissen, dass es sehr blumig endet.«

»Sei's drum.«

»Ich meine, ausdermaßen blumig!«

»Ich warte.«

Doch Tim atmete tief ein, schaute stolz nach vorne auf die Straße und entschied: »Nein. Ich wollte es vor deiner Mutter nicht sagen, also sag ich es auch nicht vor dir. Du verdienst mindestens den gleichen Respekt wie sie.«

Anna nickte äußerst angetan mit dem Kopf.

»Ich bin beeindruckt«, gab sie zu. »Ich muss zwar sagen, deine Worte waren nicht das, was ich zu hören erwartete, doch freuen sie mich durchaus. Danke schön.«

Und dann neckte sie: »Am Ende wird doch noch ein vollkommener Gentleman aus dir.«

»Darauf würde ich nicht wetten«, stichelte Tim zurück, »aber wenigstens bin ich schon mal auf den Trichter gekommen, dass ein Kerl seinem Mädchen nicht mehr als zwölf Kraftausdrücke pro Tag um die Ohren husten sollte.«

»Du hast doch aber heute noch keinen einzigen Kraftausdruck verwendet«, hielt Anna in ihrer amüsierten Nüchternheit entgegen, »und dann versagst du dir bereits diesen? Was da wohl heute noch auf mich zukommt …«

»Ha ha!«, lachte Tim lauthals. »Sehr gut! Nein, da brauchst du keine Angst zu haben. Ich hab diesbezüglich noch nichts geplant.«

»Wie löblich.«

Annas erhabener Kommentar war, wie für sie typisch, von einer gleichsam würdevollen Körpersprache begleitet. Tim verfolgte es mit großem Vergnügen.

»Was ist?«, wollte Anna sofort wissen.

»Was soll sein?«, hielt Tim dagegen.

»Du tust es schon wieder.«

»Was tue ich?«

»Du lächelst. Immerzu geschieht es, dass du mich auf diese Weise anlächelst, und ich weiß dann nie, was der Grund ist.«

»So was aber auch«, gab Tim seiner Freundin lässig zur Antwort.

»Nun?«, hakte Anna nach.

»Hm?«, machte Tim in seiner gespielten Ahnungslosigkeit.

»Nun, ich höre!«, bekräftigte Anna. »Sag mir bitte, was der Grund ist.«

»Es ist halt die Art, wie du dich gibst«, erklärte Tim, »und das gefällt mir einfach so ungeheuer an dir. Ich hab 'n bisschen Schiss, es dir genauer zu sagen, weil, wenn du es erst weißt, dann achtest du in Zukunft drauf, und dann machst du es vielleicht nicht mehr.«

»Das ist so süß von dir«, freute sich Anna. »Ich möchte dennoch gerne wissen, was du mit ›wie ich mich gebe‹ meinst.«

»Na ja«, suchte Tim nach Worten, »so wie vorhin halt. Sogar wenn wir ganz unter uns sind, bist du meistens so megavornehm. Obwohl du das gar nicht müsstest. Du hast dann zum Beispiel immer so eine besondere Haltung beim Sitzen.«

»Und das gefällt dir?«, säuselte Anna und strich mit ihrer Hand über seinen Unterarm. Tim lächelte sie an und nickte.

»Es ist schön«, fügte sie hinzu, »ein Kompliment zu hören, welches sich nicht auf mein rein Äußeres beschränkt. Danke, mein Liebster.«

Tatsächlich hatten Tim und Anna noch eine Weile Zeit, sich die Füße zu vertreten, nachdem sie das Anwesen gefunden hatten. Anna nannte es »die Höflichkeit der Könige«, fünf Minuten vor dem vereinbarten Zeitpunkt bei seinem Gastgeber zu erscheinen.

»Leck die Katz!«, murmelte Tim überwältigt. »Eure Villa und das Haus deines Onkels in allen Ehren – aber das hier schlägt ja wohl alles! Hast du dieses Tor gesehen? Und jetzt guck dir mal diese Eingangstür an! Die kriegen bestimmt oft Besuch von Hagrid.«

»Ja, das muss man zugeben«, stimmte Anna zu. »Ein Schlossbau im Stile der Renaissance ist allemal beeindruckend. Wollen wir?«

»Ja, nur zu. 'Ne elektrische Klingel haben sie ja.«

»Ich bin sicher, sie sind auch darüber hinaus mit den aktuellen Errungenschaften der modernen Technik ausgestattet.«

Anna drückte den großen, weißen Klingelknopf einmal bis zum Anschlag. Es war nichts zu hören.

»Bimmel noch mal!«, riet Tim nach einer Weile. Anna schüttelte den Kopf. Einen Moment später fügte er hinzu: »Ist doch dämlich. Ich hau jetzt mal kräftig gegen das Scheunentor …«

»Warte noch ein wenig zu«, hielt Anna dagegen. Kurz darauf war es soweit. Es rummste dumpf in der Tür. Dann machte es hallend »Schlack!« und noch einmal »Rumms!«. Ein Flügel der großen, hölzernen Doppeltür schwang langsam auf. Ein älterer, grauhaariger Herr mit feinem Anzug und einem fragenden Gesichtsausdruck erschien hinter dem Türblatt.

»Die Herrschaften wünschen?«, begehrte er mit einem hochnäsigen Ton zu wissen.

»Guten Tag, mein Herr«, begann Anna höflich. »Mein Name ist Annabelle zur Heyden. Mein Partner Tim Richthof. Wir sind mit Herrn Graf Anselm zur Heyden verabredet.«

»Sehr wohl«, gab der Mann im Anzug, der hier offenbar so etwas wie ein Butler war, förmlich und kühl zurück. »Die Herrschaften werden mir nachsehen, wenn ich mich anhand ihrer Personalien ob ihrer Identität vergewissern werde.«

»Aber gewiss«, nickte Anna freundlich und fasste in ihre Handtasche, »bitte sehr … Tim, hättest du die Güte?«

»Ja, sicher«, brummte Tim und zog sein Portemonnaie aus seiner Gesäßtasche, um seinen Personalausweis zu zücken, »hier.«

»Haben Sie vielen Dank«, war der distanzierte Kommentar des Butlers. »Wenn die Herrschaften mir bitte folgen würden?«

»Danke schön«, erwiderte Anna. Gemeinsam folgten sie dem Mann ins Innere des Hauses. Sie fanden sich schließlich inmitten einer riesenhaften Präsentationsdiele wieder, an deren gegenüberliegender Wand eine nicht minder imposante, massive Treppe ins Obergeschoss führte. Der Boden war mit Marmor gekachelt. Die Wände und die Decken enthielten aufwändige Stuckarbeiten. Entlang der Wände, zwischen den großen Türöffnungen, durch die man in die Flure gelangte, konnte der Besucher altertümliche Kunstgegenstände in der Form steinerner Statuen und Statuetten bewundern.

»Bitte verweilen Sie hier«, hallte die Stimme des Butlers vornehm durch die Stille, »während ich seiner Durchlaucht Meldung über Ihr Eintreffen erstatte.«

»Sehr gerne, vielen Dank«, sprach Anna höflich. Dann wandte sich der elegante Hausdiener ab und schritt erhaben und wichtig durch eine der Seitentüren. Seine Schritte verhallten. Tim und Anna sahen sich um.

»Hey!«, raunte Tim belustigt und deutete auf eine Statue. »Dem da fehlt der Schniedel!«

Anna trat neben ihn und warf ihrerseits einen Blick auf die Steinfigur. Schmunzelnd formulierte sie: »Und diesen Umstand bemerkst du noch vor der Tatsache, dass der arme Kerl auch bereits einen seiner Arme im Stich gelassen hat?«

»Nee«, erwiderte Tim, »aber ein abgebrochener Penis ist witziger als ein abgebrochener Arm. Stellt das jemand bestimmtes dar?«

»Es ist der berühmte Hermes von Praxiteles«, erklärte Anna, »einem griechischen Bildhauer der Antike. Es ist eine Nachbildung.«

»Kein Original?«, wunderte sich Tim. »Woran erkennst du das?«

»Ganz einfach«, gluckste Anna. »Das Original befindet sich im Archäologischen Museum von Olympia.«

»Guten Tag!«

Tim und Anna drehten sich rasch um. Der Gruß kam von einem jungen Mann Mitte zwanzig, der von ihnen unbemerkt die Treppe herab geschritten und nun auf der fünften Stufe von unten stehen geblieben war. Er war mit einer dunklen, knallengen Edeljeans auf Lackschuhen bekleidet. Darüber betonte ein stark tailliertes Hemd mit Streifen in Fischgrätenmuster und Spitzkragen seine schmale Figur. Ein strenger Seitenpony und ansonsten struppig gegelte, blonde Haare umrahmten sein schmales Gesicht. Seine Porsche-Sonnenbrille verzierte oben ins Haar gesteckt sein Haupt.

»Guten Tag«, grüßte Anna wohlerzogen zurück. »Herr Graf zur Heyden, darf ich annehmen?«

»Correct!«, erwiderte der Mann überheblich. »Und Sie müssen Frau Heiden sein.«

»Zur Heyden«, korrigierte Anna freundlich. »Annabelle zur …«

»Heiden, sage ich!«, fiel der junge Graf ihr barsch ins Wort. »Wenn ich richtig informiert bin, verfügen Sie über keinerlei Noble Rank. Stimmt das?«

»Das ist richtig«, gestand Anna ihm zu und stellte klar: »Dennoch ist mein Name zur Heyden. Und dies ist mein Lebensgefährte, Herr …«

»Das mag ihr persönlicher Viewpoint sein, Frau Heiden, doch Ihnen steht dieser Title nicht zu. Wir gestehen es Ihnen nicht zu.«

Da mischte sich von oben plötzlich das Quaken von kleinen Kindern in die Stille der kalten Diele. Es wurde von staksigen Schritten in teuren Damenschuhen begleitet.

»Darling?«, tönte die Stimme einer gleichaltrigen Frau herab, die schon ein paar Sekunden später neben ihrem Gatten stand. Ein dreijähriges Mädchen und ein vierjähriger Junge mit einem Golfschläger gesellten sich zu ihr. Die beiden steckten wie ihre Mutter in zweifellos sehr teuren und feinen Designerklamotten.

»Ja, Sweetheart?«, reagierte Graf zur Heyden auf seine Frau. »Ihr habt noch etwas vor?«

»Ja«, bestätigte die Gräfin. »Peeta-Justin möchte noch trainieren. Der Golfclub ist nearby, von daher werden wir nicht overly lange weg sein.«

»Ich denke, ich werde euch joinen«, antwortete ihr Mann gestelzt. »Lasst bitte mein Equipment ebenfalls vorbereiten, ja? Ich habe hier noch kurz eine Angelegenheit zu klären.«

»Wie du wünschst«, nickte die Frau und warf einen verwunderten Blick auf Tim und Anna. »Wer sind diese Personen?«

»Dies ist Frau Heiden. Sie wünscht Dad zu sprechen. Der Mann hat es bisher nicht für nötig gehalten, ein Wort zu sagen, geschweige denn, sich vorzustellen.«

»Mein Name ist Richthof!«, warf Tim ihm entgegen. »Und das wüssten Sie längst, wenn Sie meine Freundin mal ausreden lassen würden.«

»Nicht sehr sophisticated«, rümpfte die Frau schnippisch die Nase. »Dad wird seine Freude mit ihnen haben. Kommt Kinder, wir gehen.«

Damit nahm sie ihre Sprösslinge an den Händen und vollendete ihren gezierten Gang die Treppe hinab. Das

Mädchen drehte sich noch im Losgehen zu ihrem Vater zurück.

»Und Daddy?«, krähte sie. Er antwortete mit überheblicher Stimme: »Daddy kommt mit, Bella-Miley! Ich bin hier gleich fertig.«

»Du bist jetzt auf der Stelle fertig, Leon!«, rief die Stimme eines Endvierzigers durch den Raum. »Geh mit Fiona und den Kindern zum Golfplatz und lass mich meinen Termin selbst wahrnehmen! Hast du verstanden?«

Tim und Anna wandten sich in die Richtung, aus der die Stimme kam, und erblickten einen würdevollen Mann mit graumelierten Haaren und einem gepflegten Vollbart, der in einem schicken, ganz fein karierten Anzug auf sie zuschritt.

»Aber Dad …«, widersprach Leon entgeistert.

»Du hast gehört, was ich gesagt habe!«, herrschte der Vater seinen Sohn an. »Ich wäre dir dankbar, wenn du dich nicht ständig so aufspielen würdest.«

»Wie du willst«, gab Leon betreten nach. Es war ihm anzumerken, dass es ihm ganz und gar nicht passte, wie sein Vater ihn hier in seine Schranken wies.

»Frau zur Heyden? Herr Richthof? Anselm Graf zur Heyden. Ich grüße Sie. Folgen Sie mir bitte!«

Während Tim und Anna der Aufforderung folgten, konnte Tim es im Weggehen nicht lassen, Leon noch einen hämischen Kommentar angedeihen zu lassen.

»Ach, übrigens, Chef«, höhnte er. »Es heißt Point of View. Ein Viewpoint ist ein Aussichtspunkt.«

Leon quittierte es mit einem verächtlichen Anheben seiner Nasenflügel und seiner Oberlippe. Tim dagegen grinste sich einen und ging mit Anna dem eigentlichen Grafen zur Heyden hinterher. Der führte die beiden durch einen der Flure in ein untergeordnetes Treppenhaus. Dort gelangten sie über einen Treppenlauf ins Untergeschoss. Es war im Grunde ein Keller, doch er wirkte nicht wie ein solcher. Die Wände waren mit Holz vertäfelt. Regale und feine Schränke reihten sich durch den Raum, gefüllt mit Büchern und Akten in einem schier überwältigenden Ausmaß. Überall roch es nach antiken Möbeln und altem Papier. Anselm Graf zur Heyden blieb an einem hüfthohen Aktenschrank stehen, aus dessen unglaublich breiter, oberster Schublade er eine lange Pappröhre hervornahm.

»Dies ist unser Stammbaum«, erklärte er. »Sie haben meine Erlaubnis, ihn durchzusehen. Wie viel Zeit benötigen Sie? Eine Stunde? Anderthalb? Schauen Sie bitte, dass Sie hier zügig fertig werden. Und vor allem: Behelligen Sie mich nicht damit! Habe ich mich klar ausgedrückt?«

»Ja, das haben Sie«, bestätigte Anna seine Anordnungen. »Nehmen Sie bitte meinen verbindlichsten Dank entgegen.«

Anselm nickte kurz angebunden und entfernte sich so schnell wie er seine Gäste hier herunter geführt hatte.

»Also dann«, mahnte Tim zur Eile, »ran an den Speck. Wir haben nicht viel Zeit. Was für ein sympathischer Kauz, he?«

»Äußerst reizend«, gab Anna ironisch zur Antwort. Sogleich machte sie sich an der Röhre zu schaffen, um das große, zusammengerollte Blatt hervorzuziehen. Auf dem breiten, tiefen Schrank ausgebreitet offenbarte es einen handgezeichneten, reich verzierten Stammbaum mit der Überschrift: »Das Adelsgeschlecht zur Heyden vom Jahre 737 bis zum heutigen Tage.« Tim und Anna fackelten nicht lange. Bevor sie begannen, auch nur ein Wort zu lesen, zückten sie ihre Smartphones und fotografierten den ganzen Stammbaum in mehreren Einzelaufnahmen ab. Dann erst nahmen sie sich die Ruhe, die einzelnen Einträge zu sichten.

»Ist das ein Wust von Namen!«, staunte Tim schon nach kurzer Zeit. »Da wirst du ja Banane.«

»Und wir beide gehen nur den fertigen Stammbaum durch«, fügte Anna hinzu. »Stelle dir einmal vor, wie viel Arbeit es erst gewesen sein muss, ihn zusammenzustellen und aufzutragen.«

»Ob es hier so 'ne Art Verwalter für die ganzen Daten gibt?«

Tim hatte kaum ausgesprochen, da bekam er auch schon Antwort. Nicht von Anna, sondern von einer männlichen Stimme, heiser und tieftönend, von einem entfernten Ende des großen Raumes her.

»So ist es, junger Mann!«, machte ein alter Mann in einem gleichsam in die Jahre gekommenen Tweed-Anzug mit passender, britisch anmutender Schirmmütze sich würdevoll vernehmlich. »Und diese wenig beneidenswerte Aufgabe fällt mir zu.«

Recht ordentlich erschrocken durch das unerwartete Ereignis fuhren Tim und Anna herum. Der vornehme Herr, unter dessen Schirmmütze unterkieferlange, weiße Haare hervorwallten, schloss langsam und bedächtig die schwere Zimmertür, durch die er in den Archivraum getreten war. Als seine rechte Hand die Türklinke losließ, nahm sie einen Gehstock aus der linken Hand. Langsam, doch sehr zielstrebig, näherte er sich Tim und Anna, wobei ihm seine Stütze Halt gab.

»Guten Tag, der Herr«, grüßte Anna freundlich und reichte dem Mann die rechte Hand. Der alte Mann ergriff sie erfreut und mit einem gewinnenden Lächeln, dem besonders seine faltigen Augen diesen besonders sympathischen Ausdruck verliehen. »Mein Name ist Annabelle zur Heyden.«

»Ja, gewiss«, lachte er heiser und bot im Anschluss Tim nicht weniger freundlich die Hand an. Tim ergriff sie selbstbewusst.

»Richthof. Guten Tag. Sie machen also die Datenverwaltung hier im Haus?«

Abermals lachte der Herr leise und heiser auf.

»Wer sollte es denn wohl sonst tun?«, sprach er heiter. »Seine ach so beschäftigte Durchlaucht etwa? Oder sein nichtsnutziger Bengel?«

»Sie haben Recht«, lachte Tim befreit zurück. »Die kamen mir beide nicht so vor.«

Nun wandte sich der alte Mann wieder Anna zu. Ein wonnevolles, wehmütiges Lächeln lag auf seinem Gesicht, als er sprach: »Ich bin über alle Maßen erfreut, Annabelle Patrizia Josephine. Die Häuser dieses großen Geschlechts haben eine solch edle Körperhaltung nicht mehr gesehen, seit Helene Amalia Komtess zur Heyden durch ihre Hallen wandelte.«

Tim und Anna machten große Augen. Woher kannte dieser sonderbare Mann Annas vollständigen Vornamen?

»Aber ich vergesse mich selbst«, sprach er höflich weiter. »Gestatten die Herrschaften, dass ich mich vorstelle?

Mein Name ist Hilarius Wolfgang Egidius Graf zur Heyden. Ich bin der Vater des Grafen Anselm, und damit, Gott sei es geklagt, auch der Großvater dieses Tagediebs Leon, dem ihr zweifellos auch bereits begegnet seid.«

»Es ist uns eine große Ehre«, antwortete Anna respektvoll mit einem Knicksen.

»Nein, teuerste Annabelle«, widersprach Graf Hilarius mit einer angedeuteten Verbeugung, »die Ehre liegt zur Gänze auf meiner Seite. Denn das Wichtigste wollte ich euch noch sagen: Helene zur Heyden, deine Großmutter, war meine Schwester.«

Anna öffnete zart den Mund und brachte erstmal keinen Ton heraus. Auch Tim staunte nicht schlecht über die Worte des Grafen.

»Meine Oma war … Ihre Schwester?«, hauchte Anna.

»So ist es, schönes Kind«, nickte Graf Hilarius freundlich, »und sie hatte in ihren Briefen nicht übertrieben, wenn sie von deiner Schönheit schwärmte.«

»Sie hat Ihnen Briefe geschrieben?«

»Gewiss. Nicht jeder in der Familie war ihrer Beziehung zu Hubert Schmitz derart abgeneigt. Meine Schwester und ich blieben bis an ihr Lebensende in Kontakt. Wir schrieben uns regelmäßig. Es war bewegend zu erleben, wie sie nach den Jahren der Trauer und der Einsamkeit wieder auflebte und Glück empfand, dank dir, kleine Annabelle.«

»Danke schön«, lächelte Anna ein wenig schüchtern. »Ihre Worte rühren mich, Graf Hilarius.«

»Aber nicht doch!«, protestierte Graf Hilarius. »Ich darf dich bitten, Annabelle. ›Großonkel Hilarius‹ ist wohl die förmlichste Anrede, die ich von dir hören möchte.«

»Ja, sehr gerne«, knickste Anna. »Ich freue mich außerordentlich, Großonkel Hilarius.«

Glücklich lächelnd, mit ein wenig Wasser in den Augen, bemerkte Hilarius: »Grundgütiger ... Wie ähnlich du ihr bist!«

Dann fing er sich wieder und fragte tonvoll: »Wie kann ich euch nun behilflich sein?«

»Wir möchten gerne die Namen im Familienstammbaum durchgehen«, erklärte Anna. »Graf Anselm hat uns zugestanden, dieses ausgedehnte Papier zu untersuchen.«

»Das sieht ihm mal wieder ähnlich«, brummte Hilarius und schüttelte den Kopf. »Und wahrscheinlich hat er zur Eile gemahnt.«

»Das hat er in der Tat«, bestätigte Anna seine Vermutung.

»Ja. Immerzu schnell-schnell, schnell-schnell. Groß Ding will Weile haben. Seid versichert, dass ihr euch Zeit lassen dürft.«

»Danke sehr, Großonkel Hilarius.«

Gutmütig lächelte der alte Mann seine Großnichte an. Dann deutete er ihr an, mit ihm einen Schritt hin zu einem kleineren Aktenschrank gleich nebenan zu machen. Er stützte seine linke Hand auf das Büromöbel, beugte sich langsam hinab und drehte den altmodischen, verwitterten Schlüssel der obersten Schublade herum. Im nächsten Moment zog er die Lade heraus und präsentierte mit einer eleganten Bewegung seiner rechten Hand den Inhalt: Einen liegenden Ordner, so dick mit alten Papieren gefüllt, dass die Deckel auseinanderklafften.

»Hier gibt es etwas sehr Hilfreiches für euch«, erklärte er und deutete im Aufrichten sogleich über den

Stammbaum hinweg. »Wie ihr sehen könnt, ist der Familienstammbaum eine sorgfältig und hübsch hergerichtete Umsetzung unserer Familienhistorie. Doch nicht nur das. In jeder rechten, unteren Ecke der Namenskartuschen findet ihr eine kurze Zahlenkolonne. Diese verweist auf die entsprechenden Seiten innerhalb der Ordner in dem kleinen Schränklein hier. Dort sind kurze Personenbeschreibungen abgelegt.«

»Du möchtest sagen«, staunte Anna, »zu jedem Familienmitglied, ganz gleich aus welcher Zeitepoche, existiert ein Persönlichkeitsbild?«

»Nun ja, mehr oder weniger«, gab Hilarius zu. »Einige haben sich um die Familie verdienter gemacht als andere, oder hatten bedeutendere Positionen inne. So gibt es über manche Personen regelrechte Essays, während andere nicht einmal auf eine halbe Seite kommen. Doch grundsätzlich ist jedes Familienmitglied, das eine solche Nummer in seiner Namenskartusche aufweist, hier wenigstens ein klein wenig näher beschrieben.«

Tim ließ seinen Blick über das riesige Plakat schweifen.

»Und das sind ja so gut wie alle«, bemerkte er verblüfft.

»Nun dann, meine jungen Freunde«, lachte Hilarius sanft, »ans Werk! Ich beneide euch indessen nicht um eure Aufgabe.«

»Unseren aufrichtigen und herzlichen Dank für deine Hilfe, lieber Großonkel Hilarius!«

»Nicht dafür, meine teure Annabelle«, erwiderte Hilarius charmant. »Es hat mir große Freude bereitet, dich endlich kennen zu lernen. Bitte nehmt euch nach Vollendigung eurer Arbeit die Zeit, mich zum Abschied herbeizurufen.«

Dann wandte er sich ab und begab sich, gestützt durch seinen Stock, im gemächlichen Schritt in die Richtung zurück, aus der er gekommen war. Tim und Anna verfolgten ihn mit den Augen, bis die schwere Tür leise ins Schloss schnappte.

»Dann mal los!«, raunte Tim andächtig und beugte sich über das riesige Blatt. Anna tat es ihm nach.

»Hier!«, wisperte sie nach einer Weile. »Hier ist die Namenskartusche Oma Lenis: Helene Amalia Komtess zur Heyden. Und gleich daneben die von Großonkel Hilarius. Ach, Tim, ist das nicht zauberhaft? Ich habe soeben den Bruder meiner Oma kennen gelernt!«

»Das ist riesig, Süße! Ich möchte wissen, was er alles noch zu erzählen hat. Ich wette, der kann dir mehr Informationen liefern als die verstaubten Blätter hier unten. Du solltest ihn mal einladen, was meinst du? Ich hab das Gefühl, dass er Ja sagen würde.«

»Das ist eine ganz reizende Idee, Liebster! Ich werde sie mit der größten Freude umsetzen.«

Tim nickte ihr lächelnd zu. Dann beugte er sich wieder über den Stammbaum.

»Guck mal!«, rief er aus. »Sie hatten noch eine Schwester. Sie hieß Hannelore. Sie ist vor zwei Jahren erst verstorben. Und hier noch drei Brüder.«

»Oma Leni war die Jüngste«, schloss Anna aus den Lebensdaten der Geschwister. »Hier: Sie waren die Kinder des Grafen Heinrich und der Gräfin Lieselotta Kunigunde.«

»Diese Namen!«, gluckste Tim. »Von da aus geht der Stammbaum lückenlos um über Tausend Jahre in die Vergangenheit. Ist das abgefahren!«

»Wir sollten uns einstweilen auf die vergangenen zwei Jahrhunderte beschränken«, schlug Anna vor. »Wenn ich mir diesen Abschnitt so ansehe, haben wir damit immer noch reichlich zu tun.«

»Einverstanden«, gab Tim entschlossen zurück, »dann fang ich links an und du rechts.«

»Gut.«

Gesagt, getan. Doch es stellte sich schnell heraus, dass das nicht so einfach war. Die einzelnen Kartuschen waren nur ein paar Zentimeter groß, und das große, alte Papier musste immerzu an beiden Enden eingerollt werden, um hantierbar zu bleiben.

»Komm!«, ordnete Tim leicht genervt an. »Ganz ausgebreitet, das Ding …!«

Er wartete Annas Einwand, das Dokument könne dadurch beschädigt oder verunreinigt werden, gar nicht erst ab. Dem niedrigen Schrank, dem Graf Anselm zuvor die Rolle mit dem Stammbaum entnommen hatte, stand ein mächtiger Kirschholzschreibtisch gegenüber. In dem Spalt dazwischen standen er und Anna gerade. Er war locker zweieinhalb Meter breit. Tim rollte einige der Aktentrolleys, die im Raum verteilt waren, in den Spalt hinein und stellte sie ordentlich zusammen, sodass sich insgesamt nun eine einigermaßen ebene »Tischfläche« von mehreren Quadratmetern ergab.

»Und hoch die Tassen!«, befahl er, wobei er Anna das eine Ende des Stammbaumbogens in die Hände gab. »Wie 'ne Festtagstischdecke!«

Damit nahm Tim sich das andere Ende des Stammbaums, und gemeinsam breiteten sie das große, flatterige und altehrwürdige Dokument über der zuvor errichteten

Möbelanordnung aus. Ein paar Bücher waren nötig, um die Ecken des Blattes unten zu halten.

»Exzellent!«, lobte Tim das Werk im Anschluss. »Jetzt können wir drum rum laufen und alles überblicken.«

»So wird es wohl gehen«, erkannte Anna an, »ohne dass wir dem Papier schaden.«

Dann hob sie ihre Hände an und wedelte mit ihnen auf und ab und über dem Blatt hin und her, beinahe so, als würde sie Klavier spielen, während sie erklärte: »So. Und nun werden wir die betreffenden Kartuschen sorgsam Zeile für Zeile abarbeiten. Wir werden uns dabei auf die Generationen konzentrieren, die zeitlich nahe der Jahrhundertwende zwischen dem 18. und dem 19. Jahrhundert liegen. Falls, wie wir annehmen, eine Person existiert, die historisch Antoinette entspricht, werden wir sie dort finden.«

»Aye, Käpt'n!«, scherzte Tim und begab sich zum linken Ende des Stammbaums. Anna schritt zum rechten Ende. Dumpf hallten ihre Absätze durch den Raum. Schon beugten beide sich vor und suchten wie besprochen die Namenskartuschen ab.

Es herrschte Stille in dem alten Archivraum. Nur Annas Schritte auf dem Steinboden unterbrachen sie hin und wieder, wenn sie einen Bereich des Stammbaums abgesucht hatte und sich ein Stück weiter nach links bewegte.

»Na, Hallöchen!«, rief Tim plötzlich aus, mit dem Finger an einer bestimmten Stelle auf dem Papier.

»Grüßgott, gnädige Frau!«

Anna hob den Kopf und sah Tim fragend an.

»Hast du etwas gefunden?«, fragte sie neugierig.

»Wie klingt das hier für dich?«, fragte Tim zurück und las vor: »Henriette Antonia Komtess zur Heyden, 11.08.1798 bis 12.01.1825.«

Anna hatte noch ihren Finger an einer Stelle auf dem Blatt. Sie nahm flink einen Mascarastift aus ihrer Handtasche und legte ihn genau dort ab. Falls Tims Fund zu verwerfen war, wollte sie später an dieser Stelle weitermachen. Dann kam sie auf ihren Freund zu und stellte sich an seine Seite, die Hand zärtlich an seine Schulter gelegt.

»Henriette Antonia«, las sie langsam und konzentriert noch einmal. »1798 bis 1825. Die Schlacht bei Waterloo war am 18. Juni 1815. Dort fiel Clément. Das wäre diesem Eintrag zufolge zwei Monate vor ihrem siebzehnten Geburtstag gewesen, was trefflich passen würde. Später verstarb sie selbst im Alter von sechsundzwanzig.«

»Was denkst du?«, fragte Tim ernst. »Passt ziemlich gut, oder?«

»Ja, in der Tat«, pflichtete Anna ihm leise bei. »Ihre Namenskartusche enthält eine Kennziffer. Lass uns in der Aktensammlung nachschauen, ja?«

Gemeinsam und eiligen Schrittes gingen sie um ihre Tischanordnung herum und durchsuchten den Ordner, den Hilarius auf dem Aktenschrank abgelegt hatte.

»Das hier ist die jüngste Mappe«, stellte Tim fest. »Sie Beschreibung von Henriette Antonia muss in einer anderen sein.«

Er und Anna gingen in die Hocke. In dem Aktenschränkchen befanden sich noch weitere der breiten Ringbücher, ihre Rücken samt und sonders so sorgfältig beschriftet, dass sie die Kennziffer leicht zuordnen und den richtigen Ordner hervor nehmen konnten. Emsig durchblätterten sie die knisternden, vergilbten Papiere, bis sie fanden, was sie suchten. Henriette Antonia Komtess zur Heyden wurde jedoch nur mit ernüchternd wenigen Zeilen erwähnt. Anna begann, sie vorzulesen: »Zur Kindheit und Jugend vorlaut und altklug. Konventionen in Frage stellend bis ablehnend. Mit frühem Erwachsenenalter unauffällig, ungesellig und in sich gekehrt. Verschroben und zurückgezogen bis zum frühen Tode.«

»Kein Wunder, dass ihr Name vergessen wurde«, raunte Tim. »So möchte ich nicht abgekanzelt werden, wenn mein Leben vorbei ist.«

Anna nickte und fügte tief bewegt hinzu: »Vorlaut und altklug. Es kommt immer darauf an, von welcher Warte aus man es sieht, nicht wahr? Eine andere, ihr etwas mehr zugeneigte Person hätte womöglich ›aufgeweckt und wissbegierig‹ geschrieben. Doch sie war nun einmal anders, als man es von ihr erwartete. Sie fügte sich nicht in die Fassade des adeligen Lebens ein. Und alles änderte sich mit dem Verlust ihres Liebsten. Sein Tod hatte sie noch schwerer getroffen als wir es zu ahnen vermögen. Sie blieb eine Komtess, heiratete folglich nie, bis sie im jungen Alter an ihrem gebrochenen Herzen starb. Unbeachtet, unverstanden … Und, wie wir sehen, unbesungen.«

»Nicht ganz!«, wandte Tim mit Bestimmtheit ein und sah Anna in die Augen. »Denn in der Legende wird ein Teil ihrer Geschichte weitergegeben. Dort nehmen die Menschen Anteil.«

Anna seufzte: »Es ist reinste Ironie: Die Legende, die sie selbst unwillentlich geschaffen hat, lässt die Menschen heute ihren Schmerz verarbeiten, ohne dass sie wissen, wer sie wirklich war. Letzten Endes bleibt sie damit ebenso unverstanden.«

»Stimmt schon«, hielt Tim dagegen, »aber damit machen wir jetzt Schluss. Denn du sagst es der Welt da draußen! Durch dich werden die Menschen erfahren, wer Antoinette de la Garrigue wirklich war. Wir brauchen nur noch den Säbel.«

Anna strahlte Tim mit ihren noch etwas glasigen Augen an.

»No es«, lächelte sie.

»No es!«, bekräftigte Tim energisch. »›No es‹ ist der Schlüssel! Er führt uns direkt zum Griff des Säbels.«

»›No es‹ oder ›se on‹«, sinnierte Anna. »Oma Leni kannte den Code. Deshalb schenkte sie mir die Kette und verbarg den Hinweis auf der ersten Seite meines Schulheftes.«

»Und jetzt ist das alles, was dich noch vom Erfolg trennt«, versprühte Tim Zuversicht. »Wir müssen nur den Code knacken, dann sind wir am Ziel. Machen wir doch mit links, he?«

»Aber wie nur?«, wunderte sich Anna. »Wir kennen den Code, gewiss, doch wir müssen ihn noch hinterschauen. Es ist ein Rätsel, und niemand kann uns dabei helfen.«

»Na, ich weiß nicht«, hielt Tim gewitzt dagegen. »Wer sich deine Hundertmillionen Vornamen merken kann, der weiß vielleicht noch mehr.«

»Großonkel Hilarius??«

»Auf ’nen Versuch käm’s an. Und noch sind wir hier.«

»Können wir es ihm denn anvertrauen?«

»Er ist der Bruder deiner Oma Leni. Wenn wir überhaupt irgendeinem vertrauen können, dann ja wohl ihm.«

»Ja. Da stimme ich dir zu.«

Tim tat einen Schritt zurück und wies Anna mit der flachen Hand am ausgestreckten Arm den Weg zu der Tür, durch die Hilarius verschwunden war. Anna begann, der Geste zu folgen, blieb jedoch nach einem Schritt stehen. Sie legte ihre Hände an Tims Wangen, beugte sich vor und gab ihrem Freund einen süßen, langen und zärtlichen Kuss.

»Danke«, hauchte sie glücklich, »für alles, was du für mich getan hast.«

»Keine Ursache«, schmunzelte Tim sie an. »Da kommt noch mehr dazu.«

Anna streichelte abschließend sein Gesicht. Dann nahm sie die Schritte wieder auf. Gemeinsam näherten sie sich der Tür an der Seitenwand des Archivraums. Tim klopfte an. Sie lauschten. Nichts war zu hören. Tim klopfte ein weiteres Mal. Wieder nichts. Ratlos sahen sich Tim und Anna an, wandten sich um und gingen zurück zu ihrem »Forschungstisch«.

»Ihr habt nach mir verlangt?«, hörten sie plötzlich Hilarius' Stimme hinter sich. Tim und Anna fuhren herum. Hilarius hielt die Klinke der Tür noch gedrückt in der Hand. Dann ließ er sie langsam los und griff wieder nach dem Stock in seiner linken Hand.

»Er ist noch besser als du, Anna«, flachste Tim leise. »Wenn er so leise ist, dass sogar du dich erschreckst, dann …«

»Schon gut«, zischte Anna ihm spöttisch zu, »ich habe es verstanden«, und sie fuhr laut fort: »Ja, Großonkel Hilarius, wir haben gefunden, wonach wir gesucht haben, doch wir haben noch eine Frage auf dem Herzen.«

»Nun«, lächelte Hilarius mit seinen warmen Augen, »dann einmal frei von der Leber weg, liebe Annabelle. Ich bin ganz Ohr.«

»Ja«, begann Anna zaghaft, »um der Wahrheit die Ehre zu geben, stellt sich mein Schulprojekt tiefgreifender dar, als ich zu Anfang zugegeben habe.«

Da lachte Hilarius heiser und sympathisch.

»Verzeih bitte«, kicherte der alte Mann, »wenn ich jetzt nicht überrascht bin.«

»Was genau wissen Sie eigentlich alles?«, fragte Tim ihn forsch und rundheraus. »Ich hab das Gefühl, dass Sie uns so'n bisschen vorführen, hm?«

Wieder lachte Hilarius freundlich.

»Vergeben Sie mir, junger Herr Richthof. Sie haben das unsportliche Spiel durchschaut. Und um Ihre Frage zu beantworten: Ich weiß alles, was meine Schwester wusste. Es war ihr klar, das heißt, es war ihr sehnlicher Wunsch, dass du, Annabelle, eines Tages hierher kommen und ihre Arbeit vollenden würdest. Ich musste ihr beim Grabe unserer lieben Mutter versprechen, ihr Werk auf keinen Fall an deiner Stelle weiterzuführen.«

»Aber weshalb denn nur?«, wollte Anna völlig verblüfft wissen.

»Deine Großmutter«, holte Hilarius aus, »war der Legende um Antoinette de la Garrigue schon lange auf der Spur. Sie hatte damit begonnen, Nachforschungen anzustellen, lange bevor du geboren wurdest, ja, sogar bevor dein Vater und dein Onkel geboren wurden. Ihr Interesse an der Legende war innerhalb der Familie bekannt. Doch man hielt es für eine fixe Idee, eine Spinnerei, die man nicht ernst zu nehmen brauchte. Nach ihrer Verstoßung wurde meiner Schwester strikt untersagt, jemals wieder eines unserer Häuser zu betreten. Damit war auch dieser Keller für sie tabu. Sie sagte mir immer wieder, dass es eines Tages einer würdigen Nachfahrin ihrer selbst zur Aufgabe werden würde, ihre lange Suche zum Abschluss zu führen. Aus irgendeinem Grund, den nicht einmal ich kenne, musste es für sie ein weiblicher Nachkomme sein. Dann wurdest du geboren, Annabelle. Und als deine Eltern beschlossen, dich tagsüber in ihre Obhut zu geben, und als sie erkannte, wie sehr sie dich in ihr Herz geschlossen hatte, da tat sie fortan alles dafür, dich auf diese Aufgabe vorzubereiten.«

Anna hörte mit offenem Mund zu. Es war, als würden ihr ihre Ohren nicht genügen, um die Geschichte aufzunehmen. Sie atmete tief, ihre Büste hob und senkte sich, und sie sah Hilarius stumm an. Dann sah sie Tim an, der ihren Blick erwiderte und raunte: »Starker Tobak, he?«

»Das kann man wohl sagen«, nickte Anna zart, um gleich darauf ihren Großonkel anzuschauen. Der erzählte weiter: »Sie gab ihr Wissen an niemanden weiter, nicht einmal an ihre eigenen Söhne. Die verräterische Kette mit der Inschrift aber, das Beweisstück für die Echtheit der Legende, ließ sie geschickt vertauschen. Die echte Kette sollte solange von dir getragen werden, bis du Erfolg haben würdest. Dann erst sollen die originalen Teile des Schmuckes wieder zusammengefügt werden. So sah sie es vor. Ach, liebliche Annabelle, sie wollte es dir sagen. Sie wollte dir alles sagen, sobald du reif genug sein würdest.«

Annas Augen waren während Hilarius Rede feucht geworden. Nun trat sie auf ihn zu, legte ihre Arme um seine

Schultern und drückte sich liebevoll an ihn. Überwältigt von der Zuneigung seiner Großnichte erwiderte Hilarius die Umarmung, wobei er seine Augen feste zukniff.

»Und der Code?«, fügte Anna hinzu, nachdem sie die Umarmung gelöst hatte und wieder zurückgetreten war. »Was bedeutet er? Wofür steht ›No es?‹ Weißt du das womöglich auch?«

»Ich bedaure sehr«, schüttelte Hilarius den Kopf, »doch leider weiß ich dazu nichts. Deine Großmutter hatte die Inschrift auf der Kette entdeckt. Sie war so klein und unscheinbar, dass die wenigen Versuche, die zuvor von anderen unternommen wurden, scheiterten. Sie konnte das Rätsel zeitlebens nicht lösen. Nun ist es an dir, Annabelle Patrizia Josefine zur Heyden! Löse das Rätsel, und finde den Säbelgriff von Clément Duvall Rocheux!«

»Das werde ich!«, versprach Anna feierlich. »Verlasse dich darauf, lieber Großonkel Hilarius.«

»Wie wäre es«, warf Tim ein, »wenn wir uns zu Hause die Alte Domäne ansehen? Irgendwas sagt mir, dass es da weitergeht.«

»Ein guter Gedanke, junger Herr Richthof«, bestätigte Hilarius Tims Einfall. »Dieses Anwesen war unser Zuhause in den alten Leyentaler Zeiten. Unser Elternhaus!«

Tim und Anna reichten Hilarius zum Abschied die Hand.

»Danke, Herr Graf zur Heyden«, sagte Tim respektvoll. »Wir wünschen Ihnen alles Gute.«

Und Anna versicherte: »Auf Wiedersehen, lieber Großonkel Hilarius. Wir richten noch rasch den Raum her, und dann machen wir uns auf den Heimweg.«

»Nein, nein, meine Lieben«, wiegelte Hilarius milde lachend ab. »Dafür ist der Verwalter zuständig. Es ist mir eine Freude.«

Und so informierten Tim und Anna den Grafen Anselm noch schnell über die Vollendung ihrer Nachforschungen, und kurz darauf saßen sie im Auto und fuhren zurück nach Hause. Anna konnte es unterwegs nicht abwarten, Vanessa, Melli und Isi per WhatsApp-Nachricht eine erste, kurze Miteilung über die aufregenden Neuigkeiten zukommen zu lassen. Kurz darauf erklang auf Annas Smartphone ein Signalton, den Tim noch nie gehört hatte. Verwundert schaute er während des Fahrens immer wieder zu Anna hin, wie sie dort saß und auf dem Display ihres iPhones herumtippte. Er sah, wie Vanessas Gesicht auf dem Display erschien und wie Anna sich ihr Telefon am langen Arm vor die Nase hielt.

»Hallo, Vanessa!«, sprach Anna fröhlich.

»Hallo, Annabelle!«, freute sich auch Vanessa auf dem Bildschirm sichtlich.

»Was zum Geier ist das jetzt wieder?«, warf Tim von der Seite in das beginnende Gespräch der Mädchen. Sichtlich erfreut über seine Unwissenheit hob seine Freundin mit einem Annalachen, das sie ihm schenkte, ihre Schultern an und erklärte: »Was wir hier verwenden, nennt sich Skype. Mit dieser praktischen Applikation können wir uns beim Telefonieren auch gleich in Echtzeit sehen. Was ist? Findest du das albern?«

»Nein!«, widersprach Tim begeistert. »Das ist cool. Das hat was von Star Trek. Hey, Commander, eine Nachricht über Subraum von Admiral Nessi … Auf den Schirm! … Dötödööö, dötötötötööööööö!«

Nachdem er die Star-Trek-Fanfare nachgeahmt hatte, schaute Tim vergnügt lachend zur Beifahrerseite hin, um festzustellen, wie ihn sowohl Anna als auch Vanessa auf dem Handy-Display nur mit unverständigen Mienen ansahen.

»Nee?«, folgte seine verlegene Rückversicherung in Richtung der Mädchen, woraufhin die beiden schmunzelnd die Köpfe schüttelten.

»Na gut«, meinte Tim betreten und beschloss, sich fortan darauf zu beschränken, dem fröhlichen Gespräch zwischen Anna und Vanessa im Stillen zu folgen.

»Dann erzähl mal, Anna!«

»Mit Vergnügen, Nessi!«

Das brachte Tim dann doch wieder auf den Plan.

»Was?«, warf er dazwischen. »Anna und Nessi? Was geht denn hier plötzlich ab? Muss ich Angst kriegen?«

»Unbedingt!«, kicherte Vanessas Stimme aus Annas Handy.

»Ich würde sagen«, gab ihm Anna frech zurück, »das hängt davon ab, wie leicht du zu verängstigen bist.«

»Wenn ihr beide euch Anna und Nessi nennt«, rief Tim, »dann ist was im Busch! Das sind ominöse Vorzeichen!«

»Bist du fertig?«, neckte Anna ihn.

»Is cool. Is cool«, antwortete Tim lässig. »Macht ihr.«

»In Ordnung«, sprach Anna und rückte sich abschließend vornehm auf dem Sitz zurecht. »Nun, Nessi, wie bereits geschrieben, ist Antoinette faktisch eine ganz entfernte Verwandte von uns. Ihr Name lautete Henriette Antonia Komtess zur Heyden. Und Oma Leni, sie hat bereits in jungen Jahren an dieser Erkenntnis gearbeitet.

Sie hielt es geheim, weil sie eine weibliche Nachfahrin ihrer selbst suchte. Das sollte nach ihrem Willen ich sein. Und jetzt rate einmal, wer mir das erzählt hat!«

»Keine Ahnung«, antwortete Vanessa. »Graf Anselm?«

»Nein!«, lachte Anna aufgeregt. »Suche dir einen bequemen Platz zum Sitzen und merke auf, Nessi! Es war Hilarius Wolfgang Egidius Graf zur Heyden, Oma Lenis Bruder!«

»Ooh, nicht möglich!«, staunte Vanessa. »Oma Leni hat einen Bruder, der noch lebt! Und was werdet ihr nun machen?«

»Heute ist Sonntag«, erklärte Anna, »da werden wir nichts mehr unternehmen. Aber morgen, nach der Schule, werden Tim und ich die Alte Domäne aufsuchen.«

»Den vergammelten Kasten?«, hakte Vanessa nach. »Das ist gruselig. Was erwartest du da zu finden?«

»Hinweise«, gab Anna zurück. »Hinweise auf den Code und damit auf das Versteck des Säbelgriffs.«

»Wie spannend!«, jubelte Vanessa gedämpft. »Haltet mich bitte auf dem Laufenden, ja?«

»Mein Wort darauf, Nessi!«, sicherte Anna ihr zu. »Wir sehen uns später. Alles Liebe!«

»Alles Liebe, Anna. Bis bald!«

Kapitel 15

»Isi!«, blökte Melli durch den Schulflur. »Komm endlich!«

Anna stand seelenruhig neben Melli und schaute kurz in Richtung Treppenhaus, aus dessen Glastür gerade eine nicht enden wollende Zahl von Schülern das Gymnasium verließ.

»Ja!«, tönte Isis Ruf ungeduldig durch die Tür. »Was stresst du denn so?«

»Die Mittagspause dauert nicht ewig, weißt du?«, drängelte Melli. »Und ich will mein Kipcorn in Ruhe essen!«

Der erlösende Klang der Wasserspülung drang an Mellis und Annas Ohren. Mit einem kopfschüttelnden Grinsen trat Isi aus der Toilette in den Flur.

»Du und dein Kipcorn«, spöttelte sie ihrer Freundin entgegen. »Wenn du mal stirbst, dann stirbst du an Kipcorn.«

»Ach, lass mich!«, wehrte Melli im Losgehen ab. »Kommt, die Jungs warten.«

»Oui, mon général!«

Der Strom von Leuten ebbte allmählich ab. Zu begierig waren die Schüler nach der sechsten Stunde, das Gebäude zu verlassen. Die Unter- und Mittelstufler hatten nun größtenteils schulfrei und die Oberstufler mehrheitlich Mittagspause. Nur wenige blieben in dieser Zeit in den Räumlichkeiten oder auf dem Schulhof des Gymnasiums. Und so traten nun auch Anna, Melli und Isi aus dem Schulgebäude heraus, um das Gelände des Gymnasiums über den Schulhof zu verlassen.

»Dann gehen du und Trip heute also noch auf Erkundungstour in die Domäne?«, begann Isi ganz locker zu reden.

»Ja, ganz recht«, antwortete Anna, halb im Flüsterton.

»Wie kommt man eigentlich in die Alte Domäne rein?«, erkundigte sich Isi neugierig.

»Das ganze Grundstück wird von der Stadt verwaltet«, erklärte Anna leise. »Das macht es erforderlich, im Rathaus um den Schlüssel zu bitten. Da Tim und Michael letztlich ja im Auftrage der Stadt arbeiten, nahmen sie sich vor, sich heute Vormittag darum zu kümmern.«

»Oh je!«, lachte Melli. »Die beiden auf dem Amt? Wenn die das mal hinkriegen! … Wär's nicht besser, wenn sich eine echte zur Heyden persönlich darum kümmern würde?«

»Ja, genau!«, kicherte Isi. »Eine Nachfahrin der berühmten Antoinette de la Garrigue?«

Die Mädchen lachten so froh gelaunt, dass sie zuerst gar nicht bemerkten, dass sie gerade von einer Mitschülerin überholt wurden. Doch in dem Moment, da das Mädchen an ihnen vorbeigegangen war, erkannten sie mit Schrecken den blonden Bob. Caroline Hoffmann sah abschließend mit einem herablassenden Blick über die Schulter zu den drei Freundinnen hin, dann drehte sie ihren Kopf nach vorne und ging zügig weiter. Mit versteinerten Gesichtern verlangsamten Anna, Melli und Isi drastisch ihre Schritte.

»Scheiße!«, zischte Melli. »Von wo ist die denn plötzlich aufgetaucht?«

»Von hinten«, brummte Isi. »Ich dachte, die wär längst schon weg.«

»Nun, das war sie offensichtlich nicht«, gab Anna ernüchtert hinzu, »und nun hat sie unser Gespräch vollumfänglich mitbekommen. Wie konnten wir nur so überaus sorglos sein?«

»Kannst du nicht aufpassen, was du sagst?«, pampte Melli Isi an. »Laberst da einfach von Antoinette ohne drauf zu achten, wer hinter dir geht.«

»Was denn?«, wehrte sich Isi. »Ich hab doch auch keine Augen im Rücken! Die hat sich garantiert absichtlich rangeschlichen, um uns zu belauschen, die dumme Leisetreterin!«

»Und jetzt kann sie's nicht abwarten, das alles der Uebelacker weiterzusagen!«, maulte Melli. »Alles ist am Arsch!«

»Wir müssen nun eben das Beste daraus machen«, versuchte Anna, Ruhe unter die erregten Gemüter zu bringen. »Ich alleine verfüge über die Beweise zu den Fakten, die wir herausgefunden haben. Darüber wird Frau Dr. Uebelacker sich im Klaren sein. Also muss sie äußerst besonnen vorgehen und erst einmal nach Möglichkeiten suchen, an eigene Beweise zu gelangen. Das gibt uns die nötige Zeit, unseren Vorsprung zu halten.«

Melli und Isi nickten widerwillig.

»Joa, kann sein«, brummelte Melli, und Isi fügte hinzu: »Hoffentlich!«

»Hey, Mädels!«, rief Michael den Mädchen zu, als er sie auf ihrem Weg zum Tisch der Jungs bemerkte.

»Hey«, kam es verhalten von Melli zurück, als sie neben Alex an den Stehtisch trat. Anna und Isi gesellten sich zu ihrer Linken dazu, sodass Isi zwischen Anna und Melli stand und Anna direkt neben Tim, den sie auch sogleich mit einem Kuss begrüßte.

»Why the long face?«, rief Julian flapsig vom zweiten der zusammengestellten Tische herüber.

»Ach, nix«, murmelte Melli. »Wir haben nur gerade einen taktischen Fehler begangen.«

»Was denn für einen Fehler?«, fragte Tim erstaunt und sah Anna an.

»Wir haben über unser Vorhaben heute Nachmittag gesprochen«, erklärte Anna ruhig, »und es hat mehr als nur den Anschein, als hätte Caroline Hoffmann uns dabei belauscht.«

»Kackmist«, knirschte Tim. Dann schüttelte er den Kopf und strich Anna zärtlich mit dem Finger unter dem Kinn entlang. »Aber jetzt mal keine Sorge, Annaschatz. Wir sind doch in zwei Stunden schon am Werk, und bis dahin haben die beiden auch noch Unterricht, die Hoffmann und die Uebelacker. Die haben gar keine Zeit uns einzuholen.«

Anna sah Tim mit einem froh lächelnden Augenaufschlag an.

»Das ist wahr«, bestätigte sie die Worte ihres Freundes. »Das waren sinngemäß auch meine Worte, vorhin an Melli und Isi.«

»Na also!«, sagte Tim aufmunternd zu Melli und Isi. »Da seht ihr's. Alles halb so wild.«

»Na gut«, brummelte Melli und lächelte schon wieder.

»… Und guck mal, was ich hier für dich habe«, grinste Alex charmant und schob Melli einen Teller mit einem heißen Kipcorn und Sauce Andalouse entgegen. Wie sie da vor Freude tief Luft nahm und ihn anstrahlte!

»Oh, Ditze!«, rief sie entzückt und erfasste mit beiden Händen Alex' Armbeuge. »Wie süß von dir! Danke.«

»Moment mal!«, warf Damian dazwischen. »Ich dachte, der wär für dich. Du hast das Kipcorn für Melli bestellt?«

»So sieht's aus, Leute!«, lachte Alex in die Runde. Verwundert und auch ein bisschen verunsichert sahen seine Freunde ihn an.

»Jungs haben einfach keine Antennen«, schmunzelte Isi während sie Anna anstupste. »Stimmt's, Anna?«

»Ich schlage vor«, kicherte Anna, »wir lassen sie das Erlebte noch eine Weile verarbeiten.«

»Guter Plan!«, lachte Isi.

»Nun?«, wandte Anna sich kess an Tim. »Wie kommt es, dass Alex charmant genug ist, Melli eine Mahlzeit zu bestellen, und du hier stehst und deine Freundin unbedacht lässt?«

Doch Tim grinste Anna nur verwegen an. Dann hob er die Hand mit ausgestrecktem Zeigefinger und zählte lässig: »… Und drei … Zwei … Eins …«

Da krähte die Bedienung von der Theke her: »Grüner Salat mit Essig und Öl und einem Kräuterbrötchen?!«

»Hier!«, rief Tim. Dann drehte er sich, nicht weniger grinsend, zur Theke hin und nahm den angereichten Salat entgegen. Galant setzte er Anna den Teller vor. Die machte große Augen. Überrascht lächelte sie ihn an.

»Guten Appetit«, wünschte Tim ihr mit sichtlicher Freude über ihr staunendes Gesicht, wobei er ihr ein frisches Besteck reichte. Sie nahm es auf ihre elegante Art entgegen.

»Vielen Dank, mein Liebster«, freute sie sich mit einem zarten Knicks. »Ich habe dich unterschätzt.«

»Kommt vor«, zuckte Tim mit den Schultern. »Dein Gesichtsausdruck war es allemal wert.«

»Frechdachs!«, witzelte Anna und legte ihr Besteck ab. Dann nahm sie Tims Gesicht in ihre Hände und schenkte ihm einen süßen Kuss auf die Lippen. »Nochmals Danke schön.«

»Mit Vergnügen«, gab Tim zurück. Anna nahm ihr Besteck wieder auf und fügte schelmisch schmunzelnd hinzu: »Angesichts dessen traue ich mich kaum zu fragen, aber, hast du den Schlüssel für die Domäne denn auch bereits …«

Sie stockte, weil Tim blitzschnell in seine Hosentasche griff und einen großen, schäbigen Schlüssel mit einem Metallring hervorzog, an dem ein kleines Kunststoffschild mit der Aufschrift »Domäne Leyental« angebracht war. Er präsentierte ihn ganz kurz in Augenhöhe und legte ihn dann zwischen sich und Anna auf den Tisch. Anna nickte anerkennend.

»Das habe ich nicht anders erwartet«, lobte sie. »Auf dich ist eben Verlass, Tim Richthof.«

»Kriegt er jetzt etwa schon wieder 'nen Kuss?«, pöbelte Michael gespielt herüber. »Ich bin nämlich hier um zu essen, und daraus wird nichts, wenn ich mir Trip beim Rumlecken angucken muss!«

»Reg dich nicht auf, Hawkens!«, warf Julian dazwischen. »Könnte alles schlimmer kommen. Noch hat er sie nicht auf den Tisch geworfen.«

Da warf Michael mit gekünstelter Abscheu sein Besteck auf seinen Teller.

»Danke, Boggy!«, zeterte er. »Weißt du, wenn Motte den Mund aufklappt, dann bin ich auf so 'nen Spruch vorbereitet, aber von dir will ich so was überhaupt nicht hören, klar? Verdammt!«

»Lass Boggy in Ruhe!«, gackerte Damian. »Ich hätte noch was ganz anderes gesagt: …«

»Schnauze, Motte!«

»Wisst ihr, was das eigentlich Kranke daran ist?«, spottete Alex. »Dass Motte und Boggy nicht das geringste Problem mit ihrem perversen Kopfkino haben, und das macht mir Angst!«

Die ganze Truppe bog sich vor Lachen. Vergnügt sah Isi zwischen Anna und Melli hin und her und spöttelte: »Hier sind wir richtig, was, Mädels?«

»Zweifellos«, gluckste Anna.

»Zwerchfellkrampf garantiert«, fügte Melli ausgelassen kichernd hinzu.

»Jetzt nochmal ernsthaft, Leute!«, lenkte Julian das Thema in eine andere Richtung. »Trip, Anna, wie wollt ihr denn nachher vorgehen, wenn ihr in dem alten Haus seid? Wonach wollt ihr genau suchen?«

»Das wird schwerlich zu planen sein«, antwortete Anna. »Ich denke, wir können nichts weiter tun als uns gründlich umzusehen und darauf zu hoffen, auf etwas zu stoßen, das uns weiterhilft.«

»Klingt nicht so übermäßig«, bemerkte Alex.

»Trotzdem«, hielt Tim dagegen. »Annas Großonkel hat gesagt, dass es sein Elternhaus war. Und das von Annas Oma. Er hat von den ›alten Leyentaler Zeiten‹ geredet. Es könnte doch sein, dass Antoinette vor ihnen auch schon dort gelebt hat.«

»Das ist ganz und gar nicht abwegig!«, erkannte Anna. »Immerhin gehört die Domäne zu den ältesten Gebäuden

Leyentals. Tim, weißt du noch, als wir auf Burg Aarstein waren und ich dir den Gobelin gezeigt habe?«

»Ja, klar!«, bestätigte Tim. »Wie alt war der nochmal? Fast siebenhundert Jahre, richtig?«

»Ja, richtig«, nickte Anna. Tim griff in seine Hosentasche und zog sein Handy hervor.

»Ich hab doch ein Bild davon gemacht«, erzählte er. »Hier … Da kann man sehen, dass die Domäne damals schon existiert hat. Ist doch gut möglich, dass die zur Heydens vor zweihundert Jahren auch schon da gewohnt haben.«

»Selbst wenn«, wandte Damian ein, »die Sache mit ›No es‹ habt ihr damit immer noch nicht raus.«

»Das stimmt leider«, sah Anna ein.

»Gibt denn die Mappe von deiner Oma noch was her?«, erkundigte sich Michael.

»Alles, was wir jetzt noch haben, ist die Buchseite mit dem altertümlichen Alphabet«, beschrieb Anna, »doch daraus werde ich einfach nicht schlau. Ich meine, in welchem Zusammenhang steht es mit dem Rest der Unterlagen?«

»Ist es denn alt?«, fragte Isi. »Oder ist es ein jüngeres Dokument von deiner Oma?«

»Das ist es ja«, erklärte Anna. »Das Papier ist altertümlich, nicht unähnlich dem, das Antoinette für ihre Gedichte verwendet hat, doch es zeigt nicht ihre Handschrift. Auch nicht die Handschrift Oma Lenis. Es handelt sich vielmehr um eine gedruckte Seite eines Buches.«

»Wenn das Papier den Blättern entspricht, auf denen Antoinette geschrieben hat«, überlegte Melli, »dann muss es aus ihrer Zeit stammen. In dem Fall ist es egal, ob das

Alphabet geschrieben oder gedruckt ist. Wenn es aus Antoinettes Zeit stammt, dann hat sie es ihren Gedichten damals schon beigelegt. Also muss es irgendwie dazugehören.«

»Du willst also sagen«, konkretisierte Anna, »dass Antoinette selbst es als Hinweis auf ihr Rätsel hinterlassen hat?«

»So seh ich das«, bekräftigte Melli. »Ist in meinen Augen der logischste Gedanke. Die verwendete Frakturschrift spricht ebenfalls dafür.«

»Was für ein Alphabet ist das denn jetzt überhaupt?«, wollte Julian wissen.

»Tim und ich haben uns inzwischen auch damit befasst«, begann Anna zu erläutern. »Dieses Alphabet wird ›Futhark‹ genannt. Die ersten sechs Runen entsprechen unseren heutigen Buchstaben F, U, Th, A, R und K. Das liest sich Futhark. Jede Rune hat außerdem, wie auch die Buchstaben unseres heutigen Alphabets, einen Eigennamen. So heißt die erste Rune ›Fehu‹, die zweite ›Uruz‹, und so weiter. Das Besondere ist, dass jede Rune auch gleichzeitig eine Wortbedeutung hat: ›Fehu‹ bedeutet zum Beispiel ›Vieh‹ und ›Uruz‹ ›Auerochse‹. Das ist aber auch bereist alles, was es darüber zu wissen gibt.«

»Und da gibt es keine Rune, die ›No‹ heißt?«, fragte Julian. »Oder ›Es?‹ Oder ›No Es?‹«

»Fehlanzeige«, gab Tim ihm zurück. »Wenn es so einfach wäre.«

»Ja«, nickte Julian etwas verlegen, »wäre zu schön gewesen. Dachte mir schon, dass ihr soweit gedacht habt.«

»Nee, Kumpel«, hielt Tim ihm zugute. »Du siehst ja, wir denken auch nicht an alles. Dass das Futhark ein gezielter Hinweis von Antoinette sein könnte, das ist uns bis heute nicht eingefallen.«

»Das ist wahr«, pflichtete Anna ihm bei. »Wir haben bislang gedacht, es sei ein Teil der Unterlagen, die nichts mit der Legende zu tun haben, so wie die Dokumente meiner Schulzeit. Zumal es sich bei dem Buch um die ›Fibel der Geschichte des Deutschen Volkes‹ handelt, einem, wie ich inzwischen herausgefunden habe, frühen deutschnationalistischen Lehrwerk. Letzteres mag ein willkommener Grund für Frau Dr. Uebelacker gewesen sein, derart heftig darauf zu reagieren. Ein Zusammenhang zum Rätsel um Antoinette wäre auch mir nicht in den Sinn gekommen.«

»Tja«, trumpfte Melli zufrieden auf, »einfach mal Melli fragen.«

»Eigenlob stinkt«, frotzelte Isi, woraufhin Melli ihr eine Schnute zog.

»Bist ja nur neidisch.«

Michael sah auf die Uhr und verkündete: »Okay, wir müssen. Trip? Auf geht's!«

»Alles klar«, bestätigte Tim und verabschiedete sich von Anna.

»Bis später, Süße. Wir machen das dann wie abgesprochen, okay?«

»Ja, das machen wir. Ich nehme nach der Schule ein Taxi und lasse mich zur Domäne fahren. Du kommst nach, sobald du Feierabend hast.«

»Genau so. Ich komme spätestens 'ne halbe Stunde nach dir. Hier. Vergiss den Schlüssel nicht.«

»Danke sehr. Bis später.«

»Bis dann.«

Es folgte noch ein Kuss, und dann entfernte Tim sich mit Michael. Alex brachte die Mädchen zurück zum Gymnasium.

»Dreizehn fuffzich, junge Frau«, machte der Taxifahrer sich nach der Ankunft vernehmlich. Anna reichte ihm zwei Scheine nach vorne, einen Zehner und einen Fünfer.

»Haben Sie vielen Dank«, sprach sie höflich dazu. »Bitte behalten Sie das Wechselgeld.«

»Danke!«, antwortete der Fahrer erfreut. »Sehr freundlich.«

»Gern geschehen. Auf Wiedersehen.«

Damit öffnete Anna die Tür des Mercedes und stieg aus. Ihr Blick schwenkte sogleich zum Hauptgebäude der Leyentaler Domäne. Ein kalter Wind blies ihr um die Ohren, und die grauen Wolken zogen mit beachtlichem Tempo über die Dächer hinweg. Sie vernahm das Knirschen der Räder des wegfahrenden Fahrzeugs auf dem Kalksplitt, auf dem verstreut altes Falllaub vor sich hin rottete. Das Brummen des Diesels klang mehr und mehr ab, dann hörte Anna nur noch das Pfeifen des Windes, der über das weite Plateau wehte und die teilweise gebrochenen und fehlenden Dachziegel als Schneidenkante einer Flöte benutzte. Eine Weile stand Anna dort in ihren teuren Ankleboots und ihrem Victoria-Beckham Mantel und sah sich um. Ihr Gehirn war im Augenblick darauf ausgerichtet, Sonnensymbole auf dem verlotterten Boden auszumachen. Doch sie erkannte schnell, dass dies mehr Ausdruck ihrer Hoffnung war, und so schritt sie schließlich auf die große Eingangstür zu, von welcher der graublaue Lack sich im Lauf der Jahrzehnte abgelöst hatte.

Dort vor der Tür, auf den Ecken des Podests, fielen ihr links und rechts zwei kleine, gedrungene Steinfiguren auf. Sie hatten in etwa die Ausmaße von Schuhkartons und erinnerten an Fabelwesen, die rechtwinklig zum Haus in die Ferne blickten. Es mussten wohl irgendwelche Dämonenfiguren sein, die, aus Aberglauben dorthin gesetzt, böse Geister fernhalten sollten.

Anna griff in ihre Handtasche und zog den alten, massiven Schlüssel hervor. Wie es schon in dem rostigen Schloss klackerte, als sie den Schlüssel drehte. Ein hallender Rumms folgte, als sie die elegante, doch in die Jahre gekommene Klinke nach unten drückte. Knarrend schwang, getrieben von Annas Körperkraft, der verwitterte Türflügel nach innen und gab die Eingangsöffnung frei. Von dort aus ließ Anna den Blick ins Innere des alten Hauses schweifen. Der Boden war basaltgrau und beige gekachelt. Überall standen mit weißen Tüchern abgedeckte Gegenstände, wahrscheinlich größtenteils Kerzenständer, herum. Sie wirkten wie Gespenster. Von der gekachelten Eingangshalle führte je ein Flur nach links und rechts. Dies alles mutete durchaus wie das Zur-Heyden-Schloss an, das Anna und Tim am Tag zuvor besucht hatten. Ein vergleichbarer Stil war ohne Zweifel erkennbar. Nun nahm Anna ihr Smartphone aus ihrer Handtasche, um ein Licht zu erzeugen, in dessen Schein sie sich umsehen konnte. Sie fasste sich ein Herz und betrat das Haus. Bemerkenswert, wie lange jeder ihrer Schritte bei dieser Stille durch die Räume hallte.

Anna entschloss sich, den linken Flur entlang zu gehen und in die Zimmer zu schauen. Die Zimmertüren hatten größtenteils noch die Schlüssel in ihren Schlössern stecken. Die hatte man von Seiten der Stadtverwaltung also nicht abgezogen. ›Umso erfreulicher‹, dachte Anna, der auf diese Weise die Räumlichkeiten voll zugänglich waren. Sie öffnete die Tür des ersten Zimmers und leuchtete hinein. Der Raum war leer und die Wände kahl. Dort dürfte es nichts zu entdecken geben. Also zog Anna die Tür wieder zu, bis sie ins Schloss fiel. Abermals klangen Annas hohe Absätze durch das Haus, bis sie vor der nächsten Zimmertür stand. Sie griff nach der Klinke und drückte sie. Wie erwartet war die Tür verschlossen. Zum Glück steckte auch hier der Schlüssel. Anna drehte ihn herum und drückte die Tür halb auf. Sie sah ins Zimmer und erkannte einige, ebenfalls mit Tüchern abgedeckte Möbel. Neugierig trat sie ein, um alles genauer in Augenschein zu nehmen. In der Mitte des Raumes angekommen drehte sie sich um sich selbst, um alles visuell zu erfassen. Da bemerkte sie plötzlich, wie der Türflügel zu schwang und ins Schloss fiel. Sie lief sofort zur Tür hin, doch da hörte sie schon, wie der Schlüssel zweimal gedreht wurde. Dann nahm sie leise verhallende Schritte wahr. Anna schlug mit der flachen Hand an die Tür. Mehrere Male.

»Hallo?«, rief sie angstvoll. »Wer ist dort? Bitte lassen Sie mich heraus!«

Anna spürte, wie ihr Herz schneller zu schlagen begann. Sie empfand große Furcht. Sie drohte in Panik zu geraten. Wieder schlug sie gegen die Tür.

»Hallo!«, wimmerte sie. »Bitte lassen Sie mich nicht hier zurück! Ich möchte heraus! Bitte!!«

Sie atmete heftig. Was sollte sie nur tun? Tim! Er hatte gesagt, er würde nur eine halbe Stunde nach ihr herkommen. Wie gut! Sie brauchte nur zu warten und sich bei seinem Eintreffen bemerkbar machen. Langsam beruhigte Anna sich. Sie begann, auf ihrem Handy eine Nachricht an ihren Liebsten zu verfassen, damit er auch gleich wusste, in welcher Situation sie sich befand und er sich beeilen würde.

Schon von der Landstraße aus, gut dreihundert Meter von der Zufahrt zur Domäne entfernt, bemerkte Tim ein Auto auf dem riesigen Gelände vor dem alten Anwesen.

›Ich dachte, sie wollte mit dem Taxi kommen‹, wunderte er sich in Gedanken. ›Wem gehört der Schlitten?‹

Langsam fuhr Tim auf das Gelände und näherte sich dem Fahrzeug, einem Porsche 911. Mit Düsseldorfer Kennzeichen. War das vielleicht Graf Anselm?

Tim stellte den Motor ab, als er hinter dem Porsche angehalten hatte. Der Sportwagen stand auf dem Fahrweg und verhinderte so das Heranfahren an das Gebäude. Tim stieg aus seinem Jeep. Mit den Augen fixierte er den Porsche. Nachdem er die Tür seines Geländewagens zugeschlagen hatte, vernahm er hinter sich das Knirschen von weiteren Reifen, die über den Splitt rollten. Er wandte sich um und erkannte zu seinem Erstaunen ein Dienstfahrzeug der Polizei, einen VW Transporter T5, der gemächlich und mit blinkendem Blaulicht auf Tims Wrangler auffuhr. Die Türen des Polizeifahrzeugs öffneten sich, und drei Beamte in Uniform stiegen aus. Zwei von ihnen waren ausgesprochen jung, kaum viel älter als Tim. Drahtige, sportliche Burschen. Tim kannte sie nicht. Der dritte aber war ihm bestens vertraut. Es war sein Erzfeind, Polizeimeister Rüdiger Brochnes. Während die

Männer langsam auf Tim zukamen, ertönte ein Signalton auf Tims Handy. Im selben Moment öffneten sich auch die Türen des Porsche, und Tim musste feststellen, dass es Leon und Fiona zur Heyden waren. Dieser Leon hatte schon wieder seine Sonnenbrille im Haar stecken. Er trug einen eng anliegenden Ledermantel mit Pelzkragen. Fiona war mit einer hochwertigen, weißen Daunenjacke ausgestattet. Zudem hatte sie einen dieser übertrieben großen, ausladenden Schals um ihren Hals gelegt, wie ihn Frauen in diesen Tagen häufig trugen und dabei nicht merkten, dass sie damit aussahen, als würden sie aus einer Kloschüssel rausgucken. Tim sah auf sein Handy und war alarmiert. Annas Nachricht verringerte zwar nicht seine Verwunderung, ganz im Gegenteil, doch zumindest war ihm nun klar, was zu tun war.

»Richthof!«, brüllte Rüdiger durch die windige Luft. »Stehen bleiben!«

Doch Tim dachte nicht daran, dem Befehl des Polizisten zu folgen. Er musste Anna umgehend aus ihrer misslichen Lage befreien. Er wandte sich ab und setzte an, zum Hauptgebäude der Domäne zu laufen. Er hörte, wie Rüdiger das Holster seiner Dienstwaffe öffnete und sie herauszog.

»Stehen bleiben, Richthof!«, schrie Rüdiger. »Widersetzen Sie sich nicht den Anordnungen der Polizei!«

Tim hielt inne und drehte sich seinem Widersacher entgegen.

»Brochnes!«, beschwor er ihn. »Meine Freundin ist in dem Haus gefangen. Lass sie mich da rausholen! Danach können wir jeden Schwachsinn machen, den du dir ausdenkst.«

»Du bleibst hier, Richthof!«, blaffte Rüdiger mit gezogener Pistole. »Du bist verhaftet, im Namen des Gesetzes, wegen Landfriedensbruch. Hast du kapiert? Und um deine Kleine kümmer ich mich nachher auch noch, verlass dich drauf.«

»Landfriedensbruch«, knurrte Tim spöttisch. »Wer hat sich diesen Mist ausgedacht?«

»Stehen hinter dir, Richthof«, spottete Rüdiger zurück. »Die Grafen zur Heyden haben uns ihren Verdacht mitgeteilt, dass ihr beide unbefugt ihr Anwesen durchschnüffeln wollt.«

»Und wir erstatten hiermit Anzeige, Officer!«, hörte Tim die rotzige, affige Stimme des jungen Grafen. »Jetzt, da wir den Verdacht als verified betrachten können.«

»Boah, Leute!«, schnaubte Tim, als er sich erneut in Richtung Haus umdrehte und losstampfte. »Ihr geht mir so auf den Piss, ey …«

Rüdiger legte sofort auf Tim an.

»Richthof!«, plärrte er. »Komm sofort zurück! Zwing mich nicht, auf dich zu schießen!«

Doch Tim ging unbeirrt weiter. Wutschnaubend stampfte er auf Graf Leon zu, der hastig einen Schritt zur Seite tat und dabei ungewollt seine Frau anrempelte. Doch Tim passierte ihn einfach nur. Er wollte nichts weiter, als ins Haus zu gehen und seine Freundin zu befreien. Da knallte ein ohrenbetäubender Schuss durch die Stille des verlassenen Anwesens. Tim knickte ein. Ein wahnsinniger Schmerz durchfuhr seinen rechten Oberschenkel und zog ihm den Körper hoch. Mit schmerzverzerrtem Gesicht ging er in die Hocke, um sich gleich darauf wieder aufzurichten und vorwärts zu humpeln.

Mit einer Kopfbewegung deutete Rüdiger seinen Gehilfen an, Tim zu folgen. Das taten sie auch sogleich. Von hinten warfen sie sich Tim beiderseits an den Hals und rangen ihn nieder, bis er auf dem Bauch zu liegen kam. Doch es gelang ihm, seine Arme freizukämpfen und sich langsam weiter in Richtung Haus zu robben, während die Polizisten auf ihm hingen und nach Kräften versuchten, ihn zurückzuhalten.

»Was ist los mit euch?«, herrschte Rüdiger seine Kollegen an. »Haltet ihn doch fest!«

»Wollen wir ja!«, hielt der eine angestrengt dagegen. »Aber der Typ ist verdammt stark!«

Genervt kam Rüdiger auf die drei jungen Männer zu. Entschlossen zog er seinen Schlagstock. Tim lag immer noch bäuchlings und nichts ahnend auf dem Boden. Plötzlich bemerkte er, dass die beiden Polizisten von ihm abließen. Im selbem Sekundenbruchteil spürte er einen heftigen Schmerz im Schulter-Nacken-Bereich. Dann wurde es dunkel.

Tim erwachte auf der Polizeidienststelle im Westflügel des Leyentaler Rathauses. Langsam kam er zu sich, wobei er mehr und mehr den Nikotingeruch der Finger Rüdiger Brochnes' wahrnahm, der vor ihm stand und ihm immer wieder eine leichte Backpfeife verpasste.

»Steh auf, Dornröschen!«, raunte Rüdiger spöttisch. Tim öffnete die Augen. Neben dem Polizisten standen die beiden Beamten, die Tim zusammen mit Rüdiger überwältigt hatten. Hinter ihnen zog sich eine abgenutzte, hölzerne Theke entlang, an der zwei weitere Polizisten mit ihren Gesäßen lehnten und den Vorgang aufmerksam verfolgten. Und hinter der Theke wiederum standen Leon und Fiona mit ihren hochnäsigen, selbstzufriedenen Mienen und sahen auf Tim hinab.

»Brochnes«, murmelte Tim noch leicht benommen, doch mit wiederkehrenden Kräften. Er bewegte seine Hände hinter dem Rücken und stellte fest, dass man ihm Handschellen angelegt hatte. Er ließ den Kopf nach vorne sinken und betrachtete seinen schmerzenden, rechten Oberschenkel. Ein notdürftiger Verband war ihm über die Jeans ums Bein gewickelt worden.

»Was ist?«, herrschte Rüdiger ihn an. »Was willst du, Richthof?«

»Wo ist Anna?«

»Die ist erstmal gut aufgehoben wo sie ist. Ich guck später nach ihr.«

Tim blinzelte ihn an und runzelte die Stirn. Er kämpfte gegen die Schmerzen in seinem Körper an.

»Du hast sie in der Domäne zurückgelassen?«

»Hast es erfasst, Superhirn«, höhnte Rüdiger verächtlich.

»Ich werd dir eine reinhauen«, hauchte Tim. »Ich schwör, ich werd dir so eine zimmern, dass deine Zähne im Arsch Klavier spielen.«

»Versuch's doch!«, zischte Rüdiger. »Dann packen wir dich endgültig weg.«

»Was für ein primitiver Mensch.«

Tim hörte die verächtliche Frauenstimme und blinzelte in die Richtung, aus der sie kam. Fiona umfasste die Taille ihres Mannes und quakte weiter: »Und diesem Höhlenmenschen hast du dich vorhin so mutig entgegengestellt, Darling.«

»Correct!«, antwortete Leon mit überlegenem Gesichtsausdruck. »Er wird unsere Willpower auch weiterhin zu spüren bekommen. Er und diese Frau Heiden.«

»Und diese dritte Person selbstverständlich auch!«, beharrte Fiona. Tim wurde hellhörig, ähnlich wie Rüdiger, der sich zu dem adeligen Ehepaar hindrehte und fragte: »Was für eine dritte Person? Waren die beiden etwa nicht alleine?«

»Es war noch eine junge Frau dort«, beschrieb Leon. »Wir sahen sie unsere Property verlassen, kurz bevor wir mit dem Wagen vorfuhren.«

»Sie war etwa im selben Alter wie diese Frau Heiden«, ergänzte Fiona, »und sie hatte blondes Haar.«

Hastig wandte sich Rüdiger wieder zu Tim hin, der plötzlich hellwach war.

»Das muss eure Freundin gewesen sein«, vermutete Rüdiger. »Wie heißt die nochmal? Isabel, richtig? Isabel Krüger!«

»Nein!«, erregte sich Tim. »Brochnes, hör zu! Ich weiß, wer das war! Das ist die, die Anna eingesperrt hat! Sie heißt Caro…«

»Schnauze jetzt, Richthof!«, bellte Rüdiger ungehalten dazwischen. »Ich hab genug von deiner Lügerei!«

Dann befahl er einem seiner Helfer: »Sofort eine Fahndung raus nach Isabel Krüger, sechzehn, und Melina … Melina …«

»Kupser, Chef«, half ihm einer der jungen Beamten.

»Genau!«, bekräftigte Rüdiger und deutete auf seinen Kollegen. »Melina Kupser, ebenfalls sechzehn.«

»Nein, du Idiot!«, brüllte Tim ihn vom Stuhl aus an und wand sich hastig in seinen Fesseln hin und her. »Denk doch mal nach, Mann! Die beiden hätten Anna nicht eingesperrt, sondern befreit!«

»Schreib noch Beamtenbeleidigung dazu!«, befahl Rüdiger seinem zweiten Helfer. Da sprang plötzlich hinter Tim eine Tür auf. Ein großgewachsener, athletisch gebauter Polizist mit leichtem Grauansatz in seinen dunkelbraunen Haaren tauchte im Türrahmen auf. Seine Schulterklappen wiesen vier Sterne auf.

»Was soll dieser Lärm?«, blaffte er ungehalten in die Runde. »Brochnes! Mäßigung, ja? Töpfer! Schneider! Habt ihr nichts zu tun?«

Die zuletzt angesprochenen Herren waren die beiden Beamten, die an der Theke lehnten. Sofort stellten sie sich gerade hin und sahen ihren Vorgesetzten an. Einer der beiden, Herr Polizeimeister Töpfer, antwortete: »Doch, Boss. Wir verfolgen das Verhör vom Kollegen Brochnes.«

»Polizeihauptmeister Adolphs!«, rief Rüdiger. »Ich habe neue Erkenntnisse!«

»Das werden wir sehen!«, herrschte Herr Polizeihauptmeister Adolphs ihn an, dann deutete er auf einzelne Anwesende und befahl: »Brochnes, Kalberger, Wisskirchen! Mit Richthof in mein Büro! Töpfer, Schneider! Macht euch nützlich! Und Herr und Frau Grafgedöns? Sie dürfen dem Gespräch beiwohnen.«

»Excuse me? Graf zur Heyden, bitte schön!«, korrigierte Leon ihn pikiert. »Eine korrekte Anrede wäre wünschenswert.«

»Ja, ja«, grantelte Herr Adolphs, »von mir aus auch Graf Koks von der Gasanstalt. Kommen Sie jetzt mit rein oder nicht?«

Mit höchster Missbilligung in den Gesichtern kamen Leon und Fiona der herzlichen Einladung von Herrn Adolphs nach. Rüdiger und seine Helfer, Herr Kalberger und Herr Wisskirchen, hatten Tim inzwischen untergehakt und in das Büro des Polizeichefs gebracht, wo sie ihn wiederum wirsch auf einen Stuhl setzten. Dann rückten sie zwei andere Stühle heran und baten Leon und Fiona, Platz zu nehmen. Sie selbst blieben dienstbeflissen stehen. Zum Schluss betrat Herr Adolphs sein Büro und ließ sich energisch in seinen Stuhl fallen. Mit grimmigem Gesicht sortierte er einige Blätter auf seinem überfüllten Schreibtisch.

»Kindergarten!«, brummte er zerknirscht und kaum hörbar. Dann lehnte er sich in seinem Stuhl zurück, blies durch die Backen und begann zu sprechen, wobei er sich Mühe gab, ruhig zu bleiben.

»Frau Gräfin zur Heyden, Herr Graf zur Heyden. Ich habe die letzte Stunde damit zugebracht, die Eigentumsverhältnisse am Grundstück ›Domäne Leyental‹ zu eruieren. Mit folgendem Ergebnis: Die Liegenschaft lautet schon seit 1970 nicht mehr auf ›zur Heyden.‹ Das Gelände untersteht seitdem der Stadt Leyental, und das unter völliger Alleinverwaltung. Es gibt eine Klausel laut Beschluss des Stadtrats vom 16. Juli 1969, dass bei Übernahme des Anwesens durch die Stadt Leyental ein Mitspracherecht seitens der Grafen zur Heyden besteht, wenn es um tief greifende Maßnahmen am und in dem Anwesen ›Domäne Leyental‹ geht.«

Herr Polizeihauptmeister Adolphs senkte den Blick und hob eines seiner Blätter leicht an, um etwas nachzulesen, dann blickte er wieder Leon und Fiona an.

»Der von Ihnen wegen Landfriedensbruch angezeigte Timotheus Johann Richthof hat heute Vormittag um 10:38 Uhr ordnungsgemäß die Herausgabe des Schlüssels zur Domäne Leyental beantragt, bestätigt durch den zuständigen Sachbearbeiter der Stadtverwaltung und dem anwesenden Zeugen Michael Valentin. Folglich obliegt es mir als zuständigem Leiter der Polizeidienststelle Leyental, Ihre Anzeige im Vorfeld abzuweisen, was ich hiermit tue. Ich darf Ihnen einen schönen Tag wünschen, meine Herrschaften.«

Damit stand Herr Adolphs demonstrativ von seinem Stuhl auf und wies mit der ausgestreckten Hand zur Tür seines Dienstzimmers. Leon und Fiona schauten sich verwirrt an, dann erhoben sie sich, wenn auch nicht ohne Protest.

»Der Fall ist keineswegs erledigt«, widersprach Leon. »Wir werden Ihre Claims anwaltlich checken lassen und notfalls auch gegen Ihre kleine Stadt vorgehen.«

»Tun Sie das, Euer Durchlaucht!«, warf ihm Herr Adolphs gleichmütig entgegen. »Auf Wiedersehen!«

Nachdem Leon und Fiona den Raum verlassen hatten und die Tür hinter ihnen ins Schloss gefallen war, setzte Herr Adolphs sich wieder hin. Seine Bemühungen, die Fassung zu bewahren, standen auf der Kippe, soviel war deutlich.

»Polizeimeisteranwärter Kalberger und Wisskirchen«, presste er durch die Zähne, »ihr beide schnappt euch jetzt die Mappe mit den Dienstvorschriften und lest alles über korrekte Polizeiarbeit nach, verstanden? Und wenn ich noch einmal sehe, dass ihr euch wie Cowboys im Wilden Westen zu einem spontanen Verfolgungsritt hinreißen lasst, von so einem Möchtegernsheriff hier, dann versprech ich euch, werde ich eure weißen Ärsche persönlich brandmarken, und ihr werdet für den Rest eures Lebens Knöllchen schreiben. Habe ich mich klar ausgedrückt?«

»Ja, Herr Polizeihauptmeister«, beteuerten die jungen Beamten mit knallroten Ohren. »Tut uns Leid, Chef.«

»Dann raus jetzt!«, kam der schroffe Befehl ihres Vorgesetzten. Augenblicklich sprangen sie auf und verließen eilig das Büro.

»So, Brochnes«, sprach Herr Adolphs dann endlich, »du nimmst jetzt auf der Stelle Herrn Richthof die Handschellen ab.«

Widerwillig rührte Rüdiger sich. Doch es ging Herrn Adolphs eindeutig nicht schnell genug.

»Wird's bald?!«, schrie sein Vorgesetzter ihn an. Daraufhin nahm Rüdiger die Schlüssel hervor. Tim spürte mit Erleichterung, wie seine Handgelenke freigegeben wurden, sodass er sie endlich nach vorne nehmen konnte.

»Das war's, Brochnes!«, schimpfte Herr Adolphs. »Das war endgültig deine letzte Amtshandlung als Polizeibeamter! Ich habe keine Lust, dir deine ganzen Vergehen, die du dir alleine heute geleistet hast, aufzuzählen. Das spare ich mir für den Untersuchungsausschuss auf. Aber ab sofort will ich dich hier nicht mehr sehen! Und jetzt mach, dass du hier rauskommst!«

Tim war die Ansprache des Polizeichefs an Rüdiger Brochnes ziemlich egal. Er kochte innerlich. Was für eine Zeitverschwendung hatte sein alter Feind ihm da eingebrockt! Immer noch wartete Anna auf ihre Befreiung, und nur durch Rüdigers Schuld harrte sie nun verzweifelt in der kalten, feuchten Domäne aus. Wortlos erhob Tim sich und überholte seinen Widersacher noch auf dem Weg zur Tür. Draußen empfingen ihn die Kollegen Töpfer und Schneider.

»Ich will hier raus!«, verlangte er.

»Wir brauchen noch das Okay vom Chef«, hielt Herr Töpfer dagegen. Ungeduldig stellte Tim sich an die Theke und ballte die Fäuste. Als er das erneute Quietschen der Bürotür von Herrn Adolphs wahrnahm, drehte er sich um und sah Rüdiger, wie er aus dem Dienstzimmer heraustrat und die Tür verächtlich mit dem Fuß hinter sich zustieß. Da überkam es Tim. Ohne jede Vorwarnung rammte er dem unsäglichen Polizisten die Faust mit solcher Wucht ins Gesicht, dass man das Knirschen des brechenden Nasenbeins deutlich hören konnte. Rüdiger taumelte rückwärts und stieß dabei an einem mit einem Rollo verschlossenen Aktenschrank. Als er von dort aus wieder nach vorne schwankte, holte Tim erneut aus und ließ seine Faust in Rüdigers Gebiss krachen. Diesmal waren es zwei abbrechende Schneidezähne, deren knackendes Geräusch zu hören war. Rüdiger ging zu Boden. Ein heftiger Strom aus Blut und Speichel rann ihm übers Kinn auf seine Uniform. Panisch legte er seine Hände über seine Wunden.

»Du Wickfer!«, heulte er. »Dafür kommft du in den Knaft!«

Tim wartete nicht ab. Mit einem Satz hievte er sich über die Theke und ging energischen Schrittes auf den Ausgang zu. Rüdiger aber wandte sich an seine Kollegen Töpfer und Schneider und petzte: »Ihr habt ef gewehen! Rifthof hat mir daf Nawenbein gebrochen! Und mindeftenf fwei Fähne aufgeflagen!«

Herr Töpfer sah Herrn Schneider an und fragte seinen Kollegen: »Hast du was gesehen?«

»Klar!«, bestätigte Herr Schneider trocken. »Ich hab gesehen, wie Brochnes über seine Füße gestolpert ist und in den Boden gebissen hat.«

Herr Töpfer nickte hämisch.

»Schrecklicher Unfall«, bemerkte er mit einem gespielt erschütterten Kopfschütteln. »Wirklich schrecklich.«

In dem Moment kehrte Tim aufgebracht von der anderen Seite an die Theke zurück, ballte die Fäuste und brüllte durch den Raum: »Hätte eine von euch Kaffeetassen vielleicht die Güte, mich zu der verkackten, hurenverfickten Scheißdomäne zu fahren?«

»Jetzt mach mal locker, Richthof«, versuchte Herr Schneider ihn zu besänftigen. »Ich bring dich in fünf Minuten hin.«

Tim rannte, so gut es sein lädiertes Bein zuließ, an seinem Jeep vorbei auf das Hauptgebäude der Alten Domäne zu. Die Haustür stand offen, soviel konnte er im Dunkeln erkennen, doch es steckte kein Schlüssel in dem rostigen Schloss. Hastig schaltete Tim das Licht an seinem Handy ein und huschte durch den Türspalt in die Vorhalle.

»Anna?«, zischte er gedämpft. »Süße? Wo bist du?«

Da hörte er plötzlich Schritte im Geschoss über sich, durch die Decke hindurch. Jemand war im Haus und ging umher. Dann knarrte die Decke weiter rechts, über dem Flur. Es waren also zwei Leute, die im Haus umgingen! Waren Caroline und ihre Lehrerin blöd genug, genau jetzt in dem Gebäude herumzuschnüffeln?

Wo war Anna? In welchem Zimmer hielt man sie gefangen? Tim entschied sich dazu, mit dem linken Flur anzufangen. Er öffnete die Tür des ersten Raumes und schwenkte sein Licht hin und her. Nichts. Noch nicht mal irgendwelche Möbel. Also ging er weiter zum zweiten Raum. Die Tür war angelehnt. Tim stupste sie an, und sie schwang ein Stück auf. Hier konnte Anna auch nicht sein.

Mit einem Mal ertönte ein fürchterlicher Rumms im Obergeschoss. Tim zuckte zusammen und horchte. Die Stimme einer jungen Frau klang gedämpft an sein Ohr.

»Meine Güte!«, rief sie erschrocken. »Kannst du nicht aufpassen?«

›Du?‹, dachte Tim verwundert. ›Die duzt doch ihre Lehrerin nicht. Wer ist das?‹

»Ja, sorry!«, entschuldigte sich eine andere Mädchenstimme. »War nur 'n oller Kerzenständer. Ich stell ihn wieder hin.«

Tim ging zurück in die Vorhalle und begann, die breite Treppe in die obere Etage hinauf zu steigen. Sachte, ganz leise, nahm er Stufe für Stufe und spähte, je höher er gelangte, zwischen den Geländerpfosten hindurch in den oben liegenden Flur. Schritte hallten aus ihm hervor, die rasch näher kamen. Tim schaltete sein Handylicht ab und wartete. Er blieb in der Nische vor der Treppe stehen, damit die sich nähernde Person ihn nicht sehen konnte. Leider war diese Person ein wenig furchtsam, und so schwenkte sie ihre Handylampe weiträumig hin und her, so als ob sie erwartete, dass sie im nächsten Augenblick irgendjemand von irgendwoher anspringen würde. Dabei traf ihr Lichtschein Tims Füße. Sofort quiekte sie auf und begann zu rennen. Tim folgte ihr auf dem Fuß. Schnell

holte er sie ein und umfasste sie von hinten im Schulter-
bereich. Das Mädchen versuchte schreiend zu schlagen
und zu treten. Doch was war das? Das Parfüm kannte er
doch! Tim ließ locker, und da fuhr das Mädchen herum
und rammte ihm ihr Knie gegen den verletzten Oberschenkel.

»Auuuu!«, stöhnte Tim und sackte in die Knie. »Verdammter Kackmist!«

Im selben Augenblick leuchtete ihm der grelle Lichtschein einer Handylampe ins Gesicht, sodass er die Augen zukneifen musste.

»Trip?«, klang die verwunderte Stimme durch den Flur.
»Anna! Isi! Trip ist hier!«

Tim saß noch auf dem Boden und hielt sich sein Bein,
als er die eiligen Schritte aus beiden Fluren herbeilaufen
hörte, die einen dumpf und weich, die anderen hart und
pochend.

»Liebster! Endlich! Wo bist du gewesen? Oh, du meine
Güte, du bist verletzt!«

Nun griffen sechs helfende Hände nach Tim und versuchten mit vereinten Kräften, ihn auf die Beine zu stellen.

»Wartet, Leute!«, wehrte Tim mit schmerzverzerrtem
Gesicht ab. »Lasst mich kurz hier sitzen. Ich komm gleich
wieder hoch.«

Dann lachte er gequält: »Außerdem blendet ihr mich
mit euren Handys. Ich seh ja gar nix.«

»Oh, sorry!«, hörte er Isis Stimme. Die Mädchen senkten ihre Smartphones und hockten sich zu ihrem Freund.

»Danke«, keuchte Tim. »Was ist hier passiert? Ich
dachte, Anna wäre eingeschlossen worden?«

»Das war ich auch«, erzählte Anna, und es klang so, als würde sie sich darüber freuen. Doch sie war einfach nur glücklich über das Auftauchen ihres Freundes, und so klang ihre Stimme nicht ganz dem Thema angemessen.

»Zunächst habe ich auf dich gewartet. Doch du kamst nicht. Einmal hörte ich von draußen einen leisen Knall. Ansonsten war es ganz still. Dann habe ich versucht, Papa anzurufen, doch auf der Bank sagte man mir, dass er gerade nicht abkömmlich sei. Das muss man sich einmal vorstellen. Ich bin doch seine Tochter! Und da will man mich nicht zu ihm durchstellen. Nun, wie auch immer. Ich habe daraufhin beschlossen, es bei Melli zu versuchen. Sie und Isi haben sich von Frau Kupser hierher bringen lassen, und zusammen haben sie mich befreit.«

»Und warum seid ihr dann noch hier?«, wollte Tim wissen.

»Ganz einfach«, fuhr Melli fort. »Anna wollte halt noch ein bisschen rumstöbern. Also hab ich meiner Mutter gesagt, dass wir noch was bleiben, halt bist du kommst.«

»Mutig«, nickte Tim. »Vor allem, weil ich weiß, wer dich hier eingeschlossen hat, Süße.«

»Wer?«, platzte es aus Isi heraus.

»Dreimal dürft ihr raten«, erwiderte Tim.

»Wenn du so kommst«, warf Melli ein, »dann hundertpro Caro Hoffmann!«

»War nicht schwer, he?«, gab Tim ihr zurück.

»Aber woher weißt du das?«, fragte Anna neugierig.

»Also, dann erzähl ich mal meine Geschichte«, begann Tim. »Ich komm hier an, und wer wartet auf mich? Oberaffe Leon und seine Zockse. Die müssen uns gestern irgendwie belauscht haben, als wir deinem Großonkel gesagt haben, dass wir heute hier reingehen wollen. Jedenfalls, die haben die Bullen gerufen. Und natürlich war Brochnes mit dabei. Na jedenfalls, ums kurz zu machen: Brochnes ballert mir ins Bein, die bringen mich zum Revier …«

»Wie bitte?«, entfuhr es Anna mit Entsetzen. »Er hat dich angeschossen?«

Auch Melli und Isi atmeten zutiefst erschrocken ein.

»Ja, hier …«, beschrieb Tim und hob sein rechtes Bein an. »Da hat er mich getroffen. Auf die kurze Distanz flog die Kugel glatt durch. Der Knall, den du gehört hast, Anna, das war der Schuss.«

»Oh, Liebster!«, hauchte Anna den Tränen nah. »Wie leicht hätte er dich töten können, dieser ruchlose Mensch!«

»Wie krass!«, stieß Isi hervor. »So ein Schwein!«

»Hoffentlich hast du es ihm gegeben!«, fügte Melli wütend hinzu.

»Kannst du einen drauf lassen, Melli«, erzählte Tim weiter. »Nachdem sie R-Brochnes einen versickt haben, wurden Leon und Fiona heimgeschickt, weil ihre Ansprüche abgeschmettert wurden. Hinterher hat der Polizeichef unseren Freund Brochnes gefeuert. Tja, und im Anschluss hab ich ihm dann mal kurzerhand seine fettige Hackfresse umgebaut.«

»Richtig so!«, nickte Isi grimmig, und Melli rümpfte die Nase: »Dann hast du jetzt ja das Fett aus seinem Gesicht an den Fingern.«

»Ja, genau!«, lachte Tim und hob seine rechte Faust ins Handylicht. »Ich hab sozusagen R-Brochnes an den Fingern. Erbrochnes, versteht ihr?«

»Ja, du Komiker«, murmelte Melli, der es wie ihren Freundinnen nicht sonderlich nach Lachen zumute war.

»Ich kann darüber nicht lachen, Tim«, verkündete Anna kühl und bat: »Sag uns bitte, woher du weißt, dass es Caroline war, die mich einschloss.«

»Leon und Fiona haben sie gesehen, als sie weggelaufen ist«, fuhr Tim fort. »Sie dachten, sie würde zu uns gehören. Deswegen haben sie sie gleich mit anzeigen wollen. Brochnes hat dann gefragt, wie sie ausgesehen hat. Die Beschreibung, die sie abgegeben haben, passte genau auf die Hoffmann.«

»Also hat sie heute Mittag tatsächlich alles mitgekriegt«, knurrte Melli, »dieses dämliche Miststück!«

»Und wie typisch für sie«, stimmte Isi ein. »Da fällt ihr mal wieder nichts Dümmeres ein als ihre Einsperrnummer.«

»Kommt, Leute«, stieß Tim beim Aufstehen hervor, »hauen wir ab! Noch irgendwas entdeckt hier im Haus?«

»Nein«, antwortete Anna nüchtern, »es gibt keine Hinweise auf Antoinette, beziehungsweise Henriette Antonia. Jedenfalls konnten wir zu dritt im ganzen Haus nichts finden.«

»Schade«, schloss Tim. Er nahm die stützende Hilfe der Mädchen gerne an, denn sein Bein tat inzwischen ganz ordentlich weh.

Im Licht der Handys ließ Tim sich die Treppe hinunter führen. In der Tür drehte Anna sich noch einmal herum, um abzuschließen. Tim, Melli und Isi waren schon auf dem Weg zum Auto, als Anna ausrief: »Wartet bitte einmal! Ich habe hier etwas ganz und gar Bemerkenswertes entdeckt!«

Recht beschwerlich kehrten Melli und Isi mit Tim zurück. Am Eingangspodest angekommen ließ Tim sich auf die Stufenkante sinken.

»Was hast du entdeckt?«, erkundigte er sich.

»Seht ihr die eine der beiden Dämonenstatuen?«, beschrieb Anna. »Ich weiß ganz genau, dass sie beide genau im rechten Winkel zur Hauswand angeordnet waren. Nun ist die eine aber um mindestens fünfzehn Grad gedreht.«

»Okay?«, sprach Tim mit großem Interesse und beugte sich, da er ohnehin schon saß, tief hinunter zu der von Anna beschriebenen Statue, um sie näher zu betrachten.

»Ja!«, fuhr Anna nachdrücklich fort, fasste sich ans Kinn und begann, hin und her zu gehen. »Wollen wir doch einmal annehmen, dass jemand, der eine Person im Haus einschließt, sich möglichst rasch entfernen möchte. Und wollen wir gleichfalls annehmen, dass sie dabei ausdermaßen aufgeregt sein wird und sich daher in aller Hast bewegen wird. Würde sie in diesem Fall möglicherweise versehentlich gegen die Statue treten?«

»Nicht unwahrscheinlich«, murmelte Tim. »Gebt mir mal ein bisschen Licht hier unten.«

Die Mädchen gingen in die Hocke und beleuchteten mit drei Handys die Statue. Tim blickte konzentriert auf die Ecke des Sockels, die dem Eingang am nächsten war.

»Dann kann sie ja nur gegen diese Ecke getreten sein«, stellte er klar. »Und weil das Zeug aus massivem Stein ist, muss sie sich ganz schön weh getan haben, wenn sie es geschafft hat, das Ding so zu verdrehen.«

Tim strich mit dem Zeigefinger ganz leicht über die Ecke des Sockels der Statue.

»Tatsache!«, bemerkte er verblüfft, »hier ist was. So was wie Fasern. Beigebraun. Könnten Fasern von abgeriebenem Leder sein.«

»Die Uebelacker trägt immer so braune Lederschuhe!«, entfuhr es Isi. »Also waren sie vielleicht doch zu zweit hier!«

»Nun«, verkündete Anna stolz und grimmig zugleich, »ich für meinen Teil habe endgültig genug von diesem Katz-und-Maus-Spiel. Was mich betrifft, so ist diese widerwärtige Intrige beendet! Kommt nun. Wir wollen nach Hause fahren.«

Zu dritt halfen sie Tim auf die Beine.

»Kannst du so überhaupt fahren, Trip?«, erkundigte sich Melli sorgenvoll. Doch Tim winkte ab.

»Wenn ich erst im Auto sitze, geht's schon«, versicherte er.

Kapitel 16

An diesem Dienstag hatte Anna nicht sonderlich gut geschlafen. Sie hatte schlechte Träume gehabt. Nicht nur, dass sie im Schlaf wiederholt die Erinnerung an das Eingeschlossensein vom Vortage durchlebt hatte. Ihr Unterbewusstsein hatte sie auch immer wieder die Situation durchspielen lassen, wie sie Frau Dr. Uebelacker und Caroline Hoffmann zur Rede stellen würde. Und da gab es bei weitem mehr denkbare Möglichkeiten als Anna durchspielen konnte. Dennoch, dies war ihr Wunsch: Ein klärendes Gespräch zwischen ihr und ihrer Lehrerin.

Anna brachte den gesamten Schultag mit einem mulmigen Gefühl zu. Caroline Hoffmann in ihre Schranken zu weisen, das alleine wäre für Anna kein Problem gewesen. Sie war nun wirklich gewitzt und schlagfertig genug, einer wie Caroline Hoffmann die Stirn zu bieten. Nein, es war die bevorstehende Konfrontation mit ihrer Geschichtslehrerin, die Anna regelrecht Bauchweh bereitete. Sie hatte Frau Dr. Uebelacker stets hochgeschätzt, und nun sah sie sich gezwungen, mit dieser hochintelligenten, erfahrenen und gebildeten Frau die Klingen zu kreuzen.

Nach der sechsten Stunde fasste Anna sich ein Herz und begab sich geradewegs zum Erdkunderaum, wissend, dass Frau Dr. Uebelacker dort stets ihre letzte Stunde des Vormittags hielt. Als sie den Raum erreichte, fand sie die Tür geschlossen vor. Zwei Schüler gingen schwatzend durch den Flur, sodass Anna nicht hören konnte, ob im Kursraum gesprochen wurde. Also wartete sie ab, bis die Jungs außer Hörweite waren. Dann beugte sie sich leicht vor um zu horchen. Wahrhaftig! Das waren die Stimmen von Frau Dr. Uebelacker und Caroline Hoffmann. Ausgezeichnet! Besser konnte es nicht kommen. Anna würde sie gleichzeitig herausfordern können, und die beiden würden außerstande sein, sich abzusprechen und Finten zu legen. Sie klopfte energisch an die Tür, und mit einem bis zur Kehle klopfenden Herzen betätigte sie die Klinke und trat ein.

»Guten Tag, die Damen«, sprach Anna würdevoll und ein bisschen von oben herab. »Es widerstrebt mir zu stören, doch in Anbetracht der Umstände ist es bedauerlicherweise erforderlich.«

Langsam und erhaben trat Anna an das Pult heran, an dem wie gewohnt ihre Geschichtslehrerin saß. Ihr gegenüber, an einem Tisch der ersten Sitzreihe, hatte Caroline Platz genommen. Vor ihr lag eine umfangreiche Sammlung an Unterlagen. Caroline rollte mit den Augen.

»Mann, zur Heyden, merkst du nicht, dass du störst?«

»Warte, Caroline«, mahnte Frau Dr. Uebelacker sie zur Besonnenheit. »Ich bin sicher, Annabelle hat gute Gründe für ihr Verhalten. Wir nehmen uns die Zeit, sie anzuhören. Bitte, Annabelle.«

Interessiert wandte die Lehrerin sich Anna zu. Caroline rollte abermals mit den Augen, lehnte sich zurück und verschränkte die Arme vor der Brust, Anna ebenfalls anblickend, doch mit deutlich weniger Offenheit. Anna trat näher und verschränkte ebenfalls mit einem misstrauischen Blick die Arme.

»Wird derselbe Trick nicht langweilig, wenn man ihn wieder und wieder anwendet?«, stellte sie Caroline herausfordernd zur Rede.

»Hä?«, stieß Caroline hervor. »Wovon laberst du da?«

Anna schwenkte den Blick zu Frau Dr. Uebelacker hin.

»Und Sie? Handelt Caroline in Ihrem Wissen, wenn sie mich auf dem WC und in alten Häusern einsperrt?«

»Eh, was ist denn mit dir los?«, maulte Caroline.

»Du brauchst es gar nicht erst zu leugnen, Caroline Hoffmann!«, wies Anna sie zurecht. »Letztes Jahr auf der Oberstufenparty hattest du mich auf dem WC eingeschlossen. Das weiß ich, denn du hattest dich mit deinen unbedachten Worten verraten.«

»Ist das wahr, Caroline?«, fragte Frau Dr. Uebelacker energisch und voller Erstaunen. Caroline machte ein trotziges Gesicht und gestand zögerlich: »Ja, es ist wahr.«

»Warum?«

»Weil ich sie nicht leiden kann! So, jetzt ist es amtlich.«

Die Lehrerin schüttelte verständnislos den Kopf.

»Also, meine Damen«, begann sie, »ich kann mich nur wundern. Denkt ihr denn, dass solche Kindereien euch zu Gesicht stehen? Ihr solltet euch was schämen. Was ist denn der Grund für eure Feindseligkeit? Ich biete euch gerne meine Hilfe zur Beilegung eures Konflikts an.«

»Ich wünschte, ich könnte Ihren Worten Vertrauen schenken, Frau Dr. Uebelacker«, erwiderte Anna ihrer Lehrerin. Die schaute erstmal ziemlich verdutzt aus der Wäsche.

»Nanu?«, gab sie zurück. »Was höre ich von dir, Annabelle zur Heyden? Habe ich dir in der Vergangenheit Grund gegeben, an meinen Worten zu zweifeln?«

»Ja, gewiss«!, beharrte Anna. »Zum Beispiel als sie mir untersagten, mich mit der Legende von Antoinette de la Garrigue zu befassen.«

»Das habe ich auch mit vollem Ernst gemeint!«

»Tatsächlich? Und wie kommt es dann, dass sie hinter meinem Rücken ebenfalls dieser Legende auf den Grund zu gehen gedenken?«

Das Gesicht Frau Dr. Uebelackers zeigte inzwischen ein Höchstmaß an Erstaunen.

»Annabelle!«, schnappte sie nach Luft. »Ich weiß beim besten Willen nicht, wo du diese Anschuldigung hernimmst!«

»Ich sag doch, die hat 'nen Schuss!«, warf Caroline rotzig ein. »Sie soll endlich gehen. Wir wollen weiterarbeiten.«

»Ach ja?«, ging Anna auf sie ein. »Und woran bitte? An meinen Erkenntnissen, um den Griff des Säbels zu finden?«

»Waaas?«, stieß Caroline verächtlich aus.

»Annabelle!«, schaltete sich Frau Dr. Uebelacker wieder ein. »Als ich dir gesagt habe, dass ich den Glauben an die Echtheit der Legende als haltlos ansehe, habe ich das wortwörtlich so gemeint. Ich verstehe nicht, weshalb du mir etwas anderes vorwirfst.«

»Weil es abermals Caroline war, die mich gestern nach der achten Stunde in der Alten Domäne eingeschlossen hat, und weil ich davon ausgehe, dass Sie beide zusammenarbeiten.«

»Boah, ich geh gleich!«, ätzte Caroline genervt. »Ich hab keinen Bock mehr, mir diesen Schwachsinn anzuhören.«

»Annabelle«, sprach die Lehrerin erneut Anna an, und diesmal klang sie deutlich ruhiger, »Caroline und ich haben gestern in der neunten und zehnten Stunde an ihrer Jahresarbeit gearbeitet. Das können mehrere Kollegen und Schüler bestätigen. Wer immer dich eingeschlossen hat, es kann nicht Caroline gewesen sein!«

»Eine Jahresarbeit?«, hakte Anna verunsichert nach.

»Ja, Schätzchen!«, höhnte Caroline. »Zu deiner Information: Es gibt auch noch einen Geschi-Grundkurs! Ich bin schon seit Monaten damit beschäftigt.«

»Darf ich fragen, was das Thema ist?«, fügte Anna hinzu.

»Darfst du nicht«, spottete Caroline, »aber ich sag's dir.«

Sie nahm eines ihrer Arbeitsblätter vom Tisch und hielt es Anna vor die Nase.

»Rokoko! Schon mal davon gehört?«

»Das heißt also, du und Frau Dr. Uebelacker arbeitet seit mehreren Monaten an deiner Jahresarbeit über den Rokoko?«

»Na, wenn das mal nicht 'ne Blitzmerkerin ist!«, lachte Caroline überheblich.

»Na schön«, lenkte Anna ein, »doch eine Frage möchte ich mit Verlaub noch an Sie richten, Frau Dr. Uebelacker: Weshalb hatten Sie seinerzeit so überzogen auf das Futhark reagiert? Sie konnten doch nicht ernsthaft annehmen, dass ich mich aus unlauteren Gründen dafür interessiere!«

»Weil das Dokument, das du mir zeigtest«, erklärte die Lehrerin, »aus einem nationalistischen Schundwerk des frühen 19. Jahrhunderts stammt. Ich konnte es nicht fassen, dass du mir derartiges als Stütze für Nachforschungen präsentierst.«

»Ich verstehe«, sah Anna kleinlaut ein. »Ich dachte es mir bereits.«

»Und ich möchte noch einmal ausdrücklich darauf bestehen«, fuhr Frau Dr. Uebelacker fort, »dass ich von deiner fixen Idee mit der Legende absolut nichts halte. Ich bin der festen Auffassung, dass die Beschäftigung mit diesem Thema sinnlose Zeitverschwendung ist. Und ich würde es nun gerne sehen, wenn du dein Augenmerk auf das Thema konzentrieren würdest, das ich dir angeboten habe, nämlich die Herkunft deiner Familie! Es muss doch bei weitem reizvoller für dich sein, zu erfahren, wer deine Vorfahren waren, als diesem Hirngespinst hinterherzuträumen.«

»Ja, gewiss«, brachte Anna leise hervor. »Bitte entschuldigen Sie meinen Irrtum. Es tut mir sehr leid.«

»Bitteschön«, war die kurz angebundene Antwort der Lehrerin. Anna ging zur Tür und betrat den Flur. Nun war sie so verwirrt wie nie zuvor. Leise schloss sie die Tür zum Erdkunderaum und entfernte sich.

Tim bemerkte, wie gedankenversunken seine Freundin über den Schulhof kam. Ihr eleganter Gang und ihre gerade Haltung konnten ihren Gesichtsausdruck nicht wettmachen. Tim stieg aus dem Auto und kam ihr ein Stück entgegen. Fürsorglich legte er seinen Arm um ihre Schultern.

»Hey, Süße«, grüßte er sie. »Was ist los? Nicht gut gelaufen?«

»Es ist etwas sehr sonderbares im Gange«, wisperte Anna, »und ich wage es nicht, die Schlüsse zu ziehen, die die Logik nun aufdrängt.«

»Erzähl's mir!«, forderte Tim sie sanft auf. Anna legte ihre Arme um seine Schultern und schmiegte sich für eine

Weile an ihn. Er drückte sie an sich und strich über ihr langes Haar. Dann sahen sie sich an.

»Hilf mir, Tim!«, bat Anna. »Gebiete mir Einhalt, wenn meine Gedanken übers Ziel hinausschießen sollten!«

»Klar, mach ich. Aber jetzt erzähl doch mal!«

»Caroline und Frau Dr. Uebelacker sind unbeteiligt. Sie waren zu keinem Zeitpunkt an der Aufdeckung der Legende interessiert.«

»Sicher?«

»Ja. Daran gibt es keinen Zweifel.«

»Aber wir waren uns doch so sicher.«

»Waren wir das? Im Grunde haben wir nichts weiter getan, als etwas uns naheliegend erscheinendes in ihr Verhalten hineinzuinterpretieren. Frau Dr. Uebelacker hat mich bloß von der Legende abbringen wollen. Und Caroline – sie mag mich nicht und ist neidisch auf meine Erfolge. Deshalb hat sie mich auf dem WC eingesperrt. Es steckt nicht mehr dahinter.«

Tim machte ein ernstes Gesicht. Schlagartig wurde ihm klar, was diese Erkenntnis bedeutete.

»Ich verstehe, was dich so beschäftigt«, führte er seine Gedanken aus, »denn wenn Caroline dich gestern nicht in der Domäne eingeschlossen hat, wer war es dann?«

»Und wenn Frau Dr. Uebelacker nicht dort war«, ergänzte Anna, »von wessen Schuhen stammen dann die Spuren am Sockel der Steinfigur?«

Langsam begaben Tim und Anna sich zum Auto. Tim öffnete die Beifahrertür und ließ Anna einsteigen. Wie gewohnt ging er vorne um den Jeep herum, um seinerseits auf der Fahrerseite in den Wagen zu steigen. Im Auto fasste er Annas Hand, die er zärtlich drückte.

»Nur eins kapier ich noch nicht ganz«, sprach er. »Warum hast du Angst, übers Ziel hinauszuschießen? Was meinst du damit?«

»Dann denke einmal ganz logisch«, forderte Anna ihn auf. »Welche Personen hatten Kenntnis von unserem Vorhaben, die Domäne aufzusuchen?«

»Puh, hm …«, grübelte Tim nach. »Auf jeden Fall die blöden Düsseldorfer, soviel ist klar … Dann noch Melli und Isi und die Jungs … Ach ja, und Nessi. Sonst fällt mir keiner ein.«

»Eben. Und nun wiederhole bitte, was Graf Leon und Gräfin Fiona genau gesagt haben, als sie die Person beschrieben, die wir für Caroline hielten.«

»Na ja. Sie haben eigentlich nur gesagt, dass sie eine junge, blonde Frau gesehen haben, und dass sie etwa in deinem Alter war.«

»Erkennt du es, Tim? Wir haben voreilige Schlüsse gezogen. Wir wollten Caroline in der Beschreibung erkennen, und schon waren wir uns sicher, dass die Beschreibung nur auf sie zutreffen konnte. Doch sie enthielt nur das Wort blond, jedoch keine Aussage über Haarlänge, Frisur und den Blondton.«

»Okay, so gesehen kommen dann wieder tausend Personen in Frage.«

Anna schüttelte zart den Kopf.

»Oder nur eine einzige«, hielt sie dagegen.

»Jetzt mal Butter bei die Fische!«, forderte Tim. »Wenn du jemanden im Sinn hast, dann …«

Da stockte Tim. War das möglich? Er sah Anna ganz entgeistert an. Dann griff er entschlossen nach dem Zündschlüssel und startete den Motor.

»Also hältst du es ebenfalls für möglich?«, fragte Anna bedrückt.

»Ich gebe zu, es wäre ein Schock«, antwortete Tim nachdenklich, »aber ja, es wäre absolut möglich. Ich hab zwar keinen Dunst, was sie dazu gebracht haben könnte. Aber wir finden's raus, und zwar sofort!«

Der Jeep heulte auf und brauste los. Tim fuhr von der Gymnasialstraße über das letzte Stück der Saint-Dizier-Straße auf die Bundesstraße und verließ kurz darauf das Stadtgebiet von Leyental.

»Am besten schickst du Nessi noch schnell 'ne Nachricht«, schlug er vor. »Sie soll wissen, dass wir zu ihr unterwegs sind.«

Anna nickte und nahm ihr iPhone aus der Tasche.

Nach dem Betreten des Hauses verlor Anna keine Zeit. Fest entschlossen stieg sie die steinernen Stufen der Treppe empor, vorbei an Vanessas Zimmer den Flur entlang, bis zur benachbarten Zimmertür. Tim folgte dicht hinter ihr. Anna hob ihre Faust an und klopfte. Es dauerte eine Weile, bis sich in dem Zimmer jemand bemerkbar machte.

»Ja, bitte!«, hörten sie schließlich Marilenas Einladung durch das Holz. Sie traten ein.

»Hallo, Lena«, grüßte Anna ihre Cousine höflich. »Ich hoffe, wir stören dich nicht.«

»Nein, schon in Ordnung«, antwortete Marilena, die mit einer Zeitschrift auf ihrem Bett lag und ihre Beine und Füße in eine Wolldecke gewickelt hatte. »Ihr erwischt mich nur gerade mit 'ner fiesen Erkältung. Entschuldigt also, wenn ich nicht aufstehe.«

»Selbstverständlich«, erwiderte Anna großmütig. »Es geht ja bisweilen ein scharfer Wind, besonders in den höheren Lagen und in zugigen, alten Gemäuern. Da wäre es freilich ein Wunder, wenn man infolgedessen nicht erkrankte.«

Marilena blickte kurz von ihrer Lektüre auf. Sie musterte für eine Weile Annas Gesicht.

»Ich für meinen Teil wünsche dir aufrichtig eine baldige Genesung«, fügte Anna betont freundlich hinzu.

»Äh … Danke?«, reagierte Marilena befremdet auf die Höflichkeiten, die selbst für ihre Cousine ein wenig zu höflich klangen. Sie musterte Anna erneut und fragte: »Gibt es einen besonderen Grund für euren Besuch?«

»Ja, in der Tat, den gibt es«, lächelte Anna charmant. »Ich habe mich gefragt, ob du mir wohl für einen Tag deine beigefarbenen Velourslederpumps ausleihen würdest. Gewiss tust du das für mich. Für deine liebe Belle. Nicht wahr?«

»Gerade jetzt?«

Marilena ließ langsam ihr Magazin auf ihren Bauch sinken und sah ihre Cousine unverwandt an. Tim hielt sich bewusst bedeckt. Dies war eine Sache, die Anna alleine durchziehen musste. Trotzdem beobachtete er gespannt das Mienenspiel der Mädchen, besonders Marilenas.

»Warum kommst du gerade jetzt und willst meine Schuhe ausleihen?«

»Weil ich spontan diesen Einfall hatte und wir ohnehin hier sind, um Nessi einen Besuch abzustatten.«

»Nessi? Interessant.«

»Lenke nicht vom Thema ab. Nun, wo sind deine Schuhe, bitte?«

»Die alten Dinger hab ich schon ewig nicht mehr.«

»Lena, das ist Unsinn. Du trugst sie während unseres Besuchs bei Onkel Ansgar vor zwei Monaten, und zu Weihnachten bei uns zu Hause ebenfalls.«

»Na und? Sie gefielen mir eben nicht mehr.«

»Es waren deine Lieblingsschuhe!«

»Tja. Dinge ändern sich.«

Ein Geräusch an der Tür ließ Tim und Anna aufhorchen. Jemand kam herein. Es war Vanessa. Wie zufrieden und hämisch sie lächelte. Sie ging auf Tim und Anna zu, aufrecht und die Hände hinter den Rücken gelegt. Dabei schwenkte sie stolz die Schultern bei jedem ihrer selbstbewussten Schritte hin und her. So selbstsicher hatten sie Annas jüngere Cousine noch nie gesehen.

»Vanessa?«, war Annas verwunderte Ansprache an sie. Vanessas Augen funkelten höhnisch. Ihr großer Auftritt stand bevor, und sie genoss es offenkundig.

»Seht mal, was ich draußen in der Mülltonne gefunden habe!«

Sie platzte fast vor Stolz, als sie die Hände hinter ihrem Rücken hervor nahm. In jeder Hand hielt sie einen Schuh, einen hochhackigen, beigefarbenen Velourslederpumps. Und das Beste war: Der rechte Schuh wies vorne eine markante Schürfstelle auf. Erleichtert atmeten Tim und Anna auf. Den Auftritt hatte Vanessa wirklich auf die Spitze getrieben! Tim schmunzelte vergnügt, als er seinen Blick zu Marilena schwenkte und reimte:

»Ruckediguh!
Versaut ist der Schuh.
Und wem er passt,
der kommt in den Knast.«

Tim lachte noch über seinen Einfall, da warf Vanessa ihrer Schwester die Schuhe vors Bett und bemerkte zynisch: »Ich bin vielleicht nicht so hübsch wie du, aber schlauer bin ich allemal, Fräulein Tausendschön!«

Mit wutverzerrtem Gesicht warf Marilena Vanessa ihre raschelnde Zeitschrift entgegen. Vanessa wehrte sie mit vorgehaltenen Händen ab, sonst wäre sie ihr im Gesicht gelandet. Marilena aber kehrte sich im Bett um. Die anderen sahen nur noch ihren blonden Hinterkopf und ihre Schultern, die begannen, heftig zu zucken.

»Tim soll rausgehen!«, heulte sie leise. Tim wechselte kurz mit Vanessa und Anna einen Blick. Anna nickte ihm sanft aber bestimmt zu. Also ging Tim zur Tür und verließ das Zimmer. Draußen im Flur lehnte er sich mit dem Rücken an die Wand und wartete.

Marilena drehte ihren Körper wieder zurück ins Zimmer. Zornig richtete sie sich auf, bis sie auf der Bettkante saß. Ihr Gesicht war nass.

»Fräulein Tausendschön? Echt jetzt?«, schimpfte sie mit vor Wut zitternder Stimme. »Wer ist denn hier Fräulein Tausendschön, he?«

Sie stand auf und humpelte einen Schritt auf Anna zu.

»Sie war auch meine Oma! Ist dir das eigentlich klar? Nein, bestimmt nicht!«

Anna war völlig überrascht. Ihren Verdacht bestätigt zu finden, hatte sie inzwischen erwartet. Doch den Grund für die Tat ihrer Cousine zu erfahren, war ein Schock.

»Ich hätte auch gerne mal was mit ihr gemacht, weißt du? Aber immer hieß es Annabelle hier, Annabelle da! Annabelle, Annabelle, Annabelle!«

»Du warst eifersüchtig!«, hauchte Anna schließlich überwältigt.

»Ja!«, keifte Marilena sie an. »Ich war eifersüchtig, und zwar mit Recht! Sie war immer nur für dich da! Selbst wenn der Wind aus allen Himmelrichtungen geblasen hätte, wäre sie noch im Zickzack für dich durch die Landschaft gesprungen, ohne zu merken, dass es noch andere gab, die sie gebraucht hätten! Du hast alles von ihr bekommen. Ich dagegen durfte sie ab und zu mal sehen, wenn sie mit dir am Rockzipfel gnädigerweise mal zu Besuch kam.«

»Am Rockzipfel?«, hielt Anna dagegen. »Ich habe keineswegs an ihrem Rockzipfel gehangen. Warum behauptest du das? Immer, wenn wir hier waren, haben wir zusammen gespielt! Weißt du das nicht mehr? Im Übrigen war es doch nicht meine Schuld, dass Mama und Papa mich in Omas Obhut gegeben haben, wenn sie zur Arbeit mussten.«

Marilena steckte missmutig ihre Hände in die Taschen ihrer Rag-&-Bone-Jeans und presste die Arme eng an ihren Körper.

»Warum hat sie mich nie gefragt, ob ich mal was mit ihr machen will?«, murrte sie.

»Hast du sie denn mal gefragt?«, stellte Anna die Gegenfrage.

»Was hätte das denn gebracht?«, maulte Marilena. »Ich hab doch gesehen, wie vernarrt sie in dich war. Ich war euch doch scheißegal.«

»Es ist unfair, das zu sagen, Marilena!«, sprach Anna gekränkt. »Und ebenso unfair war es von dir, mich in der Leyentaler Domäne einzuschließen und zurückzulassen.«

Marilena schwieg und sah mit ihren verheulten Augen zum Fenster. Dann senkte sie den Blick zu Boden und entgegnete traurig: »Ich hatte nicht vor, dich zurückzulassen.«

Anna hielt ihre Arme vor dem Bauch verschränkt und wartete mit skeptischem Gesichtsausdruck auf den Bericht ihrer Cousine.

»Nun?«

»Ich hab mitgekriegt, wie du mit Vanessa geskypt hast.«

»Du hast mich belauscht!«, warf Vanessa vorwurfsvoll ein. »Wie mies!«

Marilena erwiderte nichts darauf, sondern fuhr fort: »Ich wusste ja schon, dass du dabei warst, das Rätsel um die dämliche Legende zu lösen. Vor allem aber warst du drauf und dran, 'ne große Sache im Namen unserer Familie aufzustellen. Wieder so was, womit du der große Star sein würdest. Da bin ich richtig neidisch geworden. Also bin ich nach Leyental gefahren und hab gewartet, bis ihr kommt. Als ich gesehen habe, dass du alleine da warst, war ich froh, denn so war es viel leichter, dich zu erwischen.«

Zu Annas distanzierter Körperhaltung kam nun ein verständnisloses Kopfschütteln hinzu.

»Ich wollte dich direkt wieder rauslassen«, erzählte Marilena weiter, »aber plötzlich kam da dieser graue Porsche. Dann kam Tim, und plötzlich waren da die Polizisten, und da hab ich Angst gekriegt. Ich hab mich ins Auto gesetzt und bin weggefahren. Ich hab aber ein schlechtes Gewissen gekriegt und bin dann irgendwann doch wieder zurückgekommen. Ja, und da hab ich aber gesehen, wie das andere Auto gekommen ist. Die Leute sind direkt ins

Haus gelaufen. Also hab ich gedacht, okay, die befreien dich schon.«

»Und damit du unerkannt bleibst«, fügte Anna verächtlich hinzu, »hast du dich in diesem Augenblick endgültig zurückgezogen.«

»Ja«, nickte Marilena schuldbewusst. Sie traute sich nicht, Anna in die Augen zu sehen.

»Das war ungebührlich, Marilena«, sagte Anna ruhig, doch mit einem erbosten Unterton in ihrer monotonen Stimme. »Und ich spreche nicht alleine von deiner gestrigen Tat. Es war etwas ungeklärt zwischen uns, was du mir all die Jahre verschwiegen hast. Anstatt das Gespräch mit mir zu suchen, hast du mir unser gutes Verhältnis, das mir so viel bedeutete, vorgespielt und mich in dem Glauben gelassen, mir eine vertraute Freundin zu sein. Diese Erkenntnis tut unsagbar weh, Marilena. Sei zutiefst beschämt!«

Mit diesen Worten wandte Anna sich ab und verließ den Raum. Vanessa sah ihre Schwester an. Sie zeigte keine Regung, als sie sagte: »Tja. Das hast du vermasselt.«

»Scher dich doch zum Teufel!«, gab Marilena ihr zurück, womit sie sich wieder auf ihr Bett warf und zur Wand drehte. Vanessa aber schüttelte den Kopf und ging ihrerseits hinaus in den Flur. Leise schloss sie die Tür hinter sich.

»Hast du das Gespräch mitbekommen?«, fragte Anna ihren Freund. Tim nickte: »Aber nur die Stellen, wo sie laut genug war.«

»Tut mir leid für dich, Anna«, sagte Vanessa bedrückt. Doch Anna erwiderte: »Im Grunde ist es Marilena, die uns leid tun sollte. Doch ich muss gestehen, dass ich diesen Schritt noch nicht zuwege bringe. Zu verletzt bin ich noch über ihre Worte.«

Tim und Anna nahmen Abschied. Es war eine beklemmende Stimmung, mit der die jungen Leute an diesem Nachmittag auseinander gingen.

»Zu mir?«, schlug Tim im Auto liebevoll vor. »Bisschen runterkommen, leise Musik hören, ich koch uns was …«

Mit Erleichterung nahm Tim den süß lächelnden Augenaufschlag seiner erschöpft wirkenden Freundin entgegen. Sie legte ihre Hand auf seinen Oberschenkel und antwortete: »Das ist ein ganz zauberhafter Vorschlag, mein Liebster. Ich kann mir im Augenblick nichts Schöneres vorstellen.«

In dem alten Holzhäuschen am Waldrand angekommen kümmerte Tim sich ausgiebig um das Wohlergehen Annas. Bei gedämpftem Licht, unter dem großen Propeller und zu den Klängen einiger ruhiger Avril-Lavigne-Songs massierte er Annas Schultern, ihren Rücken und zum Schluss noch ihre Füße. Anschließend brachte er ihr eine große, kuschelige Decke zum Einwickeln sowie eine wirklich heiße Tasse ihres Lieblingstees. Kurz darauf erfüllte der Duft des brutzelnden Hähnchenfleischs die Luft in Tims Haus. Annas Stimmung verbesserte sich zusehends. Selig kauerte sie sich auf der Seite liegend auf Tims altem Sofa zusammen und streichelte Malaria, die sich vor ihrem Bauch zusammengerollt hatte und nun behaglich schnurrte. Als sie sich nach dem Essen, aufs Sofa zurückgekehrt, an den gut gebauten Oberkörper ihres Freundes kuschelte, konnte dieser Tag aus ihrer Sicht nur noch als perfekt bezeichnet werden.

»Das klingt jetzt vielleicht ein bisschen unpassend«, begann Tim verlegen ein Gespräch, während er Anna unter ihrer Decke streichelte, »aber deine Cousine hat heute etwas gesagt, was mich auf eine Idee gebracht hat, wie wir das Rätsel knacken könnten.«

»Wenn es mit dem Rätsel zu tun hat«, erklärte Anna während sie den Kopf hob und sich leicht aufrichtete, »kann es gar nicht unpassend sein. Was beschäftigt deine Gedanken?«

»Als sie das mit dem Wind aus allen Himmelrichtungen gesagt hat, und Zickzack durch die Landschaft springen, da ist mir 'ne Theorie gekommen, nämlich dass die Buchstaben der Inschrift auf der Kette vielleicht einzeln zu sehen sind. Also nicht ›No es‹, sondern N, O, E und S, und dass sie für die vier Himmelsrichtungen stehen: Norden, Osten …«

»Ja«, antwortete Anna sanft, »das ist ein kluger Gedanke. Nur leider passt das E nicht dazu. Selbst wenn wir das S als Süden ansehen können, verwirft das E diese schöne Theorie.«

»Das stimmt«, nickte Tim. »Trotzdem, ich hab mir aber gedacht, dass das E auch ein W sein könnte, das um neunzig Grad verdreht ist, und da hab ich halt schon weitergedacht.«

Er stieß einen leisen Lacher durch die Nase aus und schüttelte angedeutet den Kopf.

»Das Verrückte ist«, fuhr er fort, »wenn das mit den Himmelsrichtungen passen würde, dann hätte ich einen genialen Ansatz dafür, was der Code ergeben würde.«

»N, O, E, S«, grübelte Anna laut vor sich hin. Plötzlich richtete sie sich mit einem Ruck auf. Die Wolldecke fiel vorne an ihr herunter auf ihren Schoß, als sie in die Kerze auf dem Couchtisch starrte.

»Was ist?«, wollte Tim sogleich wissen. »Komm, sag!«

Anna sah ihn an. Er merkte, dass sie etwas auf der Zunge hatte, was sie sich nur zögerlich auszusprechen traute.

»Nicht auf Französisch!«, stieß sie lächelnd hervor.

»Hä?«, kam es von Tim zurück.

»Deine Theorie, Tim!«, beschrieb Anna aufgeregt. »Sie scheitert nicht auf Französisch! Nord, Ouest, Est, Sud – Norden, Westen, Osten, Süden. Es passt vortrefflich!«

»Norden, Westen, Osten, Süden«, wiederholte Tim konzentriert und jubelte: »Ja! Das bringt's! Schnell, ich brauch ein Blatt!«

Hastig stand er auf und lief in die Küche. Dort zog er ein Schmierblatt aus einer Aktenablage, die auf dem Fensterbrett stand und schnappte sich einen Kugelschreiber. Eilig und mit einem hoffnungsvollen Lachen im Gesicht kehrte er zu Anna zurück und ließ sich ins Sofa fallen. Er legte das Blatt auf den Couchtisch, beugte sich weit nach vorne und begann zu zeichnen. Zunächst zeichnete er eine Windrose: Ein rechtwinkliges Kreuz, an dessen Enden er die Himmelsrichtungen mit ihren französischen Abkürzungen schrieb. Im Uhrzeigersinn, bei 12 Uhr beginnend, lauteten sie N für Nord, E für Est, S für Sud und O für Ouest.

»Jetzt pass auf!«, forderte er Anna begeistert auf. »Ich verbinde jetzt die Buchstaben in der Reihenfolge des Codes, also: N, O, E, S.«

Tim zeichnete dabei eine Form in die Windrose, die wie ein Blitz aussah.

»Siehst du?«, triumphierte er. »Zickzack durch die Landschaft! Und jetzt kommt's: Wenn man den Code von hinten nach vorne liest, kommt dieselbe Form raus, hier: S, E, O, N! Genau gleich!«

»Du hattest absolut recht!«, staunte Anna. »Der Code ist vorwärts und rückwärts lesbar!«

»Geil, oder?«, frohlockte Tim. »Aber es kommt noch besser! Wir haben uns doch gestern nochmal das Foto von dem Gobeläng angesehen. In der Pommesbude, weißt du noch?«

»Ja, gewiss«, versuchte Anna, ihrem Freund zu folgen. »Du meinst den Gobelin, den Wandteppich aus Burg Aarstein.«

»Genau den«, bestätigte Tim und zog sein Handy aus der Hosentasche. »Hier, guck's dir am besten selber nochmal an!«

Anna wartete ab, bis Tim das Foto auf seinem Handy aufgerufen hatte, dann nahm sie es entgegen und betrachtete das Bild aufmerksam.

»Was möchtest du mir aufzeigen?«, fragte sie.

»Siehst du diese vier Gebäude?«, führte Tim in seiner Begeisterung aus. »Die ältesten Gebäude der Stadt, richtig? Hier unten sind die drei Burgruinen. Ganz im Süden die Felsenschanze. Darüber, ein Stück weiter links, also im Westen, die Sturmwarte, und Burg Sonnenstein auf der Achtnadel im Osten. Siehst du es? Sie bilden zusammen ein Dreieck, das auf der Spitze steht.«

»Ja, ich erkenne es«, bestätigte Anna. »Und darüber, im Norden, beinahe gleich weit entfernt, liegt die Alte Domäne. Alle vier bilden zusammen eine nahezu regelmäßige Raute.«

»Diese Gebäude existieren seit hunderten von Jahren«, fuhr Tim fort, »also auch schon, als Antoinette gelebt hatte.«

»Und wenn wir jetzt den Code anwenden«, stimmte Anna nun gleichermaßen entzückt ein, »und dabei die einzelnen Ruinen als die Punkte der Himmelsrichtungen ansetzen …«

Sie verfolgte den Weg des Codes mit dem Zeigefinger über dem Handydisplay und beschrieb ihn dabei: »Die Domäne, N … Sturmwarte, O … Sonnenstein, E … Und Felsenschanze, S …«

»… dann ergibt sich ebenfalls dieser Blitz!«, unterstrich Tim das Ergebnis. »Nur etwas schmaler als vorhin, weil die Sturmwarte und Burg Sonnenstein nicht so weit auseinander liegen wie die Felsenschanze und die Alte Domäne.«

»Aber diese Form kenne ich doch!«, erkannte Anna mit großen Augen. Nun war sie es, die eilig aufstand und es nicht erwarten konnte, ihrer Handtasche habhaft zu werden. Sie griff hinein und zog die Mappe mit den Kopien heraus. Die Seite mit dem Runenalphabet, dem Futhark, lag von gestern noch ganz zuoberst.

»Sieh nur!«, schwärmte Anna, als sie zu Tim zurückkehrte. »Die 16. Rune des Futhark!«

Tim nahm das Blatt entgegen und zählte die Runen durch.

»Die sieht genauso aus!«, erkannte er. »Dieselbe Blitzform!«

»Ganz recht!«, nickte Anna eifrig. »Aus ihr ist unser modernes S hervorgegangen. Ihr Eigenname ist Sowilo, und sie steht für den Begriff …«

»… Sonne!«, entfuhr es Tim lautstark. Wieder nickte Anna mit höchster Freude. Sie klatschte verzückt in die Hände. Tim konnte nicht mehr sitzen bleiben. Er stand nun seinerseits auf.

»Oh, Tim! Das ist die Lösung! Denke nur: An allen vier Orten, sowohl den Ruinen als auch der Leyentaler Domäne, weht zumeist ein steifer Wind!«

»Dort wo sie trutzen wohl allen Winden!«, zitierte Tim das Gedicht Antoinettes und stellte fest: »Es sind vier Gebäude. In jeder Himmelsrichtung eins.«

»Und zusammen«, machte Anna weiter, »ergeben sie, in einer vorgegebenen Reihenfolge verbunden, die Sonnenrune des Futhark!

»Inmitten der Sonne soll man dich finden!«, raunte Tim andächtig. Anna schlug ihre Hände vor den Mund.

»Oh, Tim!«, hauchte sie. »Ich bekomme eine Gänsehaut! Wir haben es geschafft! Wir haben die lang ersehnte Lösung gefunden!«

»Noch nicht ganz«, widersprach Tim, der bereits dabei war, die verständliche Begeisterung, die sie beide erfasst hatte, wieder in rationale Bahnen zu leiten. »Jetzt müssen wir erstmal rausfinden, wo die Mitte der Sonne denn genau ist.«

Anna ließ ihre Hände und Arme wieder sinken.

»Ja, das ist natürlich richtig«, erkannte auch sie das Problem, dem sie nun gegenüber standen. »Wie erreichen wir es, davon ausgehend die Stelle zu finden, an der der Griff des Säbels liegt?«

»Wir könnten uns auf alle Fälle schon mal die Gegend auf Google-Maps angucken«, schlug Tim vor. »Ich denke, dass der Punkt genau zwischen Sturmwarte und Burg

Sonnenstein liegt. Denn das wäre der Mittelpunkt auf der mittleren Linie der Sonnenrune.«

Schon eilte Tim zu seinem Laptop rüber, klappte ihn auf und startete seinen Internetbrowser. Gespannt setzte er sich davor. Anna folgte ihm und stellte sich hinter seinen Stuhl. Tim gab »Leyental« in die Suchmaske von Google-Maps ein und zoomte das Gebiet seiner Heimatstadt so nahe heran, dass die beiden Burgruinen auf der Nordseite des Arseltals, die Sturmwarte und Burg Sonnenstein, zu beiden Seiten des Bildschirms zu liegen kamen. Gespannt beobachtete Anna, wie Tim ein Lineal aus dem kleinen Tischchen hervorzog, es an den Monitor des Laptops hielt und zur Maus griff.

»Was tust du da?«, wunderte sich Anna.

»Ganz einfach«, begann Tim zu erklären. »Ich messe die Entfernung zwischen Sturmwarte und Burg Sonnenstein … Hier, so! … Dann gehe ich mit dem Mauszeiger genau auf den Mittelpunkt und frage die Koordinaten ab. Und mit denen machen wir uns dann morgen, wenn es hell ist, auf den Weg. Wie beim Geocaching. Damit finden wir den Punkt, an dem der Säbel liegt, im Handumdrehen.«

Doch er hörte Anna nur hinter sich kichern. Er spürte, wie sie ihm die Hände auf die Schultern legte und sie liebevoll streichelte.

»Was ist?«, fragte er und blickte auf, um ihr Gesicht zu sehen. »Was findest du so lustig? Ist doch ein exzellenter Plan.«

»Nun ja«, schmunzelte Anna, »ich finde, dass es keine bessere Möglichkeit gibt, eine Stelle zu finden, an der eine Grabung aussichtsloser ist.«

Tim legte sein Instrumentarium ab und drehte die Handflächen nach oben.

»Was hast du für'n Problem mit meiner Idee?«, beschwerte er sich ungläubig. »Hast du 'nen besseren Vorschlag?«

»Tim, Liebster, denke einmal nach. Antoinette verfügte mit hoher Wahrscheinlichkeit nicht über Google-Maps und GPS.«

Touché. Der Punkt ging an Anna.

»Hm«, machte Tim verlegen.

»Also dürfte es über die Maßen unwahrscheinlich sein«, dozierte Anna vergnügt, »dass sie imstande war, den Mittelpunkt zwischen den Burgen annähernd so exakt zu ermitteln wie du.«

»Jo«, brummte Tim.

»Wir sollten stattdessen mit den Mitteln vorgehen, die auch Antoinette zur Verfügung standen.«

»Und die wären?«

»Unsere Augen und unsere Phantasie.«

»Dann schieß mal los.«

»Hier, schau, zwischen den Ruinen«, deutete Anna beim Vorbeugen auf den Bildschirm, »dort befindet sich ein Hügel mit einer lichten Bewaldung. Meines Erachtens ist dies die einzige nennenswerte Landmarke, die zwischen den beiden Felsnadeln liegt und somit von beiden sich darauf befindlichen Ruinen aus gesehen werden kann.«

»Das ist das Juddeknippschen«, erklärte Tim. »Da haben wir vor zwei Monaten Felsen ausgebuddelt.«

»Ich denke, das ist unser Suchgebiet«, bestimmte Anna. »Zweifellos wird Antoinette ihren Schatz am höchsten

Punkt des Hügels vergraben haben. Diesen werden wir vor Ort leicht nach Augenschein bestimmen können.«

»Alles klar, Frau Professorin«, flachste Tim, »wir machen es auf deine Weise. Ich besorg morgen auf der Arbeit zwei Kreuzhacken und zwei Schaufeln … Na gut, eine Kreuzhacke und eine Schaufel, und dann graben wir das Juddeknippschen um.«

»Wie aufregend!«, jubelte Anna. Tim stand auf und nahm sie in den Arm. Dann sah er sie an und spöttelte: »Krieg ich ihre Hoheit dann nochmal in Outdoorklamotten zu sehen?«

»Als Grabungsleiterin benötige ich keine Outdoorbekleidung«, gab Anna im kess zurück.

»Das hättest du gerne, he? Vergiss es, Frollein. Ich drück dir 'ne Schaufel in die Hand, verlass dich drauf.«

»So, tust du das? Hm, dann bleibt mir wohl nichts anderes übrig, als meine Stiefel hervorzusuchen, die ich zuletzt auf unserer Schatzsuche im Ferienpark Albenhain trug.«

»So will ich dich hören!«, lachte Tim. »Und die sexy Hotpants? Ziehst du die auch wieder an?«

Anna drehte schmunzelnd die Augen seitlich nach oben.

»Hmm«, überlegte sie.

»Nee, is klar!«, feixte Tim. »Das würdest du sogar bringen, ich weiß! Mitten im Januar mit 'ner kurzen Bux draußen rum laufen. Jede andere würde erfrieren, aber Anna zur Heyden – egal!«

»Du wirst es ja morgen erleben«, neckte Anna ihn.

Kapitel 17

»Na, Schulschwänzerin?«, grüßte Tim seine schöne Freundin vor der Tür der Zur-Heyden-Villa. Anna trat gerade mit einem langen, braunen, fellbesetzten Ledermantel aus dem Haus, als Tim die oberste Stufe vor dem Eingangspodest erreichte. Sie stand mit dem Rücken zu ihm, weil sie noch die Haustür abschloss. Als sie sich daraufhin lebhaft umdrehte, schwang für eine Sekunde ihr Mantel auf.

»Ernsthaft?«, wunderte Tim sich lachend. »Oh Mann, Süße, du bist echt der Kracher!«

Natürlich hatte Anna sich nicht die Blöße gegeben, die scherzhafte Absprache vom Vorabend zu brechen. Sie trug tatsächlich die braunen Hotpants unter dem Mantel. Dazu hing ihr langer, schwarzer Pferdeschwanz hinter ihrem Rücken herab. Tim dagegen hatte seine alte Bomberjacke an, die ihn rund um den Oberkörper behaglich warm hielt.

»Jedenfalls kann keiner sagen, du wärst nicht dem Anlass gemäß angezogen«, lachte Tim.

»Hallo, mein Schatz«, grüßte Anna liebevoll und gab ihm fröhlich einen Kuss auf den Mund.

»Und welches Fach lässt du heute sausen?«, grinste Tim.

»Eine Doppelstunde Latein Grundkurs«, antwortete Anna verschmitzt, »nichts weiter.«

»Ach so!«, stieß Tim hervor, wobei er so tat, als wäre es wirklich keine große Sache. »Ja dann, tzz, wenn's weiter nichts ist.«

Gut gelaunt gingen sie zusammen die Stufen zur Straße hinunter, wo Tims Auto parkte. Kurz darauf brummte der Jeep den Fasanenberg hinab.

Der Wind rauschte in den Wipfel der hohen, schwankenden Kiefern, als Tim und Anna an dem Wirtschaftsweg am Fuß des Juddeknippschens aus dem Auto stiegen. Anna schloss für einen Moment die Augen und genoss die gut riechende, kalte Waldluft. Sie lauschte auf das entspannende Rauschen der Bäume. Dann klapperte etwas neben ihr. Tim kramte das Werkzeug aus dem Auto: Eine Kreuzhacke, eine Schaufel und ein kleines Gartenschäufelchen für feinere Grabungen.

»Auf geht's!«, befahl er augenzwinkernd. »Von hier aus können wir nur zu Fuß weiter. Ist ein bisschen mühselig, zwischen den Heidelbeersträuchern bis nach oben zu laufen.«

»Das schaffen wir leicht«, gab Anna zurück und folgte Tim durch die raschelnden, blattlosen Heidelbeerpflanzen. Sie waren nur knöchelhoch, doch der Boden war uneben und vermoost, sodass man nicht jeden Tritt sicher setzen konnte. Nach einer Viertelstunde wurde das Gelände flacher, und sie erreichten die Kuppe des Hügels. Das Brummen der Autos, die von Zeit zu Zeit die Straßen am Stadtrand befuhren, waren nur noch sehr leise zwischen den Windgeräuschen zu hören. Anna zuckte leicht zusammen, als Tim für sie unerwartet das Werkzeug auf den Boden warf.

»Was machen wir jetzt?«, erkundigte er sich bei seiner Freundin. Anna deutete mit dem Finger in nordöstliche Richtung und beschloss: »Wir gehen zunächst einmal zu dieser einzelnen Kiefer. Dort scheint der höchste Punkt zu sein.«

Tim nickte. Der Baum war nur ein paar Meter von ihnen entfernt. Aufmerksam begingen sie das Gebiet um die Kiefer und suchten mit den Augen den krautigen, moosigen und kiefernnadelbedeckten Boden ab.

»Ich kann nichts erkennen!«, verkündete Tim. »Wenn wir das alles hier aufgraben wollen, brauchen wir drei Wochen. Nicht zu vergessen den Stress mit der Forstverwaltung.«

»Gut«, stimmte Anna im Vorwärtsgehen zu, »den wollen wir freilich nicht heraufbeschwören. Wir sollten folglich ... Uh!«

Annas kurzer, überraschter Seufzer entfuhr ihr, als sie mit dem Fuß gegen einen Stein stieß und stolperte.

»Alles okay?«, rief Tim ihr zu.

»Ja. Danke!«, antwortete Anna. »Es war nur einer von diesen dummen, roten Steinen.«

»Rot?«, rief Tim ihr fragend zu.

»Ganz recht«, bestätigte Anna. »Ein Sandstein, wie sie immer wieder in unseren Wäldern zu finden sind.«

»Aber das hier ist Kalkboden!«, hielt Tim dagegen. »Kein Sandsteinboden!«

»Sei's drum«, gab Anna zurück. »Es war ein rötlicher Stein. Also muss es ein Sandstein gewesen sein.«

»Warum glaubst du mir nicht?«, rief Anna, als sie sah, wie Tim zu der Stelle ging, an der sie gestolpert war.

»Ich glaube dir, Anna!«, widersprach Tim. »Ich seh mir das nur an, weil es hier keinen Sandstein geben dürfte.«

Tim stieß mit der Stiefelspitze prüfend gegen den Stein, der unter Moos und Zweigen hervorragte. Er bückte sich.

»Es ist tatsächlich Sandstein«, stellte er fest.

»Das habe ich doch gesagt!«, kam es vorwurfsvoll von Anna zurück. »Ich weiß, wovon ich spreche!«

Tim drehte sich um und lief mit ein paar Schritten zurück, um die Kreuzhacke und die Schaufeln zu holen. Zurück an dem Sandstein begann er, mit der Schaufel das Moos anzuheben.

»Der ist ziemlich groß«, bemerkte er, »und auffällig gerade!«

Neugierig kam Anna hinzu.

»Denkst du, er ist von künstlicher Beschaffenheit?«, fragte sie. Tim richtete sich auf und sah sich nachdenklich um.

»Könnte schon sein«, meinte er. »Wie gesagt, das hier ist ein Kalksteingebiet. Und dieser Sandstein ist ziemlich groß. Dreißig mal dreißig Zentimeter, schätz ich. Und beinahe perfekt quadratisch. Den hat jemand hier hergebracht, und zwar nicht erst vor kurzem. So wie der überwuchert ist.«

»Wir wollen ihn freilegen!«, schlug Anna vor. Tim nickte, nahm die Schaufel wieder auf und fuhr fort, den Grund über dem noch verdeckten Rest des Steins abzuschaben.

»Warte!«, gebot Anna ihm Einhalt, als die Schaufel einmal schroff auf dem Stein kratzte. Sie ging in die Hocke und nahm ihre Haarbürste aus der Handtasche. Zu Tims großer Verwunderung begann sie damit über den Stein zu bürsten.

»Was machst du da?«, stieß er hervor. »Deine Bürste!«

»Ich kann mir leicht eine neue kaufen«, wehrte Anna ab. »Hier und jetzt heiligt der Zweck die Mittel.«

Tim sah zu, wie Anna die raue, schmutzige Oberseite des flachen Steins blank bürstete. Anschließend fuhr sie zart mit den Fingern ihrer linken Hand über die Oberfläche.

»Kannst du es erkennen?«, fragte sie und schaute auf. »Es befinden sich Einkerbungen auf dem Stein.«

»Ich seh's, ja«, gab Tim zurück. »Aber ich kann nicht erkennen, was es ist.«

Abermals fasste Anna in ihre Handtasche. Sie brachte ein Stofftaschentuch sowie einen Lippenstift zum Vorschein. Sie presste das Tuch auf den Stein und begann, mit dem Lippenstift flach darüber zu reiben. Stück für Stück wurden dabei die Einkerbungen auf dem Stein nachgebildet.

»Ist ja irre«, bemerkte Tim beeindruckt, als Anna fertig war und sich aufrichtete.

»Na?«, triumphierte sie. »Was sagst du nun?«

»Die Farbe ist hinreißend«, grinste Tim.

»Du weißt, dass ich von dem Muster spreche, du charmanter Filou«, entgegnete Anna ihm.

»Wirklich raffiniert!«, nickte Tim ihr zu, dann sahen sie sich zusammen das Tuch an. Es zeigte vier Buchstaben, angeordnet wie die der Hauptwindrichtungen. Doch es waren nicht die Buchstaben, die man erwarten würde. Oben und unten stand jeweils ein großes H. Links war ein A und rechts ein Z zu sehen. Dazwischen zeigten sich zart die Verbindungslinien in Form der Sonnenrune.

»H, A, Z, H«, las Tim die Buchstaben in der Reihenfolge, wie sie die Rune vorgab.

»Henriette Antonia zur Heyden«, deutete Anna die Symbolik. »Bemerkenswert, nicht wahr? Sie ging fest davon aus, dass eines Tages jemand auf der Suche nach dem Säbel hierher kommen würde.«

»Kreuzhacke!«, presste Tim energisch hervor und griff nach dem Werkzeug.

»Bitte sei behutsam!«, forderte Anna ängstlich. Tim begann zu graben. Es war eine elende Arbeit. Ständig blieb er mit dem Werkzeug an den Wurzeln im Boden hängen. Der Mutterboden war nicht sehr tief. Schon bald erklang das Metall der Kreuzhacke auf dem Kalkfelsen. Doch dort, wo der Sandstein war, konnte Tim tiefer in den Grund eindringen.

»Eine Felsspalte«, keuchte er schwer während der Arbeit. »Sie muss den Säbel zwischen den Steinen verbuddelt haben.«

Nach gut vierzig Zentimetern Tiefe erklang beim Hieb der Hacke ein dumpfes »Tronk!« Tim war auf ein hohles, hölzernes Objekt gestoßen. Auf Annas Anweisung hin legte er die Kreuzhacke beiseite. Anna nahm die Gartenschaufel an sich und schabte vorsichtig den Boden zwischen den Felsen weg. Eine stark verrottete Holzschatulle kam auf diese Weise zum Vorschein. Gemeinsam befreite das ungleiche Liebespaar den Fund aus der Erde. Sie hielten die löchrige Kiste gleichzeitig in den Händen.

»Ich kann ihn sehen!«, frohlockte Anna. »Ich kann durch die Spalten im Holz den Säbelgriff sehen!«

»Dann mach sie auf!«, raunte Tim ihr feierlich zu.

In aller Andacht und Zartheit griff Anna in den unregelmäßigen Spalt zwischen Kasten und Deckel. Tim half ihr, indem er den Deckel anhob, um ihn in seinen verrosteten Scharnieren zu bewegen. Dann aber hielt Anna endlich das Objekt der Begierde in der Hand. Es war verwittert, korrodiert und dreckig, doch unverkennbar der Griff eines französischen Säbels aus der Zeit Napoleons!

Anna wusste nicht, an wen sie zuerst denken sollte. An ihre Großmutter, deren Lebenswerk sie in dieser Sekunde vollbracht hatte? An Henriette Antonia, deren leidvolles Leben sie nun bald ins verdiente Licht rücken würde? An Clément, der mit diesem Säbel in der Hand dem preußischen Soldaten unterlag? An Frau Dr. Uebelacker, deren Entschuldigung sie in Kürze akzeptieren würde? Wie verwirrend war dies alles! Und wie plötzlich die lange Suche beendet war. Nun standen neue Sorgen bevor. Wie würden sie nun vorgehen? Wem würde sie als erstes von dem Fund erzählen? Wo würde er künftig untergebracht werden? Sie lächelte Tim liebevoll an. Er lächelte zurück und gab ihr mit seiner kraftvollen und warmherzigen Ausstrahlung das gute Gefühl, niemals alleine zu sein und sich seiner Unterstützung stets gewiss sein zu dürfen. Nachdem sie ihren Fund sorgsam in ein Tuch gewickelt hatten, ließ Anna sich von ihrem Tim sanft in den Arm nehmen. Wohlig legte sie den Kopf an seine Brust.

»Also ist dieselbe Sache zweimal passiert«, hörte sie seine Stimme über sich. Sie sah auf und fragte verdutzt: »Welche Sache meinst du?«

»Diese unglücklichen Beziehungskisten in eurer Familie«, erklärte Tim schmunzelnd. »Antoinette wurde verachtet, weil sie den einfachen Soldaten Clément liebte, und deine Oma wurde verstoßen, weil sie einen Bürgerlichen liebte und ein Kind von ihm bekam. In beiden Fällen mussten sie gegen die Vorbehalte ihrer Familien ankämpfen.«

»Da hast du recht«, kicherte Anna leise. »Doch ich muss dir widersprechen. Es ist nicht zweimal geschehen, sondern dreimal.«

»Dreimal?«

»Ja. Weißt du nicht mehr? Unsere Beziehung stand zuerst auch unter einem ungünstigen Stern, und wir mussten umeinander kämpfen.«

»Da ist was dran. Ja, die Zur-Heyden-Frauen und ihre rauen Kerle. Hoffentlich geh ich nicht auch so früh drauf wie die anderen.«

»Das wirst du ganz gewiss nicht«, entschied Anna und strich ihrem Freund über die Wange. »Dafür werde ich persönlich sorgen.«

»Das ist gut«, lächelte Tim, als er sich seitlich zu Anna drehte und mit ihr Arm in Arm zum Auto zurückging. »Und eins hab ich auf jeden Fall über die Zur-Heyden-Frauen gelernt.«

»Und was bitte ist das?«

»Sie sind was ganz besonderes. Sie sind edel, stolz und ausgesprochen mutig …«

»Danke schön. Welch reizende und wohlgepflegte Worte von dir.«

»… Und das Wichtigste: Sie lassen sich nicht ins Regal pissen!«

Da musste Anna herzhaft lachen.

»Na schön«, bemerkte sie, »dann ersetze ich ›wohlgepflegt‹ durch ›wohlgemeint‹, wenn du erlaubst.«

»Ist recht«, witzelte Tim zurück.

Die Nachricht schlug ein wie eine Bombe. Tim und Anna rückten nun endlich mit der Sprache raus, insbesondere vor Annas Eltern und ihrem Onkel. Ansgar begeisterte sich so sehr, dass er nicht davon abzuhalten war, einen umfangreichen Pressetermin auf Burg Aarstein anzuberaumen. Und es war für ihn natürlich unabdingbar, einen großen Bahnhof daraus zu veranstalten. Ihm und Wolfgang fielen neben sämtlichen Pressevertretern und Geschäftspartnern mehr als 120 Personen ein, die zu dem Termin eingeladen werden mussten. Darin enthalten waren auch die Besitzer und Verwalter von vierundzwanzig Burgen aus Großbritannien, Frankreich, Italien und vier weiteren Ländern Europas. Es war indessen absolut korrekt von ihnen, dass sie auf Annas Wunsch hin auch Melli, Isi und die Jungs vom Haus der Jugend einluden.

So kam es, dass an diesem Tag die Tore von Burg Aarstein weit offen standen, um das Ereignis feierlich zu begehen. Ansgar ließ ein mittelalterlich anmutendes Podest auf dem Burghof errichten, auf dem Anna ihre Ansprache halten sollte. Ebenso sollten auf und um die Kulisse herum die offiziellen Pressefotos geschossen werden, wozu eigens ein Profifotograf von einem Fotostudio aus Hillesheim bestellt wurde.

Als alle Gäste und Besucher auf dem Burghof versammelt waren, hielt Ansgar den Zeitpunkt für gekommen, als Hausherr und Gastgeber seine Nichte persönlich anzumoderieren. Unter dem Applaus der Menge traten sie auf das Podest.

»Meine sehr verehrten Damen und Herren!«, hallte Ansgars Stimme durch das sauber eingestellte Mikrofon über das Burggelände. »Ich darf Sie aufs Herzlichste auf Burg Aarstein begrüßen. Als Vertreter der Familie zur

Heyden ist es mir eine große Freude, Ihnen heute meine Nichte vorzustellen. Sie hat vor kurzem einen bedeutenden Beitrag zur lokalen Geschichtsschreibung geleistet, über den sie nun persönlich sprechen wird. Wie Sie wissen, handelt es sich dabei um die Aufdeckung der historischen Zusammenhänge der romantischen Legende von Antoinette de la Garrigue. Meine Damen und Herren, begrüßen Sie mit mir … Annabelle zur Heyden!«

Tim stand mit den Jungs und den beiden Mädchen in der dritten Reihe innerhalb der Zuschauermenge. Sie jubelten und pfiffen ausgelassen, als Anna vor das Mikrofon trat.

»Guten Tag, meine Damen und Herren!«, sprach sie lieblich und knickste dabei. »Es gehört zu den Eigenschaften der Geschichte, dass immer wieder Dinge geschehen, die vom Verlauf der Zeit vergessen werden und so entweder verspätet oder niemals aufgedeckt werden. Wenn zeitgenössische Aufzeichnungen ausbleiben, werden die Fakten allenfalls mündlich überliefert. Dabei verlieren sie mit dem Verstreichen der Jahre und Jahrhunderte an Zuverlässigkeit. Menschen übertreiben gerne, wenn sie etwas weitererzählen, oder sie erfinden etwas hinzu. Doch zuweilen hilft uns gerade dieser Umstand gegen das Vergessen. Dann kann es besser sein, wenn Geschichte in Form von Legenden transportiert wird anstatt vollends ins Dunkle zu tauchen. So auch in diesem Fall …«

Hier stockte Anna. Ein dröhnendes Motorengeräusch drang in den Burghof. Es kam von außerhalb. Die Menschen drehten ihre Köpfe instinktiv in Richtung des Haupttores. Das Geräusch wurde lauter, und schon im nächsten Moment schoss ein graumetallicfarbener Porsche 911 durch das Tor auf den Hof. Der Fahrer bremste ab und ließ den Sportwagen bis zum Rednerpodest rollen, direkt vor die Füße der Pressevertreter in der ersten Reihe. Dann wurde der Motor abgestellt und die Türen des Fahrzeugs sprangen auf.

»That's it!«, rief Leon aufgebracht zum Podest hinauf. »Wir protestieren hiermit entschieden gegen diese Farce!«

Zu seiner rechten stöckelte Fiona an ihn heran.

»Dieses Event ist hiermit gecancelt!«, quakte sie lautstark.

Ansgar und Wolfgang erhoben sich von ihren Plätzen neben dem Rednerpult und gingen auf Leon und Fiona zu. Die entrüsteten Gesichter Viviennes und Edeltrauds sprachen ihrerseits Bände.

»Meine Herrschaften!«, dröhnte Ansgar wütend. »Was erlauben Sie sich?«

»Bis hierher und nicht weiter!«, trat Leon ihm entgegen. »Wir sind die Grafen zur Heyden, und wir erlauben nicht, dass Mitglieder unserer Erblinie von irgendwelchen unterprivilegierten Proletariern verunglimpft werden!«

»Wie können Sie es wagen?«, schimpfte Ansgar. Wolfgang ging einen weiteren Schritt auf Leon zu und übernahm das Wort.

»Herr Graf zur Heyden«, sprach er höflich, aber mit strengem Ton, der deutlich machte, dass er hier nicht klein beigeben würde, »wenn Sie sich bitte die Mühe machten, den Hergang der Ereignisse zu verfolgen, erschiene es auch Ihnen offenkundig, dass dies alles im Sinne der geltenden Gesetze und Gepflogenheiten ablief. Wenn die Geschehnisse Ihren Unmut erregen, biete ich

Ihnen ein persönliches Gespräch zur Klärung an. Mehr können wir jedoch nicht für Sie tun.«

»Danke, wir verzichten!«, zeterte Leon. »Wir verlangen, dass diese lächerliche Staffage abgebaut und der Griff des Schwerts an uns übergeben wird!«

»Verzeihen Sie bitte«, schritt Ansgar wieder energisch ein, »aber das wird nicht möglich sein!«

Leon öffnete den Mund, um etwas zu erwidern. Doch er wurde abgelenkt vom Raunen der Menge, die abermals die Blicke zum Haupttor richtete. Mit verkniffenem Gesicht verfolgte Leon mit den übrigen Anwesenden, wie eine breite, lange, schwarze Mercedes-Limousine mit erhabener Ruhe auf den Burghof rollte und hinter seinem Porsche anhielt. Die hinteren Türen öffneten sich, und zwei Männer stiegen aus. Tim und Anna erkannten augenblicklich Graf Anselm zur Heyden und dessen Vater, Graf Hilarius, Annas Großonkel. Aufrecht und würdevoll schritten sie auf die Gruppe zu, die von Ansgar, Wolfgang, Leon und Fiona gebildet wurde. Anna stand wie angewurzelt auf dem Podest, während Tim gespannt die Vorgänge verfolgte.

»Dad!«, staunte Leon.

»Halt den Mund, Leon!«, zischte Anselm ihn an. Dann sprach er Ansgar und Wolfgang an: »Meine Herren? Anselm Graf zur Heyden. Ich bedaure diesen Zwischenfall. Bitte erlauben Sie mir, mich für meinen Sohn und meine Schwiegertochter zu entschuldigen.«

»Aber Dad!«, protestierte Leon. »Beschäme mich nicht schon wieder!«

»Es heißt ›Vater‹, hörst du?«, herrschte Anselm seinen Sohn an. »Ich habe genug von deiner dummerhaften

Ausdrucksweise. Wenn hier jemand den anderen beschämt, dann bist du es, der mich beschämt! Du wirst jetzt augenblicklich den Mund halten, verstanden? Und wenn du mir nicht bis zum Ende der nächsten Woche einen unterzeichneten Arbeitsvertrag vorweist, enterbe ich dich bis auf den letzten Hemdsknopf!«

Betreten schnappte Leon nach Luft. Er und Fiona standen da wie vom Donner gerührt.

»Und noch etwas, Leon«, fuhr Anselm fort. »Den Porsche fahre ich nach Hause. Alleine.«

»Dann lassen wir uns eben in der Limousine zurückfahren«, hielt Fiona trotzig dagegen.

»Das werde ich zu unterbinden wissen«, warf Hilarius süffisant ein und gesellte sich mit seinem Gehstock hinzu. »Die Eifelstrecke der Deutschen Bahn zwischen Gerolstein und Köln soll sehr reizvoll sein. Nachdem ihr am Kölner Hauptbahnhof umgestiegen seid, werdet ihr in weniger als vier Stunden den Hauptbahnhof Düsseldorfs erreicht haben.«

»Das werdet ihr nicht von uns verlangen!«, hauchte Leon außer sich.

»Oh doch, mein Junge«, schmunzelte Hilarius vergnügt, »und ich bin über die Maßen erheitert über die Tatsache, dass dein Vater diesbezüglich endlich meiner Meinung ist.«

Nun waren Leon und Fiona endgültig mundtot. Hilarius konnte sich nun ungestört Ansgar und Wolfgang zuwenden.

»Ich darf mich meinem Sohn anschließen, meine Herren«, sprach er mild und freundlich. »Bitte akzeptieren Sie unsere Entschuldigung zu diesem unsäglichen Vorfall.

Der junge Herr spricht nicht für diese Familie. Dieses Privileg steht derzeit mir alleine zu.«

Als er mit seinem Stock nahe genug herangekommen war, reichte er Ansgar und Wolfgang die Hand.

»Die Herren gestatten? Hilarius Graf zur Heyden. Ich bin der Bruder Ihrer seligen Frau Mutter.«

»Sehr angenehm. Ansgar zur Heyden.«

»Wolfgang zur Heyden. Es ist uns eine Freude, Herr Graf zur Heyden.«

»Vielen Dank. Würden Sie mir die Erlaubnis gewähren, einige Worte an die junge Annabelle zu richten?«

»Selbstverständlich«, antwortete Wolfgang freundlich. »Annabelle? Würdest du bitte einmal kurz herunterkommen? Herr Graf zur Heyden möchte dich gerne sprechen!«

»Nein! Nein!«, wehrte Hilarius in gutmütiger Entschlossenheit ab. »Ich werde zu ihr hinaufgehen, wenn es recht ist. Was ich zu sagen habe, ist nicht alleine für ihre Ohren bestimmt.«

Und so schickte Hilarius sich an, die drei Stufen zum Rednerpult emporzusteigen. Es dauerte eine Weile, die aber von allen Anwesenden respektvoll abgewartet wurde.

»Hallo, Großonkel Hilarius«, lächelte Anna, als der alte Herr bei ihr angekommen war. »Wie ich mich freue, dich zu sehen.«

»Die Freude ist ganz meinerseits, schönes Kind«, gab Hilarius ihr zurück, und man konnte es bereits über die Lautsprecher hören.

»Liebe Annabelle«, begann Hilarius nun seine Ansprache mit warmherziger Stimme, »was du erlangt hast, macht nicht nur mich sehr glücklich und stolz. Ich bin sicher, auch deine geliebte Großmutter empfindet in diesem Augenblick so. Dein Erfolg ist ein bedeutender Schritt für die Region. Dein Name wird für alle Zeiten mit dem Griff des Säbels in Verbindung gebracht werden. Weißt du denn schon, welchem Haus du ihn zur Ausstellung zur Verfügung stellen möchtest?«

»Ja, lieber Großonkel. Bei allem Respekt; ich möchte ihn gerne dem Burgmuseum Aarstein überlassen. Hier befindet sich seit Jahren die Halskette Antoinettes. Es ist nur vernünftig, wenn auch der Säbel Cléments hier ausgestellt wird.«

»Dann soll es so sein«, nickte Hilarius und begann, mit einem Blick ins Publikum in die Hände zu klatschen. Kurz darauf erhob sich auch der Applaus der Gäste. Während dieser verhallte, sah Hilarius Anna immer noch lächelnd und kopfnickend an. Anna lächelte zurück und sagte: »Darf ich fragen, weshalb du mich so vergnügt anschaust?«

Hilarius hob seine etwas struppigen, weißen Augenbrauen an und schmunzelte: »Ja, das darfst du. Du sollst es hier und jetzt erfahren, und ich möchte, dass ein jeder es hört!«

Es wurde ganz still auf dem Burghof. Alle hörten erwartungsvoll zu, als Hilarius fortfuhr: »Du hast nicht nur im Dienste der Wissenschaft gehandelt, sondern vor allem hast du deiner Großmutter und dem Geschlecht der Grafen zur Heyden einen bedeutenden Dienst erwiesen. Und auf eben diesem Wege wird Adel erworben, nämlich durch noble Taten. Daher nehme ich mir das Recht, dir heute, in meinem Namen und dem deiner Großmutter

Helene, den Titel der Komtess zurückzugeben. In dir soll weitergeführt werden, was meiner Schwester genommen wurde!«

Unter dem tosenden Applaus der Anwesenden umarmte eine überglückliche Anna ihren Großonkel. Der verbeugte sich anschließend galant vor Anna und sprach: »Nun möchten wir freilich gerne deine Rede hören, verehrteste Komtess zur Heyden. Bitte sehr!«

Daraufhin verließ Hilarius das Podest wieder. Anna versuchte, sich auf ihre Ansprache zu besinnen. Doch das Sprechen fiel ihr schwer. Sie sah all die Menschen, die ihr wichtig waren, vor sich stehen und Beifall klatschen, darunter auch ihre ältere Cousine, die plötzlich verlegen zwischen Edeltraud und Vanessa auftauchte. Ebenso fiel ihr beim Überblicken der Menge auf, dass auch Frau Dr. Uebelacker unter den Besuchern war. Das anerkennende Lächeln ihrer Geschichtslehrerin löste große Freude in ihr aus.

»Vielen Dank!«, sprach Anna in die Menge. »Nun hoffe ich, dass ich in all der Aufregung meine Rede noch auswendig weiß ... Meine Damen und Herren, meiner Großmutter Helene zur Heyden gelang es vor vielen Jahren, einen möglicherweise historischen Kern in der Legende aufzuspüren. Es war ihr Lebenswerk, welches sie leider unverrichtet zurücklassen musste, als sie von uns ging.«

Anna versuchte tapfer zu bleiben, doch es blieb nicht aus, dass ihr Tränen in die Augen traten.

»Und kaum jemand verspürte ihren Verlust intensiver als ich. Sie war mein Vorbild, meine Mentorin ... und meine beste Freundin. Meine Oma Leni.«

Ein leiser Schluchzer entfuhr ihr, dann atmete sie tief ein, und obwohl sie sich wieder fasste, zitterte ihre Stimme noch eine Weile.

»Sie hatte mich bereits früh dazu ausersehen, ihre Arbeit nicht nur fortzusetzen, sondern zum Abschluss zu führen. Und ich bin sehr stolz … und glücklich … dass es mir nun gelungen ist, ihren Wunsch zu erfüllen … weil ich sie so unsagbar lieb gehabt habe.«

Annas Stimme war beim letzten Satz ganz hoch und sogar ein klein wenig piepsig geworden. Wieder rannen ihr Tränen über die Wangen. Sie nahm sich die Zeit, sie abzutupfen, bevor sie lächelnd fortfuhr: »Dass Sie, meine Damen und Herren, hier und heute das Kernstück der Legende, den Säbel von Clément Duvall Rocheux, betrachten können, ist indessen nicht alleine mein Verdienst. Zunächst einmal war es eine meiner Vorfahren, die Komtess Henriette Antonia zur Heyden, die den Verlust ihres Geliebten nie verwand und vor ihrem frühen Tod, der durch den einhergehenden Schmerz und Kummer herbeigerufen wurde, den verzweifelten Wunsch hegte, dass ihre Liebe nie in Vergessenheit geraten würde. Also legte sie eigenhändig die Spuren, die zur Gedenkstätte ihres Liebsten und ihrer selbst führen sollten. Ihr wahrer Name wurde vergessen, doch als Antoinette de la Garrigue blieb sie bekannt und damit ihre Geschichte lebendig. So versetzte sie mich erst in die Lage, das berühmte Artefakt aufspüren zu können. Und an dieser Stelle möchte ich mich bei den lieben Menschen bedanken, ohne deren Unterstützung mir diese Entdeckung niemals gelungen wäre. Diese lieben Menschen möchte ich Ihnen gerne vorstellen … Steht bitte einmal auf, ihr

Lieben … Es sind … Damian Müller … Julian Stein … Alex Schröder … Michael Valentin …«

Mit großem Stolz und einem süßen Lächeln präsentierte Anna ihre Freunde, die alle kurz aufstanden und auf ihre jeweils eigene, flapsige Art in die Menge winkten.

»… Darüber hinaus meine Freundinnen Isabel Krüger und Melina Kupser … Sowie meine Cousinen Marilena und Vanessa zur Heyden … Und ganz besonders mein fester Freund, oder, wie meine Freundin Melina es ausdrückt: Mein Weißer Ritter … Der umwerfende Tim Richthof!«

Jede der von Anna aufgerufenen Personen wurde mit höflichem Applaus geehrt. Zum Schluss wurden noch die Fotos für die Zeitung geschossen. Dann war die Zeit gekommen, da diese offizielle Zusammenkunft beendet war.

»Und was machen wir jetzt?«, rief Vanessa freudestrahlend in die Runde, als die jungen Leute samt und sonders beieinander standen.

»Was meint ihr, Leute?«, reagierte Julian als erster. »Wollen wir zu Ercan?«

Alle in der Runde, die wussten, was gemeint war, nickten begeistert.

»Dann los!«, rief Tim aus. Während die Jungs und Mädels sich froh gelaunt auf den Weg zu den Autos machten, verabschiedete Anna sich höflich von ihren Eltern, ihrer Tante und ihrem Onkel.

»Ich bin so unglaublich stolz auf dich, Kleines«, lobte Vivienne ihre Tochter gerührt.

»Danke, Mama«, freute sich Anna und umarmte ihre Mutter.

»Das war eine sehr schöne Rede, Schätzchen«, fügte Wolfgang hinzu, der ebenfalls mit einer Umarmung bedacht wurde.

»Ich nehme an, du möchtest nun etwas mit deinen Freunden unternehmen?«, vermutete Vivienne.

»Ja, das würde ich gerne«, antwortete Anna. »Erlaubst du es, Onkel Ansgar.«

»Gewiss, Annabelle«, nickte Ansgar freundlich. »Ich danke dir, dass du heute hier warst, und auch dafür, dass du dich für unser Museum ausgesprochen hast.«

»Sehr gerne, lieber Onkel Ansgar. Ich bedanke mich ebenfalls für diese Möglichkeit.«

Dann wandte sich Anna an ihre ältere Cousine.

»Möchtest du mit uns kommen?«, fragte sie Marilena teilnahmsvoll.

»Ist das denn okay?«, erkundigte sich Marilena zaghaft.

»Ja«, nickte Anna aufmunternd, und Marilena gab, ebenfalls mit einem Nicken, zurück: »Dann sehr gerne.«

Anna und Marilena gingen los, um zur Truppe vom Haus der Jugend aufzuschließen. Da trat Frau Dr. Uebelacker ihnen entgegen.

»Annabelle!«, sprach sie. »Auf ein Wort?«

Anna und Marilena blieben stehen.

»Ja, bitte, Frau Dr. Uebelacker.«

»Nun, wie soll ich beginnen? Ich … möchte mich in aller Form bei dir entschuldigen. Du lagst richtig, und ich habe mich geirrt. Die Tatsache, dass du dich nicht hast beirren lassen und weiterhin nachforschtest, spricht für deine hohe Befähigung zur Wissenschaftlerin. Ich würde mich freuen, wenn dies der Weg wäre, den du nach deinem Abitur einschlägst.«

»Vielen Dank, Frau Dr. Uebelacker. Das ist sehr freundlich von Ihnen, und es bedeutet mir viel.«

Die beiden Frauen nickten sich gegenseitig anerkennend zu, während sie sich die Hände gaben.

Der Mann mit den schwarzen Haaren und den dicken, schwarzen Augenbrauen rückte seine weiße Schürze zurecht und legte mit aufgerissenen Augen seine Hände auf den Kopf, als Tim und seine Truppe sein kleines Lokal im Zentrum von Leyental überrannten.

»Hey, Ercan!«, rief Tim ihm albern zu. »Heute hast du Spätschicht!«

»Tim, Alter!«, antwortete Ercan überwältigt. »Eh, hab isch nischt so viel Platz, weißt du.«

»Macht nix, Kumpel«, gab Tim ihm zurück. »Wir rücken einfach was enger zusammen. Oder stapeln uns nach oben. Wie auch immer.«

Ercan lachte. Dann griff er nach seinem langen Messer und dem Wetzeisen. Das Geräusch des Messerschärfens begleitete Ercans Frage: »Willst du Döner? Pizza? Dürum? Hab isch heut auch Içli Köfte, weißt du.«

»Eine Sekunde noch, Ercan!«, bat Tim ihn um Geduld und wandte sich seinen Freunden zu.

»Tja, Trip«, schmunzelte Melli ihn an, »was hast du denn jetzt vor, nachdem das große Geheimnis gelüftet ist? Stürzt du dich direkt in deine Ausbildung zum Berufspiloten?«

»Auf jeden Fall«, bestätigte Tim froh.

»Dann sehen wir uns wohl in Zukunft nicht mehr so oft im Haus der Jugend?«, vermutete Isi ein wenig bekümmert.

»Das kann schon sein«, stimmte Tim ihr zu, worauf die Stimmung seiner Freunde ziemlich gedrückt wurde. Tim nickte mit ernster Miene in die Runde, dann lachte er ausgelassen und rief: »Aber so bald noch nicht!«

»Wie jetzt?«, erkundigte sich Julian.

»Na ja«, feixte Tim, »um Berufspilot zu werden, muss ich erst mal Abi machen. Deswegen melde ich mich fürs nächste Schuljahr am Gymmi an.«

»Was?«, fragte Isi erfreut und mit ganz großen Augen nach. »Sag bloß, du kommst zu uns ans PKG?«

»Ehrlich?«, jubelte Melli. »Anna, ist das wahr?«

»Ja, es stimmt«, lächelte Anna. »Ich kann bezeugen, dass er bereits Kontakt mit der Schulleitung aufgenommen hat.«

»Wie geil ist das denn?«, geriet Melli in Begeisterung. »Überlegt mal! Wir sind dann in der Zwölf. Wisst ihr, was das bedeutet?«

»Elfertaufe!!«, gackerte Isi lauthals. »Boah, Trip! Mach dich auf was gefasst! Wir lassen uns was richtig Gutes für dich einfallen.«

»Nun«, kicherte auch Anna dazu, »das ist freilich ein Ereignis, dem ich mit äußerster Vorfreude entgegensehe.«

»Ach ja?«

Die Freunde verfolgten grinsend, wie Tims Augen an seiner stilvoll und edel gekleideten Freundin hängen blieben. Ihr offenes, schwarzes Haar hing perfekt geordnet hinter ihrem Rücken und vor ihren Schultern herab. Die Augen in ihrem wunderschönen Gesicht funkelten, und ihre Augenbrauen bewegten sich zart im Einklang mit ihrem gewitzt charmanten Mienenspiel.

»Annabelle Patrizia Josephine Komtess zur Heyden«, sprach Tim langsam und mit einem frechen Gesichtsausdruck. »Jetzt kann man sich spätestens den Wecker stellen, wenn einer deinen Namen ausspricht, was?«

»Tja«, erwiderte Anna stolz und nicht weniger kess, »bei dir kann man ihn ja ein wenig früher stellen, nicht wahr? Timotheus Johann Richthof?«

»Was?«, prustete Damian los. »Echt jetzt?«

Er und seine Freunde fingen laut an zu lachen.

»Hey!«, rief Tim dazwischen. »Was habt ihr gegen meinen Namen? Der ist doch cool!«

Er sah seine Freunde an, wie sie auf ihn deuteten und ihm dreckig ins Gesicht lachten. Dann lachte er selbst und richtete das Wort an Anna.

»Wo hast du das ausgegraben, du Schlitzohr?«

»Ich habe neulich deinen Personalausweis aufgehoben«, erklärte Anna verschmitzt. »Er war dir aus der Hose gefallen.«

»Sie ist echt frech, oder?«, scherzte Alex. »Willst du ihr das durchgehen lassen?«

»Sie lacht wirklich ganz schön frech«, stellte Tim fest. »Bist ziemlich zufrieden mit dir, hm, Annabelle zur Heyden?«

»Das steht mir auch zu«, stichelte Anna ihn weiter.
Tim lachte auf.

»Gut! Du willst es ja nicht anders … Ercan?«

Er lehnte seinen Oberkörper lässig zur Theke, als er mit dem Dönerbäcker sprach.

»Ja?«, antwortete Ercan.

»Meine Freundin würde gerne deinen berühmten Döner Kebab versuchen!«

»Kein Problem. Normal? Mit allem?«

»Mit allem!«

»Mit oder ohne Soße?«

Tim sah Anna an, die ihre Arme langsam verschränkte und ungläubig lächelnd das Unheil kommen sah. Dann grinste er und rief Ercan zu: »Mit extra Soße!«

»Sofort!«, war Ercans fröhliche Antwort. Fünf Minuten später reichte er ein großes, klaffendes und mit allen Zutaten vollgestopftes Fladenbrot über die Theke, das über und über vor Soße triefte. Die lächerliche Papierserviette, auf der er den Döner präsentierte, war bereits vom Krautsalat durchnässt, als Tim das Monster entgegennahm und es seiner Freundin hinreichte. Die Freunde johlten vor Begeisterung.

»Anna!«, riefen sie. »Anna! Anna! Anna! …«

Anna jedoch mahnte noch kurz zur Geduld.

»Einen Augenblick bitte. Wenn es denn schon sein muss …«

Sie nahm einen Haargummi aus ihrer Handtasche, legte ihn um ihr Handgelenk und strich mit beiden Händen ihre langen, schwarzen Haare nach hinten, um einen Pferdeschwanz zu formen. Geschickt führte sie den Haargummi von ihrer Hand auf den Pferdeschwanz und zog ihn durch, bis ihre Frisur saß und die Haare außer Gefahr waren. Unter dem Jubel der Truppe nahm sie den Döner von Tim entgegen. Dann stellte sie sich leicht vornüber gebeugt und mit schulterbreit gestellten Füßen ihren Freunden entgegen. Ihre Hände führten das übergroße Gericht immer näher an ihr Gesicht heran, und weit öffnete sie den Mund …

Ein neues Abenteuer

Die Eifelkomtess-Saga geht weiter   Teil 4:

„Die Akte von Hillesheim"

Birgt die Krimi-Stadt ein dunkles Geheimnis?

Fünfeinhalb Jahre sind vergangen, seit Tim und Anna den Säbel von Asenberg geborgen haben. Seitdem hat sich einiges verändert. Sie beide verfolgen inzwischen ihre beruflichen Karrieren außerhalb der Eifel. Doch eines Tages zieht es sie unversehens in ihre Heimat zurück. Ein Verbrechen ist in Leyental geschehen, doch der Anlass für die Tat liegt völlig im Dunkeln. Nur eins scheint sicher: Jemand, den Anna gut kennt, muss in die Ereignisse verwickelt sein! Wie können Tim und Anna Licht ins Dunkel bringen und gleichzeitig die vertraute Person schützen?

Books on Demand
ISBN: 978-3-758-37375-6

Der Anfang

Das Vermächtnis der Eifelkomtess   Teil 1:

„Das Herz von Albenhain"

Die alten Geister haben nur geschlafen

Mit fünfzehn war Tim Richthof aus seinem gewalttätigen Elternhaus weggelaufen. Seine Flucht hatte ihn aus der Eifel weg und um die weite Welt geführt. Der junge Mann, als der er nun zurückgekehrt ist, ist ein völlig anderer als der, der einst er einst seiner Eifeler Heimatstadt Leyental den Rücken kehrte. Dennoch muss er erfahren, dass die alten Geister ihn wieder aufsuchen. Ein Aushilfsjob und ein Ehrenamt schweißen ihn wieder mit seinem alten Freundeskreis zusammen. Während einer Jugendfahrt in den beliebten Ferienpark Albenhain, die er als Betreuer begleitet, krempelt sich sein Leben erneut um.

Books on Demand
ISBN: 978-3-759-74347-3

Die Fortsetzung

Das Vermächtnis der Eifelkomtess   Teil 2:

„Das Kreuz von Aarstein"

Unter der Burg treffen sich die Vergangenheiten

Wieder ist es die Vergangenheit, die Tim das Leben schwer macht. Zwar hat er in Anna seine erste feste Freundin, doch deren familiäres Umfeld ist entsetzt, als ihm Tims Ruf zu Ohren kommt. Anna wird von ihren Freundinnen gemobbt und von ihren Eltern Tims Einfluss entzogen. Es beginnt ein zermürbender Psychokrieg, in dem Tim auf keinen Fall klein beigeben will. Und da sind noch diese sonderbaren Geschehnisse nach dem Tag auf Burg Aarstein. Einer dieser Vorfälle ist äußerst heimtückisch und bringt Tim in Lebensgefahr.

Books on Demand
ISBN: 978-3-759-74335-0

Eine Eifeler Erzählung

„Die sonderbare Pilzvergiftung"

Gregor Mützel aus Hillesheim ist ein Profi auf dem Gebiet der Pilze. Als geprüfter Sachverständiger für Speise- und Giftpilze wird er von den umliegenden Krankenhäusern regelmäßig um Hilfe bei der Diagnose von Pilzvergiftungen gebeten. So auch in der Nacht zum anstehenden Wochenende. Was wie eine einfache Verstimmung des Verdauungstraktes erscheint, entwickelt sich zu einem echt schwierigen Fall. Zu Gregors Erstaunen liegen gleiche Fälle in zwei weiteren Eifeler Krankenhäusern vor. Die Symptomatik ist für Giftpilze untypisch, doch da alle Betroffenen die gleichen Pilze gesammelt haben und dieselben Symptome zeigen, kann Gregor die Sache nicht einfach abhaken.
Die Suche nach dem pilzigen Übeltäter beginnt. Zu allem Überfluss entwickelt sich die Situation zu einem Wettlauf gegen die Zeit, denn den Patienten geht es immer schlechter ...

Eifelbildverlag
ISBN: 978-3-9850803-3-5

Über den Autor

Thomas H. Regnery

Thomas Regnery ist hauptberuflich Ingenieur und Journalist. Zudem ist er Sachverständiger für Pilze und hat mehrere Jahre als Lehrer gearbeitet. Neben Fachbüchern über Astronomie und Pilze schreibt er auch Kurzgeschichten und Romane.

Er hält öffentliche Vorträge zu philosophischen und wissenschaftlichen Fragestellungen und betreibt mit seiner Frau Martina Regnery-Hubo die Carl-Sagan-Sternwarte.

Sein Einstieg in die Zunft des Geschichten-schreibens begann mit „Das Herz von Albenhain". Die Reihe hat bis heute vier Episoden, und ein Ende ist trotz zahlreicher weiterer Buchprojekte nicht vorgesehen.

Thomas Regnery ist Sohn eines Eifeler Vaters und einer Tirolerin als Mutter. Er bezeichnet es als das Beste aus zwei Welten, die Rheinische Ironie und den Sarkasmus der Österreicher in sich zu tragen.